Clara Bernardi

LETZTE KLAPPE AM COMER SEE

Ein Fall für Giulia Cesare

Kriminalroman

DUMONT

Von Clara Bernardi ist bei DuMont außerdem erschienen:
Requiem am Comer See

FSC
www.fsc.org
MIX
Papier aus verantwortungsvollen Quellen
FSC® C083411

Erste Auflage 2020

Dieses Werk wurde vermittelt durch die Agentur Editio Dialog Dr. Michael Wenzel (www.editio-dialog.com).
Umschlaggestaltung: Lübbeke Naumann Thoben, Köln
Satz: Fagott, Ffm
Gesetzt aus der Garamond und der Six Caps
Druck und Verarbeitung: CPI books GmbH, Leck
Gedruckt auf säurefreiem und chlorfrei gebleichtem Papier
Printed in Germany
ISBN 978-3-8321-6523-9

www.dumont-buchverlag.de

Für Anja, die mich in jedem
meiner Worte wiedererkennt.

PERSONAL

GIULIA CESARE

Commissario und stolze Comasci, der die Prioritäten zwischen ihrem Heimatdorf und der Polizeiarbeit öfter mal verrutschen

BRUTUS GRAZIOLI

Giulias bester Freund und akribischer Postbote, der mehr Angst vor Hunden als vor Kriminellen hat

JACOPO PAWESE

Ein liebender Ehemann, der hervorragend kocht und Giulia fast keinen Wunsch abschlagen kann

MARIA CESARE

Temperamentvolle, argentinische Mutter Giulias – bisweilen mit flinken Fingern, wenn es um das Eigentum anderer Leute geht

PIERGIUSEPPE CESARE

Der Vater, der sein halbes Leben auf die große Schauspielkarriere gewartet hat und ungefragt gut gemeinte Ratschläge zur Polizeiarbeit gibt

TIZIANA DE ANGELIS

Eine eigensinnige Bestatterin und Freundin, die über alle am See etwas sagen kann, es aber meistens nicht tut

ELENA

Die taughe Assistentin Giulias, die ihrer Commissario immer wieder aus der Patsche hilft und sich ab und zu mit Jacopo verbündet

CHIARA ELISA ZORZI

Leiterin der Kriminalpolizei, die ihre Lippen etwas zu rot schminkt und Giulia zu oft in ihre Schranken weist

PROFESSORE ANDREA FONTANA

Charmanter Rechtsmediziner aus Mailand, der extrem eigenwillige Untersuchungsmethoden praktiziert und den See mehr liebt, als seiner Ehe guttut

CARMELO RISO

Leiter der Kriminaltechnik, der seine Zunge nicht im Zaum halten kann und an einem Tatort nur selten gesehen wird

UMBERTO FARINI

Erfolgreicher Schauspieler und perfekter Liszt-Mime, der sich selbst und anderen ein Rätsel ist

ENZA DAFNE FARINI

Die liebende Großmutter Umbertos, die von ihren Schwächen immer wieder eingeholt wird

SANTO FARINI

Der strenge Vater, dessen Rolle in der Familie lange verborgen bleibt

GRETA ESPOSITO
Eine oberflächliche Spielerin, die keine Demut kennt und sich vor allem für sich selbst interessiert

GAIA ARIANNA ESPOSITO
Gretas Mutter, die für die Karriere ihrer Tochter lebt

AURORA DAMIANI
Einstiger Stern am Regiehimmel mit dem unerbittlichen Anspruch, es wieder zu werden

ALFONSO PETRONI
Mehr als ein guter Freund und Mitarbeiter Auroras und trotzdem nicht frei von Kritik

SEBASTIANO SARTORI
Die ambitionierte Zweitbesetzung der Liszt-Rolle, ein Mann, der alles auf eine Karte setzt

1

Der Stamm der alten Platane verströmte einen kräftigen Geruch, eine Mischung aus Erde, Holz und dem leicht süßlichen Duft von gebackenen Maronen, und er war so dick, dass selbst ein erwachsener Mann ihn nicht umfassen konnte. Ihr Blätterdach, das in den vielen Jahren ihres Lebens eine so beachtliche Dichte erreicht hatte, ließ nicht einmal einen winzigen Sonnenstrahl hindurchdringen und hätte einer ganzen Schulklasse ein schattiges Plätzchen bieten können. Erstaunlicherweise schien dies dem darunterliegenden Rasen, der jedem englischen Gärtner höchsten Respekt abverlangt hätte, nichts auszumachen. Er bot die perfekte weiche und vor allem kühle Unterlage für eine Commissario der Questura in Lecco, die einen anstrengenden Tag gehabt hatte.

Giulia Cesare lehnte mit lang ausgestreckten Beinen am Fuße des Baumes und strich mit sanften Handbewegungen über die feinen Halme des Grases. Sie war müde. Eigentlich hätte es ihr gutgetan, die Augen zu schließen und damit der Welt für eine Weile zu entrücken, aber hier in den Gärten der *Villa Melzi* wäre dies einer Todsünde gleichgekommen. Giulia kam viel zu selten hierher. Sie konnte nicht einmal sagen, wann sie das letzte Mal in den Gärten gewesen war. Ihr stressiger Job, vor allem aber die vielen Verpflichtungen in ihrem Dorf ließen ihr keine Zeit für ein paar Mußestunden im Grünen. Entsprechend angetan war sie von der Idee gewesen, ihren Vater und ihren besten Freund Brutus an diesem herrlichen Frühlingstag hier abzuholen. Sie war, wie so oft, spät dran, aber davon hatte sie sich noch nie aus der Ruhe bringen lassen. Die Männer waren, wie Brutus sie gerade per SMS hatte wissen lassen, ohnehin noch nicht fertig. Das jetzt waren die ersten ruhigen Minuten eines chaotischen Arbeitstages, und sie genoss sie an diesem herrlichen Ort in vollen Zügen. Wie hatte sie nur vergessen können, welchen Reiz die Gärten der *Villa Melzi* ausstrahlten? Nachdem sie die lange Platanenallee vom Eingang hinauf zum herrschaftlichen Haus durchschritten hatte, tat sich diese wunderbare Welt vor ihr auf. Fächerahorne, Rhododendren, Tulpenbäume, Zedern, Zitronenbäume, Kamelien, hier wuchs alles in einer Üppigkeit, die die Pracht der einstigen Villa des Vizepräsidenten von Napoleons italienischer Republik fast schon verblassen ließen. Zwischen den Pflanzen fanden sich Skulpturen, künstlich angelegte Grotten, Wasserspiele und Bachläufe von Gartenkünstlern des 19. Jahrhunderts, die sogar bei der ansonsten eher nüchtern veranlagten Giulia Begeisterung hervorriefen. Dieses aus der Zeit gefallene Fleckchen Erde am Eingang des kleinen Ortes Bellagio wirkte vor der Kulisse des Comer Sees wie der Garten Eden. Das galt jedoch nicht nur allein für die *Giardini di Villa Melzi*, sondern für ganz Bellagio, den an der Spitze einer schmalen Halbinsel, am Lariano-Dreieck, liegenden Ort, der die beiden Arme des Sees, den linksseitigen Lago di Como und den rechtsseitigen Lago di Lecco, miteinander vereinte und damit einen einzigartigen Panoramablick über nahezu den gesamten See bot. Der Lario, wie die Einheimischen ihn nannten, hatte wie auch bei allen anderen Gemeinden am Ufer die Geschicke der Gemeinde von jeher geprägt. Wer das einstige Fischerdorf mit seinen schmalen, steilen Treppengässchen, Bogengängen, den bunt bemalten Häusern und opulenten Villen besuchte, begab sich auf eine Zeitreise in die Belle Èpoque, deren Romantik hier bis heute fortlebte. Aber Bellagio hatte es auch seiner besonderen Lage zu verdanken, dass es noch immer als eine der Hauptattraktionen des Sees galt und nicht nur Touristen, sondern auch zahlreiche Prominente anlockte.

Giulia blinzelte und bewunderte die satten roten Blüten einer Azalee, die einen bezaubernden Kontrast zu dem in der Sonne glitzernden tiefblauen Wasser des Comer Sees und den umliegenden schneebedeckten Bergen boten. Obwohl es erst Ende April war, hatte die Sonne tagsüber bereits einen Vorgeschmack auf ihre hochsommerliche Kraft gegeben, aber nun, da sie langsam hinter den gewaltigen Felsen des Monte di Tremezzo verschwand, wurde die Temperatur ein wenig angenehmer und der Blick klarer. Die Farben des Frühlings zogen zum Ende des Tages wieder über dem See auf und ließen sein Wasser dunkler und die Konturen der Berghänge schärfer erscheinen. Das am anderen Seeufer liegende Dorf Tremezzo, der einstige Stammsitz der Familie Brentano, war gut zu erkennen, und Giulia überlegte, was wohl heute bei Mario, dem Betreiber ihres dortigen Lieblingsristorante, auf der Tageskarte stand. Giulia genoss diese kurze Auszeit, die sie zwar nicht eingeplant hatte, aber die sie sich jetzt einfach gönnte. Hin und wieder hörte man in einiger Entfernung die sanften Wellen des Sees in einem so beruhigenden Gleichklang gegen die Kaimauern der Bootsanlegestelle schlagen, dass Giulia erneut die Augen schloss und noch tiefer in angenehmer Entspannung versank. Der See brachte eine frische Brise mit, die sie, als müsste sie ihre Lungen von der tagsüber darin aufgestauten Hitze ihres Büros befreien, tief in sich einsog. Über ihr knackte die Rinde der Platane, und irgendetwas rieselte ihr auf die Stirn. Sie kniff die Augen zusammen, beugte den Kopf nach vorn und wischte sich mit der Hand über das Gesicht. Dann öffnete sie ihren verknoteten Pferdeschwanz, schüttelte den Kopf und band sich ihre schwarze Mähne schließlich wieder mehr schlecht als recht im Nacken zusammen. Mit einem Lächeln zupfte sie die braungrünen Rindenstückchen des Baumes von ihrem T-Shirt und ihrer ausgebeulten Jeans. Platanen befreiten sich regelmäßig von ihrer nicht mitwachsenden Rinde, und wenn man zufällig unter einem solchen Baum saß, konnte ganz schön was auf einen niedergehen. Giulia störte das nicht, im Gegenteil. Platanen erinnerten sie an ihre unbeschwerte Kindheit in einem Bergdorf am Ostufer des Sees. Abbadia Lariana, ihre Heimat, der sie bis heute treu geblieben war. Und an Brutus Grazioli, ihren besten und längsten Freund. Sie musste daran denken, wie er vor Jahren einmal verschwunden war – ausgerechnet in der Nacht seines vierzehnten Geburtstags. Und sie ihn nach einer intensiven Suchaktion an eine dicke Platane gefesselt wiedergefunden hatte, im Garten des Ziegenhirten Matteo. Schuld an der Misere waren, wie so oft, die vier Marcello-Brüder, für die Giulia bis heute nichts als reine Abneigung empfand. Unter dem Vorwand, zu seinem Geburtstag eine Überraschung geplant zu haben, hatten sie ihn in den Garten gelockt, um ihn dann hinterrücks an den Baum zu fesseln. Zu allem Überfluss hatten sie dem zuweilen naiven Brutus auch noch erzählt, dass Platanen sich selbst zerstörten und unschuldige Menschenkinder, die sich in deren Nähe befanden, mit in den Tod nahmen. Das Knacken der Platanenrinde muss dem armen Brutus seinerzeit wie die Trompeten von Jericho vorgekommen sein. Giulia jedenfalls konnte ihren Freund retten, und das tat sie, obwohl sie beide nunmehr das fünfzigste Lebensjahr schon überschritten hatten, noch immer.

Sie lehnte sich wieder zurück und beschloss, sich noch fünf Minuten Entspannung zu erlauben, als aus der Richtung der Villa klassische Musik zu ihr herüberklang. Giulia, die ansonsten nur auf die Stones & Co. stand, gefielen die sich behutsam über den Garten legenden Klänge, die sich in diese kleine Welt einschmiegten, als seien sie eigens für sie komponiert worden. Es dauerte jedoch nicht lange, da erreichten die Töne eine Lautstärke, die beinahe schmerzte. Sie wartete kurz, ob sich der Lärmpegel wieder normalisierte, erhob sich dann aber schließlich, als nichts dergleichen passierte, und ging über den leicht abschüssigen Kiesweg in Richtung des Anwesens. Wenig später trat sie zwischen den dichten Hecken hervor und staunte nicht schlecht, als sie den Menschenauflauf auf dem Platz vor dem Hauptportal der Villa sah. Die Leute gaben keinen Mucks von sich und starrten nur andächtig zum Haus. Giulia folgte ihren Blicken. Nichts passierte. Unsicher betrachtete sie noch einmal die regungslose Meute. Ganz offenkundig wartete die auf irgendetwas oder irgendjemanden und schien eine Engelsgeduld zu haben. Giulia taxierte gerade einzelne Gesichter, als aus heiterem Himmel Klänge von Posaunen oder Trompeten, Giulia konnte diese Instrumente nicht voneinander unterscheiden, über den Platz dröhnten. Mit einem Mal schien es, als ob die Gruppe der Wartenden Haltung annahm, obwohl Giulia nicht sagen konnte, ob sich wirklich jemand bewegt hatte. Etwas später öffnete sich die breite Flügeltür, und drei Menschen traten heraus. Wie einstudiert hielten sie zeitgleich auf dem Treppenabsatz inne, schauten kurz in die Menschenmenge und liefen dann mit huldvollen Gesten den linken Treppenarm herunter. Ein hübsches Pärchen in Kostümen des 19. Jahrhunderts flankierte dabei eine deutlich ältere, aber beide überragende hagere Dame mit schwarzer Sonnenbrille und einem weißen Kaftan, der so lang war, dass er über den Boden schleifte. Giulia blieb auf der Höhe des Gartenhauses stehen, vor dem ein nun verwaistes Catering aufgebaut war, und beobachtete die absurde Szenerie. Das also musste sie sein, die große Aurora Damiani, die italienische Regisseurin, die einem halben Dutzend Filmen zu weltweitem Ruhm verholfen hatte. Brutus und ihr Vater Piergiuseppe hatten in den letzten Wochen von nichts anderem gesprochen. Die Damiani, wie ihr Vater Piergiuseppe sie nur nannte, war eine der ganz Großen ihres Faches gewesen. Irgendwann. Giulia jedenfalls konnte sich an keinen ihrer Filme erinnern. Das musste allerdings nicht unbedingt etwas heißen, denn Giulias Interesse an Filmen tendierte gegen null. Ganz anders war es bei ihrem Mann Jacopo. Er liebte das Kino, und so kam es nicht selten vor, dass er und ihr Vater während ihrer sonntäglichen Mittagessen ausgiebig darüber fachsimpelten. Während sich Jacopos Kenntnisstand auf den eines normalen Kinobesuchers beschränkte, hatte Piergiuseppe tatsächlich schon einmal vor der Kamera gestanden. Das war zwar an die dreißig Jahre her, aber Piergiuseppe konnte noch heute so detailgetreu und ausschweifend darüber berichten, als wäre es gestern gewesen, und dabei schien es ihn nicht zu stören, dass seine Familie ganze Passagen seiner Erzählungen auswendig konnte und je nach Anzahl vorher genossener Grappa auch jauchzend mitsprach. Giulias Vater war eigentlich einer jener Menschen, die mit wenigen Worten auskamen, aber wenn es um die Kunst der Schauspielerei ging, sprudelte es aus ihm nur so heraus. Wurden seine Schwärmereien einmal unterbrochen, etwa weil seine Frau Maria ihn anfauchte, dass er diese oder jene ihm aufgetragene Aufgabe an Hausarbeit nicht erledigt hatte, dann nahm er den Gesprächsfaden bald mühelos wieder auf, indem er Giulia nach ihrer Arbeit fragte. So kam zumindest indirekt wieder sein Thema zur Sprache: Die einzige Rolle, die Piergiuseppe jemals ergattert hatte, war nämlich die eines Hilfspolizisten in einer italienischen Krimiserie gewesen. Aus seiner Leidenschaft für die Schauspielerei hatte sich so auch eine Leidenschaft für die Polizeiarbeit ergeben. Der verkannte, über siebzigjährige Piergiuseppe Cesare träumte bis heute von seiner Entdeckung als Filmstar und gab Giulia regelmäßig gut gemeinte Ratschläge zur Kriminalitätsbekämpfung am See.

Giulia lächelte beim Gedanken an die liebenswürdigen Marotten ihres Vaters. Dann fiel ihr Blick wieder auf den Einmarsch der großen Regisseurin. Das Trio hatte kaum die letzte Stufe der Treppe erreicht, als ein junges Mädchen auf die Damiani zustürzte und ihr ein randvoll gefülltes Wasserglas reichte. Die Regisseurin schien die eilfertige Assistentin nicht einmal zu bemerken, prostete mehr sich selbst als den Umstehenden zu, trank das Glas in einem Zug leer und begab sich mit federnden Schritten zu dem kleinen Teepavillon am Rand des Seeufers, um den etliche Kameras inklusive Beleuchtung und Tontechnik aufgebaut waren. Der Pulk folgte ihr in einer erschreckenden Ergebenheit.

Giulia, die angesichts dieses befremdlichen Schauspiels neugierig geworden war, ging in Richtung des Publikums, wobei sie bei jedem Schritt, den sie auf dem Kiesweg machte, befürchtete, die Prozession (nichts anderes schien ihr das hier zu sein) zu stören. Dabei hätte man bei dieser musikalischen Begleitung, die ohne Zweifel bis Varenna hinüber schallte, nicht einmal einen Kanonenschuss hören können, geschweige denn das Auftreten der Zehentrennersandalen einer höchstens siebzig Kilo schweren Commissario.

Beim Pavillon angekommen, stoppte die Damiani vor einem weißen Regiestuhl, der auffällig aus dem schwarzen Equipment aus Kameras und Mikrofonen herausstach, wandte sich um und nickte ihrem Publikum einmal kurz zu. Neben ihr postierte sich das Pärchen. Die Musik verstummte.

»Meine Lieben«, hob die Damiani nach einem offenkundig dramaturgisch beabsichtigten Innehalten mit einer für eine Frau ungewöhnlich schnarrenden Stimme an, worauf nochmals eine bedeutungsschwangere Pause folgte. »Bellagio.« Stille. »Das zauberhafte Bellagio.«

Giulia schaute suchend über die Köpfe der Menschen hinweg. Irgendwo mussten auch Piergiuseppe und Brutus stehen.

»›Wenn Sie die Geschichte zweier glücklicher Liebenden schreiben, so wählen Sie als Schauplatz die Ufer des Comer Sees!‹« Die Damiani ließ den Satz mit einem Pathos auf ihr Publikum nieder, als ob sie das Erscheinen des Heilands verkündete. »Jeder von euch weiß, dass dies kein Geringerer als Franz Liszt gesagt hat.«

Giulia fragte sich, wie viele von den teils etwas irritiert dreinblickenden Menschen eine Ahnung hatte, was Franz Liszt so alles von sich gegeben hatte. Gut möglich, dass so mancher nicht einmal wusste, wer der Mann war. Sogar Giulia hatte einen Moment lang überlegt, klassische Musik war nun mal einfach nicht ihr Steckenpferd. Brutus und ihr Vater Piergiuseppe, die sie gerade zwischen den Massen entdeckt hatte, schienen mit den Gedanken ganz woanders. Die beiden standen da wie die Ölgötzen und starrten hingebungsvoll auf die Regisseurin. Angesichts dieser offenkundigen Begeisterung war es besser, dass Maria davon nichts mitbekam. Das argentinische Temperament von Giulias Mutter kannte kein Erbarmen, wenn ihr Mann, war er auch schon in die Jahre gekommen, eine andere Frau so unverhohlen angaffte. Selbst wenn Piergiuseppe niemals auch nur auf die Idee gekommen wäre, seine Maria zu betrügen, konnte allein schon die körperliche Nähe wie ein zu dichtes Aufrücken an der Supermarktkasse oder auch eine übertrieben freundliche Geste – die Beurteilung lag natürlich in Marias Ermessen – gegenüber einer anderen Frau seine wochenlange Verbannung aus der gemeinsamen Wohnung nach sich ziehen. Erstaunlicherweise hatte Marias Eifersucht in all den vielen Jahren, die Giulias Eltern verheiratet waren, nicht nachgelassen, obwohl der über siebzigjährige Piergiuseppe mit seinem Bruchband und den arthritischen Fingern kaum noch eine wirkliche Gefahr für die Damenwelt darstellen dürfte. Aber wie sicher konnte man sich bei einem echten italienischen Mann schon sein?

»Wir werden diese Liebenden wieder zum Leben erwecken, ihre Einzigartigkeit, ihre Brillanz, ihre Größe heraufbeschwören. Alles, was aus den fulminanten Charakteren dieser beiden Menschen erwachsen ist, bringen wir zurück auf diese Welt. Marie d'Agoult und Franz Liszt …«

Die Damiani hatte den Namen des Komponisten kaum ausgesprochen, da trat der neben ihr stehende junge Mann vor, verneigte sich mit großer Geste und schickte sich an, ein paar Worte zu sagen. Dieses offenkundig nicht abgesprochene Manöver ließ die Gesichtszüge der Regisseurin auf der Stelle einfrieren, woraufhin ein leises Raunen durch das Publikum ging. Giulia schloss daraus, dass einige Leute genau wussten, wen sie hier vor sich hatten, und dass mit ihr nicht zu spaßen war. Dieser Eindruck bestätigte sich umgehend, denn der Mann, der offenbar Franz Liszt mimen sollte, bekam den Ellenbogen der Regisseurin mit einer so unglaublichen Schnelligkeit in die Seite gerammt, dass Giulia es gar nicht mitbekommen hätte, wenn der arme Kerl nicht ins Straucheln geraten wäre. Er versuchte mit einem Ausfallschritt, die Balance zu halten. Es misslang, und er landete mit seinem rechten Knie in gut einem halben Dutzend grellrosa blühenden Eisbegonien in den angrenzenden Rabatten. Auf die Blumen achtete jedoch niemand. Viel interessanter war der seltsam schief im Beet kauernde Liszt, der zugegeben nun eine eher peinliche Figur machte und deswegen auffallend darum bemüht war, sich schnell wieder aufzurichten. Allerdings hatte nun die Permanentbewässerung der Beete einen unschönen Fleck an seinem Hosenbein hinterlassen. Auch an seinen Händen, mit denen er den Sturz abgemildert hatte, klebte nasse Erde. Dass der Rempler die schulterlangen, bis dahin akkurat gelegten dunklen Haare des Mannes ebenfalls aus der Form gebracht hatte, war angesichts dieses Anblickes noch das kleinste Übel. Alles in allem wirkte der vorher auffallend blasierte Liszt nun etwas derangiert und bloßgestellt. Das ließ eine Gruppe Fotografen hervortreten, die Giulia bisher nicht bemerkt hatte und die nun ein geballtes Blitzlichtgewitter auf die Regisseurin und ihre beiden Hauptdarsteller herniedergehen ließ.

»Maske!«, ertönte der markdurchdringende Schrei der Damiani, wobei sie mit ausgestreckter Hand und angewiderter Miene den Paparazzi deutlich zu verstehen gab, dass sie deren Vorgehen zutiefst missbilligte.

Wie aus dem Nichts kam ein Mann mit einem Klemmbrett unter dem Arm und einer Trillerpfeife um den Hals herbeigeeilt, der sich, obwohl er gerade einmal die Figur eines Schulanfängers hatte, vor die Fotoapparate warf, als könnte er sie so alle auf einmal erledigen. Ein kurzes Wortgefecht beendete die Situation, während Franz Liszt sich säuberte und die Stylistin ihm wieder zu einer fest sitzenden Föhnwelle verhalf. Überdies versorgte sie mit einem Abdeckstift die kleine blutende Bisswunde auf seiner Lippe, die er sich vor lauter Schreck selbst zugefügt haben musste. Erst als die Assistentin mit dunkelroten Flecken im Gesicht das Glas der Damiani erneut gefüllt hatte, nahmen alle wieder ihre Position ein, und die Show ging weiter.

»Meine lieben Kinder«, die Damiani sprach, als wäre nie etwas geschehen, »wir gemeinsam werden das Kino neu definieren. Dieser Film …« Sie seufzte. »Ihr alle werdet Teil von etwas ganz Großem. Verschmelzt mit diesem Ort, verschmelzt mit einer der bedeutendsten Liebesgeschichten aller Zeiten, verschmelzt mit dieser Musik … Musik …« Der Verantwortliche hatte seinen Einsatz verpasst. Die Damiani setzte das Glas an. Giulia bezweifelte mittlerweile, dass dieses nur Wasser enthielt. Schließlich schmetterten die Blechblasinstrumente über den See, worauf die Damiani sich auf ihrem Stuhl wie auf einem Thron niederließ und alle anderen lautlos ihre Positionen einnahmen. Nur ein paar Statisten, zu denen auch Brutus und Piergiuseppe gehörten, blieben etwas unschlüssig an ihren Plätzen stehen, was den Mann mit dem Klemmbrett erneut auf den Plan rief. Kurz darauf standen alle Unwichtigen in einer langen Reihe nebeneinander und wagten es nicht einmal, einander anzusehen, geschweige denn miteinander zu plaudern.

Giulia, die Brutus und ihren Vater eigentlich schon vor einer guten Stunde hatte abholen sollen, um mit ihnen auf ihren ersten Drehtag anzustoßen, setzte sich auf den Rasen und wartete. Was sie da gerade erlebt hatte, war ganz augenscheinlich der Beginn der Dreharbeiten gewesen. Warum Brutus und Piergiuseppe aber seit heute Vormittag elf Uhr in voller Kostümierung auf dem Set unterwegs waren, erschloss sich ihr nicht. Noch nicht.

***

Die Schauspielerin, die Marie d'Agoult darstellte, war eine ausnehmend zarte, attraktive Frau von höchstens fünfundzwanzig Jahren, deren sanfte Gesichtszüge zwar etwas Kindliches, aber zugleich auch auffallend Attraktives hatten. Ihre schwarzen Haare waren zu einer für das 19. Jahrhundert typischen Hochsteckfrisur aus kunstvoll drapierten Flechtzöpfen gelegt, und sie trug ein edles, aufwendig verziertes Kleid. Allerdings bestand ihre Rolle seit geschlagenen zehn Minuten einzig darin, auf einer Bank zu sitzen und dem jungen Liszt andächtig zuzuhören, während er mit erhabener Geste vor ihr auf und ab lief und von seiner Arbeit erzählte. Da die Dialoge gähnend langweilig waren, konzentrierte Giulia sich lieber auf die Menschen, die sich vor der Kamera bewegten. Der Liszt-Darsteller, der mittlerweile einen anderen Anzug trug, sah für ihre Begriffe nicht übel aus. Er war hochgewachsen, fast schon etwas zu schlank, aber das war Geschmacksache, und sein Teint war strahlend weiß. Zwei große grüne Augen stachen daraus hervor, in die man – unwillkürlich angezogen und zugleich von ihrer unnatürlichen Farbintensität abgestoßen – immer wieder blicken musste. Seine Mimik wirkte im einen Moment, als würde er das Leid der Welt in sich vereinen, um kurz darauf in fast schon Ehrfurcht gebietende Kälte umzuschlagen, undurchschaubar, geheimnisvoll und auf eine seltsame Weise manieriert. Marie schien ihn zugleich zu begeistern und ihm zuwider zu sein. Giulia hatte keine Ahnung von diesem angeblich so berühmten Paar, aber gegen das Spiel dieses Mannes wirkte die junge Frau blass. Je länger sie zuschaute, umso faszinierter war sie von der Gabe des Schauspielers. Auch wenn das Thema sie nicht interessierte, konnte sie sich vorstellen, nur seinetwegen den Film anzusehen. Und natürlich Brutus und Piergiuseppe zuliebe. Nichtsdestotrotz fragte sie sich, was die beiden diesem Zirkus eigentlich abgewinnen konnten. Sie standen noch immer unbeweglich und ehrfürchtig da, was Giulia für zwei erwachsene Männer als in höchstem Maße albern empfand. Abgesehen davon knurrte ihr Magen ständig. Bis auf das Frühstück und ein paar Biscotti, die bei ihrer Assistentin Elena immer in der Schreibtischschublade lagen, hatte sie heute noch nichts gegessen, und so langsam wurde es Zeit für ein anständiges Abendessen. Jacopo wollte kochen. Das tat er eigentlich immer, denn Giulia hatte nur wenig Sinn für häusliche Arbeiten, aber heute hatte er etwas ganz Besonderes angekündigt, ohne ihr Genaueres zu verraten. Überhaupt hatte er schon das gesamte Wochenende so geheimnisvoll getan. Giulia hoffte nur, dass Jacopo nicht einen seiner legendären Grillabende angesetzt hatte. Dann gab es zwar leckere Rippchen und seine selbst gemachten Dips, allein die Avocado-Creme war göttlich, aber auch jede Menge angetrunkene Kollegen von seiner aktuellen Baustelle, die meistens keine Lust verspürten, irgendwann wieder nach Hause zu gehen. So geschafft wie Giulia heute jedoch war, konnte sie das an ihrem Feierabend nicht gebrauchen. Die Zorzi, Giulias anstrengende Vorgesetzte, hatte – wie immer an einem Montag – ihre gefürchteten Dienstberatungen abgehalten. Wenn diese wie normale Gespräche zwischen Kollegen ablaufen würden, wären sie nicht weiter erwähnenswert, aber bei der Zorzi konnten sie schon mal drei bis vier Stunden andauern. Diese Zeit nutzte sie, um jede noch so unwichtige Kleinigkeit zu erfahren, auszudiskutieren und von ihrem Assistenten, Signore Mancini, protokollieren zu lassen. Nicht nur, dass Giulia alles, was mit Stillsitzen und geschlossenen Räumen zu tun hatte, hasste, sie war natürlich auch mal wieder zu spät gekommen. Die Zorzi hatte ihr die Autopanne selbstverständlich nicht abgenommen, sondern auf ein krankes Schaf, eine verstopfte Wasserleitung oder ein zerbrochenes Kirchenfenster in Giulias Dorf getippt. Die Vorwürfe hatten Giulia noch einmal Zeit gekostet, sodass sie mit der Bearbeitung ihrer Akten, was sie noch mehr verabscheute als die Eskapaden der Zorzi, nicht vorangekommen war.

Der gellende Pfiff einer Trillerpfeife unterbrach die Aufnahmen. Giulia sah, wie ihr Freund Brutus und ein paar andere Statisten zusammenzuckten, während der angestammte Teil des Teams keinerlei Reaktionen zeigte.

Die Damiani hatte sich angeekelt von ihren beiden Hauptdarstellern abgewandt. Einige Momente verstrichen in angespannter Stille, bis ein Ruck durch ihren Körper ging. Sie sprang auf, stand in einem Satz vor Marie, beugte sich zu ihr hinunter, sodass sich ihre Nasenspitzen berührten, und brüllte: »Sie sind eine Frau aus den höchsten aristokratischen Kreisen, schön, reich und gebildet. Sie sind Mutter zweier Kinder und hatten den Schneid, ihren Mann zu verlassen, was Sie zu einer gesellschaftlich Geächteten gemacht hat. Sie haben Ihr gesamtes Leben über den Haufen geworfen, um mit einem selbstverliebten Musiker durch Europa zu ziehen.« Sie hielt mit erhobenem Zeigefinger inne und schloss die Augen. »Wieso um alles in der Welt schmachten Sie ihn also einfach nur an wie eine läufige Hündin? Sie wollen seine Muse sein, aber er empfindet das ganz und gar nicht so. Sie wollen ihn besitzen, ein zurückgezogenes Leben mit ihm führen, aber er …« Sie wedelte mit wachsweicher Hand. Nichts passierte. Die Damiani richtete sich langsam wieder auf und bedachte Marie mit einem Blick, aus dem tiefste Verachtung sprach. »Die Kunst der Schauspielerei ist es, nicht zu schauspielern. Sie, meine Liebe, sollten lieber den Bauarbeitern in irgendeiner heruntergekommenen Pizzeria ihre Bruschetta bringen und sich dabei den Hintern tätscheln lassen, als hier weiter meine Zeit zu verschwenden.«

Marie kämpfte sichtlich um ihre Fassung.

Die Damiani wandte sich mit der nächsten Bewegung dem Liszt-Mimen zu und presste hervor: »Sollten Sie lesen können, dann versuchen Sie es einmal mit der Biografie des großen Mannes, den sie versuchen zu verkörpern. Sie haben eine Nacht Zeit. Wenn Sie mir morgen nicht alles aus dem Leben von Franz Liszt erzählen können, will ich Sie hier nicht mehr sehen.«

Sie machte eine zackige Kehrtwendung und schritt zurück auf ihren Platz. Dort stand bereits die Assistentin und füllte ihr Glas. Sie trank, setzte sich und sagte in normalem Ton: »Wiederholung, ab Kuss.«

Zwei Stylisten stürzten herbei, um sich mit ihren Puderquasten an den beiden Hauptdarstellern abzuarbeiten. Nachdem sie ihr Werk vollendet hatten, verschwanden sie so schnell, wie sie gekommen waren. Marie und Liszt positionierten sich nun am Eingang zum Pavillon. Er nahm ihre Hände und schaute sie voller Liebe an.

Giulia seufzte unwillkürlich.

»Meine geliebte Marie«, hauchte er, umfasste ihr Gesicht und küsste sie zärtlich. Doch dieser Moment innigster Liebe währte nicht lange. Einer der Statisten hatte sich von irgendwoher einen Apfel besorgt, in den er nun mit lautem Knacken hineinbiss.

Wieder kreischte die Trillerpfeife. Ihr Träger gestikulierte wild, worauf zwei Männer von der Crew heraneilten und den vollkommen überraschten Komparsen abführten, als hätte er ein Verbrechen begangen.

Die Damiani war schlagartig bleich geworden. Ihre Hände klammerten sich so sehr um die Armlehnen des Stuhles, dass auch aus den Fingerknöcheln die Farbe gewichen war. Sie wirkte apathisch, und doch konnte Giulia sehen, wie sie am gesamten Leib zitterte. Schweißperlen traten auf ihre Stirn, und sie schien Mühe zu haben, Luft zu bekommen. Offenkundig ging es ihr nicht gut, aber zu Giulias Erstaunen kam ihr niemand der Umstehenden zu Hilfe, sondern alle gafften sie nur mit augenscheinlicher Sensationsgier an. Die Szenerie hatte etwas Bedrückendes. Kaum dass die Störenfriede weggebracht waren, eilte der Mann mit der Trillerpfeife zur Regisseurin, wobei man ihm – im Gegensatz zu den anderen – eine große Besorgnis ansehen konnte. Er beugte sich zur Damiani hinunter, strich ihr zärtlich über die Wange und überprüfte den Puls an ihrem Handgelenk. Währenddessen sprach er liebevoll auf sie ein, was Giulia nicht hören, aber an seiner Gestik ausmachen konnte. Sie nickte leicht, worauf der Mann ihrer Assistentin mit der Hand deutete, dass sie gebraucht würde. Die junge Frau, die offenkundig wusste, was man von ihr wollte, rannte in großen Schritten herbei, füllte das Glas der Regisseurin erneut auf und reichte es dem Mann. Er führte es langsam zum Mund der Damiani und ließ sie behutsam trinken. Mit jedem Schluck schien das Leben wieder Besitz von ihrem Körper zu ergreifen. Sie legte den Kopf nach hinten, atmete tief durch und nestelte an ihrer Kleidung. Dem Mann war die Erleichterung anzusehen. Er hatte sich kaum entfernt, da kniff sie ihre Augen zusammen und musterte die beiden Hauptdarsteller abfällig. Ohne Vorankündigung sprang sie auf und stürzte sich im nächsten Moment wie eine ausgehungerte Hyäne auf ihre Beute. »Was soll das gewesen sein? Nun? Was soll das gewesen sein?«, kreischte sie hysterisch.

Liszt sagte nichts und schaute sie mit einer Mischung aus Ehrfurcht und Abscheu an.

»Der Kuss«, flüsterte Marie unsicher und mit knallroten Wangen. Ihre Hände zitterten.

Die Damiani legte den Kopf in den Nacken und streckte die Arme in Richtung Himmel. »Lieber Gott, das nennen diese Stümper einen Kuss, einen Kuss! Reiß die Erde auf und versenke mich darin, wenn das ein Kuss war.« In einer schnellen Bewegung umfasste sie Liszts Oberarme, grub beide Hände in sein Fleisch und keifte: »Hast du schon mal eine Frau gevögelt? Nicht so ein dusseliges Ding da«, sie deutete mit dem Kopf auf Marie, »eine richtige Frau. Sicher nicht, denn keine Frau«, nun betonte sie das Wort wie eine Offenbarung, »gibt sich einem Mann hin, der sie wie ein Labrador ableckt.« Ein erneuter Schrei. »Wie soll ich den Film des Jahrhunderts machen, wenn man mir dazu nur eine kleine billige Hure und einen selbstverliebten minderbemittelten Gockel zur Verfügung stellt?«

Marie fing leise an zu weinen. »Ich brauche einfach noch etwas Zeit, um mich in die Geschichte hineinzufinden. Es ist unser erster Drehtag. Wir können die Szene doch noch mal wiederholen.« Sie warf ihrem Filmpartner einen verzweifelten Blick zu, aber der wandte sich ab. »Und es ist gar nicht so leicht, gut zu spielen, wenn man vorher acht Stunden, ohne etwas zu tun, herumsitzt.« Beim letzten Satz schaute sie verstohlen zur Damiani hinauf, und man konnte ihr ansehen, dass ihr die Kritik an der großen Meisterin nur aus Versehen herausgerutscht war.

Liszt drehte der Crew den Rücken zu und sah auf den See, als ginge ihn das alles nichts an.

Für eine Weile schien es, als ob das gesamte Team die Luft anhielt.

»Was für ein wundervoller Abend das doch heute ist.« Die Damiani hatte den Tonfall abrupt gewechselt und klatschte fröhlich lachend in die Hände. »Auf, auf, Kinder, wir haben noch eine kleine Szene vor uns.« Sie legte die Hand vor die Stirn. »Marie und Liszt mussten aus Paris fliehen. Das Gerede um ihre Liebe ist zu groß geworden. Eine verheiratete Frau und der herzensbrechende Klaviervirtuose, ein absolutes Skandalpaar seiner Zeit. Sie gehen zunächst nach Mailand, aber das ist ihnen zu voll und zu heiß.« Sie seufzte mit übertriebener Theatralik. »Wieso sollte es im Jahr 1837 anders sein als heute?« Ihr Blick fiel auf den Mann mit dem Klemmbrett. »Alfonso, meinen Schal, bitte.«

Alfonso ging zu einem etwas abseitsstehenden Koffer und hantierte darin herum. Kurz darauf kam er mit etwas Weißem in der Größe eines Bettlakens zurück und legte ihr die Stoffbahnen fast schon zärtlich über die Schultern. Sie bedachte ihn nicht einmal mit einem kurzen Blick.

»Schließlich kommen sie nach Bellagio, den Ort seiner Inspirationen und ihres Glückes.« Sie breitete ihre Arme aus und begann, sie wie Flügel zu schwingen. »Hier sind sie sich so nah wie nie. Die Magie des Sees ergreift sie. Das will ich spüren. Die Magie.« Sie senkte die Arme, schloss die Augen und blieb still stehen.

Schließlich trat Alfonso zu ihr, flüsterte ihr etwas zu, hakte sie unter und führte sie ins Haus. Sie ließ es geschehen. Kaum dass die beiden über die breite Freitreppe der Villa verschwunden waren, begann die Crew damit, die Ausstattung zusammenzupacken. »Für heute ist Feierabend«, rief ein Mann in die Menge. Daraufhin hasteten die Statisten zum Gartenhaus, wobei sie schon auf halbem Weg damit begannen, sich die Jacken und Westen auszuziehen. Die Erleichterung darüber, dass dieses Spektakel für heute ein Ende hatte, war ihnen anzusehen. Giulia lief hinüber zu Brutus und Piergiuseppe, die mit einem Mann vom Team sprachen. Gerade als sie bei den beiden ankam, verabschiedete dieser sich höflich und verschwand.

»Seid ihr für die Exekution eures Kollegen, der sich des Apfelessens schuldig gemacht hat, abgestellt?«, witzelte Giulia und küsste erst ihren Vater und dann Brutus zur Begrüßung liebevoll auf die Wange.

Brutus wippte aufgeregt hin und her. »Giulia, das glaubst du nicht, Giulia.«

Piergiuseppe plusterte sich auf und lächelte seine Tochter glückselig an. »Ab morgen spiele ich den Hotelchef des Albergo Genazzini«, sagte er voller Stolz, um, als Giulia nicht reagierte, anzufügen: »Dort wohnen Marie und Franz. Das ist das heutige Hotel *Metropole*, weißt du?«

»Aha«, entgegnete Giulia, der nichts Besseres einfiel. Da das Kostüm ihres Vaters gerade aus der armseligen Kleidung eines Seefischers bestand, schien er soeben tatsächlich aufgestiegen zu sein. »Glückwunsch. Das nenne ich mal eine Blitzkarriere.«

Piergiuseppes Augen strahlten. »Ein richtiger Hotelchef.«

Brutus kämpfte fast mit den Tränen. »Ich bin so stolz auf dich.« Er umarmte Piergiuseppe fest.

»Da musst du aber bestimmt ziemlich viel Text lernen«, sagte Giulia und schickte sich an zu gehen.

»Ach«, Piergiuseppe winkte ab. »Das bisschen ›Guten Morgen, die Herrschaften‹ habe ich schnell drauf. Nur an der Betonung muss ich noch etwas arbeiten.«

Giulia schaute Brutus ungläubig an. Der nickte eifrig. »Und ich bringe das Soda. Aber ich soll dabei nicht reden.« Er lächelte fröhlich.

Giulia hatte sich das aufgrund der Kellneruniform ihres Freundes bereits gedacht, aber dass er nichts sagen durfte, fand sie schade. Brutus sprach den breiten Dialekt hier vom See, mehr Authentizität hätte sich die Regisseurin nicht wünschen können. Noch dazu hätte sie gedacht, dass jemand, der nur einen stummen Kellner spielen durfte, ein wenig beleidigt sein könnte. Aber das Gegenteil war der Fall. Der gutmütige Brutus schien sehr zufrieden zu sein und schon jetzt in seiner Rolle förmlich aufzugehen. Und dass, obwohl er anfänglich gar nicht bei diesem Abenteuer hatte dabei sein wollen. Nur auf das unerbittliche Drängen von Piergiuseppe hin hatte er sich als Statist gemeldet. Giulias Vater wollte seine Chancen im Filmgeschäft noch einmal ausloten, noch dazu, wo sich diese quasi vor der eigenen Haustür ergeben könnten. Er hatte Brutus Gott weiß was versprochen, wenn er ihn begleitete. Piergiuseppe konnte mitunter durchaus erfinderisch sein, vor allem dann, wenn er, der keinen Führerschein besaß, jemanden brauchte, der ihn während der Dreharbeiten von Abbadia Lariana zum Filmset nach Bellagio fuhr. Dafür eignete Brutus sich nun mal hervorragend. Ein anderer hätte sich sicherlich nicht für diesen Blödsinn breitschlagen lassen. Maria, Giulias Mutter, die Piergiuseppe ihr halbes Leben umherkutschierte, hatte das jedenfalls abgelehnt, obwohl sie die Karriere ihres Mannes bislang nach Kräften unterstützt hatte. Insgeheim glaubte selbst sie wohl nicht mehr so ganz an den Durchbruch ihres Gatten. Allerdings war sie klug genug, dies dem zartbesaiteten Piergiuseppe nicht auf die Nase zu binden, sondern hatte ihm von vornherein die Dienste von Brutus anempfohlen. Und Brutus, der vom ersten Tag seines Berufslebens an für die *Posteitaliane* arbeitete und kaum Urlaub nahm, schien sich über diese Abwechslung durchaus zu freuen. Dass Maria und Piergiuseppe noch etwas anderes im Sinn hatten, ahnte er jedoch nicht. Insgeheim hofften die beiden, dass Brutus, wenn er Abbadia Lariana schon einmal verließ, endlich eine Frau kennenlernen würde. Nur eine Angehörige des Filmteams sollte es, wenn es nach Maria ging, nicht unbedingt sein. Ob die Chancen für Brutus, der sich zumeist am Filmset bewegte, so gut standen, war allerdings dahingestellt.

»Was habt ihr eigentlich den ganzen Tag hier gemacht? Wenn ich das richtig mitbekommen habe, ging es doch vorhin mit diesem inszenierten Einmarsch der Damiani erst los, oder?« Giulia erfasste bei dem Gedanken an diese seltsame Frau ein leichtes Schaudern. Was sie ihren Leuten da zugemutet hatte, war ziemlich harter Tobak gewesen.

»Gewartet«, antwortete Brutus, ohne irgendeine Verwunderung oder Verärgerung darüber erkennen zu lassen. »Und den Profis zugeguckt. Das war toll!«

»Sieben Stunden lang?« Giulia konnte es nicht glauben.

»Weißt du, Giulia, bei den Künstlern ist das alles etwas anders als bei euch im öffentlichen Dienst. Wir Kreative müssen auf den richtigen Moment warten, die perfekte Aura«, sagte Piergiuseppe belehrend. »Man kann nicht immer und überall einfach so loslegen.«

»Genau, die perfekte Aura«, pflichtete Brutus ihm bei.

Giulia war sich sicher, dass keiner der beiden jemals vorher diesen Begriff in den Mund genommen hatte. Sie hakte sich rechterhand bei ihrem Vater und linkerhand bei Brutus unter und schlenderte zwischen den beiden zum Ausgang des Parks.

»Die Signora war etwas unpässlich und brauchte ein wenig Ruhe«, ergänzte Piergiuseppe. »Und wir hatten eine ausgezeichnete Verpflegung, fast so gut wie bei deiner Mutter.« Piergiuseppe lief langsam, blieb aber hin und wieder stehen und atmete tief durch. Das hatte, und da war Giulia sich sicher, nichts mit dem Anblick der zauberhaften Gärten zu tun. Piergiuseppe hatte heute einen kleinen Durchbruch erlangt – immerhin war er zum Hotelchef befördert worden – und war von einer so tiefen Glückseligkeit ergriffen, dass er es selbst noch nicht fassen konnte.

»Na ja, der Panettone war eigentlich sogar besser als der von Maria«, bemerkte Brutus. »Gar nicht trocken. Aber sag ihr das bitte nicht, du weißt ja, wie sie ist.«

»Die haben euch die Reste vom Weihnachtskuchen serviert?«, erwiderte Giulia. »Na, das nenne ich ja mal ein tolles Catering.«

»Marias Kuchen ist trocken?« Piergiuseppe schaute Brutus böse an. »Es setzt gleich was. Auf keinen Fall war der Kuchen besser als der von meiner Maria.« Piergiuseppe fuchtelte mit dem Zeigefinger vor Brutus herum. »Sei vorsichtig, Junge.« Der sanftmütige, fast schon liebevolle Klang seiner Stimme passte überhaupt nicht zu seinen Worten. Aber so war Piergiuseppe nun einmal. Er konnte keine Kante zeigen, auch wenn er sich hin und wieder ernsthaft darum bemühte.

Seine Ansage verfehlte ihre Wirkung bei Brutus, der zu ihm wie zu einem Vater aufschaute, dennoch nicht. Er senkte den Kopf. »Ich meine ja nur. Aber frisch war er trotzdem. Nicht von Weihnachten.«

»Es ist der Lieblingskuchen von Signora Aurora«, sagte Piergiuseppe andächtig. »Und man hört ihn nicht.«

Giulia schaute ihren Vater verwundert an. »Wie bitte?«

»Giuli, man kann ihn nicht hören«, erklärte Brutus, als wäre es das Normalste der Welt.

»Also, sag bloß, das hast du nicht mitbekommen«, ergänzte Piergiuseppe vorwurfsvoll. »Die begnadete Signora Aurora Damiani leidet unter Misofonie, das weiß doch jeder in Italien.«

Giulia, die bis vor ein paar Wochen nicht einmal eine Ahnung hatte, dass die Signora existierte, hatte keinen Schimmer, was Misofonie sein könnte.

»Das ist, wenn man es nicht erträgt, bestimmte Geräusche zu hören. Bei Signora Aurora ist es besonders schlimm. Sie bekommt Panikattacken, wenn sie Menschen essen hört, also kauen, schlucken, schmatzen, schlürfen …« Brutus machte ein betroffenes Gesicht.

»Das ist ja schrecklich. Die arme Frau.« Giulia schlug sich die flache Hand vor den Mund. »Wird sie daran sterben?«

Brutus und Piergiuseppe, denen aufging, dass sie sie gerade auf den Arm nahm, schauten Giulia nur vorwurfsvoll an.

»Damit macht man keine Scherze. Das ist eine richtige Krankheit«, maßregelte Brutus sie.

»Gut.« Giulia bemühte sich darum, ernst zu bleiben. »Dann habt ihr also den ganzen Tag nur weichen Rührkuchen und Polenta bekommen? Suppe fällt ja schon mal aus, so, wie du, mein lieber Brutus, schlürfst.«

Brutus zog einen Flunsch.

»Sie isst zwar nicht direkt mit uns, aber ihr Assistent meint, wir sollen kein unnötiges Risiko eingehen«, sagte Piergiuseppe. »Große Künstler sind nun mal speziell.« Er schmatzte laut. »Und ich hatte ganz ausgezeichnete *Pizzoccheri*, bei denen der Koch an *Bitto*-Käse nicht gespart hat. Die Buchweizennudeln waren auf den Punkt, obwohl das ja bei einem Eintopf eine Herausforderung ist.«

»Verstehe«, antwortete Giulia und fragte sich, warum das Team derart auf die Macken der Regisseurin Rücksicht nehmen musste. Die beiden Männer auf dieses überzogene Verhalten aufmerksam zu machen, hätte allerdings keinen Sinn gehabt. Die beiden ergaben sich ihrer Ikonenverehrung, und Giulia wollte sie ihnen auch gern lassen. Offenkundig bereiteten ihnen die Dreharbeiten Vergnügen, und das freute sie. »Aber das mit der Geräuschempfindlichkeit«, hob sie an und bemühte sich um mehr Ernsthaftigkeit in ihrer Stimme.

»Es ist nicht nur einfach eine Empfindlichkeit«, verbesserte Brutus. »Tu das bitte nicht so ab und danke Gott, dass keiner von uns daran leidet.«

»Du hast mal wieder keine Ahnung«, sagte Piergiuseppe mit vorwurfsvollem Unterton. »Die Crew bekommt natürlich eine ausführliche Unterweisung.«

»Da haben die gesagt, was wir alles nicht dürfen«, ergänzte Brutus. »Also laut essen, die Kostüme mit nach Hause nehmen, unpünktlich sein, die Regisseurin ansprechen, Alkohol trinken …« Er nickte dazu bedeutungsschwer. »Und dass es natürlich für den Erfolg wichtig ist, dass wir geistig-emotional richtig schwingen.«

Jetzt konnte Giulia nicht mehr an sich halten. »Wir reden über einen Spielfilm, der von den zahlreichen Affären eines längst toten Musikers erzählt. Wie wichtig kann so etwas schon sein?«

»Meine liebe Giulia, wie ich sehe, haben deine Mutter und ich nicht genügend Zeit in deine kulturelle Bildung investiert«, bemerkte Piergiuseppe. »Franz Liszt ist auch heute noch ein ganz Großer seines Faches. Und Marie d'Agoult …« Piergiuseppe kam ins Stocken.

Bevor er als Hotelchef emotional in alle Richtungen ordentlich schwingt, muss er noch mal sein Wissen auffrischen, dachte Giulia amüsiert.

»Nimm das ernst«, forderte Brutus. »Dein Vater und ich verbringen die nächsten zwei Wochen beim Dreh, wenn es sein muss, Tag und Nacht.«

»Für wie viele Minuten, die ihr dann in dem Streifen zu sehen sein werdet?«, wollte Giulia wissen. »Und eine Gage zahlen die euch doch bestimmt auch nicht.«

Brutus blieb mit dem Ausdruck grenzenloser Entrüstung stehen. »Darum geht es doch gar nicht. Das ist die Geschichte des imposantesten Liebespaares des 19. Jahrhunderts. Dafür muss man alles zu geben bereit sein.«

Giulia war hundertprozentig sicher, dass diese Worte nicht auf dem Mist von Brutus gewachsen waren. Und so langsam beschlich sie das Gefühl, dass Aurora Damiani nicht nur einen riesigen Vogel hatte, sondern Qualitäten einer Sektenführerin an den Tag legte. Giulia würde auf Brutus und Piergiuseppe ein Auge haben müssen, so viel war sicher.

2

»Es ist mir unbegreiflich, wie er so geschmacklose weite Boxershorts tragen kann und dann auch noch in diesem nichtssagenden Farbton«, murmelte Gerichtsmediziner Professore Andrea Fontana ungläubig, während er zwischen den beiden weit geöffneten Flügelfenstern der Balkontür stand und auf den See hinausblickte. »Es ist alles eine Frage des Stiles, egal ob man tot oder lebendig ist. Aber so etwas in diesem Hause, das ist unwürdig. Wir sind schließlich in einer Senior Suite des Grandhotels *Villa Serbelloni.* Abgesehen davon, dass der Hügel, auf dem dieses herrliche Anwesen erbaut wurde, mehr als geschichtsträchtig ist. Ich meine, Plinius der Jüngere, das ist ja nicht einfach irgendwer. Also, selbst wenn seine *Villa Tragedia* angeblich nicht genau hier gestanden hat, was noch zu beweisen wäre, ist dieser Ort quasi heilig.« Seine Stimme war mit jedem Wort lauter geworden. Fontana drehte sich zu einem der Fensterflügel und strich sich durch sein grau meliertes dunkles Haar, das immer akkurat frisiert war. Dabei begutachtete er sich im Spiegelbild der Fensterscheiben, richtete schließlich den leicht aufgestellten Kragen seines weißen Oberhemdes und drehte sich langsam zu Giulia herum. Ein laues Lüftchen kam vom See herein und wehte eine fette Wolke von Fontanas Aftershave zu Giulia herüber.

Giulia schaute an sich herunter. Sandalen, Jeans und T-Shirt, alles wie immer und garantiert diesem Ort nicht angemessen. Aber so etwas hatte sie noch nie interessiert.

Fontana bemerkte ihren Blick, und seine Mundwinkel zuckten leicht. »Wenn du dich wie eine Dame kleiden würdest, wäre ich erschrocken«, sagte er mit einem Augenzwinkern. »Möglicherweise würde ich dich auf der Straße dann nicht mal mehr erkennen.«

Giulia stieg auf die Frotzelei des Professore ein. »Sie kommt also noch«, konterte sie schnell mit einem breiten Schmunzeln im Gesicht. Sie kannte den Professore, der in Mailand ein rechtsmedizinisches Institut leitete, lange genug, um zu wissen, warum er heute so gut gelaunt, ja geradezu gelöst war. Fontana war in Italien einer der angesehensten Fachleute auf seinem Gebiet und hatte Giulia bei ihrer Arbeit schon so manches Mal den ausschlaggebenden Hinweis gegeben, aber man musste mit ihm umzugehen wissen. Und über seine Schwäche für einen gewissen Frauentyp hinwegsehen: Der war in der Regel jung, um nicht zu sagen blutjung, und mit einem IQ ausgestattet, der im Vergleich zu den fraulichen Rundungen bemerkenswert wenig ausgeprägt war. Was der ausgesprochen kluge und elegante Fontana an dieser Art Frauen fand, hatte Giulia noch nie begriffen, aber sie nahm diese Marotte hin, nicht zuletzt, weil sie wusste, dass Fontanas Spürnase in der Aussicht auf ein Schäferstündchen zu wahren Höchstleistungen auflief, was ihr im Gegensatz zu den anderen Commissarios der Questura nichts ausmachte. Wenn sie den Professore also brauchte, beorderte sie ihn an den See. Und Fontana kam immer wieder gern. In Begleitung. Giulia profitierte von den unkontrollierbaren Leidenschaften des Professore, denn nicht zuletzt aufgrund der attraktiven Lage ihres Ermittlungsgebietes wurde sie schneller und zuvorkommender als die Kollegen bedient, die ihrer Arbeit in der Stadt oder in den fernab gelegenen Bergdörfern nachgehen mussten. Sie hatte quasi die Leichen in Premiumkulisse, und eine davon hing gerade direkt vor ihr und trug nichts weiter als schwarze Boxershorts. Die wiederum passten jedoch hervorragend zu der gleichfarbigen Seidenkrawatte, mit der sich der Bedauernswerte an der Kleiderstange des Schrankes erhängt hatte.

»Ich muss ihn nicht mal untersuchen, um zu wissen, dass dies kein Freitod war«, sagte Fontana und ignorierte dabei ihre Neckerei geflissentlich. Die beiden kabbelten sich zwar gern, waren aber auf ihre eigene Art herzlich miteinander, wobei Giulia, bis auf die Frauengeschichten, kaum etwas Privates über den Professore wusste. Nonchalant tänzelte er zu der Leiche herüber, begutachtete mit selbstsicherer Kennermiene den antiken Schrank, in dem der Tote hing, und kam zu dem Schluss, dass man sich in so edlem Holz nicht selbst richtete. »Für die Suite legt man gut und gern tausend Euro pro Nacht hin.«

Giulia schaute erst auf Fontana, dann auf den toten Mann und zog schließlich skeptisch die rechte Augenbraue nach oben. »Was willst du mir sagen? Spuck es aus, aber halt mir keinen Vortrag über Antiquitäten und Hotelzimmerpreise, zumal das mehr als dünne Argumente sind.« Fontanas Überheblichkeit empfand sie so zeitig am frühen Morgen als anstrengend. Die Kollegen hatten sie nach einer kurzen Nacht aus dem Bett geklingelt, und sie hatte kaum genügend Zeit für einen schnellen Espresso gehabt. »Das Zimmer ist ordentlich, also keine Hinweise auf einen Kampf oder so, seine Sachen hängen akkurat über dem Kleiderständer, Handy, Sonnenbrille, Geldbörse, Schlüssel, alles nebeneinander auf dem Sideboard da drüben abgelegt. Also für mich sieht das verdammt nach Suizid aus. Und wenn man es sich leisten kann …«

Fontana trat dicht an den Schrank heran und weitete seine Nasenflügel. »Ich rieche den Mord«, sagte er.

Giulia wunderte sich schon lange nicht mehr über die ungewöhnlichen Untersuchungsmethoden des Professore. Sie war nur froh, dass er den Verblichenen nicht anleckte oder zu ihm in den Schrank kroch, um seine Perspektive zu überprüfen. Fontana war ein Profi, aber wenn es Menschen gab, die es beim reinen Gedanken an Leichen und rechtsmedizinische Untersuchungen schauderte, dann wollte sie nicht wissen, was diese Leute denken würden, wenn sie den Professore beobachteten. Er übertrieb es mitunter bei seiner Suche nach der Wahrheit und scheute dabei vor nichts zurück. Einmal war sie Zeugin gewesen, wie er die Konsistenz eines Mozzarella in dem unverdauten Mageninhalt eines Ermordeten untersucht hatte, und bis heute konnte sie nicht hundertprozentig sagen, ob er den Käse dazu nicht sogar probiert hatte, zuzutrauen war es ihm jedenfalls. Denn Fontana musste immer gewinnen. In diesem Fall gegen einen verschlagenen Pizzabäcker aus Limonta, auf der Westseite des Sees, bei dem sie sich alle absolut sicher waren, dass nur er der Mörder seines schärfsten Konkurrenten gewesen sein konnte. Doch leider hatten die Beweise gefehlt. Bis der Professore auf den Mozzarella-Test gekommen war. Der Pizzabäcker hatte nämlich ein besonderes Alleinstellungsmerkmal, und das war der *Mozzarella di Bufalo Campana* seines Schwagers aus Kampanien. Den bekamen, und damit warb er, die Kunden nur bei ihm. Dass man ihm so ein gemeinsames Abendessen mit dem Mordopfer, welches er konsequent abgestritten hatte, mühelos nachweisen konnte, war sein Pech und Fontanas Glück gewesen.

»Der Schweißgeruch ist penetrant«, fuhr Fontana gelassen fort, nahm ein weißes Stofftaschentuch aus seiner Tasche, hob den linken Arm des Mannes und fuhr einmal damit an dessen Achselhöhle entlang. Dann roch er daran und hielt es schließlich Giulia entgegen. »Angstschweiß, ganz eindeutig.« Er zwinkerte.

»Unsinn. Auch ein Selbstmord kann einem Menschen Stress bereiten und ihn zum Schwitzen bringen«, widersprach Giulia. »Und bitte versuche mir nicht weiszumachen, dass du die Art des Schweißes am Geruch erkennst. Fontana, Fontana.« Giulia legte den Kopf schräg und versuchte sich in einem vorwurfsvollen Gesichtsausdruck. Sie mochte es nicht, wenn der Professore, der sie eigentlich sehr schätzte, sie zum Narren hielt. Diesen Unsinn konnte er gerne bei seinen jungen Dingern zum Besten geben. Aus Giulias Sicht sollten die jungen Frauen heutzutage mit ihren Sugardaddys deutlich kritischer umgehen.

»Gut, gut, zurück zu unserem Freund hier«, entgegnete Fontana ohne die kleinste Emotion in der Stimme. Er strich über die Arme des Mannes, drückte in die Leichenflecke und umfasste schließlich das Kinn des Toten, um dessen Kopf nach oben zu drücken. Als dadurch die halblangen dünnen Haare des Mannes zurückfielen und den Blick auf das Gesicht freigaben, stieß er einen Begeisterungsruf aus.

»Was ist? Was hast du?«, fragte Giulia, die Fontana nur aus den Augenwinkeln sah und damit begonnen hatte, die persönlichen Gegenstände des Mannes genauer unter die Lupe zu nehmen.

»Das ist Umberto Farini«, sagte Fontana hochachtungsvoll. »Das ist jetzt aber wirklich schade.« Er hielt noch immer den Kopf des Toten und schaute unverwandt in dessen bleiches Gesicht. »Hattest du nicht gesagt, es handelte sich um einen Signore Messinis oder so?«

»Die Dame am Empfang hat mir den Namen genannt, ja«, erwiderte Giulia zögerlich. »Farini, sagst du?« Sie überlegte, wo sie den Namen schon einmal gehört hatte. Es war ihr gerade eingefallen, als Fontana weiterredete.

»Er ist das größte Schauspieltalent, das Italien derzeit zu bieten hat. Ein aufgehender Star quasi.« Fontana nickte andächtig und schaute Giulia vorwurfsvoll an. »Commissario, nun bitte ich dich aber. Du müsstest bei so einer Leiche vor Freude ausflippen. Wenn du den Fall zügig aufklärst, wird das deiner Karriere nicht schaden. Du wärst in ganz Italiens Munde, du, die taughe Commissario vom Comer See ...«

Giulia zuckte nur mit den Schultern. Sie würde keine Unterschiede in ihrer Arbeit machen, ob hier Adriano Celentano vor ihr hing, dessen Satiresendung *RockPolitik* sie gern gemocht hatte, oder ein Landstreicher aus Lierna. Sie prüfte schließlich die Dokumente des Toten und vergewisserte sich, dass der Professore mit der Identität des Mannes tatsächlich recht hatte. Dann trat sie einen Schritt nach vorn, wobei sie darauf achtete, Fontana nicht in die Quere zu kommen, und betrachtete den Toten eingehend.

»Farini wurde von Sorrentino entdeckt. Paolo Sorrentino?« Als Giulia nicht reagierte, winkte er ab und fuhr fort. »Er hatte eine unbedeutende Nebenrolle in *La Grande Bellezza,* aber irgendwie war der Film sein Durchbruch, na ja, wer mit Sorrentino arbeiten darf ...« Es folgte ein strafender Blick zu Giulia hinüber. Farinis Kopf ruhte noch immer in seiner Hand.

»Filme sind nicht so mein Ding«, sagte sie schlicht.

»Bildungslücke«, kommentierte Fontana. »Farini hatte seine erste große Rolle in *Loro*, dem Berlusconi-Film.« Fontana lächelte. »Eine herrliche Satire, nun ja, anders kann man unserem Silvio auch nicht begegnen. Die Deutschen haben das Machwerk komplett zerrissen.

Na ja, mit zu viel nackter Haut können die Teutonen nun mal nichts anfangen.« Fontana schüttelte den Kopf. »Aber allein schon das tot umgefallene Schaf in Berlusconis Villa gleich in der ersten Szene …« Fontana lachte schallend. »Dieser Humor, nicht einmal ein Schaf hält diesen Kerl aus.«

»Lass das bloß nicht Riso hören«, antwortete Giulia amüsiert. Carmelo Riso, der Leiter der Kriminaltechnik, war, soweit Giulia wusste, der letzte und einzig verbliebene Fan des einstigen italienischen Ministerpräsidenten, und er ging damit allen Kollegen in der Questura gehörig auf den Wecker.

Fontana legte sanft das Haupt des Toten ab. »Du weißt, dass ich am liebsten gar nicht mit dem Sizilianer rede«, sagte er mit gerümpfter Nase.

Giulia verdrehte die Augen. »Er kommt in einer Stunde. Dann bist du lange beim zweiten Frühstück mit deiner Flamme.« Giulia wusste sehr gut, dass Fontana und Riso, sollten sie einander begegnen, wie zwei Kampfhähne aufeinander losgehen würden. Da der Rechtsmediziner und der Chefkriminaltechniker eine ausgewachsene Feindschaft miteinander pflegten, machte das die Arbeit am Tatort nicht gerade leichter und erforderte vom ermittelnden Commissario jede Menge Feingefühl. Worauf die Antipathie der Männer beruhte, hatte Giulia bislang jedoch nicht herausbekommen können. Dass sie aber im Zusammenhang mit Tilda Riso, der schwedischen Frau des Kriminaltechnikers, stand, darin war sie sich absolut sicher. Die beiden mussten nun drei oder vier Jahre verheiratet sein, und just seit dieser Zeit herrschte Krieg.

Fontana nickte zufrieden. »Bei den Deutschen ist der Film nicht so gut gelaufen. Das lag meines Erachtens aber nicht an Farini, erst recht nicht an Sorrentino. Unsere Nachbarn kommen zwar gern in die italienische Sonne, aber der Blick in die italienische Seele braucht schon mehr. Pizza, Pasta und Chianti sind nun einmal genug, zumindest für die meisten.«

»Professore«, mahnte Giulia, die nun nicht auch noch über das Lieblingsthema Fontanas, Deutschland und die Deutschen, reden wollte. Sie trat dichter an den Toten heran und schob nun ebenfalls sein Kinn nach oben. »Das ist Franz Liszt. Tatsächlich«, entfuhr es ihr. Sie hatte den jungen Mann ohne Kostüm und mit seiner normalen Frisur nicht erkannt. Aber vor allem die Tatsache, dass seine Augen braun waren, ließen ihn total verändert erscheinen. Aurora Damiani hatte nun keinen Liszt mehr.

Fontana legte sich die Hand auf die Stirn. »Natürlich, die Damiani ist ja am See. Wie konnte ich das vergessen? Die drehen doch in der *Villa Melzi* diesen ganz große Liebesfilm.« Er schaute Giulia mit weit aufgerissen Augen an. »Weißt du, ob sie auch hier im Hotel abgestiegen ist? Das wäre ja …« Er wandte sich unschlüssig hin und her. »Ich habe jetzt nur ein einfaches Doppelzimmer für Roberta und mich gebucht, aber wenn die Damiani hier ist, dann würde ich eine Suite in ihrer Nähe bevorzugen. Man weiß ja nie, ob man sich nicht einmal über den Weg läuft, und mich hätte interessiert, was sie über Liszts Verbindungen zum Wagner-Clan denkt.« Fontana machte ein wichtiges Gesicht.

»Was?« Giulia verschluckte die Frage mehr, als dass sie verständlich war. Es hatte keinen Sinn, mit dem Professore derartige Gespräche zu führen. Dann schob sie wie beiläufig nach: »Das Hotel ist ausgebucht. Der Portier erwähnte gegenüber einem Gast bei meinem Eintreffen so etwas.«

Fontanas Miene verfinsterte sich. »Ich hoffe, du scherzt, Commissario.«

Giulia machte ein gleichgültiges Gesicht und zuckte mit den Schultern.

»Na gut. Aber wenn wir uns etwas beeilen, dann kann ich ja auch die Suite hier haben.« Er rieb sich den sehnigen Hals. »Es ist ja keine Sauerei, wie wir sie sonst manchmal zu sehen bekommen. Roberta muss das ja nicht unbedingt wissen.« Er fand sichtlich Wohlgefallen an der Idee.

Giulia rollte mit den Augen. »Na sicher, Roberta wäre bestimmt begeistert von der Suite. Gesetzt den Fall, dass sie herausfindet, wie man die Tür aufmacht«, frotzelte Giulia.

Fontana reagierte nicht.

Giulia schien es, als ob etwas mehr Tempo in seine Abläufe gekommen war. Gedankenverloren musterte sie Fontana und fragte sich, wieso alle um sie herum sich kaum mehr einkriegten, sobald es um diese Regisseurin oder ihren albernen Film über das Liebesleben von Franz Liszt ging. »Ich habe Umberto Farini gestern Abend in der *Villa Melzi* gesehen«, sagte sie geistesabwesend.

»Ich wusste es!«, rief Fontana aus, während er Farini von der Kleiderstange nahm. »Selbst die taughe Commissario wird bei einem Künstler wie ihm schwach und schleicht sich heimlich ans Filmset.«

»Unsinn. Ein Teil meiner Familie spielt als Statisten in dem Film mit, und wir waren nach Drehschluss am Set verabredet. Aber weil die Diva unpässlich war, hat alles länger gedauert. Und während ich warten musste, habe ich bei den Dreharbeiten zugesehen.« Sie schweifte mit ihren Gedanken erneut ab und fuhr dann fort. »Ich habe ihn tatsächlich nicht erkannt.« Giulia betrachtete aufmerksam die strähnig herunterhängenden schwarzen Haare Farinis, die ihn äußerst ungepflegt erscheinen ließen. »Seltsam, wie so eine Kostümierung einen Menschen verwandeln kann. Er sieht ganz anders aus.«

Der Professore packte den schlanken Mann und legte ihn auf den Boden. »Ja, ja, Kleider machen Leute.« Es folgte ein scheeler Blick auf Giulias Gesundheitstreter.

»Lass das«, forderte sie.

Fontana beugte sich über die Leiche und pfiff durch die Zähne. »Wie konnte ich das übersehen? Respekt.«

»Was? Was meinst du?«, fragte Giulia neugierig.

Er griff in den Gummibund der Unterhose und wendete ihn nach außen. »Also bis auf die Farbe«, er wiegte den Kopf hin und her, »wirklich edel, von Patucelli, sieh an. Das ist wahrer Luxus. Handgenäht. Siehst du den kleinen stoffüberzogenen Knopf an dem angedeuteten Eingriff? Das ist das Markenzeichen von Patucelli.«

Giulia zuckte nur mit den Schultern. Die Unterhose war so ungefähr das Letzte, was sie an dem Toten interessierte. »Was weißt du noch über diesen Mann?«

Fontana schnaufte. »Was man eben so in den Boulevardblättern liest. Ein herausragendes Talent, aus gutem Haus, aber bescheiden, hier und da mal ein paar schöne Frauen. Showbusiness halt. Na ja, und er war einer von euch.« Er hielt inne. »Schau dir mal die Statur an. Der war ja schon rein optisch die beste Besetzung für diese Rolle.« Dann begann er, leise eine Melodie vor sich hin zu summen, die Giulia glaubte, gestern beim Einmarsch der Damiani gehört zu haben.

Giulia hatte keine Ahnung, wie der echte Franz Liszt ausgesehen hatte. Dann stutzte sie. »Wie meinst du das, einer von uns?«

»Ein Comasco eben«, antwortete Fontana, als hätte sie eine blöde Frage gestellt.

»Woher?« Giulia fragte sich, ob Piergiuseppe oder Brutus das schon einmal erwähnt hatten. Möglich war es, aber dann musste ihr das durchgerutscht sein. Nicht dass diese Tatsache irgendetwas an ihrem Interesse oder ihrem Einsatz für den Fall änderte, dafür war sie Profi genug. Aber dass der angeblich so berühmte Farini vom See kam, bescherte ihr ein wenig Stolz, wenngleich seine vermeintlich steile Karriere durch seinen Tod ein jähes Ende gefunden hatte. »Was ist das für eine Melodie?«, fragte sie.

»Ihr Frauen kennt nur Fragezeichen«, erwiderte der Professore, ohne von seiner Arbeit aufzusehen. »Farini ist aus Lenno, wenn ich mich nicht täusche, und ich summe die Hungarian Rhapsody No. 2, eines meiner Lieblingsstücke von Liszt.« Fontana beschnüffelte die Leiche. »Übrigens, man munkelt, der Film sollte das fulminante Comeback der Diva werden. Ein unbekannter Finanzier soll dafür mächtig in die Tasche gegriffen haben. Der Name der Damiani zieht offenbar noch immer. Und mit Farini und dieser Kleinen, wie hieß sie noch gleich«, Fontana unterbrach sein Tun und schaute an die stuckverzierte Decke, »ach ja, Greta Esposito, übrigens auch eine durchaus ansehnliche Person, mit diesen beiden hätte das durchaus etwas werden können.

Ihre Schönheit und sein Talent … Der echten Marie d'Agoult wird die Kleine nicht ganz gerecht, aber seis drum.«

Giulia stand etwas unschlüssig neben der Leiche und dachte an die unschönen Szenen, die sie gestern Abend mitbekommen hatte. Umberto Farini war von dieser unmöglichen Frau vor einem großen und höchst interessierten Publikum gedemütigt worden. Erstaunlicherweise, aber was wusste Giulia schon über die Sitten beim Film, hatte er sich weder gewehrt noch widersprochen. Er hatte eher gewirkt, als ginge ihn das Gezeter dieses Weibes nichts an. Dennoch war kein Mensch, erst recht nicht ein junger Mann, der in ganz Italien angeblich eine angehende Berühmtheit war, frei von Emotionen. Farini muss die Kritik der Damiani getroffen haben, anders konnte es nicht sein. Aber reichte das aus, um sich das Leben zu nehmen? Wohl kaum. Sie wusste zu wenig über diesen Mann, um sich ein Urteil erlauben zu können. Aber nach allem, was man landläufig über das Filmgeschäft dachte, konnte von einer Drogensucht über Schulden bis zu einer durch eine nicht bekommene Rolle ausgelösten Depression alles drin sein. Ein Selbstmord des Stars erschien ihr jedenfalls nicht abwegig.

Sie begann, langsam durch den Raum zu schlendern und nach Hinweisen zu suchen. Sie war noch nie auf einem der Zimmer des *Serbelloni* gewesen, erst recht hatte sie hier niemals übernachtet. Das hätte für sie auch keinen Sinn gemacht, lag ihr Dorf doch nur eine einstündige Fährfahrt von hier entfernt, mit dem Auto über Lecco waren es sogar nur dreißig Minuten. Abgesehen davon waren die Preise für eine Commissario plus Gatten unerschwinglich, auch wenn Jacopos kleiner Restaurationsbetrieb mittlerweile immer besser lief. Ihr Mann allerdings fände diese alte Villa toll, da war sie ganz sicher. Zutiefst begeistert würde er jeden Winkel durchstöbern, um ihr stundenlange Vorträge über Originale und Repliken zu halten. Giulia hatte nicht viel Ahnung von Antiquitäten und historischen Gebäuden, aber so viel erkannte selbst sie: In der *Villa Serbelloni* waren sogar die dunkelblaue Tapeten aus echter Seide und die weißen Säulen, die das Himmelbett umrahmten, aus feinstem Marmor. Behutsam, wie es Jacopo sie gelehrt hatte, streichelte sie den angenehm temperierten Stein. Dabei fiel ihr Blick auf den kleinen Nachtschrank auf der linken Seite des Bettes. Dort lag neben einer randvoll gefüllten Wasserkaraffe und einem Glas ein dickes Buch. Giulia ging zum Bett herüber, um den Titel lesen zu können. Es war eine Biografie von Franz Liszt, dessen Antlitz auch groß auf dem Cover abgebildet war. Diese Augen und die Nase … Giulia schluckte. Fontana hatte recht. Die Ähnlichkeit war verblüffend. Sie nahm das Werk zur Hand, blätterte darin, und ohne großartiges Zutun klappten die Seiten auseinander, und eine gepresste Azaleenblüte, die Farini als Lesezeichen benutzt haben musste, kam zum Vorschein. Augenscheinlich war er über das erste Kapitel des Buches nicht hinausgekommen. »Er hat erst angefangen«, murmelte sie leise. »Gestern, nach dem Dreh. Die Schreckschraube hatte ihn ja quasi dazu genötigt. Er wollte es ihr also beweisen. Und dann hat er sich umgebracht?« Giulia grübelte. Ganz abwegig wäre das nicht. Vor allem dann, wenn Farini das Gefühl beschlichen hatte, dass er der Sache nicht gewachsen war. Aber kann einen eine einfache Biografie zu diesem Ergebnis bringen? Und vor allem, passte das zu dem, was Giulia gestern von diesem Mann gesehen hatte? Sie fotografierte das Cover des Buches und sendete es ihrer Assistentin Elena. Womöglich lohnte es sich, einen Blick hineinzuwerfen.

»Commissario, ich möchte dir gern etwas zeigen«, hörte sie den Professore sagen.

Sie drehte sich um und sah, wie Fontana mit Daumen und Zeigefinger eine der Haarsträhnen des Toten umfasst hielt und diese aufmerksam begutachtete. »Er ist nicht mehr dazu gekommen, seine Pflegespülung auszuwaschen. Deswegen sehen die Haare fettig aus«, sagte er.

Giulia ging neben Fontana in die Knie.

»Riechst du es?«, fragte Fontana. »Der Duft ist nicht ganz so intensiv wie der Schweiß, aber ich habe ihn gleich bemerkt. Ich benutze dieselbe Marke. *Dior Sauvage.*«

Giulia roch nichts, aber wollte dem Toten auch nicht näher kommen als notwendig. Sie richtete sich auf und ging ins Bad. Über dem Heizkörper hingen zwei breit gezogene Handtücher. Sie waren trocken – wobei sie das bei den Temperaturen vermutlich selbst dann gewesen wären, wenn Farini kurz vor seinem Tod noch geduscht hätte. Dafür fanden sich um den Ablauf der Duschkabine herum Seifenreste. Fontana konnte recht haben. Nachdenklich lief sie zurück ins Schlafzimmer. »Wenn man vorhat, sich das Leben zu nehmen, schmiert man sich dann noch eine Packung ins Haar?«, murmelte sie. »Ich meine, das macht doch keinen Sinn. Und wenn er einfach nur schön hätte sterben wollen, hätte er sie auch ausspülen und sich danach erhängen können.«

Fontana schaute kurz zu ihr auf. »Commissario, kein Selbstmord, glaub mir endlich. Das sollte nur so aussehen. Aber der, der dafür verantwortlich ist, hat das noch nicht oft gemacht.« Er ließ von Farini ab. »Ein kluger Mörder hätte den Mann zu Ende duschen und sich anziehen lassen. Das wäre auch das Mindeste gewesen, wenn ich mir die schwarze Unterhose so ansehe, immerhin Patucelli, aber welcher Mann, der etwas auf sich hält, trägt diesen Schnitt.« Fontana blähte seine Nasenflügel auf. Er nahm die Krawatte des Toten, verstaute sie sorgsam in einer Tüte und strich dann über den Hals des Mannes. »Keine sichtbaren Stauungszeichen«, wisperte er. »Erstaunlich. Nicht den Hauch einer Hautblutung. Aber eine schöne Drosselmarke, horizontal um den gesamten Hals. Damit ist die Sache eindeutig. Es kann kein Suizid gewesen. Beim Erhängen ist die Marke schräg.« Der Professore strich sie ehrfurchtsvoll ab. Dann schenkte er Giulia sein schönstes Lächeln.

»Gut. Du hast recht, wie immer«, sagte sie. »Es war Mord. Punkt.«

»Jawohl, Commissario.« Fontana salutierte übertrieben.

»Und warum hast du dann nicht gleich die Schlinge von seinem Hals genommen, um es mir zu beweisen?«, fragte sie angesäuert.

Er riss die Hände nach oben. »*Dio mio*, ich bin Italiener. Das ist wie in der Liebe. Man muss sich langsam vorarbeiten, das steigert die Spannung.«

Giulia atmete tief ein.

»Der Tod ist übrigens mindestens acht Stunden her.« Er schaute auf die Uhr. »Also irgendwann vor Mitternacht, eher zwischen einundzwanzig und dreiundzwanzig Uhr.«

»Wie bringe ich das nur meinem Vater bei?« Giulia stöhnte. Unwillkürlich standen ihr die Konsequenzen vor Augen, die das für ihre eigene Familie haben würde. Sollten die Dreharbeiten abgebrochen werden, gäbe es auch keinen Hotelmanager mehr und damit auch keine Rolle für Piergiuseppe. Das würde ihren Vater in eine tiefe Krise stürzen, die sein gesamtes Umfeld in den nächsten Monaten zu ertragen hätte. Giulia seufzte beim Gedanken an die zukünftigen verkorksten sonntäglichen Mittagessen, die Piergiuseppe, wie an allen anderen Tagen auch, aufgrund seines Leides im Bett einnehmen würde. Zu was ihr Vater in seinem Kummer noch so alles fähig sein würde, daran wollte sie lieber jetzt nicht denken.

***

Auf dem Flur vor der Suite polterte es laut. Dann drangen Stimmen zu ihnen herein. Jemand schien sich zu streiten.

»Meine Güte, die Leute wissen sich nicht mehr zu benehmen. Wahrscheinlich Touristen.« Fontana zog die Stirn kraus und überlegte. »Na ja, auch ein Fünfsternehotel ist vor solchen Leuten nicht gefeit.«

»Das ist Italienisch«, bemerkte Giulia, die die Stimmen erkannt hatte und fieberhaft überlegte, wie sie die prekäre Situation, die gleich eintreten würde, lösen konnte. Aber es war zu spät.

Die Tür zum Hotelzimmer flog mit Karacho auf, und Carmelo Riso, der Leiter der Kriminaltechnik, kam hereingeschossen. »Giulia, Giulia, du glaubst nicht, was dieser vertrocknete Todesengel gerade behauptet hat?« Riso echauffierte sich übertrieben laut und sah sich dabei suchend in der Suite um. Das Schlafzimmer, in dem sich Giulia befand, lag noch außerhalb seiner Sichtweite. »Mit so etwas macht man keine Späße, aber dieser Alten ist ja nichts heilig.«

Giulia, die Riso ebenso lange wie den Professore kannte, wunderte sich über keinen seiner Temperamentausbrüche mehr. Riso konnte sich – wie angeblich alle Süditaliener – über Gott und die Welt furchtbar aufregen. Da Giulia auch normale Leute aus dem Süden kannte, konnte sie dieses Vorurteil nicht bestätigen, aber Riso war schon ein ganz spezieller Fall. Sein Talent, sich in Dinge hineinzusteigern und aus einer Mücke einen Elefanten zu machen, war legendär, vor allem, weil er darüber nur allzu oft seine eigentliche Arbeit vergaß. Zu Giulias Glück verfügte Riso über ein ausgezeichnetes und verlässliches Team, das seinem Chef schon so manches Mal die Kastanien aus dem Feuer geholt hatte.

»Zur Hölle, Giulia«, rief er jetzt. »Wo steckst du denn? Wie riesig ist denn diese verdammte Suite?« Im nächsten Moment stand der groß gewachsene Sizilianer mit den roten Haaren im Raum und wollte gerade weiterwettern, als er Fontana erblickte. Mit offen stehendem Mund machte er auf dem Absatz kehrt, knallte gegen den Zinksarg, der von zwei jungen Männern hinter ihm hereingetragen wurde, und verschwand ohne ein Wort. Dahinter tippelte Tiziana, die über neunzigjährige Bestatterin, gefolgt von Risos Leuten. Die Sargträger kamen trotz der Wucht, mit der der hünenhafte Riso in sie hineingelaufen war, nicht einmal ins Taumeln. Giulia erkannte die glatzköpfigen, ganzkörpertätowierten Kerle sofort. Sie hatte die Stiefbrüder Andrea Accomazzo und Sergio Brugiolo vor einigen Jahren wegen schwerer Körperverletzung verhaftet. Damals waren die Jungs kaum strafmündig gewesen und hatten schon so viel Dreck am Stecken gehabt, dass eine Knastkarriere für sie vorprogrammiert schien. Dass sie momentan nicht im Gefängnis saßen, grenzte schon an ein Wunder, aber dass sie für Tiziana arbeiteten, konnte Giulia schlichtweg nicht glauben.

»Andrea, Sergio, das Schmuckstück hier abstellen und raus aus dem Hotel. Ihr vergrault die Gäste. Ich ruf euch, wenn ich etwas brauche«, befahl Tiziana so resolut wie immer. Die kleine hutzelige Frau mit dem Witwenbuckel und den dicken schwarzen Wollsocken zog eine Packung *Merlit*-Zigaretten aus ihrer Schürzentasche, zündete erst eine und dann die andere in ihrem Mund an und reichte sie den beiden Männern. Dann knuffte sie die Brüder nacheinander in die Wangen, wobei sie sich dafür auf die Zehenspitzen stellen und darauf warten musste, dass die großen, breitschultrigen Kerle sich ein wenig zu ihr herunterbückten, was sie brav taten. Dabei lachte sie ihr typisches kratziges Lachen. »Wenn ihr den durchgeknallten Sizilianer seht, sagt ihm, Tiziana De Angelis weiß, wer an ihrem Lario stirbt, und sie irrt sich nie.« Die Jungs nickten folgsam, warfen Giulia einen verstohlenen Seitenblick zu und verschwanden.

»Umberto Farini, dass es auch die Schönsten treffen muss, werde ich dem lieben Gott nie verzeihen können«, sagte sie mit Schwermut in der Stimme zu Giulia. »Alle müssen einmal sterben, das ist wohl wahr. Aber kann er nicht zuerst die Hässlichen zu sich holen?«

»Woher …?«, fragte Giulia und dachte an den Empfangschef, der sogar ihr einen falschen Namen genannt hatte.

Tiziana lächelte verschmitzt. »Ach, Giuli, du kennst mich doch.« Jetzt zündete sie sich auch selbst eine *Merlit* an und paffte gierig.

»Kennst du Farini?«, fragte Giulia schnell, denn Tiziana schien in Plauderlaune zu sein, und das musste sie ausnutzen.

»Aus dem Fernsehen«, vermeldete Tiziana mit einer Unschuldsmiene, die unverhohlen erkennen ließ, dass das geflunkert war.

Giulia schaute ihre alte Freundin prüfend an.

Tiziana wackelte mit dem Kopf. »Woher soll unsereins, eine kleine Bestatterin aus Linzanico«, sie wand sich übertrieben, und ihr Tonfall bekam etwas Jungmädchenhaftes, »solch wichtige Leute kennen?« Sie lachte mit gespielter Verlegenheit. »Du überschätzt mich, aber das spricht für deinen Charakter.« Sie warf Giulia einen Kussmund zu. »Meine Kleine.«

Giulia hob die linke Braue und fixierte Tiziana mit schmalen Augen. »Ti…«

»Das sind Nichtraucherzimmer«, vermeldete der Professore aus Giulias Sicht im absolut falschen Moment. Augenscheinlich war das aber nicht das Einzige, was ihn störte. Während er eilig seine Tasche zusammenpackte, warf er Giulia immer wieder wütende Blicke zu. »Ein Brandloch auf dem Perser, und das Geld für die nächsten hundert Leichen bekommt das Hotel.«

»Sonst kommt Riso nie pünktlich. Mach mir keine Vorwürfe«, sagte Giulia und ärgerte sich, dass Fontana ihr, wenn auch unbewusst, so in die Parade gefahren war. Es sollte mit dem Teufel zugehen, wenn Tiziana nicht mehr über Farini wusste, als sie zugegeben hatte, aber nun musste sie auf den richtigen Moment warten. Tiziana war gleichermaßen seelensgut wie schwierig, und wenn sie sich zu etwas gedrängt fühlte, verfiel sie in eine Art bockigen Abwehrzustand, der durchaus längerfristig anhalten konnte. Sie streichelte Tiziana sanft über den Arm und ließ es für heute dabei bewenden.

»Es ist schon erstaunlich, dass ein erwachsener Mann sich so kindisch aufführen kann. Wie ein zu groß geratenes Baby mit roten Haaren«, sagte Fontana, der im Begriff war zu gehen, und schmunzelte dabei böse.

Einer der Kriminaltechniker lachte laut.

»Schäm dich für deine spitze Zunge, Professore«, sagte Giulia.

»Ach«, bemerkte Tiziana, die wieder etwas Neues gehört hatte und sichtlich darüber erfreut war, ein wenig Polizei-Klatsch-und-Tratsch aufgeschnappt zu haben. Sie liebte es, etwas über ihre Mitmenschen in Erfahrung zu bringen und dieses Wissen dann, wohldosiert und im richtigen Moment, unter den Leuten weiterzuverbreiten. Kaum einer am See kannte so viele Menschen, ob tot oder lebendig, wie Tiziana. Die quirlige Frau war der lebende Beweis dafür, dass Tratschen ein Jungbrunnen und das Bestattungswesen eine durchaus abwechslungsreiche Branche sein konnten. »Mein Alessandro«, sie schaute zum Himmel hinauf und bekreuzigte sich, »dieser nichtsnutzige kommunistische Bestattergehilfe, hat immer gesagt, wenn zwei Männer sich streiten, steht eine Frau dazwischen.« Bei den Worten zwinkerte sie Giulia verschwörerisch zu. »Ja, ja, auch wenn Alessandro ansonsten nicht viel Sinnvolles von sich gegeben hat, in diesem Punkt hatte der Gute wohl recht.«

Fontana verabschiedete sich kurz und verschwand.

»Da flüchtet der schöne Mann. Dabei hätte er mich gern auf einen Aperitif einladen können. Meine Großmutter ist hundertunddrei Jahre alt geworden, damit habe ich noch elf Lenze vor mir. Ich habe also Zeit.« Sie kicherte, woraufhin ein Ascheregen auf ihre Brüste und ihre schwarzen Turnschuhe herunterging. Sie bemerkte es und schaute Giulia schuldbewusst an. »Ich gehe auf den Balkon, schon gut, schimpf nicht, Giuli. Auf das Geld für die nächsten hundert Leichen kann ich nicht verzichten. Ein Bestatter muss rechnen können, und ich muss ja auch an meine Mädels denken.«

Giulia lächelte sanftmütig. Jeder am See wusste, dass der Name des altehrwürdigen Bestattungshauses »De Angelis & Figli« nichts als eine unerfüllte Hoffnung von Tizianas Urgroßvater, dem Gründer des Unternehmens, war. Denn seit seinem Bestehen, und das ging bis auf das Jahr 1859 zurück, gab es in der Familie De Angelis nur Töchter. Tiziana führte das Unternehmen seit mehr als siebzig Jahren und hatte bislang nie verlauten lassen, dass sie gedachte, die Leitung in naher Zukunft an ihre Tochter, deren sechzigster Geburtstag nunmehr auch schon weit zurücklag, oder an ihre Enkelin übergeben zu wollen.

Tiziana stieß vom Balkon aus dicke Rauchwolken in die Luft, und Giulia verblieb bei den Kriminaltechnikern, die schweigend ihrer Arbeit nachgingen. Sie dachte nach. Es war kurz nach acht gewesen, als sie gestern zu Hause angekommen war. Gegen sieben war sie mit Piergiuseppe und Brutus aufgebrochen. Die beiden waren vor ihr abgefahren, da sie noch mit Eleonora Tommaso, einer Frau aus ihrem Dorf, telefoniert hatte. Momentan war in Giulias altem Fiat Punto Cabrio gleichzeitiges Fahren und Telefonieren aufgrund des nur noch halb vorhandenen Auspuffrohres keine so gute Idee, denn man verstand schlicht und ergreifend sein eigenes Wort nicht. Luigi und Achille, die Enkel der Tommasos, hatten mit ihrer improvisierten Straßensperre aus Feldsteinen ganze Arbeit geleistet, zumindest was Giulias Auto anging. Der kaputte Auspuff kostete sie zwar einiges an Zeit, aber irgendwie fand Giulia diese zwangsweise Entschleunigung gar nicht so übel. Sie war ohnehin der Meinung, dass die Leute viel zu viele Dinge gleichzeitig und damit eigentlich nichts mehr richtig taten. So hatte sie in aller Ruhe Eleonoras Überredungsversuche mit der Begründung abgewehrt, dass Jacopo bei seiner derzeitigen Auftragslage kaum dazu käme, etwas für den *Anniversario della Liberazione,* den Tag der Befreiung, den die Gemeinde auf Anregung des alten Campanaro Chiapponi am kommenden Samstag feiern wollte, zu backen. Stattdessen hatte sie zugesagt, heute im Laufe des Vormittags ein paar Erledigungen für Eleonora zu machen, die sich freilich nun wegen des toten Farini ein wenig verzögern würden. Während sie telefoniert hatte, war Farini in voller Kostümierung an ihr vorbeigerannt. Keine drei Stunden später war er tot. Die Frage war nur, was er in der Zwischenzeit gemacht, und vor allem, wen er getroffen hatte. Giulia hatte über die Jahre schon so einige Mordfälle aufzuklären gehabt, aber noch nie war ihr eines der Opfer vorher persönlich begegnet. Nun hatte sie den bedauernswerten Farini nicht gekannt, so weit wollte sie nicht gehen, aber ihn bei seiner Arbeit beobachtet zu haben gab ihr einen etwas anderen Blick auf die Dinge.

»Habt ihr ein Kostüm gefunden?«, fragte sie einen der Kriminaltechniker. »Schwarze Herrenkleidung aus dem 19. Jahrhundert.«

Der schaute seine Kollegen fragend an.

»So eine lange Samtjacke mit Weste und eine Perücke müssten auch dabei gewesen sein«, ergänzte Giulia. »Die Hose war ein wenig beschmutzt.«

Die Kollegen verneinten.

Seltsam, dachte Giulia. Entweder war er noch einmal ans Set zurückgekehrt, um seine Sachen abzugeben, oder er hatte sie irgendwo anders abgelegt. Aber wo um alles in der Welt geht man in dem kleinen Bellagio als Franz Liszt hin und kommt als Umberto Farini zurück?

»Bis auf die exquisite Unterhose von Patucelli, die die Leiche trägt, gibt es hier auf den ersten Blick nichts Spektakuläres«, murmelte einer der Kriminaltechniker vor sich hin.

Giulia fragte sich, wieso alle diese Luxusmarke kannten, nur sie nicht. Ansonsten sah sie das genauso. Teure Kosmetik, teure Kleidung, was der Name ihres Trägers in der Innenseite der Jacken verriet, und die Liszt-Biografie. In seinem Portemonnaie hatte sie zwanzig Euro und die üblichen Kreditkarten gefunden, aber keine Fotos oder andere private Dinge. Sein Handy, wie sollte es auch anders sein, war gesichert. Zu Giulias Verärgerung hatte Farini nicht die Touch-ID-Funktion genutzt, was mittels seiner Finger sogar für sie eine leichte Übung gewesen wäre. Stattdessen konnte das Teil nur durch einen Zahlencode aktiviert werden. Hier musste ihre Assistentin Elena ran. Natürlich hätten das Risos Leute auch übernehmen können, aber irgendetwas sagte ihr, dass sich Elena über das Mobiltelefon von Umberto Farini freuen könnte. Noch dazu würde die Neugier auf die Geheimnisse ihres Idols Giulias Wartezeit erheblich verkürzen.

Es klopfte leise. Giulia trat hinaus in den Flur der Suite und öffnete die Tür.

»Enrico Chiurlotto, ich bin der General Manager dieses Hauses«, sagte der vor ihr stehende gedrungene Mann mit gedämpfter Stimme, dessen Augen so nah beieinanderstanden, dass Giulia Mühe hatte, ihn anzusehen. »Darf ich hereinkommen?«

Giulia stellte sich ebenfalls vor und ging ein wenig zur Seite, damit er eintreten konnte.

Enrico Chiurlotto machte vorsichtige Schritte, als wäre das Verursachen eines Geräusches bereits ein Fauxpas für einen Angestellten dieses Hotels, schloss leise die Tür hinter sich und schaute Giulia mit ernster Miene an. »Was hier passiert ist, bedauere ich sehr. Signore Messinis«, er schaute ihr unverwandt in die Augen, »war einer unserer überaus geschätzten Stammgäste. Ich hoffe, wir können diese Angelegenheit so diskret wie möglich lösen. Das bin ich den Gästen dieses Hauses schuldig.« Er wartete und ließ seinen Blick dabei auf Giulia ruhen, als setzte er ihre uneingeschränkte Zustimmung zu diesem Vorschlag voraus.

»Ich verstehe nicht«, antwortete Giulia. »Die Polizei wird wegen des Todes von Signore Messinis, wie sie ihn nennen, ermitteln. So ganz ohne Aufsehen wird das nicht möglich sein, abgesehen davon ist der Signore kein Unbekannter, und sein Ableben weckt per se schon Interesse. Ich gehe davon aus, dass ganz Bellagio einschließlich der derzeit hier residierenden Touristen weiß, wer hier bei ihnen eine Suite bewohnt.« Sie übertrieb bewusst.

Chiurlotto stand regungslos vor ihr und schien kurzzeitig sogar das Atmen eingestellt zu haben. »Sie verstehen mich nicht«, sagte er ruhig, aber mit deutlichem Nachdruck in der Stimme. »Es wird kein Aufsehen in meinem Hotel geben. Was Sie hier hinter verschlossenen Türen tun, ist mir egal. Doch sobald Sie und Ihre Leute hier hinausgehen, üben Sie sich in absoluter Diskretion. Das ist unvermeidbar.«

»Die ermittelnden Beamten unterliegen alle der Schweigepflicht«, entgegnete Giulia leicht gereizt und wohl wissend, dass Carmelo Riso zuallererst seine Frau Tilda angerufen hatte, um von dem prominenten Toten zu berichten. Sobald er wieder in der Questura eintraf, würde er vermutlich jedem Büro einen Besuch abstatten, und alle jene, die er verpasst hatte, bekämen die Geschichte spätestens zur Mittagspause in der Kantine serviert.

Chiurlotto räusperte sich. »Ich bitte Sie, den Signore über die Hintertreppe unseres Hauses wegzuschaffen. Ich werde mich darum kümmern, dass dies problemlos vollzogen werden kann. Vor der Tür steht ein Page, der auf Sie wartet. Ein Anruf an der Rezeption ist damit nicht notwendig. Das Auto des Bestattungsunternehmens habe ich bereits in unseren Innenhof zum Versorgungseingang bringen lassen. Er ist kaum einsehbar, und folglich werden unsere Gäste nicht von seinem Anblick belästigt.« Chiurlotto schickte sich an zu gehen. »Ich würde die Suite gern ab heute Nachmittag wieder vermieten. Ich hoffe, das können Sie möglich machen.« Er bedankte sich höflich.

Aus der Suite drang ein lauter Raucherhusten.

Giulia sagte nichts, sondern wartete still, bis der Mann verschwunden war. Als sie ins Schlafzimmer zurückkam, wurde sie bereits von einer wütend dreinblickenden Tiziana erwartet, deren Ohren für ihr hohes Alter offenkundig noch ganz ausgezeichnet funktionierten. Sie war mittlerweile bei Kautabak angekommen und malmte mit ausladenden Bewegungen ihrer Kiefer darauf herum. »Von seinem Anblick belästigt …«, knurrte sie.

»Schuld bist du selbst. Warum lässt du auch immer den Autoschlüssel stecken? Du solltest wirklich vorsichtiger sein«, sagte Giulia vorwurfsvoll, die genau wusste, dass Tiziana gelauscht hatte. »Apropos … Wie kommst du dazu, ausgerechnet Andrea Accomazzo und Sergio Brugiolo einzustellen? Die sind gefährlich.«

Tiziana knurrte irgendetwas von »Hintertreppe«, »guten Jungs« und »kaputtem Zündschloss« und ließ sich ansonsten nicht weiter von Giulias Worten beeindrucken.

***

Eine Stunde später wurde Umberto Farini von zwei verurteilten Kriminellen in einem billigen Zinksarg über den roten Teppich der breiten Haupttreppe des Grandhotels *Villa Serbelloni* getragen. Neben dem Sarg schritt eine stolze Tiziana De Angelis, die mit erhobenem Haupt und voller Inbrunst das alte Kommunistenlied »Bella ciao« schmetterte. Sie kamen dabei nur langsam voran, was man der alten Dame und ihrer Raucherlunge nachsehen musste, aber dafür konnte sie allen beweisen, dass sie die sechs Strophen des Liedes absolut textsicher beherrschte. Da sich ihr Auto nicht mehr auf dem allgemeinen Hotelparkplatz befand, musste der Transport notgedrungen quer durch die Lobby, das Restaurant und die Küche erfolgen. Schließlich war das, wie ihnen ein Zimmermädchen versicherte, der kürzeste Weg zum Hinterausgang. Die Bestattungsdynastie »De Angelis & Figli« beleidigte niemand ungestraft, und der Tod, ob natürlich oder unnatürlich verursacht, war nichts, für das man sich schämen musste. Nirgendwo auf der Welt.

Giulia verließ um einiges später gemeinsam mit den Kriminaltechnikern das Hotel über den Hintereingang. Den Pagen hatte sie kurz vorher zum Hotelmanager geschickt, um ihr Gehen anzukündigen. Während sie allein über die Terrasse zum Haupteingang zurücklief, sah sie Fontana und dessen junge Begleitung an einem der Tische sitzen. Neben ihnen stand der Hotelmanager, an dessen Körpersprache man sehen konnte, dass er sich für etwas entschuldigte. Giulia hatte Farinis Suite nicht freigegeben.

3

»Sag mir, dass das nicht wahr ist«, forderte Elena, Giulias Assistentin, deren Neugier wieder einmal nicht zu bremsen war.

Giulia wusste sehr genau, worauf Elena hinauswollte, ließ sie aber zappeln. Elena konnte sich für vieles begeistern, aber in besonderem Maße galt das für die High Society der italienischen Gesellschaft. Ob Schauspieler, Sänger, Politiker, Unternehmer, sie interessierte sich für jeden, der es einmal in irgendeine der aus Giulias Sicht absolut überflüssigen Boulevardzeitungen geschafft hatte. Elena kannte sie alle, inklusive dem sie umgebenden Klatsch und Tratsch. Giulia hätte schwören können, dass sich Elena allein aufgrund ihrer Promibegeisterung von Mailand in die Questura nach Lecco hatte versetzen lassen, obwohl ihr bei ihren Fähigkeiten in der Großstadt eine deutlich schnellere Karriere vergönnt gewesen wäre. Aber was wog schon der Aufstieg innerhalb der italienischen Polizei, wenn man hier am See theoretisch George Clooney, Donatella Versace, Brad Pitt oder die Fußballer Gianluca Zambrotta sowie Adriano und Christian Vieri quasi hautnah erleben konnte? Dass die Chance darauf der Wahrscheinlichkeit eines fetten Lottogewinnes gleichkam, kalkulierte dabei wohl kaum einer der Fans ein, nicht einmal die ansonsten so ausgebuffte Elena. Giulia jedenfalls, die den Lario so gut wie nie verließ und nahezu jeden Winkel hier kannte, hatte niemals einen Prominenten gesehen. Mit Ausnahme ihrer aktuellen Leiche.

»Tu nicht so. Ist er es wirklich, oder hat sich der verrückte Sizilianer nur etwas zusammengesponnen, um sich wieder wichtigzumachen?«, insistierte Elena. »Dass Umberto Farini«, sie betonte den Namen übertrieben ehrfürchtig, »schwarze Seidenboxershorts trägt, kann aber nur mit Risos Sehschwäche zu tun haben. Niemals würde dieser Mann eine derartige Stillosigkeit begehen, nicht einmal, wenn er nur in einem Schrank steckt. Ein Mann wie Farini trägt eng, vor allem bei der Figur.«

Giulia hielt das Mobiltelefon fest an ihr Ohr gedrückt und hatte sich in eine der seitlichen Nischen der breiten Treppe zurückgezogen. Hier wimmelte es nur so von Menschen, und sie wollte nicht, dass irgendjemand etwas mitbekam. Man konnte schließlich nicht wissen, ob der Mörder von Farini hier noch irgendwo war und sie beobachtete. Manche Täter blieben in der Nähe des Tatortes, um nicht aufzufallen oder weil sie schlicht miterleben wollten, welche Wellen das von ihnen begangene Verbrechen schlug. »Ja, er ist es«, antwortete sie knapp und fragte sich, was an Farinis Unterhose eigentlich so interessant war und wieso jeder meinte, beurteilen zu können, was ein Mann wie Farini drunter trug? Erstaunlich, mit welchen Nebensächlichkeiten sich die Leute so beschäftigten.

»Und was noch? Lass dir nicht alles aus der Nase ziehen, Commissario!«, drängte Elena weiter. Sie wirkte heute wie aufgezogen, ihre Stimme überschlug sich beim Sprechen, und sie schmatzte wild mit dem Kaugummi. »Und ich darf jetzt ganz offiziell in seinem Leben herumschnüffeln. Finanzen, Liebschaften, Krankheiten, Familiengeheimnisse … Wow!«

»Ja, das darfst du«, antwortete Giulia, die sich fragte, was an Farini interessanter sein sollte als an anderen Menschen.

»Was sagt die Zorzi eigentlich zu so einem prominenten Opfer?«, quasselte Elena weiter. »Die muss doch ganz aus dem Häuschen sein, so wichtig, wie sie sich mit Farini machen kann.«

Giulia biss sich auf die Zunge. *Merda!* Chiara Elisa Zorzi, die gewöhnungsbedürftigste Vorgesetzte, die sie jemals gehabt hatte, ausgerechnet die hatte sie komplett vergessen. Die Zorzi leitete seit kaum zwei Jahren die Abteilung der Kriminalpolizei in der Questura Lecco, aber es hatte noch keinen Tag gegeben, an dem Giulia mit ihr nicht aneinandergeraten wäre. Giulia konnte sich einfach nicht an den autoritären Führungsstil und die ständigen Einmischungen der aus ihrer Sicht nur auf die Karriere bedachten Zorzi gewöhnen. Zudem war die Frau erst Mitte dreißig und extrem gut aussehend, was ihr bei den männlichen Angestellten der Questura ohne weiteres Zutun besondere Aufmerksamkeit bescherte. Nach Giulias Dafürhalten konnte eine Polizeibehörde durchaus weniger Lippenstift und mehr Besonnenheit vertragen. Das Temperament der Zorzi überforderte Giulia bisweilen. Dass die Zorzi ihre Abteilung in besagter Behörde professionell führte, blendete sie dabei konsequent aus. Auch dass es durchaus Sinn machte, dass ihre Chefin darauf bestand, zumindest über die laufenden Mordfälle informiert zu sein. Sie war es schließlich, die dem Questore beziehungsweise der Presse Rede und Antwort stehen musste. Aber Giulia und die Zorzi fanden nun einmal keine gemeinsame Wellenlänge, vor allem was ihre Prioritätensetzung, aber auch ihre Prinzipien bezüglich Pünktlichkeit und Zuverlässigkeit angingen. Giulia hatte da ihre ganz eigenen Vorstellungen, und wenn in ihrem Dorf Not am Mann war, weil beispielsweise Prete Filipo aufgrund eines kaputten Schlosses in seinem Badezimmer eingesperrt war und die Chordamen ohne ihn nicht zu proben anfangen wollten oder Matteo vor lauter Zahnschmerzen seine Ziegen nicht melken konnte, ging das vor. Keine Dienstbesprechung oder Verdächtigenbefragung rechtfertigte es, dass man seine Leute hängen ließ. Die Zorzi sah das anders.

»Giulia!«, mahnte Elena. Als Giulia nicht reagierte, schnaufte sie laut. »Das gibt wieder ein Gezeter wie beim Sommer-Sale am Wühltisch. Ich kann diese Zickereien nicht mehr ertragen. Ich lasse mich versetzen. Begründung: Meine direkte Vorgesetzte schleimt nicht genug bei unserer Chefin.« Giulia hörte durchs Telefon, dass Elena grinste. »Wie auch immer, ich kläre das und tue so, als wäre alles meine Schuld.«

»Ich bringe dir dafür auch eine Autogrammkarte von Farini mit«, entgegnete Giulia, die genau wusste, was sie an Elena hatte.

»Ach Blödsinn«, eine Kaugummiblase zerplatzte, »das kriegst selbst du nicht mehr hin.« Elena lachte. »Hast du ihn fotografiert? Natürlich hast du das. Ich bin vielleicht gespannt, wie der im echten Leben aussieht.« Es raschelte in der Leitung. Dann konnte man hören, wie Elena eine Tüte öffnete und kurz darauf etwas zu essen begann.

»Das echte Leben hat er hinter sich. Und du wirst enttäuscht sein, glaub mir«, erwiderte Giulia und ärgerte sich, dass dieser verrückte Riso tatsächlich nichts anderes zu tun hatte, als nach seiner kindischen Flucht vor Fontana in die Questura zu rennen und dort Maulaffen feilzuhalten. Hoffentlich hatte er wenigstens die Zorzi nicht auch informiert, dann würde Elena gleich ihre Packung abbekommen, und sie würde nachher verhackstückt. Schon Hunderte Male hatte sie den wahnsinnigen Riso gebeten, ein laufendes Ermittlungsverfahren nicht zu zerreden. Eine italienische Questura war schließlich kein katholischer Beichtstuhl, und so schnell wie Neuigkeiten dort die Runde machten, konnte sie den oder die Täter kaum dingfest machen. Riso, bei dem sie sich bis heute fragte, wie er überhaupt die Ausbildung bestehen konnte, war dahingehend von einer Arglosigkeit, dass sie ihn manchmal erwürgen konnte. Mit dem Sizilianer, der, wenn man alle Macken abzog, ein netter Kerl war, hatte der Questore den Bock zum Gärtner gemacht, und das nur, weil er ebenfalls von der Spitze des Stiefels stammte und meinte, die Süditaliener müssten im rauen Norden zusammenhalten.

Elena kaute hörbar. »Schade um Umberto, denn die Attribute schön und talentiert passen nicht auf jeden Schauspieler. Aber dass wir den Fall bearbeiten, finde ich cool. Endlich haben wir mal ein Opfer aus den besseren Kreisen.«

»Elena«, sagte Giulia ermahnend. »Hast du angerufen, um mir das mitzuteilen?«, fragte sie und sah aus den Augenwinkeln, wie Fontana seiner extrem gepiercten Begleitung schon den zweiten Cocktail innerhalb kurzer Zeit bestellte und diese ihn sich sogleich unter lautem Schlürfen durch einen Trinkhalm einverleibte. Während einige Gäste sich daran sichtbar störten, schien sich Fontana, der ansonsten akribisch auf Benimmregeln achtete, erstaunlicherweise an diesem Schlabbern zu ergötzen. Sein lautes Lachen schallte durch die Lobby. Giulia wandte sich ab.

»Jacopo war da. Du hast wieder dein Mittagessen vergessen.« Elena seufzte. »Wenn ich mal einen Kerl nehme, dann muss er so kochen können wie dein Jacopo. Und er muss stark sein. Und Humor haben. Und …«

»Es reicht«, fuhr Giulia dazwischen. »Auch das ist kein Grund, mich bei der Arbeit zu stören«, sagte sie, die gerade heute nicht über ihren Mann reden wollte, schon gar nicht mit Elena. Ihr Streit am gestrigen Abend war für sie noch nicht ausgestanden. Ihre Assistentin und Jacopo verbündeten sich nämlich hin und wieder gegen Giulia, und das missfiel ihr, auch wenn sie es gegenüber den beiden niemals zugeben würde.

»Ich würde den Thunfisch und dieses Waldbeerenzeugs nehmen«, beschied Elena. Sie atmete tief ein.

»Guten Appetit«, sagte Giulia noch und drückte Elena weg.

Der General Manager Signore Enrico Chiurlotto hatte Giulia entdeckt und kam mit entschiedenen eiligen Schritten auf sie zugelaufen. Giulia bemühte sich um ein offenes Lächeln.

»Commissario«, presste Chiurlotto hinter zusammengekniffenen Lippen hervor. »Was haben Sie sich dabei gedacht?« Dabei blieb er der sozialen Distanz angemessen einen guten Meter vor Giulia stehen und machte ein Gesicht, als ob er ihr die neueste Errungenschaft seines Sommeliers empfehlen würde.

»Ausgezeichnet, dass wir uns hier treffen, Signore Chiurlotto«, hob Giulia an. »Ich möchte all ihre Mitarbeiter sprechen, die mit Signore Farini in Kontakt standen, Zimmermädchen, Kellner, einfach alle. Ganz besonders interessiert mich derjenige, der den Signore heute Morgen auf seinem Zimmer gefunden hat. Jetzt. Sofort.«

»Folgen Sie mir bitte«, forderte Chiurlotto sie auf, und Giulia wurde den Eindruck nicht los, dass er froh war, sie aus der Lobby zu entfernen. Das lag zweifellos nicht nur allein an ihren Biolatschen.

***

Das Hausmädchen Rosalia Manfredi heulte nun schon eine geschlagene halbe Stunde. Ihr rundes Gesicht war mittlerweile aufgequollen, und das Papiertaschentuch, mit dem sie sich unentwegt die Augen tupfte, um dann kräftig hineinzuschnäuzen, bestand nur noch aus einzelnen vollkommen aufgeweichten Fetzen. Die Frau, die Giulia auf höchstens Anfang vierzig schätzte, war die letzte vermeintliche Zeugin aus dem Hotelpersonal, die Giulia befragen wollte. Sie war diejenige, die Farini leblos auf seinem Zimmer gefunden hatte. Dass sie Giulia jetzt erst gegenübersaß, lag daran, dass sie der Hoteldirektor wegen ihrer ständigen Tränenausbrüche nach Hause geschickt hatte und sie erst wieder von dort ins Hotel beordert werden musste. Rosalia Manfredi war für drei der Luxussuiten des Hauses zuständig, zu denen Farinis Zimmer ebenso gehört hatte wie das von Aurora Damiani. Unser Star, wie sie Farini nannte, war bereits das fünfte Mal zu Gast im Hotel, und sie hatte erneut die Ehre, ihn umsorgen zu dürfen. Dass ausgerechnet sie es gewesen war, die den Mann entdeckt hatte, hielt sie für einen Vorboten des Unglücks, dem sie zwischen ihren endlosen Tränenflüssen durch das immer wieder vor ihren Brüsten angedeutete Kreuzzeichen begegnen wollte. Giulia, die dieser und jeglicher anderer Frömmelei nichts abgewinnen konnte, übte sich in Geduld, obwohl sie nicht nachvollziehen konnte, dass sich diese Frau nicht doch irgendwann einmal beruhigte. Auch wenn ein toter Mensch nicht unbedingt ein schöner Anblick war, schon gar nicht, wenn er vor einem hing, war Farini doch eigentlich nur ein normaler Hotelgast und kein naher Verwandter. Wenn Rosalia gerade mal nicht greinte, beschrieb sie Farini als herzlichen, aber doch sehr verschlossenen Menschen, der es lieber mochte, wenn sie ihm alles während seiner Abwesenheit richtete. Auch seine Bestellungen aus der Bar oder dem Restaurant durfte sie nur vor der Tür abstellen, was ihr, die ihm gern alles serviert hätte, durchaus missfiel. Obwohl sie ihn während seiner Anwesenheit im Hotel kaum zu Gesicht bekommen hatte, schwärmte sie, wie die meisten anderen weiblichen Angestellten, mit denen Giulia schon gesprochen hatte, von seiner Ausstrahlung. Brauchbare Hinweise, geschweige denn irgendwelche Indiskretionen hatte Giulia zu ihrer Enttäuschung bis jetzt nicht heraushören können.

»Er war überhaupt nicht arrogant, nicht im Entferntesten«, schluchzte sie. »Das erwartet man doch eigentlich von einem so großen Star, wie unser Umberto einer war.« Sie schaute Giulia fragend an, während dicke Tränen auf ihren Busen tropften.

Giulia hatte keine Ahnung und wunderte sich, dass alle Mitarbeiter den großen Star zu duzen schienen, zumindest sprachen sie alle von »Umberto«. »Ist mal irgendetwas vorgekommen, dass Sie seltsam fanden?«, fragte sie weiter.

Die Frau schüttelte hektisch den Kopf, kaum dass Giulia den Satz beendet hatte. »Unser Umberto war ein ganz normaler Mensch, bescheiden, höflich, ja fast schüchtern.« Ein Lächeln huschte über ihr Gesicht. »Als er das erste Mal bei uns war, am 3. August 2019, da habe ich seine Beschwerde über den Fahrstuhl entgegengenommen.« Sie machte ein wissendes Gesicht. »Seine Suite lag nämlich genau neben dem Fahrstuhlschacht. Stellen Sie sich das mal vor.« Ihre gesamte Körpersprache drückte grenzenlose Empörung aus, wobei sie immer wieder ihre Tränen wegwischte. »Wir haben gemeinsam alle anderen Suiten angeschaut, er hat an der Wand gehorcht, und ich bin Fahrstuhl gefahren.« Sie kicherte und zerfloss dann umgehend wieder in Trauer. »Seit dieser Zeit bewohnt er, wenn er bei uns ist, ein und dasselbe Zimmer. Das liegt weit genug vom Fahrstuhl weg. Das hat er mir zu verdanken. Nur *mir*. Seltsam war das aber nicht. So ein Fahrstuhlgeräusch kann unangenehm sein.« Sie schien kurz nachzudenken. »Unser Umberto stand lieber im Hintergrund, wenn Sie verstehen, was ich meine.« Sie nickte wichtigtuerisch. »Er sprach nicht viel und hatte kaum Kontakt«, sie senkte den Kopf, »also, mit uns Angestellten.«

Giulia verstand nicht. Nach allem, was sie am ersten Drehtag gesehen hatte, brauchte Farini das Rampenlicht und die Aufmerksamkeit, auch wenn er dafür Gefahr lief, von einer Hyäne verspeist zu werden. »Erzählen Sie mir bitte, was heute früh genau passiert ist«, bat Giulia die Dame.

Die nickte und bemühte sich um mehr Fassung, was ihr jedoch nicht gelingen wollte. »Unser Umberto bekommt jeden früh um Punkt fünf Uhr sein Frühstück serviert.« Sie hob den Zeigefinger. »Das ist wichtig, denn zu dieser Zeit war er schon eine Stunde im Fitnessraum. Also, er kriegt drei Rühreier mit Schnittlauch und Tomate, ein Glas warme Milch und einen großen Teller voller Obst, auf dem keinesfalls Kiwis sein dürfen.« Sie rümpfte die Nase, als ob sie ebenfalls eine Abneigung gegen diese Frucht hätte. »Keine Kiwis. Die Küche macht alles kurz vor fünf fertig, und ich bringe es hoch.«

»Sie stellen alles vor seinem Zimmer ab«, vergewisserte sich Giulia.

Rosalia nickte eifrig, wobei sich ein an ihrer Nase hängender Tropfen löste und nun ebenfalls auf ihrem Dekolleté landete.

»Haben Sie geklopft?«

Sie verneinte. »Er weiß, dass alles genau um fünf bereit ist. Es brauchte keine Verständigung zwischen uns.« Ihre Worte klangen, als redete sie von einem Mann, mit dem sie vierzig Jahre verheiratet war.

»Haben Sie jemanden gesehen oder etwas gehört?«

»Nein.« Ihre Unterlippe begann zu zittern, und das Heulen nahm wieder Fahrt auf. »Normalerweise holt sich unser Umberto, kaum dass ich wieder im Fahrstuhl bin, den Frühstückswagen rein. Ich höre es scheppern, weil er ...« Die Trauer schien sie schon wieder zu überwältigen.

»Weil er mit dem Wagen über die Türschwelle rumpelt«, beendete Giulia genervt den Satz.

»Woher wissen Sie das?«, fragte Rosalia arglos.

Giulia machte eine wegwerfende Handbewegung. »Heute haben Sie nichts gehört?«

»Rein gar nichts. Als ich eine halbe Stunde später einem anderen Gast die Zeitung bringen wollte, stand alles noch unangerührt da.« Sie riss die Augen weit auf. »Dabei mag unser Umberto seine Milch nicht kalt, und auch die Eier schmecken ihm dann nicht mehr.«

»Und dann haben Sie sich zu klopfen gewagt?«, fragte Giulia bemüht geduldig nach.

»Ich habe doch befürchtet, dass er verschlafen hat oder dass ihm etwas passiert sein könnte«, warf Rosalia ein.

»Was sollte ihm denn passieren?«, hakte Giulia nach.

»Das sehen Sie doch!«

»Gut. Sie sind also ins Zimmer gegangen. Und dann?«

»Das Fenster war zu«, hauchte Rosalia verschwörerisch. »Da wusste ich, dass etwas Schreckliches geschehen sein musste. Umberto brauchte die weiche Luft des Sees für einen guten Schlaf. Wenn er das nicht hatte, bekam er kein Auge zu.« Um ihre Ausführungen zu unterstreichen, drehte sie ihren Oberkörper einschließlich des Kopfes wiederholt nach rechts und links.

Das hat ihn letzte Nacht mit Sicherheit nicht gestört, dachte Giulia. Dann fiel ihr ein, dass das Fenster bei ihrem Eintreffen offen gestanden hatte. »Haben Sie das Fenster geöffnet?«

»Natürlich!«, entrüstete sich Rosalia.

»Sie sind ins Schlafzimmer gegangen und haben das Fenster aufgemacht. War das bevor oder nachdem Sie Signore Farini im Schrank haben hängen sehen?« Giulia führte sich die Einrichtung des Raumes vor Augen. Direkt gegenüber der Tür stand der Schrank, in dem sie Farini gefunden hatten. Beide Schranktüren standen sperrangelweit offen. Bis auf den großen, halb in sich zusammengesackten Mann war das Möbel leer gewesen.

Rosalia biss sich auf die Lippen. »Ich habe ihn nicht gesehen. Ich schwöre es.« Sie bekreuzigte sich. »Erst als ich vom Bett zurückgekommen bin und gehen wollte, habe ich ihn bemerkt.«

»Sie haben das Bett gemacht?«, fragte Giulia verwundert, die die akkurat gerade gezogenen Laken noch vor Augen hatte.

»Natürlich. Es war doch komplett zerwühlt, und ich dumme Ziege hatte zunächst gedacht, er hätte nicht zu Hause geschlafen.« Sie verdrehte die Augen. »Bei den Schauspielern weiß man ja nie. Aber Umberto war die Nacht über *natürlich* auf seinem Zimmer gewesen. Das Bett wiederum konnte ich so nicht lassen. Ansonsten war die Suite picobello …«

»Farini hätte ihm Bad oder auf dem Klo sein können. Auch Besuch wäre möglich gewesen, weiblicher oder männlicher. Sie sagen ja, bei den Schauspielern weiß man nie«, wandte Giulia ein. »Um das zu checken, hätten Sie zur Rezeption laufen und bei ihm anrufen können. Ich denke, das tut ein Zimmermädchen, bevor es ein Zimmer mit dem Generalschlüssel stürmt.«

Rosalia stieß geräuschvoll Luft aus. »Stürmen. Wie Sie das sagen. Ich habe nichts gestürmt. Ich bin nur meiner Arbeit nachgegangen«, widersprach sie.

»Wenn Sie mich fragen, haben Sie die Privatsphäre von Signore Farini verletzt. Da Sie ihn, wie Sie vorhin so schön geschildert haben, nur selten zu Gesicht bekamen, wollten Sie hier etwas nachhelfen. Kann das sein?« Giulia ärgerte sich über dieses unmögliche Verhalten der Frau. Ob Promi oder nicht, jeder hatte ein Recht auf seinen persönlichen Bereich, und wenn sich jemand so plump dort hineindrängte, konnte das sehr unangenehm sein.

»Nein … aber … ich«, stammelte Rosalia, alle weiteren Worte verstümmelten zur Unkenntlichkeit, so sehr weinte sie.

»Woher wissen Sie eigentlich, dass er in der Nacht sein Zimmer nicht noch mal verlassen hat?«, warf Giulia dazwischen.

»Was würden Sie denn bei einem benutzten Bett denken. Natürlich, dass jemand drin gelegen hat«, konterte Rosalia schnippisch.

Giulia ließ das so stehen. »Sie wissen aber sehr wohl, dass Ihr Vorgehen nicht korrekt war«, sagte Giulia und hoffte, dass ihr das Hausmädchen nun schon aus Angst vor ihrem Chef etwas mehr erzählen konnte. Mitgekriegt hatte sie mit Sicherheit genug, so, wie sie dem armen Farini nachgestellt hatte.

»Es tut mir leid«, hauchte Rosalia, um kurz darauf wieder Oberwasser zu bekommen, in dem sie anfügte: »Aber wenn ich nicht gewesen wäre, hätte man ihn vielleicht erst gegen Mittag gefunden. So konnte Signore Chiurlotto sofort die Polizei verständigen. Umberto war ja fast noch warm.« Sie drückte die Lippen so fest zusammen, dass sie weiß wurden.

»Sie haben versucht, ihn wiederzubeleben?«, fragte Giulia, wobei sie sich schon denken konnte, dass dies nicht Rosalias Anliegen gewesen sein mochte. Dafür erschien ihr die Frau schlichtweg zu einfältig.

Rosalia schaute drein, als hätte Giulia etwas Unanständiges gesagt, das sie nicht nachvollziehen konnte. »Nein, ich habe ihn nur gestreichelt, ganz kurz über die Wange. Dazu hätte ich, solange er lebte, nie die Gelegenheit gehabt, unser Umberto war doch so menschenscheu!« Sie senkte den Kopf, aber machte nicht den Eindruck, als ob sie sich für ihr Benehmen schämte, im Gegenteil, es lag Trotz in ihrer Stimme, als sie fortfuhr. »Versetzen Sie sich doch mal in meine Lage. Immer darf ich diesen Mann nur von Weitem sehen oder habe seine Stimme am Telefon. Und dann kriege ich einmal die Gelegenheit, ihn zu berühren.« Sie schaute versonnen zur Decke und rollte lasziv die Augen.

»Der Mann war tot!«, fauchte Giulia entrüstet. Dieses dumme Ding hat ihn auch noch angefasst, dachte sie und verkniff sich jegliche weitere Bemerkung. »Also gut, Sie sind ins Zimmer, haben das Fenster aufgemacht, das Bett hergerichtet und dann den toten Farini im Schrank gesehen …«

Rosalia nickte eilig. »Ich habe nicht einmal geschrien, nur … na ja. Und dann habe ich das Zimmer abgeschlossen und bin ins Büro von Signore Chiurlotto gerannt, um ihm diese grauenvolle Nachricht zu überbringen. Meine Kolleginnen haben mir angesehen, dass etwas nicht stimmte, so bleich muss ich gewesen sein, aber ich bin zuerst zu Signore Chiurlotto.« Sie nickte energisch, um ihre Worte zu unterstreichen.

Giulia war sich absolut sicher, dass Rosalia mit jedem, dem sie auf ihrem Weg begegnet war, ihre Entdeckung geteilt hatte. Damit wusste das gesamte Hotel Bescheid, und die Verheimlichungsversuche des General Managers waren absolut sinnlos. Womöglich war sie auch noch mit ein paar Kolleginnen zurückgekehrt und hatte den toten Farini vorgeführt wie einen Affen im Zoo. Das könnte sich auf die

Spurenlage verheerend auswirken. Dass die Leiche in einem Hotelzimmer hing, machte das bei den unzähligen Fingerabdrücken allein schon kompliziert genug. »Haben Sie in dem Zimmer noch etwas angefasst oder mitgenommen?«, wollte Giulia wissen.

Rosalia schüttelte energisch den Kopf. »Nur einmal an seinem Halstuch gerochen und an seinem Kissen.« Sie lief knallrot an.

Giulia war sich sicher, dass sie ein Halstuch in Farinis Zimmer nicht mehr finden würden. Hauptsache, es tauchte nicht in zwei Wochen im Internet als Devotionalie eines ermordeten Filmstars auf. Dafür würde sie noch weniger Verständnis haben als für einen Diebstahl.

»Außerdem hat unser Umberto niemals Besuch mitgebracht. Auch sonst hat niemand nach ihm gefragt. Er war ja generell unter anderem Namen bei uns eingecheckt. Dafür hat er immer viel telefoniert.«

»Was heißt das?«, fragte Giulia nach.

Rosalia seufzte schwer. Es schien ihr mittlerweile unangenehm zu sein, dass Giulia sie so direkt entlarvte. »Die halbe Nacht eben und immer die gleichen beiden Nummern.« Sie senkte die Lider. »Bestimmt mit seiner Freundin, na ja, oder eher wohl mit zweien. Mit wem sollte ein Mann sonst so lange reden?«

Giulia wunderte sich nicht einmal mehr, dass Rosalia die Telefonnummern, die von Farinis Apparat gewählt worden waren, auswendig kannte. Sie notierte sie, um sie später zu überprüfen. »Wann haben Sie Farini das letzte Mal gesehen?«, fragte Giulia. »Na, heute früh um halb sechs.« Rosalia schien die Welt nicht mehr zu verstehen.

»Ich meinte lebendig«, erklärte Giulia geduldig.

Rosalia warf den Kopf nach hinten und legte sich die Hand auf die Stirn. Sie hatte das Heulen scheinbar vergessen. »Ach so, gestern Abend kurz nach acht hat er angerufen und gefragt, ob wir in unserer Bibliothek eine Liszt-Biografie haben.« Jetzt lächelte sie sogar. »Also wirklich, der konnte ein Zeug verlangen.«

»Und, haben Sie?«, fragte Giulia, die die Antwort kannte.

Rosalia bestätigte das. »Ich habe sie für ihn ausgeliehen und ihm sofort vor die Tür gelegt. Die war aber, als ich das Abendessen gebracht habe, nicht mehr da.« Sie machte ein wichtiges Gesicht. »Er muss sie reingeholt haben, da sie auf seinem Nachtschrank lag.«

Erstaunlicherweise hatte die Frau sogar das registriert, dachte Giulia. »Wissen Sie, wann er gestern Abend nach Hause gekommen ist?«, fragte sie weiter.

Rosalia verneinte das mit großem Bedauern. Da »unser Umberto« immer den Hintereingang des Hotels nahm, hatte sie ihn nicht bemerkt. Farini musste äußerst geschickt darin gewesen sein, neugierigen Blicken zu entkommen. In diesem besonderen Fall wäre Giulia das Gegenteil jedoch lieber gewesen.

»Haben Sie irgendetwas für ihn in die Reinigung gegeben oder für ihn abgeholt und irgendwohin gebracht?« Giulia dachte an das verschwundene Kostüm.

»Nein, diesen Service hat er nie in Anspruch genommen«, antwortete Rosalia, als hätte er ihren Heiratsantrag ausgeschlagen.

»Was haben Sie eigentlich gemacht, so zwischen kurz nach neun gestern Abend und heute früh um fünf?«, fragte Giulia mit strengem Gesicht. Dass die pummelige Rosalia einen Mann wie Farini an einer Kleiderstange aufknöpfte, mochte sie zwar kaum glauben, aber unerfüllte Liebe oder krankhafte Schwärmerei waren keine schlechten Motive. Zumal es da oben im Zimmer nur so von ihren Fingerabdrücken wimmeln sollte, nach allem, was sie gerade gehört hatte. Angesichts dieser sich für die Frau durchaus als verzwickte Lage darstellenden Situation könnte ein wasserfestes Alibi so einiges klarstellen.

»Wieso?«, fragte Rosalia naiv. »Was hat das mit dem Selbstmord von unserem Umberto zu tun?«

Giulia brauchte eine Weile, um ihr darzulegen, dass die Polizei hier ermitteln und deswegen derartige Fragen stellen müsste. Das Wort »Mord« kam ihr dabei nicht über die Lippen. Die Gefahr, dass Rosalia ihr exklusives Wissen mit aller Welt teilen würde, war einfach zu groß. Die Leute würden es noch früh genug erfahren. Bis dahin wollte Giulia in diesem Fall zumindest einen entscheidenden Schritt weiter sein. Rosalia fragte glücklicherweise nicht nach und erklärte, dass sie gegen zweiundzwanzig Uhr Feierabend gemacht hatte. Diesen hatte sie, wie jeden Tag, mit ihrem Bruder und dessen Freundin vor dem Fernseher verbracht.

***

Giulia kannte Sergio schon ihr halbes Leben. Er stammte aus Mandello del Lario, der Nachbargemeinde ihres Heimatortes, und hatte dort lange Zeit gemeinsam mit seiner Frau Rivana eine kleine Trattoria betrieben. Die Kneipe war nichts Besonderes gewesen, ganz im Gegenteil, ein dunkler, in die Jahre gekommener Raum eines Hinterhauses, in dem sich kaum jemals Touristen verirrten, es sei denn, sie gehörten zu denjenigen, die auf der Suche nach dem echten ursprünglichen Italien waren und die sich von einer Gruppe alter angeheiterter Männer, deren ganze Freude darin bestand, sich von zu Hause weggestohlen zu haben, nicht abschrecken ließen. In der *Trattoria Il Buco* war das auf den Tisch gekommen, wonach Rivana der Sinn gestanden hatte, inklusive eines hervorragenden Landweines. Jeden Mittag war die lebenslustige Rivana, die für ihr gottloses Mundwerk bekannt war, vor die Tür getreten und hatte unter strengster Beobachtung der Anwohner mit ihrer krakeligen Handschrift zwei Gerichte auf eine alte Tafel geschrieben. Mindestens dreimal in der Woche, immer dann, wenn Sergio nüchtern genug gewesen war, auf den See hinauszufahren und Alborelle zu fangen, waren auch die kleinen Süßwasserfische im Angebot gewesen. An solchen Tagen blieben die meisten Küchen in ihrem Viertel kalt, und die Leute strömten in die Trattoria, um die von Rivana zubereiteten Alborelle, die sie nach einer Geheimprozedur frittierte und mit etwas Zitrone und Weißbrot reichte, zu essen. Diese Tage gehörten zweifelsohne zu den schönsten in Mandello Del Lario, denn die unterschiedlichsten Leute kamen zusammen, aßen und tranken gemeinsam, redeten über Gott und die Welt und lebten schließlich ein Italien, dass jeder zu kennen glaubte, aber das doch leider immer seltener zu finden war. Auch Giulia und Jacopo, die einmal eher zufällig an der Trattoria vorbeigekommen waren, hatten sich hier wohlgefühlt. Irgendwann jedoch war die Tafel leer geblieben. Sergio hatte die Trattoria verkauft und schlug sich jetzt als Taxibootfahrer durch.

»Geht es dir gut?«, fragte Giulia, während sie neben dem braun gebrannten, ein wenig ergrauten Sergio im Cockpit seines Motorbootes saß und mit ihm über den See schipperte. »Du siehst zumindest so aus.«

»Seit sie tot ist, trinke ich nicht mehr. So hat eben alles sein Gutes. Solange wir zusammen waren, immerhin fast vierzig Jahre, ist kein Tag vergangen, an dem sie mich nicht für meine Sauferei gescholten hat. Was haben wir uns darüber in die Haare bekommen.« Er schüttelte den Kopf. »Und dann, kaum hatte sie die Augen für immer geschlossen, konnte ich aufhören, als ob sie das vom Himmel aus gesteuert hätte, mein Teufelsweib.« Er lächelte versonnen. »Ich würde alles dafür geben, sie noch einmal im Arm halten zu dürfen.«

Giulia dachte an Rivanas Lachen, ihre Herzlichkeit und an die vielen wunderbaren Abende in der Trattoria. »Jacopo hat sich mehrfach an ihrer Alborelle versucht. Er kriegt sie einfach nicht so hin wie Rivana.«

»Das kann keiner. Das Rezept hat sie übrigens mit ins Grab genommen.« Er lachte schadenfroh auf. »Wenn sie sie nicht mehr macht, dann keiner. So war sie eben.« Er hielt inne, und Giulia konnte sehen, wie nah ihm die Erinnerung noch immer ging. Dann sagte er: »Schön, dich zu sehen, Mädchen.« Er schaute kurz zu Giulia rüber und zwinkerte ihr zu. »Du suchst den Mörder von Umberto Farini, nicht wahr?«

Giulia fragte nicht einmal mehr, woher Sergio das wusste. »Arbeitest du ausschließlich für das *Serbelloni*?«

»Meistens.« Er zuckte die Schultern. »Die Gäste sind reich, ihnen kommt es nicht auf ein paar Euro mehr oder weniger an. Manchmal kriege ich sogar Dollar. Und schau, ich bin schon immer am liebsten auf dem See gewesen, und heute muss ich mich dafür nicht einmal mehr schmutzig machen.« Er lächelte breit, sodass man seine weißen großen Zähne sehen konnte. »Und wenn ich jetzt nicht die Tour nach Colonno gehabt hätte und du nicht zufällig im Hotel gewesen wärst, wer weiß, vielleicht hätten wir uns nie wiedergetroffen.« Er seufzte. »Ich weiß noch, wie du und Jacopo das erste Mal bei uns in der Trattoria wart. Rivana hatte mitbekommen, dass du eine Commissario bist.« Er wedelte mit der rechten Hand, als hätte er sich verbrannt.

»Sie hat mich ausgefragt«, entgegnete Giulia in liebevoller Erinnerung.

Sergio lachte auf. »Natürlich. Das hat sie mit allen so gemacht. Aber von dir war sie besonders begeistert. Eine echte Commissario kannte sie nämlich noch nicht. Du hast sie wirklich beeindruckt. Eine schöne junge Frau, die Verbrecher jagt, sieht man nicht oft, noch dazu, wenn sie so eine Chuzpe besitzt wie du. Der ganze See spricht darüber, wenn du wieder zugeschlagen hast. Du bist nun mal eine echte Comasco.«

Giulia war diese Lobhudelei peinlich. Sie machte lediglich ihre Arbeit, und dass diese von angeblich so vielen Menschen registriert wurde, konnte sie kaum glauben. »Es ist sehr nett von dir, dass du mich in Lenno absetzt«, sagte sie, um das Thema zu wechseln. Die Uferpromenade von Cadenabbia zog an ihnen vorbei, und man konnte sehen, wie die Touristen am See entlangschlenderten oder in den Cafés und Restaurants saßen und die warme Aprilsonne genossen. Giulia erhaschte einen Blick auf die große bocciaspielende Adenauerstatue, die direkt am Ufer an den wohl berühmtesten Feriengast Cadenabbias erinnerte.

»Ich weiß doch, dass die Polizei sich kein Taxi für ihre Commissario leisten will«, scherzte Sergio. »Es tut mir leid um den jungen Kerl. Aber umgebracht hat der sich im Leben nicht.«

»Kanntest du ihn?«, fragte Giulia, die insgeheim die geschwätzige Rosalia Manfredi verfluchte.

»Ich habe ihn einmal zu seinem Elternhaus gefahren, nach Lenno. Da willst du doch jetzt sicherlich auch hin? Na, dann brauche ich dir nichts zu sagen. Du wirst schon sehen.« Er wartete nicht auf eine

Antwort und redete weiter. »Er hat sich die ganze Zeit mit mir über den Fischfang unterhalten. Er kannte sich gut aus, also für so einen Promi, dem man lediglich zutraut, dass er in eine Kamera lächeln kann. Sehr interessiert war der. Er wusste sogar, dass es dieses Jahr kaum Hechte im See gibt. Wirklich ein sehr angenehmer Mensch, nicht so eingebildet wie die meisten von denen. Na ja, ein Comasci eben.«

Giulia überlegte, wie dieses Bild, das Sergio von Umberto Farini zeichnete, zu dem passte, was sie bisher über ihn gehört hatte. Viele Übereinstimmungen gab es dabei nicht. Aber möglicherweise lag das auch an den Menschen, denen der Schauspieler begegnet war. Wer wollte sich schon näher mit einem stalkenden Hausmädchen austauschen?

***

Schon von Weitem konnte man die gestreiften Markisen Dutzender Marktstände und das rundherum stattfindende geschäftige Treiben der Händler, die um ihre Kunden buhlten, sehen. Jeden Dienstag verwandelte sich die Uferzeile Lennos in einen der größten Märkte, die der Lario zu bieten hatte. Die intensiven Farben der Auberginen, Avocados, Tomaten, Orangen und Zitronen leuchteten um die Wette und wurden nur von den Düften des Käses, den die Bauern aus den umliegenden Bergen hinunter ins Tal gebracht hatten, und der enormen Auswahl an Salami und anderen Würsten übertroffen. Dazwischen fanden sich überladene und auf den ersten Blick vollkommen chaotisch wirkende Stände mit diversen Haushaltwaren, deren Kontrast zu einem einsamen Mütterchen, das an einem Klapptisch die Eier ihrer Hühner verkaufte, kaum größer sein konnte.

Giulia hatte sich nur kurz von Sergio verabschiedet. Er hatte den Motor des Bootes aufheulen lassen, sich noch einmal zu ihr herumgedreht und ihr fröhlich zugewunken. Sein »Rivana war stolz, dich zu kennen«, wurde vom Geknatter des Diesels und des Windes fast verschluckt, aber Giulia hatte ihn trotzdem verstanden. Ein wenig wehmütig stand sie nun auf dem Bootssteg und schaute ihm nach. Hier am Lario lebte ein ganz eigener Menschenschlag, einfache herzliche Leute, die einem ihr Herz öffneten, wenn man es zuließ, und die einem diesen Platz zeitlebens frei hielten. Sergios Boot verschwand langsam am Horizont. Der See zeigte sich von seiner bezauberndsten Seite, glitzernd, sanft und fast schon ein wenig verwunschen lag er da. Selbst die ihn umschließenden imposanten Berge schienen heute in den Hintergrund getreten zu sein, als wollten sie ihm allein den Auftritt lassen. Giulia atmete die erfrischende Seeluft ein, schloss die Augen und hielt kurz inne. Ihr fehlte der nächtliche Schlaf, mindestens eine anständige Mahlzeit und ein Mörder, auf Letzteren würde sie allerdings wohl noch etwas länger warten müssen. Ihr summendes Telefon riss sie aus ihren Gedanken.

»Ach je«, murmelte Giulia, nachdem sie den Namen des Anrufers gesehen hatte. Eleonora Tommaso, die hatte sie ganz vergessen. Jetzt brauchte sie eine gute Ausrede dafür, dass sie die Sachen für die Feierlichkeiten zum Tag der Befreiung noch nicht vorbeigebracht hatte. Sie könnte natürlich auch einfach nicht rangehen und Jacopo bitten, die Einkäufe zu erledigen. So würde sie es machen. Im Nu hatte sie Eleonora weggedrückt und das Mobiltelefon wieder in ihre Hosentasche geschoben.

***

Giulia lief an der Uferpromenade entlang und dachte über den Fall nach. »Signora, Signora«, rief eine Frau wiederholt und so hartnäckig, dass Giulia sich fragte, ob sie gemeint sein könnte, sich umdrehte und zwischen den vielen Menschen Ausschau hielt. In einem kleinen Café etwas abseits des Markttreibens saß eine ältere Dame, die angestrengt zu ihr herüberschaute. Schließlich hob sie kurz ihre Hand, an der sie, wie Giulia erstaunt zur Kenntnis nahm, einen dunkelblauen Handschuh trug, und winkte sie auf diese Weise zu sich. Dies geschah jedoch ausgemacht unauffällig, sodass Giulia immer noch zögerte und sich fragte, ob wirklich sie gemeint war. Da die Dame ihren Blick jedoch nicht abwendete, lief sie zu der Terrasse herüber, wobei sie von der Fremden mit Argusaugen beobachtet wurde.

»Guten Tag, Signora, kann ich Ihnen helfen?«, fragte Giulia, als sie an den Tisch der Frau getreten war.

»Bitte«, sagte die Frau und bedeutete Giulia, dass sie auf dem ihr gegenüberstehenden Stuhl Platz nehmen sollte. »Darf ich Sie zu einem Kaffee oder etwas anderem einladen?«

Giulia setzte sich und betrachtete die Frau. Sie war älter, bestimmt über siebzig Jahre, auffallend gepflegt, aber nur dezent geschminkt. Sie hatte extrem kurz geschnittene weißgraue Haare, die ein wenig bläulich schimmerten, und an ihren Ohren hingen übergroße, mit farbigen Steinen besetzte Anhänger. Im Gegensatz zu dieser eleganten Zierde wirkte das einfache beigefarbene Leinenhemd, das sie trug, recht fad, aber das schien beabsichtigt. Die Handschuhe, die Giulia nun als feinstes Leder erkannte, unterstrichen den Kontrast.

»Ich habe ein unschön anzusehendes Ekzem an den Händen, das ich der Welt lieber vorenthalte«, sagte die Signora freundlich, der offenkundig Giulias Blick nicht entgangen war. »Entschuldigen Sie bitte diese plumpe Kontaktaufnahme. Das ist sonst nicht meine Art. Mein Name ist Enza Dafne Farini. Ich bin die Großmutter von Umberto. Sie haben vorhin mit meinem Sohn telefoniert.«

Giulia hatte noch im Grandhotel die beiden Nummern gewählt, die Umberto Farini laut der Aussage des Hausmädchens Rosalia jede Nacht stundenlang angerufen hatte. Eine davon war der Anschluss seiner Familie in Lenno. Und die andere gehörte angeblich zur Telefonseelsorge in Lecco. Giulia hielt das jedoch für einen Irrtum, denn warum sollte sich ein Mann wie Farini, der sich hervorragende Psychologen leisten konnte, an ein paar ehrenamtliche Betreuer der Seelsorge wenden? Entsprechend hatte sie Elena gebeten, die Verbindungsnachweise des Hotels noch einmal zu überprüfen und gegebenenfalls mit der richtigen Adresse Kontakt aufzunehmen. »Commissario Giulia Cesare, Questura Lecco«, antwortete Giulia zurückhaltend, während der Kellner an ihren Tisch trat und Signora Farini ansah.

»Zwei Latte macchiato, eine Karaffe Leitungswasser und zwei Portionen eures besten Tiramisus«, sagte die Signora, wobei sie auf Giulia schaute und ihr ermunternd zunickte. »Wenn Ihnen der Sinn nach etwas anderem steht, nur zu!«

Giulia lehnte sich zurück und tat einen tiefen Atemzug. »Ach, wissen Sie, eigentlich ist das eine fantastische Idee.«

»Wenn Sie es lieber herzhaft mögen, Lorenzo macht hervorragende Kutteln nach dem Rezept seiner veronesischen Großmutter. Die Signora sah sie lächelnd an. »Mein Mann und ich sind einmal die Woche nur deswegen hierhergekommen. Die Geheimnisse sind die lange Kochzeit und natürlich der Bergkäse.«

Giulia, die alles an der italienischen Küche mochte, außer zu Brei gekochte Innereien, lehnte dankend ab.

Die Bedienung verschwand so unbemerkt, wie sie gekommen war.

Signora Farini saß eine Weile schweigend da und schaute hinaus auf den See. Dann hob sie an: »Ich kann mich nur noch einmal entschuldigen, dass ich Sie hier so abgefangen habe. Aber mir war es wichtig, dass ich vor meinem Sohn mit Ihnen reden kann. Ich möchte nicht, dass Sie ein falsches Bild von Umberto bekommen.« Sie wirkte gefasst, auch wenn man ihr den Seelenschmerz ansehen konnte. »Umberto war ein sehr pflegeleichtes Kind, fleißig, ordentlich, höflich. Ich habe sehr großen Wert auf seine Erziehung gelegt. Mein Sohn hätte ihn am liebsten in der Schweiz in einem Internat gesehen, aber das wusste ich im Sinne von Umberto zu verhindern. Ein Kind muss in seiner Familie aufwachsen, und Umberto hatte es, was dies angeht, durch den frühen Tod seiner Mutter ohnehin schon schwer. Wir haben rechtzeitig eine gemeinsame Abmachung getroffen – er verzichtete in der Gegenwart seines Vaters auf sein Kindsein, und ich kümmerte mich um den Rest. Das war zweifelsohne schlimm für ihn, aber es war der einzig gangbare Weg, wenn ich ihn nicht den Erziehungsmethoden fremder Menschen ausliefern wollte.« Sie sah Giulia kurz an, senkte aber dann wieder den Blick. »Mein Sohn hat gänzlich andere Ansichten, wie auch immer die entstanden sind.«

»Umberto hat eine tolle Karriere gemacht«, warf Giulia ein. »Er hatte Talent, wie man sagt.«

»Ja, er war ein Naturtalent, und er wollte von klein auf nichts anderes machen. Er hat in Rom Schauspiel studiert und nebenbei Betriebswirtschaft, beides mit hervorragenden Ergebnissen.« Sie nahm einen Schluck von dem Wasser, das der Kellner gemeinsam mit der übrigen Bestellung gerade gebracht hatte.

»Eine ungewöhnliche Kombination«, sagte Giulia.

»Nicht wenn Sie ein Farini sind«, antwortete die Signora.

Giulia zog die Stirn kraus.

»Die Farinis waren von je her große und vor allem wichtige Textilfabrikanten. Wir haben unseren Stammsitz in Valdagno 1836 als kleine Weberei gegründet. Heute gehören uns mehrere weltbekannte Marken. Mein Sohn, mein Mann, mein Vater, mein Großvater …« Sie zuckte mit den Schultern. »So ist das bei uns. Man hat keine Handhabe über den eigenen Lebensweg mehr. Das Unternehmen verlangt alles, und ein Farini gibt alles. Darauf beruht unser Gelingen.«

»Nur Umberto wollte aus der Art schlagen und hatte damit auch noch Erfolg«, ergänzte Giulia. »Er brauchte quasi das Unternehmen als Back-up nicht.«

Enza Dafne Farini bestätigte das. »Für meinen Sohn war das eine Katastrophe. Umberto ist sein einziges Kind. Für ihn gab es zeitlebens nur ein Ziel: Das Unternehmen muss in Familienhand bleiben.« Behutsam stach sie ein Stück vom Tiramisu ab und schob es sich in den Mund. Am Funkeln ihrer Augen konnte man erkennen, wie schmackhaft es sein musste. »Aber Umberto hatte seinen eigenen Kopf und hat damit in den Augen meines Sohnes fast zwei Jahrhunderte Familientradition zunichtegemacht.«

Giulia, die aus Höflichkeit gewartet hatte, bis Signora Farini mit dem Essen begonnen hatte, griff beherzt zu ihrem Besteck. Es wurde Zeit, denn vor lauter Hunger war ihr schon ganz flau im Magen.

»Es entbehrt nicht einer gewissen Tragik, wenn der Sohn hofft, dass das eigene Kind an seinem Lebenstraum scheitert«, fuhr Signora Farini fort.

Giulia konnte das gut verstehen. Ihre Mutter Maria hatte sich bis heute nicht mit ihrem Beruf abfinden können. Eine Commissario passte einfach nicht in die Familie, so zumindest hatte Maria diese Ablehnung erklärt, ohne sie freilich jemals ernsthaft zu begründen. Allerdings mochte das für Marias Zweig der Familie sogar zutreffen. Die Argentinier, wie Piergiuseppe sie immer nur nannte, lebten alle eher von zweifelhaften Geschäften, zu denen auch Taschendiebstähle gehörten, und hatten bis heute nicht erfahren, dass sie seit nunmehr fast dreißig Jahren eine Polizistin in ihren Reihen hatten. Maria schämte sich. Auch ein wenig vor der Dorfgemeinschaft in Abbadia Lariana, vor allem, weil Giulia durchaus mit einer gewissen Konsequenz Recht und Ordnung walten ließ. Für Maria, die es mit dem Eigentum anderer Leute nicht so genau nahm, war das eine wahrhaft schreckliche Misere. Aber bei alledem war es niemals vorgekommen, dass Maria und Piergiuseppe ihr den Erfolg missgönnt hatten, auch wenn der dann nur heimlich gefeiert werden durfte. »Aber Umberto wurde ein Star«, sagte Giulia.

Signora Farini nickte. »Und hat damit die Träume seines Vaters zerstört.«

»Jeder hat sein eigenes Leben. Glücklicherweise«, entgegnete Giulia. Das Tiramisu gehörte zu den besten, die sie jemals gegessen hatte. Sie bemerkte, dass auf ihrer Oberlippe etwas Kakao zurückgeblieben sein musste, und fuhr mit der Zunge um ihren Mund.

»Der Preis dafür war hoch. Umberto mied sein eigenes Zuhause, auch wenn sein Vater nicht da war. Er kam nur ab und zu für die Post und ein paar Unterschriften. Selbst ich habe ihn kaum gesehen. Alles Wichtige haben wir am Telefon geklärt, und da er tagsüber meistens gedreht hat, mussten wir die Nacht nutzen.« Signora Farini schob ihren Teller von sich. Sie hatte nicht einmal die Hälfte der Köstlichkeit gegessen.

»Sie haben nächtelang mit Ihrem Enkel telefoniert, obwohl sie nur wenige Kilometer voneinander entfernt waren. Warum? Also, verstehen Sie mich bitte nicht falsch, aber es ist schon recht ungewöhnlich, so viele Stunden täglich. Was gab es Wichtiges mit Ihnen zu klären?«, fragte Giulia nach.

Um die Mundwinkel der Signora spielte ein sanftes Lächeln. »Ich bin nicht nur seine Großmutter, sondern auch seine Managerin.«

Giulia war baff. Das hätte sie nicht erwartet. »Damit sind Sie Ihrem Sohn in den Rücken gefallen.«

»Ja. Aber Umberto war es wert.« Ihre Augen füllten sich mit Tränen, worauf sie verlegen zur Seite schaute.

Giulia erwiderte nichts und wartete geduldig, bis die Signora sich wieder gefangen hatte.

»Er hat mir vertraut. Und ich brauche kein Geld. Besser kann es ein Künstler doch nicht haben«, sagte sie mit schwacher Stimme.

»Da haben Sie sicherlich recht«, stimmte Giulia zu. »Sagen Sie, wo hat Umberto gewohnt, wenn Sie sagen, er kam in sein Elternhaus nur, um die Post zu erledigen?« Giulia dachte an die Meldeadresse im Ausweis des Toten. Die war hier in Lenno, bei der Familie.

Signora Farini lehnte sich langsam zurück und nickte wissend. »Offiziell war das seine Adresse, natürlich. Sie werden aber im Haus bis auf ein oder zwei Kartons mit seinen Büchern keine persönlichen Sachen finden. Umberto war ein Weltenbummler, nirgendwo sesshaft, nicht greifbar. Er lebte in den schicksten Hotels dieser Welt und zog weiter, wenn ein Film abgedreht war oder er keine Lust mehr auf den jeweiligen Ort hatte.« Sie wurde nachdenklich. »Er hat seinen Mittelpunkt nie gefunden, und manchmal denke ich, das lag an meinem Unvermögen.« Signora Farini schaute traurig, und Giulia ließ ihr einen Moment Zeit, bevor sie nachfragte. »Hatte Umberto Feinde? Gab es mit irgendjemandem in letzter Zeit Streit?«

»Darauf kann ich Ihnen leider keine Antwort geben«, hob Signora Farini an, wobei sie dem Kellner mit der Hand deutete, dass sie noch einen Wunsch hatte. »Es gibt verrückte Fans, die Morddrohungen aussprechen, wenn sie nicht geheiratet werden. Es gibt Konkurrenten um eine Rolle oder einen Preis, und es gibt natürlich Regisseurinnen …« Sie senkte die Lider und redete nicht weiter.

»Aurora Damiani«, antwortete Giulia.

»Sie kennen Sie?«

Giulia wehrte ab. »Das wäre zu viel gesagt. Abgesehen davon gehört die Dame nicht gerade zu den Menschen, mit denen ich mich umgeben möchte.« Giulia dachte an das Auftreten der Damiani, dem sie beigewohnt hatte.

Signora Farini schien erleichtert. »Ich habe Umberto von diesem Film abgeraten. Aber er war ein Sturkopf. Diese Frau hat nur noch eine Chance, und das ist dieser Film. Das war mir bei dem Angebot, das sie ihm gemacht hat, sofort klar. Sie wird alles dafür riskieren, wenn sie das nicht sogar schon hat.« Die Bedienung stand schweigend neben ihnen und wartete auf ein Zeichen der Signora. »Zwei Amaro, bitte«, sagte sie, ohne Giulia anzusehen.

»Für mich bitte nicht, danke«, lehnte Giulia ab.

»Zwei«, bestätigte die Signora noch einmal und wollte weiterreden.

Giulia fiel ihr ins Wort. »Sie wollen ernsthaft andeuten, sie hätte ihren Hauptdarsteller geopfert?«

»Angeblich soll ihr Liebhaber, ein reicher Industrieller, viele Millionen in den Film investiert haben. Aber auf derlei Geschwätz können Sie in diesen Kreisen zumeist nicht viel geben. Seit Jahren bereitet sie akribisch ihr Comeback vor, das ist nicht einfach im Filmgeschäft, vor allem nicht als Frau, die über ihre besten Jahre schon lange hinaus ist und deren letzten Filme allesamt gefloppt sind. Die Geschichte, die sie erzählen will, hat Potenzial, aber der Druck, unter dem sie steht, ist enorm.« Sie legte ihre Hände übereinander auf den Tisch und wirkte mit einem Male wie eine Seniorin, die beim Kaffeeklatsch auf ihren Kuchen wartete. »Kunst und Leid sind eine perfekte Kombination, glauben Sie mir. Die Leute wollen das große Drama. Das bietet ein toter Hauptdarsteller, vor allem, wenn er ein Potenzial wie Umberto hat, durchaus. Jetzt gibt es Schlagzeilen und Aufmerksamkeit.

Sie können zusehen, wie das Interesse der Presse an diesem Projekt wachsen wird. Jetzt schon kreisen sie wie die Hyänen um die *Villa Melzi* und warten darauf, dass sie zuschlagen können.«

Giulia verwunderte diese Aussage. »Mit dem Bekanntwerden des Todes von Umberto werden doch die Dreharbeiten eingestellt, oder nicht?« Giulia ging davon aus, dass sich das Unglück schon bis ans Filmset herumgesprochen hatte und dass dort heute alle Arbeiten ruhten, zumal dem Film nun der männliche Hauptdarsteller fehlen würde. Sie wusste von Brutus und Piergiuseppe, dass der Beginn der Aufnahmen auf elf Uhr angesetzt gewesen war. Sie schaute auf die Uhr. Es war kurz nach drei. Selbst wenn sich die Nachricht des Todes bis heute Vormittag noch nicht bis zur *Villa Melzi* herumgesprochen hatte, wäre spätestens zum Drehbeginn jemand von der Crew ins Hotel gelaufen, um den abtrünnigen Farini zu holen. Signora Damiani ließ zweifellos keine Unpünktlichkeit zu, zumindest nicht bei den anderen Mitgliedern des Teams. Im Hotel würde man nichts anderes sagen können, als dass der Hauptdarsteller nicht mehr am Leben war.

»Signora, dieses Geschäft ist hart und grausam. Natürlich wird die Damiani weitermachen. Ihr bleibt nichts anderes übrig. Und wer sagt uns denn, dass sie nicht sogar schon jemanden als Ersatz für Umberto gefunden hat?« Signora Farini schaute Giulia mit durchdringendem Blick an. Sie schien absolut überzeugt vom gerade Gesagten zu sein. »Umberto hätte diesen Film niemals machen dürfen. Diese Frau stürzt jeden ins Unglück.«

Giulia überlegte. »Ich war zufällig gestern bei den Dreharbeiten dabei.«

Umbertos Großmutter wirkte nun misstrauisch.

Giulia erklärte ihr kurz die Zusammenhänge und schilderte auch die unschönen Vorkommnisse.

»Dann haben Sie den Wahnsinn und die Selbstinszenierung dieser Frau ja gesehen. All das habe ich Umberto prophezeit, aber er hielt sie für die Beste und war der Meinung, noch viel von ihr lernen zu können. Abgesehen davon, und da hatte er natürlich recht, ist es noch immer ein Ritterschlag, die Hauptrolle in einem Film der Damiani zu bekommen. Umberto verstand sein Geschäft.« Sie lächelte in der Erinnerung versunken. »Aber dieses Selbstzerstörerische an ihm hat mich schon immer irritiert. So weit sollte man nicht gehen, für nichts und niemanden.«

Giulia leckte genussvoll ihren Löffel ab. »Ich habe mich gefragt, wieso er sich nicht gewehrt hat. Nach dem, was ich gesehen habe, beherrschte er seine Kunst hervorragend, also, ich habe keine Ahnung, aber der Eindruck ...«

Ein Strahlen erfasste Signora Farinis Gesicht »Ja, er spielte grandios. Und er war leidensfähig. Wenn Sie so einen Vater wie meinen Sohn haben und die Bürde dieser Familie tragen, dann sind Sie das.« Ihre Mimik veränderte sich, und der Gram, der sich nun zeigte, ließ sie wie eine gebrochene alte Frau aussehen.

Ohne dass Giulia es mitbekommen hatte, standen plötzlich zwei Gläser mit Kräuterschnaps vor ihnen. Signora Farini griff sich einen, deutete ein Prosit an und trank ihn in einem Zug. Gleich darauf wiederholte sie das mit dem zweiten.

»Jetzt geht es mir besser, Verzeihung«, sagte sie leicht geniert. »Nach einem Tiramisu braucht mein Magen immer etwas zur Beruhigung.«

»Das sind harte Anschuldigungen, die Sie da gegenüber Signora Damiani formulieren«, sagte Giulia, die die Plausibilität ihrer Worte nicht abstreiten konnte, auch wenn sie für sich immer noch das Gefühl hatte, dieses Geschäft mit zu naiven Augen zu sehen.

»Ich sage nicht, dass ich mich nicht irren kann«, erwiderte Signora Farini. »Wir werden sehen, was die nächsten Tage bringen.«

Giulia nickte nachdenklich. »War Umberto mit jemandem fest liiert?«

Ein Zucken umspielte Signora Farinis Mundwinkel. »Er hat wohl noch immer nach der Richtigen gesucht, na ja«, sie winkte ab, »wenn nicht in seinem Alter, wann dann.«

»Mhm. Eine aktuelle Affäre, irgendetwas von Belang?«, hakte Giulia nach, die davon ausging, dass ein Mann vom Aussehen Farinis kaum eine Nacht allein verbracht haben dürfte. Im *Serbelloni* gab es dafür zwar keine Hinweise, aber das musste ja nichts heißen.

»Gestern Abend war niemand bei ihm. Da bin ich mir ganz sicher. Er hätte es erzählt«, antwortete die Signora.

Giulia nahm diese enge Vertrautheit zwischen Farini und seiner Großmutter zur Kenntnis. »Sie haben gestern auch gesprochen?«, fragte Giulia nach.

»Ja, bis neun, dann wollte er zu Abend essen und lesen. Eine Liszt-Biografie hatte es ihm wohl angetan.«

»Was haben Sie nach dem Telefonat gemacht?«, wollte Giulia wissen, und schon während sie der Signora diese Frage stellen musste, überkam sie ein mulmiges Gefühl. Eine liebende Großmutter zu ihrem Alibi zu befragen gehörte nicht zu den angenehmsten Aufgaben.

»Ich verstehe, worauf Sie abzielen, und deswegen können Sie von mir darauf keine Antwort erwarten.« Die Mimik der Signora hatte sich versteinert, und sie schaute mit kalten Augen auf Giulia.

Giulia hatte das erste Mal während dieser Unterhaltung den Eindruck, dass Farinis Großmutter sie von oben herab betrachtete. Das konnte sie mühelos aushalten. »Ich denke schon, dass es eine Antwort braucht«, sagte sie streng. Bei allem Verständnis für die Trauer der Signora konnte sich Giulia davon nicht leiten lassen.

»Telefonate und unser Hausmädchen als Zeugin«, entgegnete die Signora noch immer ein wenig unterkühlt. »Die Namen notiere ich Ihnen gern.«

Giulia reagierte darauf mit einem dankbaren Nicken. »Was hat Umberto über den ersten Tag am Set berichtet?«, wollte sie weiter wissen.

»Nichts«, entgegnete Signora Farini kurz.

»Nichts?« Giulia konnte es kaum glauben.

»Umberto war kein Typ, der sich bei seiner Omi ausheulte. Wir haben über seine nächsten Projekte gesprochen.«

Giulia konnte Signora Farinis Gesichtsausdruck nicht deuten. »Ich muss auch noch mit Ihrem Sohn reden«, fuhr sie fort.

Enza Dafne Farini schaute auf die goldene Uhr an ihrem Handgelenk und schmunzelte kaum merklich. »Der sollte jetzt nach Paris aufgebrochen sein. Die Mode kennt ebenfalls kein Erbarmen.«

»Aber …?« Wieso hatte der Mann vorhin am Telefon nicht gesagt, dass er unter Zeitdruck stand? Dann hätte sie sich doch beeilt. In Giulia regte sich Skepsis. Signora Farini musste bewusst in Kauf genommen haben, dass Giulia ihren Sohn nicht mehr antraf. Die Frage war, ob es ihr dabei wirklich nur um das richtige Bild von Umberto gegangen war oder ob sie womöglich ihren Sohn aus dieser Geschichte heraushalten wollte. Das würde ihr nicht gelingen, denn Giulia würde keinesfalls auf eine Unterhaltung mit dem Signore verzichten, wenn es sein musste, dann würde sie ihn eben am Telefon vernehmen. Giulia musterte ihr Gegenüber vorsichtig. Die Signora wirkte nun ziemlich gelöst, was ihr seltsam vorkam. Genau wie der Umstand, dass Umberto Farinis Großmutter sie hier an diesem öffentlichen Ort abgefangen und mit ihr Tiramisu gegessen hatte. Normalerweise liefen die Gespräche mit den Angehörigen der Opfer anders ab. Auch wenn Giulia zugeben musste, dass das Tiramisu hervorragend gewesen war.

Die Signora schüttelte leicht den Kopf. »Er ist ein Farini. Er kann nicht anders. Aber falls Sie den leisen Verdacht hegen, mein Sohn könnte etwas mit Umbertos Tod zu tun haben, muss ich Ihnen sagen, dass er erst vergangene Nacht aus Barcelona zurückgekommen ist. Der letzte Flug. Ich denke, das lässt sich überprüfen.« Sie schaute, als würde sie diese Tatsache selbst ein wenig beruhigen. »Sie können mich aber Tag und Nacht erreichen«, fügte sie dann noch entschlossen an. »Ich werde alles tun, was in meiner Macht steht, um …« Sie winkte ab. »Das spielt keine Rolle mehr, denn es ändert den Lauf der Dinge nicht.«

Giulia schob ihren Stuhl zurück und erhob sich. Mitten in der Bewegung hielt sie inne und setzte sich wieder. »Was wird nun mit ihrem Unternehmen, jetzt, nachdem der Erbe …?« Sie sah die traurigen Augen der Signora und beendete den Satz nicht.

»Das wird man sehen. Vielleicht verkauft es mein Sohn an unseren größten Konkurrenten.« Sie lachte gekünstelt auf, und man konnte ihr anmerken, dass dies so ungefähr das Abwegigste war, was sie sich vorstellen konnte. »Der gute Enzo Patucelli wartet bereits sein gesamtes Leben darauf, und vor ihm sein Vater und dessen Vater. Wir Farinis waren ihm von jeher einen Schritt voraus. Nun hat das Schicksal wohl für ihn entschieden.« Sie wandte den Blick ab und ließ ihn über den See schweifen.

»Patucelli?«

»Ja, kennen Sie ihn?« Die Signora schaute Giulia mit leicht verwundertem Gesichtsausdruck an.

»Nein.« Giulia nahm ihr das nicht übel. Im Normalfall konnte sich eine italienische Commissario keine handgenähten Klamotten leisten, zumindest hatte sie einen so feinen Zwirn bei den Kollegen noch nie gesehen. Eigentlich kannte sie generell niemanden, der so etwas trug. Woher denn auch? In ihrem Dorf kauften die Leute von der Stange oder trugen die Kledage ihrer Eltern und Geschwister auf.

Signora Farini machte nicht den Eindruck, als ob sie das in irgendeiner Form werten würde.

Giulia runzelte die Stirn. »Wissen Sie, dann verstehe ich aber eins nicht«, redete sie weiter.

Die Signora legte den Kopf ein wenig in den Nacken und wartete, was nun kommen würde.

»Trägt man in Ihrer Branche die Produkte der Konkurrenz, also vor allem, wenn man, wie Sie es angedeutet haben, sich eigentlich nichts zu sagen hat?«

»Du liebe Güte!«, rief die Signora schrill. »Das gleicht einer Todsünde. Mode ist mehr als bloße Zweckmäßigkeit. Sie ist Stolz, Egoismus, Leidenschaft – alles Eigenschaften, die mitnichten ohne Eifersucht auskommen. Ich greife zu No-Name-Produkten, aber ich würde mir niemals eine Jacke von Patucelli überziehen, eher sterbe ich den Erfrierungstod. Stellen Sie sich vor, wir Farinis machten die Mannequins für unsere Rivalen. Der Eindruck bei unseren Geschäftspartnern wäre verheerend.« Ihr durchdringender Blick ließ keine Zweifel an dem Gesagten zu.

Giulia biss sich auf die Unterlippe. »Und Umberto sah das genauso?« Sie zögerte damit, ihre Entdeckung preiszugeben, und behielt sie schließlich vorsichtshalber für sich. Die Signora würde sich noch mehr aufregen, und damit war niemandem geholfen.

»Absolut! Umberto wollte zwar nicht das Unternehmen übernehmen, aber Patucelli hätte er niemals getragen. Niemals!«

***

»Du kommst zu spät«, meckerte Brutus, der bereits einen duftenden Teller voller *Finten in Carpione* vor sich stehen hatte, als Giulia gerade in der Osteria *Sali e Tabacchi* auf ihrem Berg angekommen war und sich müde zu ihm und Jacopo an den Tisch gesetzt hatte.

Sie war nach dem Gespräch mit Signora Farini mit der Absicht, die Mitglieder des Filmteams zu befragen, zunächst nach Bellagio zurückgefahren. Das Eingangstor der *Giardini di Villa Melzi* war jedoch zu ihrer Überraschung abgesperrt gewesen, und ein ziemlich unhöflicher, wortkarger Gärtner hatte sie mit dem Hinweis auf die heutige Drehpause in die *Villa Serbelloni* beziehungsweise in das Hotel *Metropole* geschickt. Auf dem Weg zu Signora Aurora Damiani war sie zu allem Überfluss auch noch von einem unverschämten Arzt abgefertigt worden, der es mit seinem Gewissen als Mediziner unmöglich vereinbaren konnte, dass die Signora sowie ihre engsten Mitarbeiter und die Hauptdarstellerin heute durch die Polizei verhört wurden. Angeblich hatte er allen ein starkes Beruhigungsmittel verabreichen und sie zu strengster Bettruhe verpflichten müssen. Im *Metropole*, in dem der Rest der Crew untergebracht war, hatte sie etwas mehr Glück gehabt. Die Maskenbildnerinnen, zwei Tontechniker, jemand von der Requisite und die Regieassistentin hatten plaudernd in der Lobby gesessen. Allerdings schien niemand von ihnen irgendeinen Bedarf an Sedierung zu haben, zumindest wenn man von dem Grappa absah, den sie fleißig in sich hineinschütteten. Das Ergebnis dieses Nachmittages war wenig zufriedenstellend gewesen. Sie hatten Umberto Farini als zurückhaltend, freundlich und zuweilen unterkühlt beschrieben, mehr hatten sie zu ihrem Bedauern nicht sagen können. Mit dem Star Farini hatte angeblich niemand großartig etwas zu tun gehabt, zumal er, im Gegensatz zu allen anderen, etwas mehr Freiheiten gehabt haben sollte. Allein ihm war es gestattet, sich während der Drehpausen zu entfernen und im Park spazieren zu gehen, während sich der Rest der Crew lediglich im Radius zwischen dem Catering-Zelt, den Toiletten und dem Set bewegen durfte. Farini, der aus seinem Freigang, wie seine Kollegen es nannten, nicht viel Aufhebens gemacht hatte, war also entsprechend häufig in den Gärten verschwunden gewesen, wobei niemand sagen konnte, was er dort stundenlang gemacht haben könnte. Auch die normalen Abläufe beim Dreh hatten keine größere Nähe zwischen dem Star und dem Team mit sich gebracht, sodass man sich weder gut gekannt hatte noch eine Art freundschaftliches Miteinander entstanden war. Die Andeutungen, dass *La strega*, die Hexe, wie sie die Regisseurin nannten, ohnehin keine näheren Beziehungen des Teams untereinander wünschte, waren eindeutig gewesen. Ansonsten hatte man sich mit Äußerungen über die Dame vornehm zurückgehalten, aber Giulia hatte deutlich heraushören können, dass es den Beteiligten nicht um den Spaß an diesem Projekt, sondern lediglich um das Geld, das dabei heraussprang, und die Aufstiegschancen ging. Für die Damiani gearbeitet zu haben war in der Branche noch immer etwas wert, was Giulia nach dem Gespräch mit Signora Farini nicht mehr erstaunte, was sie aber mit wehmütigen Gedanken an Piergiuseppe erneut zur Kenntnis genommen hatte. Nach einigem Drängen hatte ihr die Assistentin eine Liste mit allen Mitgliedern des Teams übergeben, bei deren Länge Giulia nichts anderes übrig geblieben war, als einige Kollegen zu den Befragungen hinzuzuziehen. Salvatore, der die Station der *Polizia Municipale* in Bellagio schon eine halbe Ewigkeit leitete, hatte sich über Giulias Erscheinen ehrlich gefreut. Ihr Anliegen, das für die während der Hauptsaison ohnehin überlastete Kommunalpolizei Extraschichten bedeutete, hatte seine Begeisterung jedoch gedämpft. Nur aus alter Verbundenheit heraus, die bei ihm daraus resultierte, dass Giulia vor nicht allzu langer Zeit seinen halbwüchsigen Sohn vor einer Strafverfolgung als Drogendealer bewahrt hatte, hatte er schließlich zugestimmt. Nach dem Gespräch mit Salvatore war Giulia in die Questura nach Lecco gefahren, um dort wenigstens einen Teil des notwendigen Papierkrames zu erledigen und ihrer Assistentin das sichergestellte Mobiltelefon von Umberto Farini zu geben. Elena, die sie auf den Bildschirm ihres Computers starrend vorgefunden hatte, war bereits sehr umtriebig gewesen. Santo Farini, der Vater ihres Opfers, hatte tatsächlich Montagnacht im Flieger von Barcelona nach Mailand gesessen. Ebenso hatte die Fluggesellschaft bestätigt, dass er drei Tage zuvor den Hinweg in die spanische Metropole angetreten hatte. Giulia, die nach dem Bild, was Enza Dafne Farini von dem Verhältnis zwischen ihrem Sohn und ihrem Enkel gezeichnet hatte, ein leichtes Misstrauen gegenüber diesem Mann gehegt hatte, brauchte dahingehend demnach nicht weiter zu graben. Überdies hatte Elena herausbekommen, dass Farini tatsächlich Dauertelefonate mit der Telefonseelsorge geführt hatte. Die Nummer war also korrekt gewesen. Allerdings hatte Elena die Frau, mit der Farini gesprochen hatte, denn das war angeblich wohl immer die gleiche gewesen, noch nicht kontaktieren können. Sie hatte zwei Tage freigenommen. Giulia würde also am Donnerstag persönlich in deren Büro in Lecco vorstellig werden müssen. Darüber hinaus hatte Elena die Zorzi nicht angetroffen, sodass Giulia diese Begegnung am morgigen Tag noch bevorstehen würde. Irgendwann hatte sie sich dann vollkommen entnervt, denn sie hasste Protokolle, auf den Weg nach Hause gemacht, um sich, wie jeden Dienstag, mit ihren beiden Männern in der Osteria zu treffen.

»Total zu spät, wie gestern, als du uns abholen solltest.« Brutus verzog das Gesicht. »Außerdem hättest du mich vorwarnen können.«

»Brutus«, mahnte Jacopo, der sich gerade von dem Koch Fabrizio die Zubereitung der *Carpione*, der Soße, erklären ließ. Brutus sagte nichts mehr, während Fabrizio, ganz in seinem Element, von der plötzlich über dem Tisch schwebenden schlechten Stimmung nichts mitbekommen hatte und unbeirrt weiterredete. »Das Geheimnis einer guten *Carpione* ist der wilde Thymian.« Er beugte sich zu Jacopo hinunter und flüsterte. »Oben im Berg, auf dem Weg zur Cascata, bei dem alten verlassenen Bauerngehöft, gibt es reichlich davon. Aber wehe, du sagst ein Wort zu irgendjemandem. Erst recht nicht zu Maria. Die will dann noch teures Geld dafür haben.« Fabrizio schaute verstohlen zu Giulia herüber.

Die tat so, als ob sie nichts gehört hatte, und blätterte in der Weinkarte. Das war eigentlich schon absolut verräterisch, denn Giulia trank grundsätzlich den Wein, den Jacopo für sie ausgesucht hatte, und der stand bereits vor ihr.

Fabrizio bemerkte nichts. »Also reichlich Thymian, eine kleine Knoblauchknolle, eine Zwiebel, ein paar Frühlingszwiebeln, Salbei, ein Glas Essig, zwei Esslöffel Olivenöl für die Pfanne und eine Prise Salz. Alles kurz anbraten, aber wirklich nur sehr kurz, ein Glas Wasser darüber und fünf Minuten aufkochen lassen. Dann über den Fisch geben und vierundzwanzig Stunden ziehen lassen. Aber bloß nicht kühl stellen. Das verdirbt den Geschmack.« Er schaute Jacopo erwartungsvoll an.

»Ich nehme die Erbsensuppe mit den Köttbullar und dazu den Rotkrautsalat«, sagte Jacopo mit einem breiten Lächeln.

Fabrizio machte ein ungläubiges Gesicht. Als er gewahr wurde, dass Jacopo nicht scherzte, schimpfte er los: »Ich dachte, du bist mein Freund. So was aber auch.«

»Ihr habt heute schwedischen Abend, also esse ich schwedisch«, antwortete Jacopo.

»Zu dem Kraut gehören Trockenpflaumen.« Fabrizio hob die Zähne. Offenkundig hoffte er, dass Jacopo sich davon abschrecken ließ. Dann wandte er sich Giulia zu. »Und du? Natürlich auch den Quatsch?«, fauchte er ungehalten.

Seit einiger Zeit veranstaltete die Wirtin des *Sali e Tabacchi*, der in Mandello del Lario befindlichen Stammkneipe der drei, an jedem Dienstag den *Abend der internationalen Küche*. Jedoch ging dieses überaus innovative Konzept, das Fabrizios Fertigkeiten als Koch durchaus erweiterte, nicht so auf, wie sie es geplant hatte. Die meisten Einheimischen, abgesehen von Giulia und Jacopo, hatten just an diesem Tag eine Magenverstimmung, keinen Hunger oder bereits gegessen, sodass die Osteria irgendwann kaum mehr Einnahmen zu verbuchen hatte, abgesehen von denen für die Getränke. Es sei denn, es verirrten sich ein paar, was die kulinarischen Kapriolen der Wirtin anging, ahnungslose Touristen hier rauf auf den Berg, und denen wurde dann von einem zähneknirschenden italienischen Koch arabischer Hummus, deutsches Eisbein oder auch ein Schweizer Käsefondue serviert. Das traf allerdings bei all jenen, die sich auf echte italienische Küche gefreut hatten, was durchaus nachzuvollziehen war, wenn man das Land, wo die Zitronen blühen, bereiste, auf keine große Gegenliebe. Da irgendwann die monetären Tatsachen gegenüber dem bösen Gerede der Dorfbewohner überwogen, hatte die Wirtin ein Einsehen. Aber anstatt, wie von allen gehofft, diesen internationalen Spleen einzustellen, behielt sie das Konzept bei und ergänzte es nur um ein typisch lombardisches Gericht. Ab sofort wurde am Dienstag in der Osteria wieder gegessen, aber über das Verhältnis zwischen den abverkauften Gerichten machte sich niemand wirklich Illusionen.

»Mir bringst du bitte die *Finten in Carpione*«, sagte Giulia. »Ich habe heute Sergio am See getroffen, und das muss jetzt mal sein«, erklärte sie.

Fabrizio, der etwas anderes vermutet hatte, interessierte die Erklärung herzlich wenig. Zufrieden mit ihrer Antwort zog er ab.

Jacopo streichelte Giulias Arm. »Damit hast du recht, Pipistrelli. Geht es ihm gut?«

Giulia nickte und nahm einen Schluck von ihrem Wein, um den Kloß in ihrem Hals besser herunterschlucken zu können. Sie hasste Sentimentalitäten, und erst recht, wenn sie dabei von der halben Dorfbevölkerung umgeben war und jeder annehmen würde, ihr liefen die Augen voller Tränen, nur weil sie sich mit Jacopo gestritten hatte. Das gab nur wieder unnützes Gerede, das sie noch weniger leiden konnte.

»Du bist meine Freundin«, maulte Brutus mit vollem Mund, der nichts davon mitbekam. »Du hättest es mir vorher sagen können, auch wegen deinem Vater. Was wäre, wenn er vor Schreck umgefallen wäre?«

Giulia schaute ihren Freund fürsorglich an. Seine Halbglatze, die er durch das Abrasieren seines verbliebenen schwarzen Haares kaschieren wollte, leuchtete rot, und die Haut hatte hier und da kleine Bläschen geschlagen. Auch seine großen, ein wenig abstehenden Ohren waren gerötet und mussten zu viel von der Sonne abbekommen haben. Brutus hatte heute am Set, sollten die Filmaufnahmen dort trotz des Todesfalls weitergegangen sein, in seiner Rolle als Kellner im 19. Jahrhundert vermutlich entgegen seiner sonstigen Gewohnheit auf seine Schirmmütze verzichten müssen. »Du weißt, dass ich keinen Rundruf bei euch starten kann. Ich bin Polizistin.« Sie nahm ihr Glas auf, stieß damit gegen seines und lächelte ihn an.

Brutus schüttelte nur verständnislos den Kopf. »Wir mussten wieder bis zum frühen Nachmittag warten. Dann hat uns dieser Alfonso mitgeteilt, was passiert ist und dass wir alle nach Hause gehen sollen. Signora Aurora hat der Schmerz über den Verlust so sehr mitgenommen, dass sie heute nicht arbeiten konnte.« Er schob sich einen Bissen in den Mund, und Giulia war sich sicher, dass die Damiani, wäre sie denn hier, sofort einen ihrer Anfälle bekommen würde.

Jacopo schaute Giulia an. »Du hast einen neuen Fall.«

Sie schloss kurz die Augen, was ihm bedeuten sollte, dass sie nicht darüber reden wollte. Nicht hier und nicht mit ihm. Normalerweise ließ sie Jacopo an ihrer Arbeit teilhaben, aber seit gestern war sie sauer auf ihn, und sie würde einen Teufel tun, sich so zu benehmen, als wäre alles wie immer.

Jacopos Gesichtsausdruck ließ den Schluss zu, dass er sie verstanden hatte. »Pipistrelli, ich …«.

»Genau. Franz Liszt ist tot«, schimpfte Brutus dazwischen, ohne von den Spannungen zwischen den beiden Notiz zu nehmen, wobei einige Bröckchen des Fisches aus seinem Mund fielen. »Und deine

Frau hat ihren Vater und mich nicht einmal eingeweiht, dabei hat sie ansonsten keine Verwandten.« Wütend wischte er sich mit dem Handrücken über den Mund.

Jacopo konnte sich ein Grinsen nicht verkneifen. »Ich habe dich vorgewarnt, das Filmbusiness ist gefährlich.« Er legte seine Hand auf die schmächtige Schulter des Freundes. »Na ja, aber wenn der Hauptdarsteller nun nicht mehr da ist, kannst du wenigstens etwas Ferien machen. Das hat doch auch was für sich.«

Brutus schaute, als hätte man ihm die Freundschaft gekündigt. »Alle am Set munkeln, dass Liszts Tod ein Akt der Sabotage war. Sie sagen, er sei egoistisch und selbstverliebt gewesen und hätte sich nur umgebracht, um Signora Damiani zu schaden.« Brutus klang, als wäre dies auch seine Überzeugung. »Wir machen jetzt erst recht weiter, sonst hätte Liszt ja gewonnen.«

»Der Freitod als eigennütziger Akt? Das ist eine interessante These«, bemerkte Jacopo. »Die Filmleute sind ja noch schräger, als ich dachte.«

»Piergiuseppe sieht das auch so«, bekräftigte Brutus.

»Das wiederum ist jetzt kein Kriterium«, hauchte Jacopo Giulia zwinkernd zu.

Fabrizio kam mit dem Essen, wobei er Jacopo beim Abstellen des Tellers nur mit einem mitleidigen Seitenblick bedachte und Giulia hingegen ausnehmend freundlich einen »Guten Appetit« wünschte. Brutus, der wie immer nicht warten konnte, hatte seinen Teller bereits leer gegessen und bestellte sich noch einen Nachtisch.

»Wer erzählt denn so etwas?«, fragte Giulia ungläubig.

»Ein paar von den Fischern. Die haben es wohl von der Köchin. Und die will es von der Bügelfrau gehört haben, und die wiederum ist mit der Zugehfrau von Marie d'Agoult befreundet«, schmatzte Brutus.

»Es geht doch nichts über sichere Quellen«, witzelte Jacopo.

»Es war kein Selbstmord«, sagte Giulia mit gedämpfter Stimme. Bei aller Schweigepflicht hatte sie das dringende Bedürfnis, die kruden Gedanken, die ihren Freund Brutus umtrieben, etwas geradezurücken. Überdies verspürte sie den intensiven Drang, ihren ältesten und besten Freund zu warnen, noch dazu, wenn der mit ihrem Vater unterwegs war.

Brutus schaute sie mit großen Augen an. »Franz Liszt *musste* sterben?« Er schluckte trocken. »Was wird die arme Marie nur dazu sagen? Er war ihre große Liebe. Sie hat ihre Zukunft in seine Hände gelegt, mit ihrer Familie gebrochen.« Brutus wirkte zutiefst getroffen. »Marie bekommt ja noch ein Kind von ihm, Cosima Wagner wird es heißen. Signore Alfonso hat uns das alles erklärt.«

Jacopo warf Giulia einen vielsagenden Blick zu. »Na, wenn Alfonso das vor der Geburt des Kindes schon alles weiß, vor allem, wen das Mädchen einmal heiraten wird«, scherzte Jacopo. »Das muss ja ein beindruckender Mann sein, dieser Alfonso.« Jacopo musste sich sichtbar zwingen, nicht loszulachen.

Brutus nickte energisch. »Franz Liszts Erstgeborene heiratet den berühmten Komponisten Richard Wagner. Was für ein Schicksal.« Brutus verdeutlichte mit seinen Händen, wie beeindruckend er das fand. »Da steckt so viel positive Energie drin. Das ist der Wahnsinn!«

»Energie, so, so«, kommentierte Jacopo.

Giulia verpasste ihrem Mann, der sich nun kaum noch halten konnte, einen heftigen Tritt gegen das Schienbein.

»Einen Grappa auf die Energie«, sagte Jacopo belustigt, erhob sich und lief zur Theke herüber.

Giulia fragte sich, was in Brutus' Kopf gerade vorging. Er war schon immer ein wenig weltfremd und leicht beeinflussbar gewesen, aber momentan schien er in einer anderen Welt zu leben. »Umberto Farini«, sagte sie leise, aber bestimmt. »Der tote Mann heißt Umberto Farini, und er war ein Schauspieler. Seine Filmpartnerin ist Greta, und ich vermute, dass sie nicht schwanger ist und demzufolge auch nicht die künftige Ehefrau von Richard Wagner gebären wird. Der ist nämlich schon lange tot.«

Brutus stierte nur vor sich hin.

»Wer ist das, dieser Alfonso?«, fragte Giulia.

»Signore Alfonso Petroni ist der wichtigste Mann am Set, ein enger Vertrauter unserer Regisseurin. Er ist immer an ihrer Seite und weiß über alles Bescheid«, antwortete Brutus ein wenig geistesabwesend. Irgendwann stand er auf und murmelte: »Ich muss zu Piergiuseppe. Ein Mord an einem unserer Kollegen ändert alles.« Dann verschwand er, ohne sich zu verabschieden.

Jacopo, der kurz an der Theke geplaudert hatte und schließlich mit den zwei Schnäpsen an den Tisch zurückgekommen war, bekam wenig später das für Brutus bestimmte Dessert, die *Miascia*, serviert.

Während er es genüsslich verspeiste, hing Giulia ihren Gedanken nach.

»Bist du noch immer sauer auf mich?«, fragte Jacopo und griff behutsam nach ihrer Hand. »Oder grübelst du über den Fall?«

Giulia konnte nicht einmal sagen, was sie momentan mehr beschäftigte. Sie hasste es, mit Jacopo im Zwist zu liegen, und sie hasste Verbrechen. Wegen Letzterem war sie zur Polizei gegangen, aber auch wenn die Zahl der Delikte in den vergangenen Jahren in Italien merklich zurückgegangen war, weil die Kollegen Hervorragendes in der Prävention leisteten, würde sie sich wohl niemals daran gewöhnen können. Es machte sie wütend, was die Menschen sich gegenseitig antaten, vor allem hier an *ihrem* See. Wie konnte man denn in einer solch wunderschönen Landschaft gewalttätig werden? Rational wusste sie, dass es hier keinen Zusammenhang gab, aber emotional nahm sie jedes Verbrechen am Lario zutiefst persönlich. Es war, als würde jemand mutwillig ihr Heiligstes, ihre Heimat, diffamieren.

»Na, dicke Luft bei euch beiden Turteltäubchen«, flötete die Wirtin der Osteria im Vorbeigehen, während sie zwei volle Teller einer schwedischen Spezialität an einen Tisch brachte. Auf ihre Worte hin wandten sich die anwesenden Dorfbewohner Giulias und Jacopos Tisch zu und schauten die beiden fragend an. Die meisten von ihnen sparten auch nicht mit aufmunternden Worten.

»Nein, nur müde«, lächelte Giulia die Fürsorge ihrer Mitbewohner weg. Dabei hatte die Wirtin gar nicht so unrecht. Der gestrige Abend beschäftigte sie noch immer. Sie hatten im Innenhof gesessen, bei Kerzenschein und leiser Musik. Jacopo hatte ihr zuerst gebratenen Tintenfisch mit Kartoffelcreme und Paprikastaub, wie er es genannt hatte, serviert. Sie hatte reichlich Weißbrot dazu genommen, bis er sie mit seinem schönsten Lächeln ermahnt hatte, für das Wolfsbarschfilet auf einem Bett aus frischer Pasta und Zucchini noch Platz zu lassen. Jacopo hatte sich vor allem mit dem Fisch, dessen Fleisch schön fest und leicht rosa war, einmal wieder selbst übertroffen. Giulia hatte nicht gewusst, wie ihr geschah, und schon befürchtet, dass sie ihren Hochzeitstag oder irgendein anderes Ereignis vergessen hatte, als Jacopo noch ein Waldbeeren-Tiramisu hervorgezaubert und ihr verkündet hatte, dass er einen neuen Auftrag hatte. Jacopo, der mit seinem Restaurationsbetrieb erst vor nicht allzu langer Zeit begonnen hatte und noch immer nicht fest im Sattel saß, freute sich über jeden neuen Auftrag wie ein kleiner Junge. Noch dazu, wenn es sich um so eine künstlerisch wertvolle Arbeit wie die Aufarbeitung eines Kruzifixes aus dem 16. Jahrhundert handelte. Giulia hatte ihren Jacopo geherzt und ihn beglückwünscht, als er plötzlich etwas stiller und ernster geworden war und ihr gebeichtet hatte, dass das Kreuz zur *Chiesa di San Michele Arcangelo* gehörte und diese romanische Kirche aus dem 12. Jahrhundert im süditalienischen Potenza stand. Zwischen Abbadia Lariana und Jacopos Arbeitsort für die nächsten Wochen lagen also neuneinhalb Stunden Autofahrt, was bedeutete, dass er, wenn überhaupt, nur an den Wochenenden nach Hause kommen konnte. Das allein wäre nicht so schlimm gewesen, obwohl Giulia sich schwer damit tat, wenn Jacopo so weit weg war. Aber dass er es schon seit Tagen gewusst und es ihr verschwiegen hatte, obwohl die Arbeiten bereits in einer Woche beginnen sollten, das hatte sie ihm übel genommen. Nicht einmal eine plausible Erklärung für sein Warten hatte er ihr liefern können, außer natürlich, dass er die richtige Gelegenheit abpassen wollte. Aber was wäre gewesen, wenn es diese erst am kommenden Sonntag gegeben hätte? Giulia ahnte, dass sie zu empfindlich reagierte, aber irgendwie konnte sie nicht über ihren Schatten springen. Dabei freute sie sich doch über den Erfolg ihres Mannes. Aber die Aussicht, eine Zeit lang ohne ihn auskommen zu müssen, machte das miese Gefühl auch nicht besser. Sie haderte mit sich.

»Es tut mir leid, Pipistrelli. Das weißt du.« Giulia kannte ihn lange genug, um zu wissen, dass er wirklich mit sich kämpfte. »Ich hätte meinen Mund eher aufmachen müssen. Aber die Freude über den neuen Auftrag…« Seine Augen fingen an zu strahlen. »… das Kreuz der *Chiesa di San Michele Arcangelo*! Das ist, das ist …« Er schaute zur Decke und gestikulierte dabei lebhaft.

»… wie der heilige Petrus in der *Sixtinischen Kapelle*, ich weiß«, murmelte sie und verkniff sich ein Grinsen. Giulia verspürte das Bedürfnis, ihn in den Arm zu nehmen. Sie liebte ihren Jacopo für seine Begeisterungsfähigkeit und Leidenschaft. Dennoch hielt sie sich zurück. Eine derartige Vertrautheit waren ihre Leute von ihr nicht gewohnt, und sie würde nur noch mehr Raum für Spekulationen bieten. Abgesehen davon trug sie Jacopo sein Verhalten noch immer nach. So schnell konnte sie darüber nicht hinwegsehen. Das sollte er ruhig merken.

Unerwartet stand ihre Mutter neben ihrem Tisch. Sie war kalkweiß, und Giulia kam es vor, als ob sie ein wenig zitterte. In ihrer Hand hielt sie eine prall gefüllte Reisetasche. »Giulia! Die Nachbarin sagt, dein Vater wurde von der *Ambulanza* abgeholt, Verdacht auf Herzinfarkt. Würdest du ihm bitte seine Sachen bringen.« Dann drehte sie sich der Theke zu und rief: »Einen doppelten Grappa, Piergiuseppe liegt im Sterben. Ich fürchte, die Schauspielerei wird ihn noch umbringen.«

In der Osteria setzte schlagartig eine geschäftige Unruhe ein. Alle redeten durcheinander, und die Sorge um Piergiuseppe stand den meisten ins Gesicht geschrieben.

Giulia fuhr der Schreck durch alle Glieder. »Aber das kann doch nicht …« Sie schaute ihre Mutter bestürzt an. »Wieso die Nachbarin? Wo warst du denn, als es passiert ist?«, fragte Giulia schockiert, während sie und Jacopo fast gleichzeitig aufgesprungen waren.

Maria rückte dicht an ihre Tochter heran. »Oben bei der Cascata gibt es wilden Thymian, riesige Büsche. Die bringe ich morgen früh zum Markt.« Sie zwinkerte und deutete Giulia durch das Aneinanderreiben von Daumen und Zeigefinger, dass sie beabsichtigte, gutes Geld damit zu verdienen. Ihr Atem roch verdächtig nach Alkohol. Sie musste also auf dem Weg zur Cascata bei Angelo, dem Einsiedler, haltgemacht haben. Fabrizio kam mit dem Grappa herbeigeeilt und verschüttete dabei vor Schreck fast die Hälfte. Maria schnappte sich das Glas und setzte es an. »Jetzt trinke ich auf die Gesundheit deines Vaters. Und da meine Tochter, die Commissario, es verboten hat, dass ich alkoholisiert hinter dem Steuer sitze, warte ich hier in der Osteria auf deine Rückkehr.« Sie bedeutete Fabrizio, dass sie noch einen Schnaps haben wollte.

»Jetzt sind hier alle verrückt geworden«, murmelte Giulia und machte sich auf den Weg. Insgeheim verfluchte sie die Schauspielerei und alles, was damit im Zusammenhang stand. Warum um Himmels willen musste ihr Vater diesen Blödsinn auch so ernst nehmen? Wenn ihm etwas passiert war, war sie schuld. Sie und ihre gottverdammte Schweigepflicht. Dabei war sie garantiert in ganz Italien die einzige Commissario, die sich daranhielt. Wenn man mal davon absah, dass sie ihre Familie natürlich auf dem Laufenden halten musste. *Merda!*

4

»Wenn ich ab Montag in Potenza bin, kann er ja in meinem Bett schlafen.« Jacopo stand in seiner kurzen Schlafanzughose und seinem ausgeleierten Lieblings-T-Shirt in der Küche und schnippelte Pfirsiche, die er in schmalen Streifen auf einem Teller anrichtete. Seiner Meinung nach aß Giulia zu wenig Obst, und so gab er sich alle Mühe, dass sie schon morgens eine anständige Portion davon abbekam.

»Du spinnst wohl«, entgegnete Giulia mit gespielter Empörung und warf mit der auf dem Tisch liegenden zusammengerollten Zeitung nach ihm. Sie hatte sie vorhin im Hof aufgelesen und noch nicht einmal hineingeschaut. Seit Christoforo, der halbwüchsige Cousin vom schönen Giovanni, die Zeitungen austrug, landeten diese nicht mehr im Briefkasten oder Zeitungsrohr, sondern irgendwo auf dem Grundstück, und man konnte von Glück sagen, wenn sie nicht in einer der Regenrinnen steckten oder vom Wind in ihre Einzelteile zerfleddert wurden. Christofero hatte sich diese Praktik in irgendeinem amerikanischen Film abgeschaut und für sich beschlossen, dass ihm das mindestens eine halbe Stunde Zeitersparnis brachte. Da nützten auch die Beschwerden der Dorfbewohner nichts. »Nachher gewöhne ich mich an Brutus, und du bist vergessen«, neckte Giulia ihren Jacopo.

Jacopo fing das Blatt mit der linken Hand vor seiner Brust auf und warf ihr mit der rechten einen Kussmund zu. »Du willst keinen anderen Mann. Mit dem könntest du ohnehin nichts anfangen. Er kann nie im Leben so hervorragend kochen wie der, den du schon hast.«

Giulia wollte gerade etwas darauf erwidern, als Brutus ziemlich zerknirscht und in einem viel zu kurzen bunten Schlafanzug in die Küche gewackelt kam. Er rieb sich die Augen und gähnte ausgiebig.

Dazwischen sprach er kaum verständliche Worte: »Euer Sofa ist echt unbequem. Könnt ihr mal ein neues anschaffen, auf dem man besser schlafen kann?«

Jacopo zog eine Grimasse und tat so, als hätte er es bei Brutus' Anblick mit der Angst bekommen. »Der Lariosaurus schleicht sich nachts zu den arglosen Bewohnern des *Torre del Barbarossa* und erschreckt sie durch seine unnatürliche Farbgebung zu Tode.«

Giulia prustete laut los. Sie und Jacopo hatten sich letzte Nacht wieder vertragen. Der Anblick des theatralisch vor sich hin leidenden Piergiuseppe, dem die armen Schwestern sogar das Wasser aus einer Schnabeltasse einflößen mussten, hatte Giulia zur Besinnung gebracht. Dabei war der angebliche Herzinfarkt nur eine Einbildung gewesen. Piergiuseppes Seele war eben sehr empfindlich. Die Erkenntnis, nicht eine Szene als Hotelchef in einem Film von Aurora Damiani abgedreht zu haben, hatte ihn in eine schiere Verzweiflung gestürzt, in der er lieber sterben als ohne dieses Engagement weiterleben wollte. Selbst Giulia hatte dem armen Piergiuseppe seine Rolle als eingebildeter Kranker nicht ausreden können, und so war ihr Vater im Krankenhaus verblieben und wartete dort auf eine Nachricht, ob und wie die Arbeiten am Set weitergehen würden.

»Gibt es Kuchen?«, fragte Brutus und ließ sich auf einem Stuhl nieder. »Ich mag es zum Frühstück lieber süß.«

»Wir wissen das«, riefen Giulia und Jacopo wie aus einem Mund. Nur Brutus schien nicht bei der Sache und unterzog einstweilen den Frühstückstisch und die darauf befindlichen Speisen einer eingehenden Prüfung. Giulia, die lieber mit Jacopo allein gefrühstückt hätte, aber Brutus keinen Wunsch abschlagen konnte, griff nach einem *Cornetto*, brach es in zwei Hälften und reichte ihrem Freund eine.

Brutus murmelte etwas Unverständliches. Die Tatsache, dass er Piergiuseppe die Nachricht von der Ermordung ihres Franz Liszt überbracht hatte, woraufhin der ohne die kleinste Ankündigung kerzengerade umgefallen war, nagte noch immer an ihm. Bis zum Eintreffen Giulias im Krankenhaus hatte er doch tatsächlich geglaubt, Piergiuseppe in den Herzinfarkt getrieben zu haben. Und selbst als der Arzt dem vollkommen aufgelösten Brutus den Einfluss der Psyche auf den Körper einschließlich der zuweilen daraus erwachsenden fatalen Krankheitsirrtümer geschildert hatte, hatte er sich nur schwer beruhigen können. Irgendwann auf dem Heimweg war diese Erkenntnis allerdings bei ihm angekommen, nur dass er sich dann in die Ermordung eines seiner Schauspielerkollegen, wie er Farini nannte, hineinsteigert hatte. Entsprechend hatte Giulia überhaupt keine andere Wahl gehabt, als den verzweifelten Brutus, der sie inständig um ein Nachtasyl gebeten hatte, bei sich aufzunehmen.

Jacopo stellte schnaufend ein Glas seiner selbst gemachten Haselnusscreme vor Brutus ab. Dann widmete er sich wieder dem Obst. Sein Blick blieb an der auf der Arbeitsplatte liegenden Zeitung hängen. Er hielt in der Bewegung inne und schaute mit großen Augen auf die Titelseite des Blattes. »Pipistrelli, hast du schon mal in die heutige Zeitung geguckt?«, fragte er vorsichtig.

»Nein, wieso?«, erwiderte Giulia. Dann fiel es ihr wieder ein, und ihre gute Laune drohte schlagartig zu kippen. »Farini, natürlich«, murmelte sie. »Wie konnte ich das vergessen?« Ihr neugieriger Blick streifte Jacopo.

»Du regst dich aber bitte nicht zu sehr auf«, erwiderte Jacopo, nahm die Zeitung auf und reichte sie ihr mit besorgter Miene an den Tisch.

Giulia starrte fassungslos auf das Titelbild. Es zeigte einen halb nackten, im Schrank hängenden Farini, ganz so wie Giulia ihn gestern in der *Villa Serbelloni* vorgefunden hatte. Das Gesicht des Schauspielers war dabei nicht zu erkennen, aber das nebenan abgedruckte Bild von ihm, das augenscheinlich während irgendeiner Preisverleihung mit zwei schönen Frauen im Arm gemacht worden war, und die Überschrift über dem Artikel ließen keine Zweifel zu. »Farini ein Opfer seiner Leidenschaften?«, las sie laut vor, wobei sie nicht verhindern konnte, dass ihre Stimme vibrierte. Das konnte nicht sein. Ausgeschlossen. Wenn das die Zorzi sah, die Familie von Farini … Bei dem Gedanken an die Konsequenzen zog sich ihr der Magen zusammen. Wer um Himmels willen hatte dieses vermaledeite Foto geschossen? Und vor allem, warum? Wenn sie einen Tipp abgehen müsste, würde sie sich für das einfältige Zimmermädchen Rosalia Manfredi entscheiden. Wahrscheinlich konnte sie ein paar Euro zusätzlich gut gebrauchen.

Brutus, der gerade dabei war, Jacopos Nussaufstrich ausgiebig zu testen, ließ vor Schreck den Löffel fallen und riss Giulia die Zeitung aus der Hand. »Das Foto ist nachgestellt. Bildbearbeitungsprogramm. Da bin ich absolut sicher. Ich kenne mich mit so etwas aus. Franz Liszt würde eine solche Unterhose niemals tragen. Und überhaupt ... diese Schmierfinken«, echauffierte er sich.

»Umberto Farini«, murmelte Giulia gereizt und beendete das Frühstück, bevor es überhaupt angefangen hatte. In Windeseile stieg sie die Außentreppe zu ihrem Schlafzimmer hinauf, der *Torre del Barbarossa*, den Jacopo für sie beide hergerichtet hatte, war nun einmal ein mittelalterlicher Wehrturm und verfügte über keine inneren Treppen, und sprang unter die Dusche. Wenig später verschwand sie, in eine Wolke *Chanel Nummer 5* gehüllt – nur weil Giulia auf bequeme Schuhe stand, musste sie ja kein stilloser Banause sein – in Richtung Bellagio, wobei sie so sehr Gas gab, dass man ihr Fiat Punto Cabrio noch lange in den Berghängen des Grigna dröhnen hören konnte.

***

Vom ansonsten so lieblichen Bellagio war heute kaum etwas zu spüren. Allein der strahlend blaue Himmel und der seit vielen Tausend Jahren in erhabener Ruhe daliegende See schienen unverändert, ansonsten herrschte Chaos. Die schmalen Straßen waren mit parkenden Autos verstopft. Überall liefen Menschen mit hochgehaltenen Mobiltelefonen umher und schienen alles zu knipsen, was ihnen vor die Linse kam. Dazwischen konnte man die Wagen diverser italienischer Fernsehsender sehen, die unter lautem Hupen versuchten, so nah wie möglich an die *Villa Melzi* heranzukommen, wo ein Großteil ihrer

Kollegen, auch die der Printmedien, bereits den Haupteingang zum verschlossenen Park belagerten.

Giulia hatte sich unter Mithilfe der vollkommen überforderten *Polizia Municipale* bis zum Hotel *Villa Serbelloni* durchgeschlagen, um dort den für das Foto Verantwortlichen zu ermitteln und zur Rede zu stellen. Entgegen ihrer ersten Vermutung, Rosalia Manfredi könnte sich mit dem Schnappschuss des toten Farini ein paar Euro dazuverdient haben, hatte sich während eines Gespräches mit dem Hotelmanager schnell herausgestellt, dass ein junger Page der Übeltäter gewesen war. Rosalias Geschwätzigkeit allerdings hatte dem jungen Mann erst die Gelegenheit zu dieser Indiskretion und dem zweifelhaften Geschäft gegeben, was ihr, die Giulia wieder unter Tränen angetroffen hatte, wohl nun auch aufgegangen war. Zu spät. Das Foto, für das der gutgläubige Page lediglich dreihundert Euro kassiert, aber dafür seinen Job eingebüßt hatte, war in der Welt, und das öffentliche Bild des aufstrebenden Stars Umberto Farini hatte eine Scharte, die sich sicherlich niemals mehr so ganz würde beseitigen lassen.

Giulia hatte ein Problem, aber ein richtiges. Sie stand vor der *Villa Melzi* etwas abseits der Journalisten und überlegte, welcher nächste Schritt jetzt wohl am klügsten wäre, nicht in puncto Ermittlungsarbeit, da war sie über jeden Zweifel erhaben, nein, bezüglich dieses blöden Fehlers, den sie gemacht hatte. Dabei hatte sie die Zorzi nicht einmal absichtlich vergessen. Im Eifer des Gefechtes konnte es schon mal passieren, dass man den Dienstweg nicht einhielt, nur dass einer Commissario Giulia Cesare das leider ständig passierte und sie in diesem Fall nicht mal eine halbwegs anständige Ausrede anbringen konnte. Das wäre bei jedem anderen Opfer auch nicht weiter schlimm gewesen, aber Umberto Farini war nun einmal prominent und sein totes Konterfei heute in allen italienischen Tageszeitungen. Giulia war unzufrieden mit sich und in Grübeleien versunken, als das Klingeln ihres Telefons sie jäh zurück in die Gegenwart holte.

»Du bleibst, wo du bist. Die Zorzi dreht sonst durch«, flüsterte Elena. »Ich glaube, dieses Mal wird es wirklich haarig. Sie will deinen Kopf, das zumindest habe ich aus ihrem Geschrei herausgehört.« Im Hintergrund fiel eine Tür ins Schloss. Die Stimme der Zorzi war zu hören. Elena reagierte prompt. »Nein, Mama, ich habe heute keine Zeit, zum Essen zu kommen. Das musst du verstehen.« Es folgten laute Geräusche. Elena atmete erleichtert aus.

»Ich mache das hier ohnehin erst fertig«, antwortete Giulia bemüht abgeklärt, dabei war ihr das Ganze keineswegs einerlei. Sie hatte nicht ahnen können, dass dieses Foto existierte. Aber es brachte sie in erhebliche Schwierigkeiten. Denn wenn die Zorzi von einem prominenten Toten aus der Zeitung erfuhr, war das verdammt harter Tobak. Giulia hätte die Zorzi umgehend informieren müssen. So waren die Regeln, und Giulia hatte sich wieder einmal darüber hinweggesetzt. Und sie müsste den Schnappschuss der Familie Farini erklären, die mit Sicherheit davon ausging, dass die Polizei hier geschlampt hatte. An einen Fehltritt durch das Personal des *Serbelloni* jedenfalls dachte garantiert keiner an erster Stelle.

»Es war mir absolut klar, dass du erst nach dem Mörder suchst, bevor du deine Karriere rettest«, witzelte Elena. »Mach dir keinen Stress. Special Agent Elena hat alles im Griff.« Eine Kaugummiblase platzte.

»Was heißt das?«, fragte Giulia.

»Na, meinst du, ich sehe zu, wie du uns durch deinen Eigensinn ins Unglück stürzt? Signore Mancini hatte gestern Nachmittag mehrere Anrufe von mir. Dass er sie nicht angenommen hat, weil er immer zur Pforte rennen musste, um Päckchen für seine Chefin abzuholen, dafür kann ich ja nichts. Dass Enrico bei den Postsendungen schlussendlich was verwechselt haben muss und für seine Chefin nichts dabei war, das kann ja mal passieren. An der Pforte einer Questura herrscht schon ziemliche Hektik. Dabei wollte ich Signore Mancini doch nur über unser prominentes Mordopfer in Kenntnis setzen, ganz nach Vorschrift, prompt und vollumfänglich.«

»Elena«, murmelte Giulia. »Du hast doch nicht …« Giulia wusste, dass Elena den neuen Assistenten der Zorzi, Signore Mancini, genannt

Quasimodo, nicht ausstehen konnte, aber dass sie so weit gehen würde, hätte sie nicht für möglich gehalten.

Giulia konnte Elenas Grinsen förmlich durchs Telefon hören. »Natürlich habe ich ihm auch ganz eilig eine rote Mappe mit deinem Protokoll auf den Schreibtisch gelegt. Dass er da gestern schon im Feierabend war und sie nicht gesehen hat, ist ja nicht meine Schuld. Nicht einmal auf die Mail hat er reagiert. Das ist aber auch wirklich ein Zufall, dass unser IT-Netzwerk ausgerechnet gestern eine Störung im E-Mail-Programm hatte. Aber weißt du, noch mehr hätte ich doch gar nicht tun können, um die Signora Zorzi umfassend in Kenntnis von unserem neuen Fall zu setzen.«

»Elena!« Giulia versuchte sich in einem empörten Ton, was misslang. Elena war nicht mit Gold aufzuwiegen. Das wurde ihr einmal mehr klar. Und wie sie den Pförtner oder die Kollegen bei der IT zum Mitmachen animiert hatte, hinterfragte sie lieber nicht. Sie wusste, dass die Zorzi durch ihr arrogantes Verhalten nicht nur Freunde in der Questura hatte, und was Signore Mancini anging, den hielten ohnehin alle für einen opportunistischen Emporkömmling, der über so viel soziale Intelligenz wie ein *panino* verfügte. »Ich will das nicht wissen«, insistierte Giulia. »Danke.«

Elena lachte auf. »Ich warte mit der Hinrichtung von Quasimodo, bis du zurück bist. Soll die Zorzi ruhig noch eine Weile durch das Haus rennen und Wellen machen. Stress verbraucht auch Kalorien, und darauf steht sie doch.« Mit diesen Worten legte Elena auf.

***

Giulia hatte kaum das Handy wieder zurück in die Gesäßtasche ihrer Jeans geschoben, als Unruhe in die Meute der wartenden Journalisten kam. Kurz darauf konnte auch Giulia den Grund dafür erkennen. Aurora Damiani trat in Begleitung von Alfonso, dem Mann, der sie am ersten Drehtag so auffällig umsorgt hatte, der jungen Hauptdarstellerin, die Marie d'Agoult spielte und deren richtiger Name Greta

Esposito lautete, und einem Mann, den Giulia noch nie zuvor gesehen hatte und den sie für den Produzenten oder den Sponsor hielt, vor das große Eisentor der Gärten. Sie trug ein ähnliches sackartiges Gewand wie gestern, ebenfalls in Weiß, hatte aber auf eine Sonnenbrille verzichtet, sodass Giulia erstmals ihre Augen und damit ihr gesamtes Gesicht sehen konnte. Sie war keine hübsche Frau, eher das Gegenteil, und erinnerte mit ihren nichtssagenden, herausquellenden Augen, ihrer spitzen Nase und den eingefallenen Wangen an eine verbitterte, derb gealterte Gouvernante. Die vier brauchten eine Weile, um sich aufzustellen, wobei die Damiani in der Reihe wie ein Solitär wirkte, was nicht nur an dem Abstand zu den anderen lag. Erst als alles zu ihrer Zufriedenheit gerichtet war, das betraf auch ihre Distanz zu den Fernsehkameras und den Winkel, in dem sie zu ihnen stand, ergriff Alfonso auf ihr Zeichen hin das Wort.

»Ich möchte Ihnen mitteilen, dass Signora Damiani ein kurzes Statement abgeben und erst danach Ihre Fragen beantworten wird. Für diese hat sie zehn Minuten eingeplant. Anschließend bitten wir von weiteren Störungen der Dreharbeiten abzusehen. Alle übrigen Fragen werden nur schriftlich bearbeitet. Danke schön.« Die Stimme des Mannes klang erstaunlich warm und passte so gar nicht zu seinem schlaksigen Äußeren und seiner unnahbaren Ausstrahlung. Giulia versuchte, irgendeine Regung in seinem Gesicht zu entdecken, aber es gelang ihr nicht. Erstaunt nahm sie zur Kenntnis, dass die Journalisten Alfonsos Ansagen zu akzeptieren schienen und ruhig abwarteten. Einige Minuten verstrichen, in denen die Damiani durch die ihr gegenüberstehenden Menschen hindurchblickte, als wären diese nicht existent.

»Umberto Farini war ein ganz großer seiner Zunft.« Pause. Von der barschen Sprechweise, die Giulia am Montag aufgefallen war, gab es keine Spur mehr. Stattdessen klang die Damiani heute wie eine zutiefst erschütterte Frau, der das Ableben eines geliebten Menschen das Herz gebrochen hatte. »Aber der liebe Gott hat ihn abberufen. Sein Auftrag auf unserer Erde war beendet. Alles hat seinen tieferen Sinn. Wenn Gott uns etwas nimmt, dann nur, um uns etwas Besseres zu geben.« Wieder hielt sie inne. Ein paar Blitzlichter flackerten auf. »Marie d'Agoult und Franz Liszt haben in Bellagio die glücklichste Zeit ihres gemeinsamen Lebens verbracht. Der große Musiker war hier am See so produktiv wie selten in seiner Schaffenszeit.« Giulia traute ihren Ohren kaum. Das Kapitel Farini war nach drei Sätzen abgehakt, einfach so. Und was bedeutete, »wenn Gott uns etwas nimmt, dann nur, um uns etwas Besseres zu geben«? Das klang für sie nach einem Affront. Aber was würde erst die Familie des Opfers denken? Auch wenn sich Farinis Großmutter keinerlei Illusionen über den Charakter der Regisseurin machte, war das eine Taktlosigkeit sondergleichen. Der Tonfall der Damiani hatte nun etwas Kämpferisches, ganz so, als wäre sie ein Coach in einem dieser Motivationsseminare, die die Zorzi immer wieder besuchte, um deren Weisheiten dann in den Mitarbeitergesprächen zu verteilen. »Ich werde diese Geschichte mit all ihrer Tiefe, mit ihrer musikalischen Intensität, mit ihrer bis heute nachhallenden Bedeutung für unser geliebtes Italien erzählen, und ich freue mich und bin stolz …«, sie trat einen Schritt nach vorn und streckte den Arm nach dem schräg hinter ihr stehenden unbekannten Mann aus, der sich bislang dezent zurückgehalten hatte, »… dass Sebastiano Sartori die Rolle unseres wunderbaren Franz Liszt spielen wird.«

Überraschtes Schweigen. Dann ging ein Raunen durch die Menge. Jemand klatschte Beifall, ließ aber umgehend davon ab, als niemand darauf einstieg.

Giulia schaute in die Gesichter der Menschen um sich herum und las darin sämtliche Regungen zwischen Ratlosigkeit, Entsetzen, Unverständnis und Erstaunen. Noch immer sagte niemand etwas. Wenn die Damiani die Präsentation des neuen Liszt geplant hatte, woran Giulia keinen Zweifel hatte, dann war sie ihr gelungen. Um sie herum machte sich Unruhe breit. Die Blitzlichter der Fotografen flackerten auf, die Moderatorin eines Fernsehsenders positionierte sich vor einer Kamera. Jeder wollte der Erste sein, der der Welt die Sensation verkündete. Innerhalb dieser Geschäftigkeit wirkte einzig die junge Schauspielerin, die neben dem neuen Liszt recht verloren aussah, etwas mitgenommen. Giulia konnte erkennen, dass sie mit den Tränen kämpfte. Allerdings schien niemand sonst diesen pietätlosen Akt so anstößig zu finden, dass er offen darauf reagierte. Auch Giulia musste das soeben Erlebte in ihrem Kopf erst einmal sortieren. Umberto Farini, der vielversprechende Liszt-Darsteller, war gestern Morgen ermordet in seinem Hotelzimmer aufgefunden worden, und kaum vierundzwanzig Stunden später präsentierte die Regisseurin der Öffentlichkeit einen neuen Liszt. Giulia ertappte sich dabei, wie sie bei dem Neuen eine Ähnlichkeit zu Farini festzustellen versuchte, als säße sie in einem Casting und müsste den perfekten Liszt finden. Sebastiano Sartori war aus ihrer Sicht zu klein, zu alt und insgesamt zu nichtssagend. Noch dazu hatte er mittelblonde kurze Haare und war insgesamt ein komplett anderer Typ als Farini. Giulia fielen die Worte des Professore wieder ein. War sie auch dem Charme von Farini erlegen, obwohl sie ihn nur einmal lebend gesehen hatte? Unsinn. Der Neue passte für sie einfach nicht in die Rolle des Franz Liszt, da konnte er sich noch so sehr bemühen. Was immer hier auch gespielt wurde, eine Liebesgeschichte jedenfalls war das nicht.

Einer der Journalisten meldete sich zu Wort. »Wann werden die Dreharbeiten weitergehen?«

»Morgen«, antwortete die Damiani entschieden. »Die Dinge müssen erzählt werden, das erlaubt keinen Aufschub.« Ihr Körper und ihre Mimik wirkten starr wie die einer Puppe.

Jeder Tag kostet Geld, dachte Giulia und schickte währenddessen Elena per SMS ein paar Rechercheaufträge. Sie hätte schwören können, dass sie bei der Damiani auf irgendetwas stoßen würden, und hoffte, dass es nicht nur eine zu spät abgegebene Steuererklärung war. Auch diesen neuen, falschen Liszt sowie den Assistenten der Regisseurin wollte sie sich einmal näher ansehen.

»Signora, Sie hatten also, was die Rolle des Franz Liszt angeht, von Anfang an einen Plan B?«, meldete sich ein weiterer Mann zu Wort.

»Das ist kein Fußballspiel. Beim Film gibt es keine Ersatzbank«, entgegnete die Regisseurin, ohne mit der Wimper zu zucken.

Der Typ hatte auf Abruf gestanden, davon war Giulia überzeugt. Interessant wäre nur zu wissen, ob er davon gewusst und sich womöglich seinen Platz selbst frei gemacht hatte. Niemand hier konnte doch ernsthaft davon ausgehen, dass die Damiani über Nacht einen neuen Hauptdarsteller für ihren Film aus dem Hut zauberte. Oder standen die Mimen bei ihr etwa Schlange? Giulia beäugte Sebastiano Sartori kritisch. Bildete sie sich den Anflug von Genugtuung in seinem Gesicht nur ein?

»Aber Sie müssen doch zugeben, dass die Schnelligkeit der Nachbesetzung durchaus ungewöhnlich ist, vor allem, da wir es hier mit einem unvorhergesehen Todesfall zu tun haben?«, hakte der Journalist nach.

Die Damiani hob die Nase. »Ich bin dafür bekannt, keine Zeit zu verschwenden. Bei aller Trauer über Farinis Tod, das Filmgeschäft ist keine Krabbelgruppe. Sebastiano Sartori ist eine hervorragende Besetzung. Mehr hat Sie als Außenstehender nicht zu interessieren.«

Der Mann meldete sich erneut, aber wurde von nun an konsequent ignoriert.

»Gibt es neue Erkenntnisse im Mordfall Farini?«, fragte eine Journalistin dazwischen.

Die Damiani wurde weiß im Gesicht. »Ich weiß nicht, von was Sie sprechen.«

Die Journalistin stutzte. »Sie denken, er hat sich selbst umgebracht?«

»Sehe ich aus, als arbeite ich bei der Polizei?«, herrschte die Damiani sie an.

»Könnte sein Tod etwas mit Ihrem Filmprojekt zu tun haben?«, mischte ein anderer Mann sich ein.

»Kokolores!«, fauchte die Damiani, und man konnte ihr ansehen, dass sie gleich die Beherrschung verlieren würde.

Signore Alfonso schritt ein. »Wir vertrauen hier ganz auf die Arbeit der Polizei. Mehr können wir nicht tun. Es wird sich alles aufklären.«

Was jetzt folgte, war eher unspektakulär. Die Herrschaften stellten ein paar unaufgeregte Fragen nach dem Budget des Filmes, den heimlichen Sponsoren und dem Comeback der Regisseurin. Auch nach ihrer persönlichen Sicht auf den echten Franz Liszt wurde sie befragt. Sie beantwortete alles knapp und emotionslos. Und auch wenn man der Damiani es nicht ansehen konnte, hatte Giulia aufgrund ihrer knappen Antworten den Eindruck, dass sie über diese Themen nicht reden wollte. Soweit es ums Geld oder ihre persönlichen Beweggründe ging, konnte sie das nachvollziehen, was wiederum ihr Problem mit Liszt war, blieb Giulia unerklärlich, aber womöglich wollte sie sich durch die vornehme Zurückhaltung nur wichtigmachen. Oder das ganze Gegenteil war der Fall, und die Damiani tat alles, um das Ganze herunterzuspielen und so schnell wie möglich wieder zur Tagesordnung überzugehen. Aber dann hatte sie etwas zu verbergen. Die veranschlagten zehn Minuten waren fast vorüber, als sich eine etwas abseits stehende Frau per Fingerzeig meldete.

»Signora, was sagen Sie zum plötzlichen Tod von Umberto Farini? Glauben Sie an die Selbstmordtheorie, und könnte dabei ein Zusammenhang zu einem zwielichtigen Milieu bestehen, in dem er verkehrt haben soll?«

Giulia kam es vor, als ob die Leute um sie herum, deren Zahl mittlerweile um Dutzende Schaulustige angewachsen war, die Luft anhielten. Der Tod von Farini und seine vermeintliche Kriminalität, für die sie bisher keinerlei Anhaltspunkte gefunden hatte, das war es, was alle wirklich interessierte. Natürlich, wenn jemand wie Farini starb, dann gingen die Spekulationen los. Selbst nach dem Tod eines Prominenten ließ sich nun mal mit den Schlagzeilen über seine dunklen Geheimnisse noch Geld verdienen. Grausame Welt. Zu Giulias Erstaunen schien sich sein gewaltsames Ende noch nicht herumgesprochen zu haben. Noch nicht.

»Sie sehen mir nach, dass ich bei meinem Pensum die Arbeit der Polizei nicht auch noch übernehmen kann«, erwiderte die Damiani giftig und schien dabei für den Bruchteil einer Sekunde die Fassung zu verlieren. Der Eindruck jedoch täuschte. »Aber bitte seien Sie gewiss, dass das Privatleben meiner Crew deren Sache ist. Es geht mich nichts an, und ich werde dieses auch nicht kommentieren. Das gebietet der Anstand.« Das letzte Wort war kaum ausgesprochen, da drehte sie, ohne auf die Umstehenden zu achten, ab und entschwand in Windeseile, gefolgt von ihrer Entourage, durch das Tor.

»Puh.« Giulia war bedient. Die Damiani hatte sich nicht in die Ecke drängen lassen. So weit, so gut. Aber sie hatte ihren Hauptdarsteller auch nicht in Schutz genommen. Ob sie dafür wohl konkrete Gründe hatte? Auf Giulia wirkte das alles so befremdlich, dass sie Brutus eigentlich nicht über den Fortgang der Dreharbeiten informieren wollte. Ihren Freund wollte sie nicht in diesen Kreisen wissen. Aber er würde sich freuen, und Piergiuseppe könnte frisch genesen aus dem Krankenhaus zurückkehren, was eventuell wieder zu etwas Normalität im Hause ihrer Eltern führen würde, falls das überhaupt möglich war. Sie hatte ihr Handy kaum in der Hand, als eine unbekannte Frau sie ansprach.

»Signora!«

Als Giulia sich umdrehte, blickte sie in das attraktive Gesicht einer Dame jenseits der fünfzig, die ihr Alter mit etwas zu viel Schminke zu übertünchen versucht hatte, was Giulias Meinung nach jedoch gar nicht notwendig gewesen wäre. Sie war von kräftiger Statur und überragte Giulia um einen ganzen Kopf.

»Entschuldigung«, sagte die Dame ohne große Begrüßungsfloskeln. »Sie sind doch die Nachrichtensprecherin von RAI, ich schaue Ihnen jeden Abend zu, hätten Sie Interesse an einem Interview mit Greta Esposito, zu ihrer Rolle, womöglich würde sie auch noch etwas Insiderwissen zu Umberto Farini preisgeben, wenn man so eng miteinander arbeitet, bekommt man so einiges mit.«

Giulia wartete den Moment ab, in dem die Frau Luft holen musste, und unterbrach sie: »Commissario Giulia Cesare, ich unterhalte mich gern mit Signora Esposito und auch mit Ihnen«, sagte sie mit einem breiten Lächeln.

Der Dame froren die Gesichtszüge ein. »Eine Verwechslung, ich entschuldige mich, Sie sehen der Fernsehfrau aber auch wirklich ähnlich, wie konnte ich nur, nein, wir wissen nichts über Umberto, das war nur geflunkert, die Werbung, Sie verstehen.« Sie verabschiedete sich freundlich, und noch ehe Giulia etwas erwidern konnte, war sie in der Menschenmenge verschwunden. Wir sehen uns ganz sicher noch einmal, dachte Giulia. Dann kamen ihr die Worte von Signora Farini wieder in den Sinn. Der Tod von Umberto war die perfekte Publicity für den Film. Nach allem, was sie hier gesehen und gehört hatte, musste sie Umbertos Großmutters recht geben. Billiger hätte es die Damiani nicht haben können. Vorausgesetzt, man betrachtete ein Menschenleben als wertlos.

***

»Giuli.«

»Tiziana.«

Die Antwort war ein deutlich vernehmbarer Zug an einer Zigarette.

Giulia wartete geduldig, während sie langsam ein paar Schritte zum See hinunterging, um ungestört reden zu können. Eine Tiziana De Angelis griff nicht umsonst zum Telefonhörer, das wusste sie, zumal ihre Freundin noch aus einer Zeit stammte, in der ein Telefon ein Luxusgegenstand war und die Einheiten ein halbes Vermögen gekostet hatten. »Geht es dir gut?«

»Wenn man in meinem Alter nicht mit einem Zettel am Zeh aufwacht, geht es einem gut«, scherzte Tiziana, wobei Giulia ihrer Stimme anhören konnte, dass sie etwas auf dem Herzen haben musste. Sie konnte sich keinen anderen Grund vorstellen, als dass es mit den gefährlichen Stiefbrüdern Andrea Accomazzo und Sergio Brugiolo, Tizianas Sargträgern, zu tun haben musste.

»Du bist noch an dem Fall Farini dran, Giuli, oder?«, fragte die Alte mit heimlichtuerischem, von einem unterdrückten Krächzen begleitetem Tonfall.

»Ja, wieso fragst du?«

»Na ja, bei einem so hochgestellten Weltmann wie Farini kommt schnell schon mal die *Agenzia Informazioni e Sicurezza Interna*.« Den Namen des italienischen Geheimdienstes flüsterte Tiziana fast, und eine ungewöhnliche Ehrfurcht lag in ihren Worten.

Giulia grinste in sich hinein. Von Tizianas ansonsten so raubeiniger Art war gerade nicht viel zu spüren. Sie wusste nicht viel aus ihrem Leben, denn Tiziana redete lieber über andere als über sich selbst, aber dass es über ihren verstorbenen Ehemann Alessandro eine intensivere Verbindung zur ehemaligen *Partito Communista Italiano*, der Kommunistischen Partei Italiens, gegeben haben musste, davon hatte sie einmal gehört. Womöglich waren die De Angelis hier aktiver gewesen als vermutet, was ihnen durchaus die Aufmerksamkeit des Geheimdienstes eingebracht haben könnte. Oder Tiziana sah zu viele Spionagethriller. Wie auch immer sie auf die *Agenzia* gekommen war, die Vorstellung, dass man aus Rom ins ferne Bellagio kommen und zum Tod eines jungen Schauspielers ermitteln würde, entbehrte jeglicher Grundlage und hatte für Giulia fast schon etwas Lächerliches. »Es ist mein Fall, und es bleibt auch mein Fall«, entgegnete sie bestimmt. Dass die Zorzi das anders sehen könnte, verschwieg sie bewusst. Wenn Tiziana etwas loswerden wollte, was offenkundig der Grund ihres Anrufes war, dann brauchte es jetzt keine unsinnigen Verunsicherungen.

Ein tiefer Atemzug war zu hören. »Die dümmliche Rosalia jedenfalls hat mit dem Mord nichts zu tun«, sagte Tiziana nun erstaunlich entschlossen. »Natürlich nur, wenn man vom Anhimmeln nicht sterben kann.« Tiziana schnaufte verächtlich. »Das Mädchen war noch nie zu etwas zu gebrauchen. Sie hatte Glück, dass sie im Grandhotel untergekommen ist. Ich möchte nicht wissen, was das ihren Vater gekostet hat.« Tiziana kicherte wissend. »Farinis Schal hat der alte Manfredi ihr jedenfalls umgehend abgenommen. Es geht ja nicht an, dass sie damit umherläuft, nachher kriegt das noch einer spitz, und sie verliert ihre Arbeit.«

Altes Schlitzohr, dachte Giulia bei sich. Tiziana wusste wieder einmal über alles Bescheid und hielt damit hinter dem Berg, bis aus ihrer Sicht der richtige Zeitpunkt gekommen war. Giulia reagierte nicht darauf. Das Hausmädchen Rosalia Manfredi war bereits aus ihren Gedanken gestrichen, seitdem Elena deren Aussage überprüft hatte. Und das mit dem entwendeten Schal, na ja, in der Hoffnung, dass Rosalia daraus etwas gelernt hatte, konnte Giulia schon mal ein Auge zudrücken, zumal die Dinge ja jetzt wieder zurechtgerückt waren.

Tiziana räusperte sich. »Ich habe Umbertos Großvater geholt, da war der Junge noch nicht einmal auf der Welt. Knapp dreißig Jahre ist das her.« Pause. »Er war ihm übrigens wie aus dem Gesicht geschnitten. Richtig erschreckend war das, also wenn man sich vor der Schöpfung fürchtet, was mir ja glücklicherweise nicht gegeben ist.« Tiziana seufzte. »Was für ein Kerl. Was für eine Tragik. Einer der erfolgreichsten Textilunternehmer Italiens und erfahrener Segler stirbt in unserem Lario.«

»Im Lario?« Giulia war sich bewusst, dass so etwas hin und wieder vorkam, natürlich. Sie las regelmäßig die Berichte der Seewacht. Gekenterte Boote, leichtsinnige Wassersportler oder einfach nur unglückliche Umstände – die Gefahren des Comer Sees, der auf den ersten Blick so friedlich wirkte, wurden häufig unterschätzt. Der quasi aus dem Nichts immer nachmittags auftauchende *Breva*, der Südwind, führte in der Mitte des Sees zu gefährlichen Wellen. Hinzu kamen die Untiefen, die es vor allem vor Bellagio gab.

»Er springt von seinem Badesteg ins Wasser und taucht nicht wieder auf«, erklärte Tiziana nüchtern. »Kälteschock. Ein Farini ist eben auch nur ein Mensch aus Fleisch und Blut. Seine Frau wollte ihn wohl retten, aber hat es nicht geschafft. Sie hat sich in einer der großen Reusen, die ihr Mann für die Hechte im Wasser hatte, verfangen und ist selbst fast ertrunken. Dabei geriet sie verständlicherweise in Panik und zerschnitt sich an dem Drahtgeflecht beide Hände. Die Leute erzählen, das Wasser vor der *Farini-Villa* soll an diesem Nachmittag blutrot gewesen sein.«

Giulia fiel die Unterhaltung mit Sergio wieder ein. Die Hechtpopulation, natürlich! Deswegen wusste Umberto Farini darüber Bescheid. Auch die Wildlederhandschuhe von Enza Dafne Farini, die ihr sofort aufgefallen waren, kamen ihr wieder in den Sinn. Darunter verbarg sich kein Ekzem. Signora Farini versteckte ihre Narben, womöglich vor allem vor sich selbst. »Ein Unglück«, bemerkte sie betroffen.

»Ja, und wie das so ist, auch eine Wegmarke für die gesamte Familie. Umbertos Vater musste, schneller als geplant und sicherlich auch als ihm lieb war, die kompletten Geschäfte übernehmen. Nachdem ich auch seine Frau im Auto hatte, gab es jedoch für ihn ohnehin nichts anderes mehr. Er und Umberto konnten nicht zueinanderfinden, dafür war der Sohn seinem Vater einfach zu ähnlich. Das schmerzte – und jetzt ist er auch noch tot ...« Tiziana erwähnte das so beiläufig wie den Wetterbericht. »Die Farinis haben mir damals das Dach meines Häuschens bezahlt, kein schlechtes Geschäft Giuli, das kannst du glauben. Und jetzt kommt mein Bad dran. Es kann ja nicht angehen, dass ich in meinem Alter immer noch keine anständige Dusche habe.«

»Umbertos Mutter ist früh gestorben. Ich weiß«, sagte Giulia und war mit ihren Gedanken immer noch bei den eleganten blauen Handschuhen der Signora Farini.

»Die feine Signora hat sich vor dir nur im schillerndsten Licht dargestellt, da bin ich mir sicher.« Tiziana spuckte aus.

»Ach, Tiziana«, seufzte Giulia. Sie hatte nicht daran gezweifelt, dass sich ihr Zusammentreffen mit Umbertos Großmutter wie ein Lauffeuer am See verbreitet hatte. Das war der Grund, warum sie polizeiliche Befragungen normalerweise niemals an öffentlichen Orten vornahm. Die Leute kamen dabei auf die absonderlichsten Ideen.

»Giuli! Ich sehe die Menschen, wenn in ihren Augen Kummer und Sorgen, Freude und Neugier lange verschwunden sind. Sie liegen vor mir, ohne Schutz, ohne Scham. Sie können nichts mehr verbergen. Der Tod ist schonungslos. Er hat nichts mehr zu verlieren. Wenn wir alle im Leben daran denken würden, gäbe es auf der Welt weniger Heuchler.« Tiziana klang ungewohnt mürrisch.

»Wenn du den Menschen nicht schon zu Lebzeiten in ihre Seelen blicken würdest, hättest du ein ruhigeres Leben«, entgegnete Giulia und dachte dabei an die vielen Stunden, die sie nach der Schule den Erzählungen von Tiziana gelauscht hatte, vom Beifahrersitz ihres Leichenwagens aus. Den halben See hatte sie auf diese Weise kennengelernt, bis zum letzten Bergdorf hinauf. Und natürlich hatte die Freundin sie so einiges über die Menschen gelehrt. Möglicherweise waren es sogar diese Erfahrungen gewesen, die Giulia dazu gebracht hatten, zur Kriminalpolizei zu gehen.

»Umbertos Mutter hat sich erhängt, in ihrem Schlafzimmer, an Umbertos erstem Schultag«, fuhr Tiziana fort.

»Das arme Kind«, erwiderte Giulia.

»Sie war eine der schönsten Leichen, die ich je hatte, das kannst du glauben. Kaum dreißig war sie. Und mein Alessandro, dieser nichtsnutzige kommunistische Bestattergehilfe, hat sich die Augen nach ihr ausgegafft, obwohl sie schon kalt war. So schön war sie, Giuli, so schön.« Tiziana röchelte. »Das war seine letzte Tour, glaub das mal wohl. Von dem Tag an hat er unsere Kunden nicht mehr zu Gesicht bekommen. Auf die Friedhöfe habe ich ihn geschickt, zum Ausheben der Gruben.« Sie stieß einen zufriedenen Laut aus.

Trotz dieser traurigen Geschichte musste Giulia schmunzeln. Obwohl Tiziana bereits über dreißig Jahre Witwe war und nie auch nur ein gutes Haar an ihrem Mann ließ, hatte sie die Eifersucht nie abgelegt. Dabei war Alessandro alles, aber keine Augenweide gewesen. »Das ist eine schwere Bürde, mit der Umberto Farini in sein Leben gestartet ist«, bemerkte Giulia, die noch immer nicht genau wusste, worauf Tiziana hinauswollte.

»Vor allem, wenn die eigene Großmutter sich Rollen anmaßt, die ihr naturgemäß nicht zustehen, und den Jungen damit noch mehr in die Bredouille bringt«, antwortete Tiziana.

»Wie meinst du das?«, fragte Giulia nach.

»Sie hat sich als Ersatz für die heile Familie auf den armen Umberto gestürzt. Was auch immer in ihrem Kopf damals nicht gestimmt hat, es hat nie aufgehört. Ihr Sohn zählte schon am Tag der Beerdigung ihres Mannes nichts mehr, es gab nur noch Umberto. Und der war nun einmal ein etwas anderer Farini ...«

»Die Schauspielerei ...«, murmelte Giulia.

»Genau. Umberto hat sich nicht sonderlich für Stoffe und Mode interessiert, er saß lieber im Theater. Das kommt in den besten Familien vor und ist kein Beinbruch, na ja, das sagt sich so leicht. Meine Mädels wollten von Geburt an schon nichts anderes, als ins Bestattungswesen eintreten«, Tiziana blies Rauch aus, »wenn man keine weiteren Erben hat, hält sich der Spaß in Grenzen, aber meine Güte ...« Sie hüstelte. »Enza hat ihren Finger in die Wunde gedrückt, aber mit voller Kraft. Sie ist auf Umbertos Talent aufgesprungen wie auf einen fahrenden Zug, hat es vollkommen übertrieben. Sie wollte aus ihm einen Clooney machen, glaube mir, Giuli. Getrieben hat sie ihn, das Biest. Und er hat ihr vertraut.«

»Farini hatte Talent, aber ob seine Großmutter ...« Giulia wollte Tizianas Anschuldigung nicht so recht glauben. »Meinst du wirklich?«

»So sicher, wie euer Prete Filipo in der Sakristei seine Ersparnisse versteckt«, konterte Tiziana. »Damit hat sie noch einen größeren Keil zwischen Umberto und seinen Vater getrieben. Und das Ende des Familienunternehmens besiegelt. Sie ist keine Farini und wollte es auch nie sein, zumindest sagen das die Leute.«

Die Leute, was wissen die schon, dachte Giulia und fragte sich nebenbei, wie der Prete auf die wahnwitzige Idee mit der Sakristei kam.

»Ich weiß, dass du nichts auf das Geschwätz anderer gibst, aber glaube mir, Enza Dafne Farini ist nicht die uneigennützige, liebevolle Großmutter, die sie vorgibt zu sein. Wenn der Mord an Umberto nur im Entferntesten etwas mit seiner Schauspielerei zu tun hat, dann hat sie ihn auf dem Gewissen. Ich will dir ja nicht in deine Arbeit reinreden, das habe ich noch nie getan.« Pause. Tiziana schien zu warten, dass Giulia ihr zustimmte. Etwas zeitverzögert, aber nicht ohne Nachdruck, tat sie das auch. »Aber du solltest mit der Signora noch einmal reden. Frag sie nach der Firma und auch nach Patucelli. Frag Sie!«

»Das hatte ich ohnehin vor«, entgegnete Giulia langsam.

»Apropos Patucelli«, hob Tiziana erneut an und klang etwas erheitert, »weißt du eigentlich, dass ich fast einmal seine Frau geworden wäre? Dann hätte ich auch so eine schicke Aufmachung wie die feine Enza und keine Bestatterschürze mit Mottenlöchern.« Sie lachte jetzt aus voller Kehle. »Na ja, meine neue Dusche kann ich mir nun auch leisten, und so wie ich Enza Dafne Farini kenne, ist der beleuchtete Badspiegel auch noch drin.«

Giulia, die in Gedanken war, stutzte und glaubte, sich verhört zu haben. »Wie bitte? Patucelli? Du?«, fragte sie erheitert.

»Pass auf dich auf, Giuli«, rief Tiziana noch, dann hatte sie aufgelegt.

Nachdenklich stand Giulia am Ufer und schaute den flachen Wellen zu, die gleichmäßig an Land rollten. Tiziana hatte ihre ganz eigene Art, ihr etwas ins Ohr zu setzen. Meistens beschränkte sie sich auf vage Andeutungen und verstummte auf jegliche Nachfrage. Aber heute war es anders gewesen, schon allein ihr Anruf deutete darauf hin, dass ihr etwas unter den Nägeln brannte. Aber handelte es sich dabei wirklich nur um eine Aversion gegen Signora Farini, die sie zweifelsohne pflegte? Auch eine Tiziana De Angelis war nicht frei von Animositäten, gerade wenn es sich um die wohlhabenderen Teile der Gesellschaft handelte. Giulia musste mit den Farinis reden, aber zunächst waren die Filmleute dran. Das erlaubte keinen Aufschub, nicht nach dieser Pressekonferenz.

***

Giulia hatte nicht viel erklären müssen, um auf das Gelände der *Villa Melzi* zu gelangen. Nicola und Elia, die beiden Mitarbeiter der Security-Firma, die für die Dreharbeiten engagiert worden waren, stammten aus Rongio, einem Dorf in ihrer Nachbarschaft, und sie kannte die beiden von Kindesbeinen an. Nun lief sie schon eine Weile zwischen den Außenrequisiten umher und schaute sich alles an, wobei sie eigentlich nur einen der Verantwortlichen sprechen wollte, um zu Farinis Garderobe zu gelangen. Die Leute der Crew hatten jedoch keine Augen für sie, sondern gingen nur geschäftig ihren Aufgaben nach. Aus der Leichtigkeit, mit der sie das taten, manche scherzten sogar oder alberten herum, war deutlich zu schließen, dass die Damiani nicht hier sein konnte. Ob dieses Verhalten angesichts eines Todesfalles in der Mannschaft angemessen war, darüber wagte Giulia nicht zu urteilen. Dass das hier eine andere Welt war, die nach ihren eigenen Regeln funktionierte, hatte sie lange begriffen, und es hätte sie nicht einmal gewundert, wenn der neue Liszt schon in der Maske saß. Giulia ging auf das Portal der Villa zu, vor dessen Treppe ein Schild den Weg zu den Garderoben der Hauptdarsteller wies. Klassische Musik war zu hören. Sie folgte dem Hinweis und hatte die schwere weiße Holztür kaum ein paar Zentimeter aufgeschoben, als ihr ein Tenor eine Arie entgegenschmetterte, deren Geräuschpegel weit über das Maß des Erträglichen hinausging. Die kurz darauf einsetzenden Orgelklänge brachten ihren Kopf fast zum Platzen. Als sie kurz in der Halle der *Villa Melzi* stehen blieb, um sich zu orientieren, kam einer der Kriminaltechniker die Treppe heruntergelaufen. Der Kollege erkannte sie sofort, rannte auf sie zu, fasste unter seinem Schutzanzug in die Tasche seines Poloshirts und streckte ihr mit der rechten Hand eine Packung Ohrenstöpsel entgegen, wobei er ihr mit der linken bedeutete, dass er eben solche trug. Giulia wollte etwas sagen, aber der Mann winkte nur ab und führte sie in die Garderobe von Umberto Farini, wo der Rest der Kollegen bereits zugange war. Nachdem er die Tür hinter ihnen geschlossen hatte, befreite er seine Ohren von den Pfropfen, warf diese in einen offen stehenden Arbeitskoffer und widmete sich seinen Aufgaben. Giulia, die das Zeug ebenfalls entfernt hatte, grüßte die anderen kurz und hielt Ausschau nach Carmelo Riso.

»Tilda wollte, dass sie einen Tag gemeinsam ausspannen«, rief einer der Kollegen, der wohl Giulias suchenden Blick bemerkt hatte.

»Natürlich«, entgegnete Giulia, die sich nicht einmal mehr fragte, wieso es Riso brauchte, noch dazu, wenn sie mitten in einem brisanten Fall steckten. Die Musik dröhnte immer noch durchs Haus, wobei sie hier in einem der an der Seeseite liegenden Salons, die man zur Garderobe umfunktioniert hatte, relativ gut geschützt waren, zumindest so weit, dass man sein eigenes Wort wieder verstehen konnte. »Habt ihr was?«, fragte Giulia in die Runde.

»Ein gutes Dutzend Fingerabdrücke, die wir aber erst auswerten müssen, nichts Eindeutiges, aber viel ist ja hier auch nicht zu holen«, antwortete der Kollege, dem Giulia den Ohrenschutz zu verdanken hatte. »Der Tatort war ja im *Serbelloni*, daran gibt es nichts zu deuteln.«

Sie schaute sich um. Ein großer Schminktisch mit einigen liegen gelassenen Utensilien ohne persönlichen Bezug. Giulia, die nicht mehr als etwas Mascara und ein uraltes Puder besaß, wusste nicht, was eine Maskenbildnerin so alles brauchte, aber das hier konnten nur spärliche Reste sein. Darüber hinaus gab es einen barhäuptigen Perückenkopf, dem jemand einen dunkelroten Kussmund auf die Wange gedrückt hatte und ein paar leere Kleiderständer. Dazu den ein oder anderen Stuhl, ein kleines Teetischchen und eine Minibar. Giulia ging zu dieser herüber und bückte sich, um sie zu öffnen. Der Inhalt war unspektakulär und bestand nur aus stillem Wasser und einer Magnumflasche Champagner. »Ihr nehmt bitte auch den Kuss dort«, Giulia zeigte auf den Schminktisch, »Lippenstiftsorte und Genetik.«

»Commissario«, sagte einer der Männer in vorwurfsvollem Ton. »Dem Opfer hat der Stift nicht gehört, zumindest ist einer mit dieser Farbe bislang hier nicht aufgetaucht, und was den Rest angeht, alles schon eingepackt.« Er nickte ihr zu.

»Ihr seid die Besten, ich weiß«, entgegnete Giulia zufrieden. »Habt ihr die Kostüme auch schon weggebracht?«

»Hier war nichts«, antwortete jemand. »Die Ständer waren leer.«

Merkwürdig. Farini hatte bereits beim ersten Dreh am Montag, der ja kaum länger als anderthalb Stunden gedauert hatte, drei unterschiedliche Jacken getragen. Alles Übrige, vor allem seine schmutzigen Hosen, war sicherlich auch gewechselt worden, zuzutrauen war es der exaltierten Regisseurin zumindest. Ein historischer Film aus dem 19.

Jahrhundert kam wohl kaum ohne entsprechendes Brimborium aus, zumal Geld kein Problem zu sein schien. Abgesehen davon schwor die Damiani nach allem, was Giulia bisher mitbekommen hatte, auf Authentizität, und da Liszt nun mal kein armer Mann gewesen war, lag das nahe. Wohin allerdings waren dann die Klamotten verschwunden? Und die Perücke? Es konnte dafür nur eine Erklärung geben. Sebastiano Sartori. Dann jedoch musste sich die Kleidung bei der Schneiderin befinden, die den Hosensaum für den neuen Liszt um gut und gern zehn Zentimeter zu kürzen hatte, bevor der morgen vor die Kamera treten konnte. Es wurde Zeit, dass sie mit Signora Damiani sprach. Möglicherweise wären an Farinis Sachen verwertbare Spuren gewesen, die eventuell beseitigt worden waren. *Merda.* Giulia war zu spät gewesen. Oder hatte jemand dafür gesorgt, dass sie die Kostüme nicht mehr vorfand?

Giulia grübelte. »Sagt mal, habt ihr eigentlich die Kleidung des Opfers aus dem Hotel konfisziert, also zumindest das, was er getragen hatte?«, fragte sie in die Runde.

Die Männer rollten mit den Augen. Dann meldete sich einer zu Wort. »Commissario, wir machen das nicht zum ersten Mal.«

»Riso ist nicht ansteckend«, witzelte ein anderer.

Giulia lächelte milde und fuhr sich dabei mit der Hand über ihr Kinn.

»Die Genetik dauert noch«, vermeldete einer der Kollegen.

»Ja, ja, das meine ich nicht«, murmelte sie. »Ich hätte nur gern gewusst, von welchem Hersteller die Sachen waren, aber da rufe ich nachher im Labor an. Die sollen einmal nachschauen.« Derweil ärgerte sie sich, dass sie dafür kein Auge hatte. Das hätte ihr den Arbeitsgang erspart.

»Die Stoffe von Farini und alles aus der Hand eines Schneiders. Ich würde sagen, dem Namen nach ein Sizilianer, Picariello oder so. Aber da müsstest du in der Tat noch einmal fragen. Du suchst wohl ein Geschenk für deinen Mann, Commissario?«

Die Männer feixten.

Giulia sah den Kollegen verblüfft an. »Sicher Farini?«

»Also bis auf die Unterhose, die er trug, ja«, entgegnete der Mann zurückhaltend. »Ich habe aber auch nicht alles so genau durchstöbert. Die Sachen hingen akkurat im Schrank. Da gab es für unsereins nicht viel zu suchen. Bei den Anzügen bin ich mir aber absolut sicher. So was sieht man nicht alle Tage aus der Nähe.«

»Natürlich, die Anzüge ...« Giulia dachte laut nach. »Da sieht man den Farini, im Gegensatz zu der Unterwäsche. Aber was macht die Unterhose dann für einen Sinn?«

Die Kriminaltechniker warfen sich einen indifferenten Blick zu und arbeiteten weiter.

Giulia blieb noch eine Weile stehen und dachte nach. »Wer hat euch eigentlich hier hereingelassen?«, fragte sie schließlich.

»Gestern niemand, sonst wären wir hier lange fertig gewesen«, knurrte einer der Männer. »Es war partout keiner aufzutreiben gewesen. Nicht einmal der Eigentürmer oder einer der Wachleute hatte sich bemüßigt gefühlt. Seltsamer Haufen. Heute früh haben uns die Jungs von der Security das Tor aufgemacht, sonst stünden wir mit Sicherheit noch immer davor.«

»Solltet ihr die Kostüme finden, sagt mir bitte Bescheid. Ansonsten natürlich auch.« Giulia klopfte einem der Männer auf die Schulter und schickte sich an zu gehen.

»Commissario!«, rief ein anderer und zeigte auf seine Ohren. »Die *Messe des Morts* lässt dir sonst die Trommelfelle bersten.«

»Ein Requiem?«, fragte Giulia überrascht. Damit schien es hier ja wenigstens noch den Hauch von Anstand zu geben, wenn auch so überzogen und befremdlich wie alles andere.

»Franz Liszt, was hast du denn gedacht?«, entgegnete er. »Ich glaube, die kriegen hier permanent eine derartige Beschallung, damit sie auf den Stoff eingestimmt werden. Das lief schon, als wir ankamen. Muss man mögen.«

»Aber absolut. Franz Liszt, natürlich, da hätte ich ja auch gleich darauf kommen können.« Giulia sicherte ihre Gehörgänge und war bereit, sich der Komposition des Genies zu stellen, als die Tür aufgerissen wurde und der Mann namens Alfonso hereingestürzt kam.

»Was soll das denn hier?«, herrschte er sie an, wobei er Giulia ins Visier nahm, die er angesichts ihrer Zivilkleidung wohl für die Chefin der komplett in weißes Plastik gehüllten Männer hielt.

Giulia zupfte die Stöpsel wieder aus ihren Ohren, was ihr einen mitleidigen Blick des Signore Alfonso einbrachte. Dann erklärte sie ihm ohne Umschweife die Situation.

Signore Alfonso Petroni, wie er sich, nachdem er seine Sprache wiedergefunden hatte, vorstellte, war der persönliche Mitarbeiter, quasi die rechte Hand der Damiani, und er war, wie er mehrfach betonte, bereit, Giulia alles zu glauben, aber das Umberto Farini umgebracht worden sein sollte, das hielt er für absolut indiskutabel oder, wie er es unter heftigem Gestikulieren ausdrückte: *»Jamais!«*.

Giulia, die dem attraktiven, durchaus angenehmen Mittsechziger gern zugestimmt hätte, schwieg und wartete, was er in seiner Erregung noch von sich geben würde, manchmal konnte der erste Überschwang der Wahrheitsfindung gute Dienste erweisen, aber es blieb bei einzelnen nichtssagenden Schlagworten, zumeist in französischer Sprache. Giulia, die aufgrund ihres Vaters einen bereits geübten, aber deswegen nicht rücksichtsvolleren Umgang mit empfindlichen Künstlerseelen hatte, wollte gerade loslegen, als Alfonso Petroni auf dem Absatz seiner schwarzen Lackschuhe kehrtmachte und mit dem Gestus eines Verratenen den Salon verließ.

»Also, bitte … das ist doch«, Giulia fehlten die Worte. »Er hat nicht einmal abgewartet, ob ich etwas zu sagen habe.« Sie hob die Arme und ließ sie gleich wieder sinken. »Was sind das denn alles nur für Leute? Wie kann man denn so arbeiten?« Wütend warf sie die Tür ins Schloss, was ihr, nachdem sie davorstand, schonungslos bewusst werden ließ, dass ein Requiem von Liszt härter erschüttern konnte als ein Konzert von den Stones. Mit zackigen Bewegungen lief sie aus der Villa, fest entschlossen, das Grandhotel evakuieren zu lassen, wenn die Damiani jetzt nicht zu sprechen wäre.

***

Giulia hatte es nicht gewagt, auf den goldenen Klingelknopf zu drücken, der an der eisernen Pergola angebracht war. Über den, so besagte es die Aufschrift *Bar Servizio*, konnte man den Kellner ordern, um seine Bestellung aufzugeben. Stattdessen hatte sie sich in einen der ausladenden und ziemlich bequemen Korbsessel der *Terrazzo Darsena*, eines der fünf Restaurants, über die das Hotel *Villa Serbelloni* verfügte, gesetzt und genoss den beeindruckenden Blick über den See. Die Sonne färbte das direkt unter ihr liegende Wasser hellblau, und ab und zu fuhr ein leichtes Lüftchen in den dicken sattgrünen Blauregen, der sich schon vor langer Zeit des romantischen Laubenganges bemächtigt haben musste. Über den See schipperten einige kleine Ausflugsboote, von denen hin und wieder ein paar ausgelassene Urlauber zur Terrasse des Hotels hinüberwinkten. Die aus Varenna und Cadenabbia kommenden Fähren steuerten langsam die keine dreihundert Meter neben dem Hotel befindliche Anlegestelle an, und Giulia konnte sehen, wie sich die Touristen schon an der Reling positioniert hatten, um den besten Blick auf Bellagio zu erwischen.

»Madame, my name is Domenico, what can I do for you?« Ohne dass Giulia ihn bemerkt hatte, stand plötzlich ein leicht nach vorn gebeugter Kellner in einer weißen Jacke mit goldenen Knöpfen und Schulterklappen vor ihr und schaute sie freundlich an. Das Gesicht des Mannes war für diese Jahreszeit auffallend gebräunt und von tiefen Furchen durchzogen. In seinen Augen lag etwas Schelmisches, aber zugleich auch die Müdigkeit eines Menschen, der schon den überwiegenden Teil seines Lebens hinter sich hatte.

»Mein Englisch ist zu schlecht, als dass ich damit einen Espresso und eine Kugel Eis bestellen könnte«, erwiderte Giulia schmunzelnd. Obwohl ihr Magen ihr deutlich zu verstehen gab, dass eine anständige Mahlzeit angebracht gewesen wäre, zumal ihr Jacopos Frühstück entgangen war, hatte sie sich für diese sparsame Variante entschieden. Allein die Ausstattung der Terrasse hatte sicherlich ein Vermögen gekostet, und Giulia war sich sicher, dass dies irgendwie wieder eingespielt werden müsste, und das fing beim Kaffee an, zumindest behauptete das ihre Mutter Maria immer.

»Oh, Entschuldigung, Signora«, antwortete der Kellner, dem es wenig peinlich zu sein schien, dass er sie nicht in ihrer gemeinsamen Muttersprache angeredet hatte. »Bei uns gibt es kaum italienische Gäste, sodass ich annahm …«

Giulia winkte ab. »Bei Ihnen findet sich mehr internationales Publikum, vor allem die Prominenz, ich weiß.« Sie schaute ihn herausfordernd an.

Er deutete ein Nicken an und behielt seine leicht nach oben geschwungenen Mundwinkel bei, als gehörten sie zu seinem Kellner-Outfit. »Einen Espresso und ein Eis. Nach welcher Sorte steht Ihnen der Sinn?«

Giulia konnte ihm ansehen, dass er nichts über seine Gäste preisgeben würde. Domenico war ein Kellner vom alten Schlag. Diskretion war bei ihm noch Ehrensache. Nicht wie beim Hausmädchen Rosalia und diesem Pagen, dessen Geldgier ihr noch richtig Ärger in der Questura einbringen könnte. Sie dachte an den Hotelmanager des *Serbelloni*, Enrico Chiurlotto, der, was die Verschwiegenheit anging, extrem hohe Maßstäbe ansetzte. Er war es auch gewesen, der ihr erläutert hatte, dass die Gäste des Grandhotels bereits beim Einchecken schriftlich erklären mussten, ob ihre Anwesenheit im Hotel bestätigt und Telefongespräche durchgestellt werden dürften. Umberto Farini hatte dies kategorisch abgelehnt und sogar darauf bestanden, dass nicht einmal sein richtiger Name in den Unterlagen auftauchte. »Ich esse am liebsten Schokoladeneis«, antwortete Giulia.

Domenicos Mimik blieb unverändert, aber Giulia konnte ihm an seinen Augen ansehen, dass er sich über sie amüsierte. »Ich hätte da die Toscana Black aus dem Hause *Tessieri* aus der Nähe von Pisa. Das ist eine Zartbittervariante, wenn Sie es etwas herber mögen. Dann natürlich die belgische Charlemagne-Schokolade, Vollmilch mit einem Hauch Jasmin …«

Giulia bedeutete Domenico mit einer Handbewegung, dass er aufhören könnte. »Toskana«, sagte sie schnell, allein aus Sorge, dass der hiesige Gelatiere ein gutes Dutzend Eissorten auf Lager haben könnte, von deren Existenz sie bislang nicht einmal etwas geahnt hatte.

Domenico senkte leicht den Kopf und verschwand, wobei er die ersten Meter rückwärtsging, um ihr nicht, so vermutete Giulia, unhöflicherweise sofort den Rücken zudrehen zu müssen.

»Meine Güte«, murmelte Giulia vor sich hin. Die Welt der Reichen und Schönen wirkte auf sie befremdlich und deswegen vielleicht auch ein wenig verunsichernd, ein Zustand, den sie ganz und gar nicht gebrauchen konnte. Dann fiel ihr ein, dass sie möglicherweise nicht genügend Geld bei sich haben könnte. Sie überlegte fieberhaft. Aber jetzt in ihre Geldbörse zu schauen war so ungefähr das Peinlichste, was sie in dieser Umgebung tun konnte. Erst der Gedanke, dass es ihr gelingen sollte, in ihren Hosentaschen irgendwie die zehn Euro als Kleingeld zusammenzukratzen, die sie für ihre Bestellung kalkuliert hatte, oder dass sie beim Hotelchef Chiurlotto anschreiben lassen könnte, ließ sie wieder entspannen. Erwartungsvoll schaute sie Domenico entgegen, der gerade mit einem Tablett schwungvoll um die Ecke gebogen kam und sie schon von Weitem anlächelte.

***

Zweiundzwanzig Euro und achtzig Cent. Dabei war nicht einmal ein Trinkgeld für Domenico drin gewesen. Er hatte es ihr mit einem milden Lächeln nachgesehen, schien er doch nichts anderes erwartet zu haben. Giulia amüsierte sich noch über ihre eigene Naivität und die ihr letztlich verbliebenen zehn Cent, als sie schon die mit dickem roten Teppich überspannten Mamortreppen zur Suite der Damiani heraufstieg. Auf halbem Absatz angekommen, blickte sie in einen großen goldumrandeten Spiegel, der dieses ohnehin schon riesig wirkende, fast vollständig in weißem Mamor gehaltene Treppenhaus noch weiträumiger erschienen ließ. Sie musterte sich kurz, schob sich eine ihrer schwarzen widerspenstigen Haarsträhnen hinter das Ohr und ging weiter. Sie hatte keine Mühe, das Apartment auf dem mit goldenen Lüstern und riesigen Ölgemälden ausgestatteten langen Gang zu finden. Ein junger Page, der vor der Suite stand und auf sie zu warten schien, war ihr behilflich. Er übernahm sogar das Klopfen für sie, zog sich dann aber zu Giulias Erstaunen dezent in eine hintere Ecke des Flures zurück. Der Vorfall um Farinis Zeitungsbild hatte sicherlich auch beim Personal Konsequenzen gehabt. Giulia hatte keine Zeit, darüber nachzugrübeln, denn die Zimmertür ging unerwartet zügig auf, und sie schaute in das besorgte und gleichzeitig erregte Gesicht von Alfonso Petroni, der rechten Hand der Damiani. Die Rezeption hatte den Herrschaften ihr Kommen ganz offenkundig angekündigt.

»Das ist ein sehr ungünstiger Zeitpunkt«, bemerkte Alfonso unterkühlt und ein wenig zu laut, trat aber unversehens beiseite, um Giulia einzulassen. Offenbar war er sich der Notwendigkeit ihres Besuches bewusst, musste aber widersprechen, um der Damiani Genüge zu tun. Alfonso Petroni würde womöglich ein Mann sein, mit dem man reden konnte, quasi der vernunftbegabte Zugang in diese übersteigerte, affektierte Schauspielwelt, zumindest hoffte Giulia das. Abgesehen davon wirkte er auf sie – wie bereits schon bei ihrem ersten Treffen – sympathisch, und wenn er sie nicht wieder stehen lassen würde, könnte sich dieser Eindruck durchaus manifestieren.

Giulia huschte an ihm vorbei, ohne sich durch seine Worte beeindrucken zu lassen oder noch etwas zu ihm zu sagen. Nur der Versuch einer Annäherung hätte Signore Alfonso in Bedrängnis gebracht, das war ihr in diesem Moment klar geworden. Sie unternahm also nichts dergleichen, sondern trat aus dem kleinen dunklen Flur, der der Suite vorgelagert war, in den nächsten Raum und glaubte sich im falschen Zimmer. Giulia hatte eine der lichtdurchfluteten, luxuriösen Suiten erwartet, wie sie Umberto Farini bewohnt hatte. Doch dieses Zimmer hier war ganz anders. Sie schaute sich um, als könnte ihr die karge Einrichtung der kaum zehn Quadratmeter eine Antwort auf die Frage geben, wieso die Damiani keine pompöse Suite bewohnte.

»Das ist das Ankleidezimmer von Romy Schneider«, hörte sie Alfonso hinter sich sagen.

Sie drehte sich zu ihm um und schaute ihn mit großen Augen an, als eine kleine Tür aufging und die Damiani mit nach vorn gestrecktem Kinn und federndem Schritt hereingeschwebt kam. Ohne sie anzusehen, wedelte sie mit der Hand, um Giulia zu bedeuten, Platz zu nehmen. Da es ihm Raum neben einem schmalen Bett und einer Art Spint nur zwei Stühle gab, blickte Giulia fragend zu Alfonso, der keine Anstalten machte, sich ebenfalls zu setzen.

»Romy Schneider war Stammgast hier im Haus. Sie bewohnte immer die Suite mit der Nummer drei.« Die Damiani ließ sich auf einen der Stühle nieder und zeigte auf eine zweite Tür. »Ihre nächtlichen Partys waren wohl legendär. Der Umstand, dass sie diese mit dem Personal des *Serbelloni* feiern musste, verleiht ihr noch ein wenig mehr Tragik, finden Sie nicht?« Sie hob das Kinn und redete ohne Pause weiter. »Ich ziehe es jedoch vor, meine Zuflucht in diesem Appendix hier zu suchen. Abgeschieden, wenn Sie so wollen, versteckt. Wo früher die Chanel-Köstüme der Schneider hingen, kann ich mich auf das Wesentliche, also meine Kunst, konzentrieren. Luxus ist immer auch Zerstreuung. Deswegen verblödet die Menschheit. Ihr geht es schlichtweg zu gut.«

Giulia zog es vor, stehen zu bleiben. Anderenfalls hätte sie auch Signore Alfonso im Rücken gehabt. Sie wollte aber während des Gespräches sein Gesicht sehen, denn das verriet oft mehr über die Gedanken eines Menschen als dessen Worte. Sie schaute hinüber zu einem der kleinen Fenster, das den Blick auf den Hinterhof und ein paar Dächer der Nachbargebäude gewährte.

Die Signora bemerkte das. »Natürlich, der fehlende Seeblick gehört auch dazu. Wenn Sie immer auf das Wasser starren, werden Sie ja ganz meschugge. Das kann nicht besonders hilfreich sein, finden Sie nicht?« Die Damiani schaute sie bei der Frage nicht an, sondern zupfte mit entrückter Miene an dem weißen Stoff ihres Kaftans.

Giulia hatte keine Ahnung von den negativen Auswirkungen des

Larios auf die Denkfähigkeiten. Bei ihr jedenfalls schienen sich diese glücklicherweise nicht zu zeigen. Sie wusste vom Hotelmanager, dass man fast ausnahmslos von allen Zimmern des Hauses den See sehen konnte. Die Erbauer hatten das beabsichtigt, weil sie der Meinung waren, dass man keinem der Gäste dieses fantastische Panorama vorenthalten durfte, und bis heute hatte daran nie jemand etwas geändert. Sie befanden sich allerdings gerade in einer besseren Besenkammer, in die nicht mehr Tageslicht hereinkam als in eine Untersuchungszelle ihrer Questura in Lecco, und Giulia wurde dabei das Gefühl nicht los, dass sie zur Statistin eines seltsamen Theaterstücks werden sollte, das Signore Alfonso und die Damiani hier aufführten.

»Sie sind wegen des Todes von unserem Umberto hier«, hob die Regisseurin an und übernahm damit die Gesprächsführung. »Ich kann Ihnen leider dazu nichts sagen. Er war hin und wieder etwas melancholisch, aber das will ja in unserem Metier nichts heißen. Kunst und Depression sind wie eineiige Zwillinge.« Sie hatte den Satz kaum beendet, da winkte sie Alfonso zu sich heran und bat ihn um ihr Notizbuch, in dem sie, wie sie scheinbar gedankenverloren kundtat, ein paar Ideen zur Kussszene zwischen Liszt und seiner Geliebten notieren wollte. Alfonso trat an den schmalen Schrank, nahm das Gewünschte heraus und reichte es ihr. Dann begab er sich wieder an seinen Ausgangspunkt zurück und wirkte damit eher wie ein allzeit bereiter, aber stummer Butler als ein enger Mitarbeiter. Die Damiani hätte nur aufstehen und den Arm ausstrecken müssen, dann wäre sie sofort an ihre Sachen gekommen. Aber Alfonso hatte keinerlei Widerwillen erkennen lassen. Im Gegenteil, er schien dankbar über ihre Ansprache. Die beiden waren ein seltsames Paar, irgendwie vertraut, und doch schien es zwischen ihnen eine unüberwindbare Distanz zu geben. Giulia durchschaute das Verhältnis nicht.

»Umberto Farini wurde ermordet«, sagte Giulia mit kräftiger Stimme. Sie war absolut überzeugt davon, dass sich das mittlerweile auch bis zur Damiani herumgesprochen haben musste. Immerhin hatte sie nicht nur schon einen Teil der Crew befragt, sondern Signore Alfonso wusste seit einer knappen Stunde auch Bescheid. Er arbeitete so eng und, nach allem was Giulia sah, auch vertrauensvoll mit ihr zusammen, dass er die Nachricht ganz sicher umgehend übermittelt hatte. Möglicherweise hatte er Giulia auch genau deswegen so unhöflich in der *Villa Melzi* stehen lassen. Alfonso hatte keine Zeit verlieren wollen, um seine Chefin vorzuwarnen. »Ich ermittle also in einem Mordfall, und deswegen hätte ich von Ihnen beiden gern gewusst, was sie am Montagabend gegen zweiundzwanzig Uhr bis Mitternacht gemacht haben?« Sie schaute zwischen der Damiani und Alfonso hin und her, die nicht einmal zu atmen schienen, und genoss den Moment ihrer Überrumplung. Aber der Schein täuschte.

»Wenn das so ist, ändert das so einiges«, schoss es selbstbewusst und nicht im Mindesten überrascht aus der Damiani heraus. »Selbstverständlich«, antwortete sie nahezu ergeben. »Selbstverständlich können Sie von uns jegliche Hilfe in dieser Sache erwarten. Ein Verbrechen an *meinem* Filmset, an einem Mitglied *meines* Teams ist absolut verurteilungswürdig.« Sie nickte Alfonso zu und beeilte sich weiterzureden. »Wir waren hier auf dem Zimmer, Lachs-Carpaccio, Weißbrot und eine Flasche Barolo. Der Zimmerservice hat es heraufgebracht. Danach haben wir gearbeitet, bis weit nach Mitternacht. Es muss sogar fast ein Uhr gewesen sein. Wir besprechen immer«, sie betonte das mit Nachdruck, »den nächsten Drehtag und natürlich die Szenen, die gedreht werden sollen. Das ist schließlich keine Arbeit, die man in irgendeinem Büro lässt, wenn die Feierabendglocke läutet. Regie zu führen gleicht einem Überlebenskampf im Dschungel. Und ohne meinen Scout Alfonso wäre ich heillos verloren.« Sie bedachte ihn mit einem dankbaren Lächeln, was er ohne Regung zur Kenntnis nahm.

Du hast es jetzt verdammt eilig, euch beiden ein Alibi zu geben und das durch ein fettes Kompliment bei dem Signore abzusichern, dachte Giulia, die der Damiani ohne Weiteres ein solches Manöver zutraute. »Sie sind noch gar nicht zu Wort gekommen, Signore Alfonso«, sagte Giulia an ihn gewandt.

»Es ist alles so, wie Aurora es behauptet«, erwiderte Alfonso kurz und schaute dabei unablässig, aber mit undefinierbarem Blick auf die Damiani. »Der Lachs war exzeptionell.«

Giulia glaubte, bemerkt zu haben, dass die Regisseurin bei der Nennung ihres Vornamens kurz gezuckt hatte. Möglicherweise hatte die Signora ein Problem mit derartigen Vertrautheiten, noch dazu in der Öffentlichkeit. »Ich werde das überprüfen lassen«, sagte Giulia und bemühte sich, ihre Worte wie eine Drohung klingen zu lassen. Dass die beiden etwas verheimlichten, ließ sich förmlich mit den Händen greifen. Farinis Suite lag nur wenige Türen weiter. Dort konnte man schnell und in den späten Abendstunden vor allem auch unbemerkt hingelangen, noch dazu, wenn man ein Hotelgast war. Das dauerte nicht mehr als eine halbe Minute. Sowohl die Damiani als auch Alfonso waren groß genug, um sich problemlos hinter Umberto zu stellen, ihm die Krawatte um den Hals zu legen und zuzuziehen. Bei einer derart hinterrücks ausgeführten Tat konnte der Täter das Überraschungsmoment für sich nutzen. Es glich im Zweifel die fehlende Muskelkraft aus. Die Frage war nur, warum sie ihn hätten umbringen sollen?

»Für eine Regisseurin ist der Tod ihres wichtigsten Hauptdarstellers während der laufenden Dreharbeiten doch so ungefähr das Schlimmste, was passieren kann«, fuhr Giulia fort. »Mit Umberto Farini steht und fällt Ihr Film, oder? Er war doch quasi der Inbegriff eines Franz Liszt, also zumindest optisch. Und er war der aufstrebende Star am italienischen Fernsehhimmel.«

Die Damiani neigte den Kopf, und Giulia glaubte, ein leichtes Zucken um ihre Mundwinkel gesehen zu haben. »Es ist das absolut Schrecklichste, was einem widerfahren kann, gewiss. Umberto war ein Ausnahmetalent. Und ein Freund.« Sie schloss die Lider, legte die flache Hand auf ihre Brust und ließ die Schultern fallen, als könnte die Trauer sie jeden Moment zerreißen. »Aber es gibt immer auch andere Schauspieler. Es muss andere geben. Die Kunst ist ein ständig sprudelnder Quell. Sie lebt von der Vielfalt.« Sie lachte auf. »Wenn es nur einen Schauspieler gäbe, der einen Franz Liszt spielen kann.

Himmel! Das wäre so, als stünde in einem Garten nur eine Blume.« Sie senkte leicht den Kopf und gab ihrem Tonfall etwas auffallend Verbindliches. »Umberto wollte diesen Film machen … Unbedingt. Dass er ihn nicht zu Ende bringen konnte, ist sehr tragisch. Aber es ändert nichts an meinen Plänen. *C'est la vie.*«

Es klopfte an der Tür.

Alfonso öffnete sie, und Giulia traute ihren Augen kaum, als plötzlich ein Priester im Zimmer stand. Schüchtern und sichtbar unschlüssig darüber, warum man ihn herbeigeordert hatte, ließ er seine Augen flink von einem zum anderen wandern und verharrte mit seinem Blick schließlich auf Giulia.

»Das ist Prete Festa.« Die Damiani sprang auf, eilte zu dem Prete, verneigte sich, nahm seine beiden Hände und küsste sie ergebungsvoll. »Ich danke Ihnen für Ihre Zeit«, sagte sie voller Ehrfurcht. Dann drehte sie sich wieder Giulia zu und erklärte mit schwacher Stimme. »Wir beten gemeinsam für Umberto. Möge er seinen Frieden finden.« Sie bekreuzigte sich.

Giulia beschlich das Gefühl, dass das Erscheinen des Priesters Teil der eigens für sie inszenierten Vorstellung war. Die Damiani war dabei durchaus überzeugend, wenn sie nicht gestern ihren Auftritt vor der Presse miterlebt hätte. Giulia stellte sich dem Prete höflich vor und bat ihn, ein wenig später wiederzukommen. Der Geistliche nickte verständnisvoll und verschwand.

»Ich ahne, dass es auf …«, die Damiani hielt inne und schien nach dem passenden Wort zu suchen, »dass es auf außenstehende Menschen«, sie schwenkte ihre wachsweiche Hand durch die Luft, »herzlos wirken muss, wenn ich bereits einen Tag nach Umbertos Tod seinen Nachfolger präsentiere.«

Sie meinte eigentlich einfältige, künstlerisch ungebildete Menschen, dachte Giulia, die glaubte, diese Haltung der Damiani auf ihrer Stirn ablesen zu können, und wartete gespannt auf die Erklärung, warum der Regisseurin jegliche Form der Pietät abgehen sollte. Sie musste sich eingestehen, dass sie gegenüber dieser Frau nicht ganz unvoreingenommen war. Die Beobachtungen vom Montag hallten noch in ihrem Kopf nach. Jemand, der sich dermaßen selbstzufrieden und egoistisch aufführte, konnte kein guter Mensch sein, geschweige denn ein Menschenfreund. Giulia traute dieser Frau einen Mord zweifelsohne zu. Ihr impulsives, unbeherrschtes Wesen unterstrich diese Vermutung. Sie könnte Farini am Montagabend noch einmal zur Rede gestellt haben, quasi als Fortsetzung zu den Geschehnissen am Set. Die beiden waren in Streit geraten. Sie schnappt sich eine Krawatte und …

Die Damiani redete unbeirrt weiter, ganz so, als hätte derjenige, der das Gespräch führte, auch die Hoheit über die Wahrheit gepachtet. »Aber Dreharbeiten sind auch immer eine Art Psychoanalyse, eine Therapie für alle Mitwirkenden.«

Giulia dachte an ihren Vater und Brutus.

»Die gemeinsame Arbeit an *unserem* Projekt gibt uns den notwenigen Halt in diesen schweren Stunden«, fuhr die Damiani fort. »Ich trage die Verantwortung für sehr viele Menschen. Für diese Menschen bin ich, wenn Sie so wollen, der sichere Ankerpunkt, der Leitstern. Sie brauchen mich. *Je suis nécessaire.*« Sie machte eine Pause und schaute Giulia mit eindringlichem Blick an. »Ich werde gebraucht!« Ihre Stimme schien in das verzweifelte Flehen einer Mutter abzugleiten, der man die Kinder entziehen wollte.

Giulia ließ sich von diesen theatralischen Worten nicht beeindrucken. »Signora«, hob sie an. »Ihr Verantwortungsgefühl in allen Ehren, aber einen Film zu drehen ist in erster Linie auch ein Geschäft. Irgendjemand muss für das alles bezahlen, und ich könnte mir gut vorstellen, dass dieser jemand kein Interesse daran hat, noch tiefer in die Tasche zu greifen, nur weil sich, sagen wir mal, durch einen unglücklichen Umstand, die Arbeiten daran hinziehen. Kurzum, Sie stehen unter massivem Druck, künstlerisch und finanziell. Erzählen Sie mir also bitte nichts von altruistischen Beweggründen.« In Giulias Hosentasche vibrierte das Mobiltelefon.

»So was können nur …«. Die Damiani stoppte. Sie schaute betroffen zu Boden. »Wenn Sie meinen.« Sie wischte sich die Augen, als ob sie ein paar Tränen trocknen müsste. Giulia konnte jedoch nicht erkennen, ob sie wirklich weinte.

Jetzt mischte sich Signore Alfonso ein. »Natürlich sind wir angehalten, die Arbeiten nicht unnötig zu verzögern. Unsere Sponsoren können das auch erwarten. Und wir sind dankbar, dass Sebastiano Sartori die entstandene Lücke füllen kann. Es ist keine leichte Sache, in die Fußstapfen eines Farini zu treten, noch dazu, wenn er eigentlich die perfekte Besetzung für Franz Liszt gewesen war, wie Sie selbst bemerkt haben. Signore Sartori lässt sich hier auf ein Vabanquespiel ein.«

»Bei dem er auch gewinnen kann«, bemerkte Giulia.

Alfonso nickte kaum merklich. Die Damiani schwieg.

»Seit wann weiß Signore Sartori, dass er einspringen darf?«, fragte Giulia nach.

»Dienstagnachmittag«, antwortete Alfonso kurz.

»Nicht schon vorher?«, hakte Giulia nach. »Also gibt es bei der Auswahl der Besetzung für einen Film nicht zumindest für die Hauptdarsteller eine A-, B- und C-Variante? Das Risiko, dass jemand aus nichtigeren Gründen als in diesem Fall ausfällt, ist doch immer gegeben.«

Die Damiani stieß geräuschvoll die Luft aus und fuhr sich mit einer graziösen Bewegung ihrer Hand von der Stirn über die Schläfe hinunter zum Kinn.

»Signora Aurora arbeitet nicht mit B- und C-Varianten. Es gibt den einen, der muss stimmen, danach gibt es nichts mehr.« Alfonso sagte die Worte mit so wenig Esprit, als hätte er sie auswendig gelernt und schon tausende Male wiederholt.

Giulia kommentierte das nicht weiter. Ihr Handy hatte kaum aufgehört zu klingeln, als es erneut einsetzte. »Sagen Sie, wie standen Sie beide eigentlich zu Umberto Farini?«, fragte sie.

Die Damiani hob langsam und auffallend würdevoll den Kopf. »Ein Freund. Ein Kollege. Ein Mann.«

»Sie hatten ein Verhältnis mit ihm?«, konterte Giulia zügig, da sie sich auf das letzte Wort keinen anderen Reim machen konnte und eine kleine Provokation manchmal Wunder bewirkte.

Alfonsos Miene versteinerte sich.

Die Damiani versank in einem geheimnisvollen Lächeln. »Ach, wissen Sie, es gibt so viele Schwingungen zwischen uns Menschen, und sie können so wunderbar sein.« Mit gönnerischem Gestus fügte sie an: »Wenn man oben bleiben will, darf man sich nicht jeder Verlockung hingeben, auch wenn sie jung und süß ist. *Unprofessionalität ist der Tod.*« Der letzte Satz kam messerscharf, und in ihren Augen lag ein Ausdruck von Kälte, wie ihn Giulia selten zuvor gesehen hatte.

Giulia sah aus den Augenwinkeln, wie Signore Alfonso für einen kurzen Moment den Kopf senkte und nicht bei der Sache schien. Er fühlte sich nicht wohl in seiner Haut, das war deutlich zu spüren. Dabei sollten ihn die Eigenheiten dieser Frau doch eigentlich nicht mehr erschüttern, oder doch?

Giulia musterte den Signore unübersehbar. Es entging ihm nicht, und er gab sich so unauffällig wie möglich. Der Damiani schien diese seltsame Pause Unbehagen zu bereiten. Sie wurde zusehends unruhiger auf ihrem Stuhl. Ich komme schon noch hinter euer Geheimnis, dachte Giulia und fuhr fort. »Wie sind Sie auf Farini als Liszt gekommen? Es gab doch sicherlich einige Anwärter, die gern mit Ihnen arbeiten wollten.« Giulia hatte keine Ahnung, ob es bei Hauptrollen auch Castings gab und wie derartige Entscheidungen getroffen wurden. Sie wusste, dass ihr Vater Piergiuseppe stundenlang auf irgendwelchen Fluren in Fernsehstudios zugebracht hatte, um dann, wenn es ganz schlecht gelaufen war, nicht einmal zwei Probesätze zugestanden zu bekommen. In diesen Fällen war er besonders geknickt gewesen, da er geglaubt hatte, dass nicht Talent und Handwerk, sondern allein das Aussehen ausschlaggebend für eine große Filmkarriere war. Piergiuseppe, der sogar noch Goethes Mephisto rezitierte, wenn er den Müll rausbrachte, war zweifelsohne einmal ein auffallend schöner Mann gewesen, aber nicht einmal das hatte ausgereicht.

Mit Giulias einfacher Frage nach den Anwärtern war die gerade noch greifbare Unsicherheit vergessen und der Eitelkeit der Damiani gewichen. Dass diese bei einer solchen Frau so leicht zu bedienen war, erstaunte sie. Aber Künstler waren für Schmeicheleien nun einmal extrem empfänglich. Und wenn das stimmte, was Professore Fontana über die geplante Rückkehr der Regisseurin in das Filmgeschäft gesagt hatte, dann lauerte sie auf jede wohlmeinende Äußerung.

»Umberto wollte diesen Film unbedingt machen. Er hat seine Darstellung von Liszt perfektioniert. Wie besessen war er. Diese grünen Augen …« Sie schüttelte verzückt den Kopf. »Eine hervorragende Idee.«

Alfonso räusperte sich betreten.

Giulia dachte an die Liszt-Biografie auf seinem Nachtschrank. Die Aufforderung, sie zu lesen, kam eindeutig von der Regisseurin. Womöglich hatte sie ihm auch die grünen Kontaktlinsen angetragen, aber wieso stellte sie das jetzt dann ganz anders dar? »Verstehe ich das richtig, er hat sich für die Rolle ins Gespräch gebracht?«

Die Damiani nickte entschieden. »Man klopft bei mir an, nicht umgekehrt.«

Alfonso atmete in seiner Ecke geräuschvoll aus.

Giulia fielen die Worte von Signora Enza Dafne Farini wieder ein. Sie hatte die Geschehnisse anders geschildert und angeblich viel darangesetzt, ihren Enkelsohn von diesem Film abzubringen. Aber sie war die Managerin. Sie musste die Gespräche für Umberto geführt haben, gegen ihre eigene Überzeugung. »Was war Farini für ein Mensch? Sie kannten sich doch näher, oder?«

Giulia kam es vor, als ob die Damiani kurz zögerte. Auch glaubte sie, einen scheelen Seitenblick in Richtung Alfonso bemerkt zu haben. »Ein ehrgeiziger, talentierter Schauspieler, der es weit hätte bringen können«, sagte sie schließlich.

Giulia schaute sie erwartungsvoll an.

»Wenn Sie jetzt privaten Klatsch und Tratsch hören wollen, muss ich Sie enttäuschen. Um so etwas schere ich mich nicht. Das verschwendet nur Zeit.«

Signore Alfonso räusperte sich ein wenig verlegen. Offenkundig war ihm klar, dass auch er um eine Antwort nicht umhinkommen würde. »Umberto war ein anständiger Mensch, also für jemanden, dem das Leben viel geschenkt hat. Er zog sich lieber zurück, war kein Mensch, der den Trubel unseres Geschäftes brauchte …« Er stoppte und machte den Eindruck, als ob er noch etwas sagen wollte.

»Fahren Sie ruhig fort, Signore«, bat Giulia.

Alfonso öffnete den Mund, schloss ihn aber umgehend wieder. Das wiederholte er mehrfach hintereinander.

»Signore.«

»Er war ein schwieriger Mensch, aber das sind wir ja irgendwie alle«, ergänzte Alfonso.

Die Damiani schnaufte abwertend, benetzte ihren rechten Zeigefinger mit Speichel und fuhr sich nacheinander über die Augenbrauen.

»Wie meinen Sie das?«, hakte Giulia nach.

»Das Leben schien für ihn ein permanenter Kampf zu sein, dabei hätte er es sich nicht so schwer machen müssen«, entgegnete Alfonso leise. »Er war ein Ausnahmetalent.«

»Ach, bitte«, stöhnte die Damiani und warf einen demonstrativen Blick auf ihre Armbanduhr. »Unsinniges Psychogeschwätz. Er wollte ganz oben sein, also musste er bluten. So ist das Leben nun einmal.«

Giulia hatte eine ungefähre Vorstellung davon, was der Signore gemeint haben könnte. Enza Dafne Farini hatte Ähnliches über ihren Enkel berichtet. Sie beschloss, Alfonso später noch einmal darauf anzusprechen. »Hatten Sie Streit mit Farini? Sie oder jemand anderes aus allein Ihrem Team?«, fragte sie weiter.

Die Damiani verneinte das kategorisch. »Einen Film zu machen bringt immer einen Menge Emotionen mit sich. Aber diese sind niemals zerstörerisch.«

Alfonso reagierte nicht.

»Ich war zufällig Augenzeugin an ihrem ersten Drehtag, die Kussszene«, sagte Giulia. »Ihre Kritik an den beiden Hauptdarstellern war ziemlich heftig. Immerhin haben Sie Farini gedroht, ihn aus dem Team zu werfen.« Der Anrufer, der Giulia so dringend erreichen wollte, ließ nicht locker. Ohne die Augen von der Regisseurin abzuwenden, zog sie ihr Telefon heraus und warf einen verstohlenen Blick darauf. Es war ihr Freund Brutus, der keine Ruhe gab.

Das Lachen der Damiani klang gekünstelt. »Das hält jeder aus, der beim Film etwas werden will. Wenn Sie Regie führen, können Sie Ihre Leute nicht mit Samthandschuhen anfassen. Schauspielerei braucht Leid, um Höchstleistungen zu erreichen.«

»Haben das Ihre Hauptdarsteller auch so gesehen?«, fragte Giulia, irritiert über die harten Worte.

»Umberto ganz gewiss ...«, konstatierte sie, »aber dieses Mädchen ...« Sie fasste sich an die Stirn, als ob ihr der Name nicht einfiel »... Egal, die ist einfach nur ...«

»Greta ist noch jung«, unterbrach Alfonso. »Ihr fehlt noch die Erfahrung.«

Der Damiani entfleuchte ein Zischlaut, der zu verstehen gab, was sie über Greta Esposito dachte.

»Sie halten nicht viel von Greta?«, hakte Giulia nach. »Aber sie war Ihre A-Variante, oder?«

Die Damiani schaute zur Zimmerdecke und verdrehte die Augen. »Ach, wissen Sie, es ist, wie es ist. Es gibt nun einmal Menschen, die können sich noch so sehr verstellen, sie bleiben dennoch, was sie sind.«

»Sie ist noch jung«, bemerkte Alfonso mit einem ungewöhnlich scharfen Ton. »Aurora fehlt da manchmal etwas Geduld.«

Die Damiani fuhr verblüfft zusammen, versuchte dies aber umgehend, durch das Richten ihrer Kleidung zu überspielen. Sie vermied es, Alfonso anzusehen, und lächelte Giulia bittersüß an. »Sie hat eine verblüffende natürliche Ähnlichkeit mit Marie d'Agoult. Ansonsten ist ihre, na, sagen wir mal Ausstrahlung, bei dem italienischen Publikum, dem männlichen, derzeit hoch im Kurs. Deswegen habe ich sie ausgewählt, mit ihrem schauspielerischen Können hat das nichts zu tun. Man muss auch beim Film, gerade beim Film, wissen, wie man die Zuschauer lockt, und wie sagt man so schön: *Sex sells*. Mehr nicht.« Sie machte eine wegwerfende Bewegung mit ihrer rechten Hand.

Alfonso schluckte hörbar.

»Wie war das Verhältnis zwischen Greta und Umberto?« Giulia ahnte, dass es hier eine Konkurrenz möglicherweise auch um die Gunst der Regisseurin gegeben haben könnte, die eventuell sogar für ein Mordmotiv ausreichte. In jedem Fall war Umberto der Favorit der Damiani gewesen. Das hatte sie deutlich herausgehört.

»Sehr gut. Wir alle am Set schätzen uns. Das ist ausgesprochen wichtig fürs Klima. Persönliche Animositäten müssen zurückgestellt werden, sollte es überhaupt Derartiges geben«, entgegnete die Damiani souverän.

Signore Alfonso machte ein auffallend teilnahmsloses Gesicht.

Diese Mär konnte nicht einmal Giulia glauben. Allein zwischen der Regisseurin und ihrem Assistenten lag so einiges im Argen, man konnte förmlich danach greifen. Wieder meldete sich das Handy. Ein erneuter Blick auf das Display verriet ihr, dass es immer noch Brutus war, der da drängelte. Giulia, die ansonsten niemals während des Tages von ihrem Freund angerufen wurde, beschlich ein ungutes Gefühl. Sie versuchte, sich wieder auf die Befragung zu konzentrieren. »Sagen Sie, nach allem, was ich weiß, nutzen Sie für Ihren Film sehr aufwendige Kostüme«, sie unterbrach kurz, da die Regisseurin ihr uneingeschränkt zustimmte. »Wo ist dann die Garderobe von Umberto Farini abgeblieben? Wir konnten kein einziges Stück finden, weder in seinem Hotelzimmer noch am Set. Das könnte jedoch für die Spurensicherung wichtig sein.«

Das Minenspiel der Damiani war undurchdringlich. Mit kalter Stimme antwortete sie: »Das habe ich natürlich alles verbrennen lassen. Die Kleidung eines Verstorbenen hat an einem Filmset nichts zu suchen. Das bringt Unglück.«

Giulia schluckte. »Verbrennen lassen?«, fragte sie nach.

Die Damiani nickte. »Der Gärtner hat das übernommen. Signore …« Sie wackelte mit der Hand und schaute auf Alfonso.

Der schloss für einen kurzen Moment die Augen. »Eduardo Pagano. Signore Pagano geht uns hin und wieder ein wenig zur Hand. Er kennt sich in der *Villa Melzi* und den Gärten hervorragend aus«, erklärte er. »Er ist sehr gewissenhaft.«

Dann wird sich das mit den Spuren am Stoff erledigt haben, dachte Giulia bei sich. Die Kriminaltechniker mussten sich das dringend ansehen. Vielleicht hatten sie Glück, und der Signore hatte seinen Auftrag noch nicht ausgeführt. »Wer finanziert eigentlich Ihren Film?«, fragte sie bemüht höflich weiter. Dabei hätte sie dieser Frau an die Gurgel gehen können. Nichts als blödsinniger Aberglauben. Oder?

Die Damiani bemühte sich um einen offenen Gesichtsausdruck, der ihr fast gelang. »Unsere Geldgeber bestehen darauf, anonym zu bleiben. Bitte haben Sie dafür Verständnis«, sagte sie.

Giulia hatte nur mit halbem Ohr zugehört. Nachdem die penetranten Anrufe geendet hatten, war eine SMS auf ihrem Handy eingegangen. Darin standen nur drei Großbuchstaben: *»SOS«* Irgendetwas war mit Brutus los.

»Schlechte Nachrichten?«, fragte die Damiani teilnahmsvoll. »Sie sind mit einmal Male so blass um die Nase.«

Giulia murmelte etwas Unverständliches und wählte Brutus' Nummer. Sie hätte dafür den Raum verlassen müssen, ganz sicher hätte sie das tun sollen. Aber der Schreck über diese ungewöhnliche Nachricht und die Sorge um ihre Familie hatten sie einen Moment unbedacht handeln lassen.

»Giuli, Giuli, die Dreharbeiten gehen weiter«, kreischte Brutus triumphierend und in einer Lautstärke, die alle Anwesenden problemlos das Gespräch mithören ließen.

»Was ist passiert?«, fragte Giulia knapp und angestrengt, um eine Abkürzung der Unterhaltung bemüht.

»Dein Vater glaubt es mir nicht und weigert sich, das Krankenhaus zu verlassen«, redete Brutus nicht weniger aufgeregt weiter. »Er will hier sterben, sagt er. Du musst ihm das ausreden. Der Film wird sein Durchbruch.«

»Noch etwas?«, fragte Giulia zunehmend angesäuert über diese aus ihrer Sicht sinnlose Störung.

Brutus verneinte. »Dein Vater darf nicht sterben.«

Sie drückte das Gespräch weg. »Entschuldigung«, sagte sie ein wenig kleinlaut.

Die Damiani sprang auf, tänzelte auf Giulia zu und umfasste mit beiden Händen deren Oberarme. »Ihr Vater ist Schauspieler. Wieso haben Sie das nicht gleich gesagt?« Sie schaute über Giulias Schulter hinweg zu Alfonso. »Uns ist es bis jetzt nicht gelungen, die Rolle des Privatsekretärs von Franz Liszt adäquat zu besetzen. Ich denke, Ihr Vater wäre perfekt dafür.«

***

»Wo bist du, auf einem Flugzeugträger mitten im Atlantik bei Windstärke zwölf?« Professore Fontana klang für seine Verhältnisse geradezu überschwänglich fröhlich. Zu allem Überfluss schob er auch noch ein Lachen nach, das aber zum größten Teil von Giulias Auspuffgeräuschen verschluckt wurde.

»Auf der Fähre«, antwortete Giulia und preschte etwas zu schnell über die scheppernde Fahrzeugbugrampe auf das Schiff. Dabei winkte sie dem Mitarbeiter der Schifffahrtsgesellschaft *Navigazione del Lago di Como* freundlich zu. Immerhin durfte sie ohne einen Fahrausweis übersetzen. Dass ihr letztes Geld für ein überteuertes Eis draufgegangen war, hatte sie ihm jedoch lieber verschwiegen. Stattdessen hatte sie von einem überstürzten Polizeieinsatz berichtet, bei dem sie ihr Portemonnaie vergessen hatte. Rocco, der aus Varenna stammte und dessen Vater ein guter Kunde von Jacopo war, hatte jedoch keine langen Erklärungen gebraucht. Einer Commissario Giulia Cesare aus der Not zu helfen war für ihn Ehrensache. Giulia freute sich darüber, immerhin war auch sie nicht frei von Eitelkeiten. Dennoch hatte sie beschlossen, ihre Schuld auf der Rücktour zu begleichen. Die Befragung von Greta Esposito stand noch an, aber die war, wie man ihr an der Rezeption gesagt hatte, nach Mailand zum Einkaufen gefahren und wurde erst heute Abend im Hotel zurückerwartet. Giulia würde also heute noch einmal zurück nach Bellagio fahren müssen. Nachdem sie auf der Bank gewesen war und etwas gegessen hatte.

»Feierabend«, jauchzte Fontana.

Giulia schloss das Verdeck ihres alten Fiat Cabrios und stellte den Motor des Autos ab. »Was hast du gesagt?«, fragte sie gereizt. Es war früher Nachmittag, und die Scherze des Professore waren auch schon mal besser gewesen. Das Angebot der Damiani wollte ihr nicht aus dem Kopf gehen. Ihr Vater sollte doch tatsächlich mit seinen fünfundsiebzig Jahren noch einmal eine halbwegs anständige Filmrolle bekommen. Achtundzwanzig Jahre nach seinem kaum erwähnenswerten Auftritt in der Miniserie *Mord in der Toskana*. Eigentlich sollte sie sich für ihn freuen. Wenn sie die zweifelhaften Umstände, die zu diesem Angebot geführt hatten, nicht kennen würde, hätte sie das höchstwahrscheinlich sogar mit Piergiuseppe und dem Rest der Familie gefeiert. Dafür hätte sie ihren Vater, der ohnehin den Kranken nur mimte, umgehend aus dem *Manzoni-Krankenhaus* in Lecco herausgeholt. Jetzt konnte er in aller Ruhe weitersimulieren. Denn sie hatte die Offerte der Damiani rigoros ausgeschlagen und hoffte dabei inständig, dass die Regisseurin ihren Vater nicht direkt ansprechen würde. Schon allein deswegen musste er in Lecco bleiben. Eine Commissario Giulia Cesare ließ sich nicht manipulieren. Oder galt das schon als Bestechung?

»Nimmst du eigentlich Vitamin-D-Präparate?« Der Professore war nun ausgezeichnet zu verstehen.

»Suchst du Probanden für eine Versuchsreihe, oder was wird das?«, fragte Giulia unwirsch. Die Luft im Wagen wurde zunehmend stickiger, und Giulia würde es hier drin nicht lange aushalten, ohne ein Fenster zu öffnen. Die Aprilsonne hatte in den letzten Tagen eine erstaunliche Kraft bewiesen, und es sah ganz danach aus, dass der Frühling in diesem Jahr ein zu früher Sommer sein würde. Giulia sollte es recht sein, denn sie mochte weder festes Schuhwerk noch Strümpfe. Jeder Tag, an dem man mit Zehentrennern unterwegs sein konnte, ohne sich Erfrierungen zu holen, war ein guter Tag, zumindest für ihre Füße. In der Ferne war das *Castello di Lierna*, der erste Haltepunkt, am Ostufer zu sehen. Bis Abbadia Lariana würde sie mit der Fähre eine knappe Stunde brauchen. Über die Strada Statale entlang des Seeufers wäre das möglicherweise schneller gegangen, aber bei den vielen Touristen, die sich um diese Jahreszeit am See tummelten, konnte man das ohnehin nicht so genau wissen. In der Questura jedenfalls würde sie sich heute nicht mehr blicken lassen. Die Aufregung der Zorzi sollte mit etwas Glück morgen verraucht sein. In Italien wurde nichts so heiß gegessen, wie es gekocht wurde, nicht einmal hier oben im Norden.

»Du scheinst mir in letzter Zeit ziemlich gereizt. Vitamin D wirkt da wahre Wunder. Auch für deine Knochen. In den Wechseljahren muss man darauf achtgeben, Osteoporose und so«, antwortete Fontana und klang dabei so, als ob er es ernst meinte.

»Wechseljahre«, brummte Giulia mehr zu sich selbst. »Ich habe andere Probleme.« Laut und deutlich sagte sie: »Was hast du noch für mich im Fall Farini? Deswegen rufst du doch an, oder?«

»Ich habe keine Anzeichen von Hautkrebs finden können«, entgegnete Fontana entschlossen.

»Mir war nicht klar, dass das zur Debatte stand.«

»Es gibt einige Untersuchungen, die sich mit der Frage der Entstehung des Hautkrebses durch künstliches Licht beschäftigen. Ein paar Kollegen vertreten die Theorie, dass Schauspieler besonders gefährdet sein könnten. Umberto Farini hat im letzten Jahr allein drei Filme gedreht. Er muss unzählige Stunden vor Scheinwerfern gestanden haben …«

»Und da hast du gedacht, du schaust mal nach.« Giulia, die heute so ganz und gar keine Geduld für die überflüssigen Beobachtungen des Professore hatte, fiel ihm unhöflich ins Wort. Die Hitze im Auto war kaum noch erträglich. Sie kurbelte die Fensterscheibe herunter, worauf der frische Fahrtwind vom See und das Dröhnen des Dieselmotors zu ihr in den Wagen drangen. Aber irgendeinen Haken hatten die Dinge wohl immer.

»So ist es, aber wie gesagt, Farini war gesund, in jeglicher Hinsicht.« Fontana klang nun ein wenig beleidigt.

»Entschuldige, aber ich bin heute früh mit dem falschen Bein aufgestanden«, erklärte Giulia.

»Das Foto in der Zeitung, natürlich«, entgegnete Fontana. »Dumme Sache. Zumindest können wir aber eine Verbindung ins Drogenmilieu ausschließen. Was das angeht, war Farini absolut sauber, bis in die Haarspitzen.« Fontana lachte erneut.

»Ist Raffaella nicht zu Hause?«, fragte Giulia dazwischen. Die gute Laune des Professore legte diesen Schluss nahe. Fontana und seine Frau führten aus Giulias Sicht eine seltsame Ehe. Jeder der beiden genoss sein eigenes Leben, am liebsten ohne den anderen, und trotzdem kamen sie nicht auf die Idee, sich voneinander zu trennen.

»Commissario!«, frohlockte Fontana. »Du hast eine Spürnase, alle Achtung.« Er lachte erneut. »Raffaella ist in den Schweizer Alpen zum Wandern. Zwei Wochen. Die Hunde hat sie auch mitgenommen, aber ohne die beiden geht sie ja ohnehin kein Stück. Und ich habe heute Abend doch tatsächlich eine Suite im *Serbelloni* ergattert. Die letzte Nacht im *Metropole* war auch nicht schlecht, aber das Grandhotel ist um Klassen besser. Wusstest du eigentlich, dass Franz Liszt seinerzeit im *Metropole* gewohnt hat? Das war wohl damals die einzige brauchbare Unterkunft in Bellagio. Na ja, der Liszt-Flügel steht jedenfalls heute im *Serbelloni,* und darauf werde ich heute Abend ein wenig extemporieren.«

Giulia verdrehte die Augen. »Keine Drogen. Gut. Wie sieht es mit Tabletten oder Alkohol aus?« Giulia wollte lieber über ihren Fall als über die Eskapaden des Professore reden.

»Ach, Giuli, diese Vorurteile«, seufzte Fontana. »Ein Glas Wein zum Abendessen. Das bestand übrigens aus Tomatensalat und etwas Weißbrot. Der junge Mann hat es nicht einmal zu Ende verdauen können. Dabei sind die Speisen im Grandhotel ganz erlesen. Schade darum.«

»Fontana!«, mahnte Giulia.

»Seine Leber war quasi jungfräulich. Nichts, was auf Drogen- und Alkoholexzesse hindeutet, rein gar nichts. Solltest du das Motiv in dieser Richtung suchen, muss ich dich leider enttäuschen. Umberto hat auf seine Gesundheit geachtet.«

Giulia fielen die Worte des Hausmädchens Rosalia wieder ein. Fitnessstudio und Obstsalat. »Nicht krank, keine Süchte ...«

»Keinen Sex, zumindest nicht in den Stunden vor seinem Tod«, ergänzte Fontana.

»Puh!« Giulia überlegte. Die Fähre machte in Limonta am Westufer fest, und die Passagiere verließen eilig das Schiff. Jemand hupte neben ihr.

»Es war nicht seine Unterhose«, sagte Fontana in die lauten Nebengeräusche hinein und riss Giulia damit aus ihren Gedanken.

»Kannst du das bitte noch einmal wiederholen«, bat Giulia, die sich nicht sicher war, ob sie ihn richtig verstanden hatte.

»Ich habe dir gleich gesagt, so etwas trägt ein Farini nicht einmal darunter«, antwortete der Professore. »Der Stil, die Farbe ... na ja, das passt einfach nicht zu diesem Mann. Also habe ich mir die Shorts einmal genauer angeschaut. Sie waren nagelneu, keine Spuren von Waschmittel oder Weichspüler.« Fontana machte eine Pause, die Giulia nutzte.

»Ich kenne niemanden, der seine Unterwäsche vor dem ersten Tragen nicht wäscht«, sagte sie.

»Na ja, Commissario, auch diese Menschen wird es zweifelsohne geben«, erwiderte Fontana. »Das ist aber nicht ausschlaggebend. Farini kann dieses Ungetüm nicht lange angehabt haben.«

»Ich verstehe nicht, was du mir sagen willst.« Giulia hatte den Krach um sie herum komplett ausgeblendet und wartete gespannt darauf, was Fontana zutage gefördert hatte.

»Giuli, wir alle hinterlassen Hautschuppen, Schweiß und sonstige Körperflüssigkeiten an der Kleidung, die wir tragen. Vorzugsweise an den Stellen, an denen der Stoff auf der Haut reibt beziehungsweise sehr eng sitzt. In Farinis Unterhose, also in dem Teil, das er bei seinem

Auffinden trug, fanden sich kaum Spuren von ihm. Verstehst du nun?« Fontana sprach ruhig, aber nicht ohne Nachdruck.

»Entweder hat er die Shorts erst kurz vor seinem Tod angezogen, oder der Täter hat es getan?«, entgegnete Giulia gedankenversunken.

»Ich habe zwar nicht jedes Wort genau verstanden, aber du hast recht«, antwortete Fontana. »Ich plädiere darauf, dass der Täter ihm die Hose nach seinem Tod angezogen hat. Wenn unser Opfer sich nach dem Duschen selbst angekleidet hätte, dann hätte er zweifelsohne vorher seine Haare von der Pflegepackung befreit. Du erinnerst dich?« In Fontanas Stimme schwang Triumph mit.

»Ja, natürlich. Normalerweise duscht man zu Ende und zieht sich an«, wiederholte Giulia. »In Farinis Fall ist der Täter gekommen, als er unter der Dusche stand. Er steigt aus der Kabine, ohne sich die Haare abzuspülen, möglicherweise wusste er, wer ihn besuchen will, beziehungsweise derjenige hat sich nicht abwimmeln lassen. Mhm. Er wickelt sich ein Handtuch um die Hüften und bittet seinen Mörder herein. Es kommt zum Streit. Über dem Herrendiener hängen Farinis Sachen, auch die Krawatte. Der Mörder nimmt sie sich und …«

»Genau. Und dann zieht er ihm die Unterhose an. Die muss er allerdings dabeigehabt haben. Da niemand mal einfach so ein paar Shorts in der Jackentasche trägt, würde ich auf Vorsatz tippen. Dazu braucht es dann nicht einmal eine Auseinandersetzung. Mal abgesehen davon, dass ich felsenfest davon überzeugt bin, dass Umberto Farini niemals freiwillig diese Shorts getragen hätte. Er musste dafür tot sein. Ich bitte dich, ein Farini …«

»… würde eher sterben, als ein Stück von Patucelli zu tragen«, vollendete Giulia den Satz. »Die Hose ist eine Botschaft. Sie hat etwas zu bedeuten.«

»Das habe ich dir schon am Dienstagmorgen gesagt, also so ähnlich zumindest«, entgegnete Fontana begeistert. »Wie vertrackt die Sache zwischen Farini und Patucelli ist, war mir nur nicht klar, zwei Konkurrenzunternehmen, na gut, aber das gibt es öfter. Und es ist natürlich noch kein Grund, die Klamotten des anderen nicht zu tragen.

Dann habe ich mich an einen meiner alten Golferkollegen erinnert. Der war im Management von Patucelli, und was der mir berichtet hat, klingt nicht nach gesunder Konkurrenz, sondern eher nach offenem Krieg. Die alte Fehde zwischen Farini und Patucelli, da liegt deine Spur. Zwei altehrwürdige lombardische Textilunternehmen, reich geworden mit feinster Seide und verfeindet bis auf den Tod.«

Und Umberto ist die öffentliche Person, über die der Hass ausgetragen wird, dachte Giulia. Er ist die Schaufensterpuppe, mit der man seine Familie bloßstellt. Der berühmte Schauspieler, für den sich alle Welt interessiert. Das machte aber nur Sinn, wenn das Bild des toten Umberto an die Öffentlichkeit kam. Aber konnte der Täter einkalkulieren, dass ein einfältiger Page einen Schnappschuss für die Boulevardpresse machte? Oder hatte der Mörder Umberto möglicherweise sogar selbst fotografiert, und der Hotelangestellte war ihm nur zuvorgekommen? In jedem Fall wäre der arme Umberto dann doch noch ein Opfer seiner Familiengeschichte geworden. Giulia dachte an Tizianas Worte.

»Bist du noch dran, Commissario? Oder haben dich die drängelnden Horden schon über Bord geworfen?«, fragte der Professore.

»Sag nur, du hast noch etwas?«, konterte Giulia.

»Die Krawatte, mit dem man ihn erwürgt hat, war von Farini, und sie wurde definitiv vorher von ihm getragen«, sagte Fontana.

»Na wenigstens etwas«, erwiderte Giulia und war mit ihren Gedanken schon wieder ganz woanders.

5

Tränen. Tränen. Tränen. Giulia war es so langsam leid. Erst das Hausmädchen und nun Greta Esposito, die Kollegin von Umberto Farini und Hauptdarstellerin im Liszt-Film. Die jungen Frauen weinten um den schönen Umberto.

»Umberto war … Umberto …«, hob Signora Esposito mehrmals hintereinander an. Ihre rot geschminkten Lippen zitterten, und in ihren Mundwinkeln sammelten sich kleine Spuckebläschen, die sie im Wechsel zu den dicken vom Mascara schwarz gefärbten Tränen mit einem zerknüllten Papiertaschentuch auftupfte.

Giulia fragte sich mittlerweile immer genervter, was Umberto nun eigentlich für Greta war, denn über diesen Punkt waren sie bislang in ihrer Unterhaltung nicht hinausgekommen. Und so saß Giulia schon eine ganze Weile auf einer barocken Chaiselongue in der *Villa Serbelloni* und wartete darauf, dass die Frau endlich ihre Fassung zurückgewinnen würde. Die Darstellerin der Marie d'Agoult bewohnte ein Zimmer im dritten Stock, das recht hübsch, aber allein schon was die luxuriöse Ausstattung anging, nicht mit der Suite von Umberto Farini vergleichbar war. Bei Giulias Eintreffen glich der Raum einem Warenlager von *Dolce & Cabana*, wobei die Röcke, Blusen, Kleider und Mäntel hier und da halb aus den Tüten herausgezogen waren, nach links gewendet über den Möbeln hingen oder auf dem Fußboden verstreut umherlagen. Das Hausmädchen, das extra für die Signora abgestellt zu sein schien, hatte sich beeilt, dieses Durcheinander in Ordnung zu bringen, während Giulia darauf gewartet hatte, dass Greta sich im Badezimmer umgekleidet und für den Abend zurechtgemacht hatte. Was immer die junge Frau, Giulia schätzte sie auch aus der Nähe nicht älter als fünfundzwanzig Jahre, heute noch vorhatte, ihre

Garderobe würde dabei auffallen, erst recht in dem beschaulichen Bellagio.

»Wollen Sie heute noch ausgehen?« Giulia versuchte es mit einer Ablenkung.

Greta schaute zu ihr auf und nickte so schnell, dass die in ihren Ohren hängenden, übergroßen funkelnden *D&G*-Initialen klapperten. »Meine Mutter und ich haben für heute Abend einen Tisch im *Mistral* reserviert«, sagte sie schon gefasster. »Wir wollen uns einmal durch die Molekularküche probieren. Sie soll ja ausgezeichnet sein, sagt man zumindest in den angesagten Kreisen.«

Das *Mistral* gehörte zum Grandhotel und war *das* Restaurant in Bellagio. Wie man hörte, verfügte es seit vielen Jahren über einen Michelin-Stern und war somit eines der besten Etablissements, die der Comer See zu bieten hatte. Giulia fragte sich, wie lange man wohl brauchen würde, um sich durch eine Speisekarte mit fünf Molekulargerichten zu probieren, und ob sich dabei jemals ein Sättigungsgefühl einstellen würde, vertiefte den Gedanken, da sie das alles aus ihrer Sicht absolut abwegig fand, aber nicht weiter. Stattdessen musterte sie ihr Gegenüber verhalten und überlegte, ob man in dem schwarzen knallengen Lederdress, den die junge Frau trug, überhaupt entspannt atmen konnte. Dabei war unklar, ob Greta unter dem knappen Jäckchen, an dessen Vorderseite ein halbes Dutzend Nerzschwänze baumelten, überhaupt etwas anhatte. Die Frage erübrigte sich schnell, denn als ob Greta ihre Gedanken erraten hätte, streifte sie die Jacke ab und warf sie achtlos neben sich auf das Sofa. »Das ist wohl noch etwas zu warm«, kommentierte sie ihr Tun.

Giulia betrachtete das Pailetten-Top, das Greta trug, wobei ihr auffiel, dass direkt auf der Höhe der Brustwarzen das Label einer Luxusmarke angebracht war. In jedem Fall gaukelte dieses Kleidungsstück eine Opulenz vor, die die Natur für die junge Frau nicht angedacht hatte. Dafür hatte sie ansonsten mit Idealmaßen nicht gegeizt. »Wie standen Sie zu Umberto Farini?«, fragte Giulia in der Hoffnung, dass sie nun endlich etwas erfahren würde.

»Ich habe ihn geliebt«, platzte es aus Greta Esposito heraus. »Und er hat mich geliebt.« Die Signora schaute Giulia unverwandt an, und ihre Augen füllten sich mit Tränen.

Giulia musste diese ihr vollkommen neue Information erst einmal verdauen. Damit hatte sie nicht gerechnet. »Sie waren ein Paar?«, fragte sie schnell.

»Ja.«

»Wie lange schon?«

»Seit fünf Jahren.« Ihre Stimme bebte. »Wir wollten bald heiraten.«

Giulia schluckte. Umbertos Großmutter hatte davon kein Wort erwähnt. Auch die Regisseurin und Alfonso nicht. Abgesehen davon, dass dies auch Rosalia, dem neugierigen Hausmädchen, entgangen sein musste. Eine fünf Jahre andauernde Beziehung war aber nichts, was man so einfach verschweigen konnte, schon gar nicht, wenn man wie Umberto und Greta in der Öffentlichkeit stand. Oder vielleicht doch? Sie konnte verstehen, wenn die beiden ihre Liebe nicht an die große Glocke gehängt hatten. Das Glamourpaar wäre für die Medien von großem Interesse gewesen. Auch so etwas muss eine Beziehung aushalten können. Giulia fiel die Kussszene und die Zärtlichkeit, die darin gelegen hatte, wieder ein. Umberto Farini hatte diese Gefühle also gar nicht spielen müssen. »Wo haben Sie sich kennengelernt?«, fragte sie nach.

Greta schien über die Frage verwundert, beeilte sich dann aber mit der Antwort. »Auf einer Party bei einem Freund.« Sie wedelte mit wachsweicher Hand. »Alles Leute vom Film. Wir haben schon lange keinen Kontakt mehr. In unserem Business trennen sich die Wege schnell, wenn der eine Erfolg hat und der andere nicht. So ist nun mal das Leben.« Sie rümpfte die Nase.

»Sie haben sehr zeitig mit der Schauspielerei angefangen«, warf Giulia ein, ohne auf das von Greta Gesagte zu reagieren.

Sie lächelte, als hätte die Commissario sie um ein Autogramm gebeten. »Mit sechzehn hatte ich meinen ersten Auftritt im Fernsehen, in einer Talentshow«, entgegnete sie mit kindlichem Stolz.

Giulia wollte fragen, über welches Talent die Signora verfügte, biss sich aber lieber auf die Zunge. Dass sie mit dem Filmgeschäft wenig anfangen konnte, hatte bei ihrer Arbeit nichts verloren. Und möglicherweise war ihre negative Einstellung auch unberechtigt, denn nicht jeder hatte einen erfolglosen, deprimierten Möchtegernschauspieler als Vater. Greta jedenfalls wirkte zufrieden und schien sich in all dem hier zu gefallen, zumindest setzte sie alles daran, diesen Eindruck zu erwecken.

Da Giulia nichts erwiderte, hob und senkte Greta die Schultern und redete weiter. »Dann wurde ich entdeckt, meine erste wichtige Rolle, das war auch in einem Historienfilm.« Sie rieb sich mit den flachen Händen über die schmalen Oberschenkel, als ob sie die Falten aus dem Leder reiben müsste. Giulia sah, dass ihre Hände feuchte Flecken darauf hinterließen. »Und jetzt bin ich hier bei Aurora Damiani angekommen.« Die Selbstzufriedenheit stand ihr ins Gesicht geschrieben.

»Wieso haben Sie und Signore Farini sich dann nicht ein Zimmer geteilt? Sie wohnen ja nicht einmal auf derselben Etage?«, fragte Giulia, der die vermeintliche Beziehung zwischen den beiden Hauptdarstellern keine Ruhe ließ. Wenn ihr während ihrer bisherigen Befragungen ein Hinweis oder auch nur eine leichte Andeutung auf diese Liaison entgangen sein sollte, brauchte sie Urlaub, aber dringend. Langsam stand sie auf und schlenderte durch den Raum. Das alte Sitzmöbel war zwar schick, aber auf die gleichmäßige Durchblutung der Beine hatten die Polsterer spürbar keinen Wert gelegt.

Greta lachte wie ein kleines Kind. »Wir brauchen unsere Freiräume.« Sie schwang ihre langen schlanken Beine ebenfalls vom Sofa, ging an ihren Nachtschrank, nahm eine Flasche Parfüm und verteilte es tröpfchenweise hinter ihren Ohren und am Hals.

Giulia senkte ihren Kopf und versuchte herauszufinden, ob sie nach irgendetwas roch. Bereits im Auto auf dem Weg hierher hatte sie das Gefühl gehabt, die Ausdünstungen von Jacopos Küche an sich haften zu haben. Jacopo hatte ihr, angesichts des misslungenen Frühstücks, *Minestra Di Pane*, Brotklößchen in Brühe, vorbereitet. Giulia hatte lediglich die Rinderbrühe erwärmen und die kleinen Klößchen darin ziehen lassen müssen. Etwas Parmesan darüber und fertig. Aber der Duft einer *Minestra* war doch nicht so penetrant? Der Geruch des teuren Parfüms verteilte sich im Raum und übertünchte ihren vermeintlich eigenen. »Ich verstehe«, antwortete Giulia, wobei sie die gleiche Liszt-Biografie, wie sie bei Umberto Farini gelegen hatte, aufgeschlagen auf einem der Sideboards entdeckte. Allerdings war Greta fast am Ende des Buches angekommen. Sie schien sich also den Hinweis der Damiani ebenfalls zu Herzen genommen zu haben. Offenkundig wollte sie Umberto Farini in nichts nachstehen. So wie die Regisseurin über ihre junge Hauptdarstellerin dachte, konnte etwas Vorbereitung nicht schaden.

»Wann haben Sie Umberto Farini am Montag das letzte Mal gesehen?«, fuhr Giulia fort.

Greta, auf deren Wangen die breiten Mascara-Streifen noch nicht einmal getrocknet waren, heulte von Neuem los. »Am Set. An diesem schrecklichen ersten Drehtag.« Ihre Stimme überschlug sich. »Sehen Sie, das war schon ein schlechtes Omen für den Mord an Umberto.«

Giulia registrierte, dass sich die Sache mit der Ermordung Farinis nun im gesamten Team herumgesprochen haben musste. Den Unsinn mit dem Aberglauben ignorierte sie.

»Diese … diese Hexe hat Umberto fertiggemacht«, keifte Greta. »Angeblich hat er die Kussszene verdorben. Wie sie ausgeflippt ist, diese … diese …«

»Hexe«, warf Giulia ein und ärgerte sich aber zugleich angesichts dieses unprofessionellen Ausrutschers. Aber manchmal konnte sie auch nicht aus ihrer Haut, und nach allem, was sie von der Damiani gesehen hatte, passte diese Bezeichnung tadellos.

Greta schien nicht irritiert darüber. »Genau!« Sie schniefte. »Umberto hat schon besser gespielt, das kann sein, aber es war ja auch die erste Aufnahme. Er musste sich noch warmlaufen.«

»Und Sie?«, fragte Giulia nach, die die Situation ganz anders in Erinnerung hatte.

Zwischen Gretas Augen zeigten sich kurzzeitig ein paar Falten. Die verschwanden jedoch schnell wieder. »Mit mir war die Regisseurin sehr zufrieden«, sagte sie, als präsentierte sie ihrer Mutter ein hervorragendes Schulzeugnis.

»Und Sie haben Signore Farini an diesem Abend weder gesehen noch gesprochen?«, hakte Giulia noch einmal nach.

Greta schüttelte energisch den Kopf. »Leider. Aber ich war zu müde. Ich bin nach dem Dreh in die Sauna und dann nur noch ins Bett. Sogar auf das Abendessen habe ich verzichtet, aber das mache ich jeden zweiten Tag.« Sie lächelte etwas verkrampft. »In meinem Beruf muss man Opfer bringen.«

Giulia dachte an die Extraportion Parmesan, die sie sich über ihre *Minestra* gegeben hatte, an ihre ausgebeulte Jeans, die so einiges verzieh, zumindest bildete sie sich das ein, und an das vermeintliche Alibi von Greta Esposito, für das es sicherlich keine Zeugen gab. Und an die Lüge, die sie gerade über Gretas Zusammenarbeit mit der Damiani aufgetischt bekommen hatte.

»Haben Sie immer zusammen gedreht? Als Paar stelle ich mir das sehr anstrengend vor.« Giulia wusste nicht, welche Rolle die Signora hier gerade gab, aber eine ehrliche war es mit Sicherheit nicht.

»Ich habe darauf bestanden«, sagte sie energisch. »Wenn ich die Marie d'Agoult gebe, dann muss Umberto den Franz spielen. Etwas anderes wäre doch überhaupt nicht gegangen, oder?« Sie schaute Giulia mit ihren weit aufgerissenen braunen Augen an, und Giulia fragte sich, welche Augenfarbe die echte Marie d'Agoult wohl gehabt hatte. »Franz Liszt ist wie Robbie Williams, wissen Sie«, plapperte Greta nun munter drauflos. Der Kummer schien vergessen. »Ein Popstar und ein Frauenheld. Und ich bin die einzig wichtige Frau in seinem Leben. Ohne mich kann er nicht arbeiten. Ich bin seine Muse. Das ist wie ein Spiegelbild, ein Spiegelbild von Umberto und mir. Nur dass wir die gleichen Berufe ergriffen haben. Aber Marie d'Agoult konnte ja auch Klavier spielen.«

Robbie Williams, dachte Giulia und fragte sich, ob die junge Frau das Ansinnen der Damiani tatsächlich richtig verstanden hatte. Noch dazu fand sie die Einschätzung der Regisseurin über ihre Hauptdarstellerin nun gar nicht mehr so abwegig. Überdies hatte ihr Greta so ganz nebenbei gerade die nächste Unwahrheit präsentiert. »Hatte Umberto Feinde?«, fuhr Giulia fort, aber machte sich nicht viel Hoffnung, dass sie die Antwort weiterbringen könnte.

Greta hielt in ihrem Überschwang inne. Ihre vollen, dunkelrot angemalten Lippen zitterten. »Umberto haben alle geliebt.« Pause. »Nur die *La Strega*, die Hexe, die hat ihn bis aufs Blut gehasst.« Sie wimmerte. »Weil er jung war und weil er nur mich wollte.«

Giulia bekam auf weitere Nachfragen keine Antwort mehr. Greta Esposito hatte es vor lauter Trauer so sehr den Hals zugeschnürt, dass sie nicht mehr reden konnte.

Giulia verabschiedete sich mit der Gewissheit, dass das nicht das letzte Gespräch mit der Schauspielerin war. Während sie schon auf dem Treppenabsatz des Flures stand, klopfte es hinter ihr laut. Giulia drehte sich um. Gretas Zimmertür öffnete sich schwungvoll.

»Mama, du glaubst nicht, was ich gekauft habe«, kreischte Greta und warf sich der Dame, die vor ihr stand, freudestrahlend um den Hals. Giulia erkannte die Frau sofort. Sie war es gewesen, die ihr heute Morgen das Exklusivinterview mit Signora Esposito zum Tode von Umberto Farini angeboten hatte. Das war also Gretas Mutter. Interessant.

***

»Seit wann hat die schrullige Giuliana eigentlich Ziegen?«, wollte Jacopo wissen, während er auf dem schmalen Balkon vor ihrem Schlafzimmer stand und sich die Zähne putzte. Es war kurz nach acht Uhr in der Früh, und die Sonne schien schon wieder so kraftvoll vom Himmel, dass auch dieser Frühlingstag heiß zu werden versprach.

Giulia, die gerade aus der Dusche gestiegen war, trat in ein Badehandtuch gewickelt neben ihn und schaute über die Dächer der Häuser hinüber zu den angrenzenden Gärten. In der kleinen verwilderten Parzelle, die zu Giulianas Grundstück gehörte, standen zwei schwarzweiß gefleckte Ziegen und waren gerade damit beschäftigt, deren Handtücher von der Leine zu fressen.

»Womöglich hat sie sich welche angeschafft. Ich kriege auch nicht alles mit, was bei uns im Dorf passiert«, sagte Giulia schulterzuckend.

»Nicht?« Jacopo täuschte Entsetzen vor. »Ich dachte, die strenge Commissario weiß über alles und jeden auf ihrem Berg Bescheid.« Er fasste nach ihr, zog sie fest an sich und küsste sie mit seinem von Zahnpasta verschmierten Mund.

Giulia wand sich aus Jacopos Umarmung und ging zurück ins Haus, um sich fertig abzutrocknen und anzuziehen. Sie steckte noch nicht mit einem Bein in ihrer Jeans, als aus dem Innenhof die Stimme von Brutus laut wurde.

»Giuli, Giuli!«, rief er aufgeregt.

»Mutti, Mutti!«, stieg Friedrich, Jacopos Graupapagei und das eigensinnigste Tier, das Giulia kannte, ein. Friedrich und Jacopo hatten schon zusammengelebt, als Giulia ihren Mann vor knapp zehn Jahren kennengelernt hatte, und so war sie, die nie in ihrem Leben Haustiere besessen hatte, vor vollendete Tatsachen gestellt worden. Jacopo und Friedrich hatte sie nur im Doppelpack bekommen. Nicht dass sie den Vogel nicht mochte, aber etwas gewöhnungsbedürftig war das Tier schon, das überall seinen Senf dazugab. Die Krönung war seine neueste Caprice, nach der er sie als »Mutti« betitelte. Giulia, die keine Kinder hatte, weil ihr erster Mann, der sie mit einer Deutschen betrogen hatte, der falsche und es mit Jacopo schlichtweg zu spät gewesen war, konnte sich daran einfach nicht gewöhnen.

Ruhe.

»Giuli, schnell!«, hob Brutus wieder an.

»Mutti!«, krächzte Friedrich.

Jacopo stand noch immer auf dem Balkon und grinste Giulia durch die geöffnete Tür breit an.

»Wenn er mich noch einmal so nennt, koche ich ihn zu Suppe«, fauchte Giulia, während sie sich an Jacopo vorbeiquetschte und ihm einen Kuss auf die Stirn hauchte.

»Du kannst nicht kochen, Pipistrelli«, feixte Jacopo und gab ihr zwinkernd einen Klaps auf den Hintern. »Es besteht also keine Gefahr für meinen einzigen Freund. Wenn deiner da unten allerdings weiter bei uns wohnen will, sollte er sich etwas zusammenreißen. Ich bringe ihn sonst eigenhändig zum Campanaro. Der hat ein Repetiergewehr und kann ihn vor den Mördern von Franz Liszt beschützen.«

Giulia streckte ihm ihre Faust entgegen und rannte die Treppe hinunter.

»Wisch deinen Mund ab«, rief Jacopo ihr noch nach.

Sie tat, wie ihr geheißen.

»Giuuuli!« Brutus stand in dem kleinen Innenhof mitten zwischen Säcken mit Blumenerde und Dutzenden Geranien, die Giulia eigentlich schon lange hatte einpflanzen wollen, und brüllte sich die Lunge aus dem Hals.

»Giuli! Da steht eine Ziege in eurer Küche und frisst die Frühstückshörnchen«, rief Brutus. »Dabei hat Maria sie extra für mich vorbeigebracht.«

Giulia hörte Jacopo fluchen und musste sich ein Lachen verkneifen. Auch wenn ihr Mann es nicht zugab, aber dass ihr Freund Brutus einen so wesentlichen Anteil in ihrem Leben hatte, fand er nicht nur uneingeschränkt gut. Abgesehen davon, dass Brutus nicht einmal bemerkte, wenn er Jacopo mitunter mit seiner einnehmenden Art auf den Wecker fiel.

»Und warum scheuchst du sie dann nicht raus?«, fragte Giulia und trat durch die weit geöffnete zweiflüglige Tür, die vom Innenhof direkt in die Küche führte, ein. »Herrje!«, rief sie, als sie die Bescherung sah. Es waren nicht nur die Hörnchen, die das Tier gefressen hatte, sondern auch Jacopos frische Kräuter und etwas Obst hatten daran glauben müssen.

»Im Wohnzimmer war sie auch«, sagte Brutus leise. »Wegen ihrer ekligen Zunge bin ich schon wach. Dabei habe ich Urlaub.«

»Aha«, kommentierte Giulia und versuchte, das schlimmste Chaos zu beseitigen, bevor Jacopo herunterkam. Brutus redete derweil auf die Ziege ein. Die ließ jedoch erst von den Köstlichkeiten ab und rannte davon, als sie ein paar Artgenossen gewahr wurde, die mit lautem Gemecker vor dem Tor des Hauses vorbeimarschierten.

»Giuli!«

Giulia streckte ihren Kopf zur Küchentür heraus und sah dort den jungen De Luca stehen, der schnell vor der flüchtenden Ziege zu Seite sprang, um nicht umgerannt zu werden. Maria hatte wieder einmal vergessen, das Tor zu schließen. Natürlich. Aber da Piergiuseppe noch immer im Krankenhaus war und die ansonsten so taughe Maria damit nicht umgehen konnte, musste sie es ihr nachsehen. »Was willst du?«, fragte Giulia ungehalten. Der junge De Luca war kein schlechter Kerl, aber immer dann, wenn er auftauchte, gab es Ärger. Das italienische Strafgesetzbuch kannte kaum einen Tatbestand, den der Fünfundzwanzigjährige nicht schon einmal irgendwann erfüllt hatte, ausgenommen natürlich Mord und schwere Körperverletzung. Diebstahl, Betrug, Fälschung, Drogen, das Kerbholz von De Luca war gut gefüllt. Und wie Giulia ihm leider unumwunden zugestehen musste, der Junge hatte kriminelles Talent. Das war nicht so ausgefeilt, dass sie ihm nicht auf die Schliche kam, aber die Anlagen waren da, und er arbeitete kontinuierlich an deren Perfektionierung.

»Matteos Ziegen sind ausgebrochen. Er war aber nicht zu betrunken, um das Gatter richtig zuzumachen. Das soll ich dir sagen«, rief der junge De Luca, ohne sich einen Meter weiter auf Giulia zuzubewegen. Dabei schaute er sie wie ein großes unschuldiges Kind an, wobei in seinen Augen eine Mischung aus Schadenfreude und Durchtriebenheit aufblitzte.

Giulia dachte an die Versicherung, die Matteo hundertprozentig nicht hatte, an die *Amaro*, die Kräuterschnäpse, die er aus Unzufriedenheit des Öfteren zu sich nahm, und den Verdienstausfall, wenn es nicht genügend Milch für seinen *Bitto*-Käse gab. *Merda!* Sie warf einen kurzen Blick hinauf zu Jacopo, der gerade die Treppe herunterkam, glaubte. ein Kopfschütteln zu sehen, hielt zwei Sekunden inne und sprintete dann los. »Aber was wird aus dem toten Franz Liszt und deinem Vater?«, hörte sie Brutus noch schreien, aber da bog sie schon auf die Via S. Antonio ein. Sie wusste, dass Matteo seine Tiere seit ein paar Tagen auf der Wiese vor dem Friedhof grasen ließ, also steuerte sie diesen zuerst an. Aus den lauten Atemgeräuschen hinter ihr schlussfolgerte sie, dass der junge De Luca ihr folgte. Auf der Höhe der Osteria *Sali e Tabacchi* kam ihnen der Koch Fabrizio entgegen, der vor sich einen Handwagen mit Lebensmitteln schob. Sicherlich hatte er unten am See frischen Fisch besorgt. Fabrizio blieb mit großen Augen mitten auf der Straße stehen. »Brauchst du Hilfe, Giuli?«, rief er, wobei sich die Frage sicherlich auf den Umstand bezog, dass es für ihn so aussehen musste, als würde sie von dem jungen De Luca verfolgt.

»Matteos Ziegen sind weg«, entgegnete Giulia und bemerkte, dass ihr die Worte trotz der ungewohnten Anstrengung nicht schwerfielen.

»*Dio Mio!* Was soll dann aus meinem *Bitto* werden?«, schnaufte er, ließ von dem Handwagen ab und folgte Giulia. Fünf Minuten später standen sie keuchend vor dem kaputten Weidezaun am Friedhof und schauten in das verzweifelte Gesicht von Matteo, dem noch genau drei Ziegen älteren Jahrgangs geblieben waren. Vom jungen De Luca war jedoch weit und breit nichts mehr zu sehen. Giulia war sich sicher, dass seine Familie mit den Fischvorräten von Fabrizio locker bis zum Pfingstfest auskommen würde. Aber das war jetzt Nebensache. Nach und nach versammelte sich das komplette Dorf um die verwaiste Wiese. Sogar der gut beleibte Prete Filipo kam an der Seite seines Küsters, dem Campanaro Chiaponni, den Berg heruntergewackelt. Zu Giulias Erstaunen hatte Chiappi sein aus dem Zweiten Weltkrieg stammendes Gewehr geschultert, von dem sie hätte schwören können, dass dies schon lange von den Kollegen der *Polizia Municipale* konfisziert worden war.

***

Dreiundfünfzig Ziegen in einem Dorf zusammenzutreiben, in dem die Häuser teilweise so eng standen, dass kaum zwei Menschen nebeneinander hindurchpassten, in dem verwinkelte Ecken und nicht einsehbare, zuweilen am Hang liegende Gehöfte mit weitläufigen bis hinauf in den Wald gezogenen offenen Gärten an der Tagesordnung waren, hatte sich als sehr mühevoll erwiesen. Gute zwei Stunden waren die Dorfbewohner unterwegs gewesen, um bis auf zwei besonders starrköpfige Exemplare alle Tiere wieder in Matteos Obhut zu bringen. Sie hatte wieder einmal funktioniert, die von Giulia so geschätzte dörfliche Solidarität, auch wenn an diesem Morgen so einige Schimpfwörter und Flüche über den Berg gehallt waren. Aber so waren die Comascis nun einmal, hinter ihrem zuweilen derben Mundwerk verbarg sich ein weiches Herz. Alles wäre gut gegangen, wenn die beiden Zicklein nicht gewesen wären, die sich, wie auch immer, in den Beichtstuhl des Prete verirrt hatten. Die *Cornetti*, die der Prete dort hin und wieder kaute, wenn ihm die Sündenliste eines Gemeindemitgliedes zu lang wurde, und der ausgeprägte Appetit der Tiere mochten wohl daran schuld gewesen sein. Der schusseligen Prete jedenfalls hatte, da er aufgrund seiner Leibesfülle nicht einmal seine eigenen Füße sehen konnte, noch dazu, wenn er sich, da der Campanaro Chiapponi darauf bestand, den Strom der Heiligen Mutter Kirche zu sparen, in der halbdunklen Kirche bewegen musste, schon einiges an Schaden angerichtet. Heute aber war ihm seine Ungeschicktheit besonders zum Verhängnis geworden. Dabei konnte er nicht einmal etwas dafür, denn was sollte ein Mann Gottes denken, wenn ihm am Ort der Sündenbekenntnis zwei rotäugige Boten der Finsternis auflauerten, um ihn so unglücklich zu Fall zu bringen, dass sein Schienbein zerbarst.

Giulia jedenfalls hatte just in dem Moment, als die Kirchturmglocken die Mittagszeit einläuteten, gemeinsam mit der *Ambulanza* das Dorf verlassen, und da war ihr schon lange klar gewesen, dass dieser Tag nichts Gutes mehr bringen würde. Doch bevor sie sich in die Klauen der Zorzi warf, müsste sie mit Jacopo telefonieren. Der Beichtstuhl brauchte vor seiner Abreise nach Potenza noch dringend eine neue Tür. Die alte bestand nur noch aus ihren Einzelteilen.

***

»Die Zorzi kommt alle zehn Minuten hier herein und sieht nach, ob du dich unter deinem Schreibtisch verkrochen hast«, sagte Elena mit einem breiten Grinsen. Sie trug wieder eins von diesen T-Shirts, die mit einem fetten politischen Statement bedruckt waren, mit dem sie ihr Gegenüber provozieren wollte. Die Teile waren fast immer viel zu groß und gingen der kaum einen Meter fünfzig großen Elena bis an die Knie, was insgesamt bei ihrer ohnehin schon etwas gedrungenen Gestalt sehr unvorteilhaft wirkte. Anfänglich hatte Giulia vermutet, dass dies die Shirts eines Mannes waren, die Elena neben ihrer Überzeugung auch aus Liebe trug. Aber nach allem, was sie bisher über ihre Assistentin in Erfahrung hatte bringen können, war Elena nicht liiert, und die zu großen Klamotten waren ein Tick, den sie auch bei diversen anderen Kleidungsstücken auslebte. Elenas unverkennbarste Markenzeichen jedoch waren die schräg am Hinterkopf aufgesetzte Melone und das ausladende Kaugummikauen, beides Macken, die Giulia zunächst schrecklich genervt hatten, über die sie heute jedoch großzügig hinwegsehen konnte. »Ich frage nicht, warum du ausgerechnet heute viel zu spät bist.« Elena rümpfte die Nase, wobei Giulia ihr an den Augen ansehen konnte, dass dies nicht böse gemeint war. Elena mochte mitunter etwas vorlaut sein, aber sie war ansonsten ein sehr liebenswerter Mensch. Nach den anfänglichen Schwierigkeiten, die sie miteinander gehabt hatten und die wohl in der Natur der Sache lagen, wenn zwei selbstbewusste resolute Frauen aufeinandertrafen, lief es mittlerweile richtig gut. Allerdings gab es im Privaten kaum Berührungspunkte zwischen den beiden. An Giulia jedoch, die bei den meisten Kollegen penibel darauf achtete, Privates und Dienstliches nicht zu vermischen, lag es nicht. Elena hielt offenkundig nichts von zu viel Überschneidungen, mit Ausnahme von Jacopos hervorragenden Kochkünsten in gut gefüllten Frischhaltedosen und hin und wieder einer kleinen Lästerei mit Giulias Mann.

»Ich habe versucht, einen Priester vor zwei gewalttätigen Rowdys zu schützen«, entgegnete Giulia fast wahrheitsgemäß und bemühte sich, dabei nicht allzu amüsiert zu wirken. Die Sache war zwar nicht witzig, aber Prete Filipo wimmernd unter der zertrümmerten Tür des Beichtstuhles zu finden, während der Campanaro um ihn herum rannte und ihm die Kosten der Reparatur vorrechnete, hatte durchaus etwas Komisches gehabt.

»Ich habe gesagt, ich frage nicht«, antwortete Elena und klappte geräuschvoll das rechterhand neben ihr liegende Buch zu.

Giulia streckte den Hals. »Eine Liszt-Biografie?«

Elena machte ein ausdrucksloses Gesicht. »Ich dachte mir, du würdest einmal hineinschauen wollen, wenn der schöne Franz schon in *Bella Italia* sterben musste.« Sie kicherte. »Alles sehr interessant. Der Mann muss zu seiner Zeit eine echte Ikone gewesen sein. Und erst noch seine große Liebe Marie de … na ja egal, ich habe es nicht so mit der französischen Sprache.« Sie schob das Buch ein wenig beiseite. »Mord bildet. Das kann man nicht anders sagen. Immerhin wusste ich bis zu unserem Fall nicht einmal, dass dieser Freak hier am See gelebt hat.«

Giulia schüttelte vorwurfsvoll den Kopf. Sie hätte lange einmal da hineinschauen sollen, sicher, schon allein, um bei den Befragungen des Filmteams nicht ganz so blöd dazustehen. Ein Grundwissen-Liszt-Crashkurs konnte nicht schaden. Aber wann? Sie seufzte.

»Der Mord an Farini hat schon bis zum Questore hinauf Wellen geschlagen.« Elena kaute nun an einer Pizzaschnitte, deren würziger Duft nach Sardellen und Kapern Giulia das Wasser im Mund zusammenlaufen ließ. Das musste Elena wohl mitbekommen haben, denn sie kramte ein Messer aus ihrem Schreibtischschubfach, teilte das Stück und gab Giulia die größere Hälfte. »So wie du aussiehst, brauchst du das jetzt.«

Giulia lächelte dankbar und verschlang das Essen förmlich. »Was hast du für mich?«, fragte sie kauend.

»Ein bisschen was«, entgegnete Elena, griff nach einer Akte und schlug den Deckel auf. »Signora Damiani hat tatsächlich mit diesem Alfonso am Dienstagabend auf ihrem Zimmer gegessen. Der Hotelservice hat die Sachen um kurz vor neun hochgebracht. Er hat den Servierwagen vor der Tür übernommen, aber beide waren anwesend, übrigens in einer Suite.« Elena zog die linke Braue nach oben.

»Na ja, was ist daran schlimm?«, fragte Giulia unbedarft.

»Oh, Commissario«, erwiderte Elena mit nöligem Ton. »Sie pennt in der Besenkammer und er nebenan im Himmelbett. Verstehst du?« Elena zog eine Grimasse. »Sie teilen sich die Suite.« Sie zwinkerte Giulia übertrieben häufig zu.

»Ein Paar?«, fragte Giulia ungläubig. »Möglicherweise hegt er Gefühle für Sie. Allerdings hatte ich das eher für grenzenlose Ergebenheit als für echte Liebe gehalten. Aber sie hat ein Herz aus Stein.«

Elena hob und senkte die Schultern. »In jedem Fall passt das, was sie sagen. Gegen elf haben sie übrigens eine zweite Flasche Wein geordert. Ob sie beide die ganze Zeit die Suite nicht verlassen haben, lässt sich jedoch nicht nachvollziehen. Eventuell deckt also einer den Mord des anderen.«

»Zumindest behaupten sie, dass sie nicht mehr vor der Tür waren, na ja, ich wollte diesem Alfonso ohnehin noch mal auf den Zahn fühlen. Er scheint mir deutlich zugänglicher und der größere Menschenfreund, wenn ich sein Verhalten gestern richtig gedeutet habe«, kommentierte Giulia.

»Wikipedia hat nicht viel über ihn ausgespuckt. Keine Ausbildung, dafür aber mit allen wichtigen Regisseuren gearbeitet. Vor dreißig Jahren hat er einige gute Sachen mit der Damiani gemacht. Während ihrer Zwangspause war er auch aus dem Geschäft, und jetzt, na ja, jetzt ist er mit ihr wieder drin. Die Boulevardblätter munkeln aber, dass er den Job finanziell nicht nötig hat, angeblich äußerst erfolgreiche Börsengeschäfte, als man damit noch über Nacht ganz easy reich werden konnte. Er soll der Damiani einen Gefallen tun, aus alter Verbundenheit. Ansonsten ist er polizeilich ein unbeschriebenes Blatt.«

»Reich, sagst du?«, fragte Giulia nach.

»Die Anfrage bei den Banken läuft. Dann kann ich dir sagen, *wie* reich. Eins nach dem anderen«, maulte Elena.

»Womöglich ist er der heimliche Finanzier des Filmes. Wenn die beiden so eng miteinander sind, eventuell sogar zusammenleben, dann ist das nicht abwegig. Dass keiner darüber reden will, auch nicht. Denn es wirkt schon irgendwie befremdlich, wenn der große Geldgeber sich wie ein Lakai von der Diva umherschubsen lässt, oder?« Giulia überlegte, wieso ein Mann, dem es nicht ums Geld ging und der einen angeblichen Freundschaftsdienst tat, sich so herabwürdigend behandeln ließ. Darauf fiel ihr spontan nur eine Antwort ein: Liebe. »Und was weißt du über sie?«

»Nur die offiziellen Verlautbarungen, alles zensiert. Nicht der Hauch eines Privatlebens. Nach allem, was man weiß, war sie nie verheiratet und hat auch keine Kinder oder anderweitige Verwandte. Über ihre Familie jedenfalls schweigt sie sich aus. Dennoch sind sich alle einig, diese Franz-Liszt-Verfilmung ist ihre letzte Chance, den Olymp des Filmgeschäftes noch einmal zu erreichen. Sie soll aus einfachen Verhältnissen stammen, in Rom studiert und sich Stück für Stück nach oben gearbeitet haben.«

»Das erklärt ihre Härte gegenüber sich selbst und anderen«, bemerkte Giulia.

»Dennoch, bei beiden fehlt mir das Motiv«, entgegnete Elena, ohne zu Giulia aufzusehen. »Die Publicity für den Film taugt nicht. Nach allem, was ich mitbekommen habe, würde die Damiani ihr Projekt niemals gefährden, und ein Gewaltverbrechen war noch nie eine gute Werbung. Immerhin muss ein Sponsor so eine Kiste erst einmal schlucken, ohne kalte Füße zu bekommen, das denke ich zumindest. Mord ist Mord und kein kleiner Skandal wie eine heimliche Affäre zwischen den Hauptdarstellern oder eine ausschweifende Schaumparty.«

Giulia wiegte den Kopf hin und her. »Da könntest du recht haben. Dennoch, ihr können die Nerven durchgegangen sein. Wenn du gesehen hättest, wie sie am Montag auf den Typ mit dem Apfel reagiert hat …«

»Welcher Apfel?«

»Ach, vergiss es.«

»Aber jemand, dem die Nerven durchgehen, schleppt keine Unterhose mit sich herum. Schon gar nicht von Patucelli«, widersprach Elena. »Der Mörder war vorbereitet.«

»Stimmt auch wieder. Was kostet so was überhaupt?«, fragte Giulia.

»Dreihundert plus«, antwortete Elena. »Und bevor du fragst, niemandem von der Crew, weder der Elite im Grandhotel noch dem Fußvolk im *Metropole*, wurde ein Päckchen zugestellt. Die Unterhose kam also nicht per Bestellung, so viel habe ich schon rausgekriegt.«

»Puh!« Giulia war bass erstaunt. »Und das für eine Leiche. Da hat sich aber jemand den Tod Farinis richtig was kosten lassen. Überprüfst du bitte auch noch die Geschäfte? Ich meine, auch im kleinen Bellagio gibt es Modeboutiquen, die feinsten italienischen Zwirn führen.«

»O.k.« Elena notierte sich das. »Na ja, damit ist schon mal klar, dass der Mörder nicht von der Sozialkasse lebt«, entgegnete Elena. »Ich fasse zusammen«, sie hielt ihre linke zur Faust geballte Hand nach oben und ließ einen Finger nach dem anderen hochschnippen, »der Mörder ist nicht arm, war gut vorbereitet, konnte sich im Hotel frei bewegen und war mit Farini bekannt, sonst hätte er ihn wohl kaum abends und halb nackt in seine Suite gebeten.« Elena lächelte zufrieden.

»Jeder kann sich im Hotel frei bewegen, wenn er nicht gerade nach einem Hausierer aussieht«, wandte Giulia ein. »Bei den vielen Gästen haben die Leute an der Rezeption keinen Überblick. Ein souveränes Auftreten, etwas Trinkgeld … du weißt, wie das ist.«

»Wenn man die Zimmernummer von Farini kennt, natürlich«, bemerkte Elena.

»Dann muss man erst einmal wissen, dass Farini im Haus ist. An einem Signore Messinis, wie er sich nannte, bestand sicherlich kein

Interesse. Dennoch, nach beiden hat während Farinis Aufenthalt im Hotel keiner gefragt, da war sich das Personal sicher. Abgesehen davon, hätten sie auch nicht geantwortet.«

Elena zog die linke Braue hoch. »Sagtest du nicht gerade etwas von Trinkgeld?«

»Nicht bei den Leuten an der Rezeption. Das zieht da nicht, die sind vom alten Schlag«, entgegnete Giulia und hatte das Gefühl, das Personal an dieser Stelle in Schutz nehmen zu müssen. Wenn sogar in einem großen Traditionshaus wie dem *Serbelloni* Anstand, vornehme Zurückhaltung und Stil nichts mehr wert waren, wo sollten sie denn dann noch etwas gelten? Nein, Giulia wollte nicht glauben, dass alles um sie herum dieser ihr verhassten zeitgemäßen Oberflächlichkeit verfiel. Erst recht nicht an ihrem Lario. Hier gingen die Uhren noch anders. Halb Italien spöttelte, dass das Leben am Comer See noch im Vorgestern zurückgeblieben war, und damit lagen die Leute nicht so falsch. Giulia konnte dem jedoch nichts Schlechtes abgewinnen, ganz im Gegenteil. Das romantische Bellagio war der Inbegriff einer längst vergangenen Zeit, das *Serbelloni* sein i-Tüpfelchen und Leute wie der Kellner Domenico die letzte Bastion.

»Wenn du meinst, Commissario«, murmelte Elena, und Giulia konnte ihr ansehen, dass sie ihre Meinung nicht teilte.

Giulia dachte an den falschen Namen, unter dem Farini eingecheckt hatte. Die meisten Hotelangestellten hatten sicherlich gewusst, wer sich dahinter verbarg, womöglich hatte sich der ein oder andere auch für diese Information bezahlen lassen. Sie ließ es dabei bewenden und wechselte das Thema. »Signore Alfonso traue ich keinen Mord zu.« Sie atmete tief aus. Die Pizzaschnitte machte sich in ihrem Magen bemerkbar, und sie konnte noch nicht sagen, ob das gut oder schlecht war. »Er scheint mir ein feiner Mensch zu sein.« Sie steckte sich den letzten etwas zu großen Bissen in den Mund.

»Aber er ist seiner Herrin streng ergeben. Das hast du selbst gesagt. Unterschätze das nicht, Commissario!«, gab Elena zu bedenken. »Hörige Männer sind zu einigem fähig.«

»Mag sein. Aber er ist nicht so«, widersprach Giulia und wollte gerade ansetzen, von ihrem Gespräch mit Greta Esposito zu berichten, als Elena fortfuhr.

»Ich habe bei unserem Opfer Umberto Farini auch mal ein bisschen geschnüffelt. Er war finanziell eine gute Partie. Keine Ungereimtheiten, nicht einmal mit der Finanzbehörde. Keine Vorstrafen, bla, bla, bla. Keine zertrümmerten Hotelzimmer, Schlägereien, Sexorgien ... Fast schon ein wenig zu langweilig für einen Schauspielstar, also wenn du mich fragst. Ich meine, die machen doch alle irgendwann mal etwas Schräges, schlagen über die Stränge oder haben Dreck am Stecken. Das liegt denen doch in der Natur. Raoul Bova zum Beispiel. Der hat nackt für die deutsche *Max* posiert. Oder der alte Celentano. Der labert alle mit seiner Political Correctness voll.«

»Das Gefühl, dass Farini anders ist, hatte ich auch schon«, schmatzte Giulia und dachte an Fontanas Worte. »Was noch?«

Elena verschränkte die Arme, lehnte sich auf ihrem Stuhl zurück und schaute Giulia selbstzufrieden an.

»Was?«, fragte sie und leckte sich gierig die Tomatensoße von den Fingern. »Meine Güte, an die Sardinen werde ich den ganzen Tag denken müssen«, bemerkte sie, als sie sah, wie sich Elenas Blick wandelte und sie nun mit einer gewissen Verwunderung beobachtet wurde. »Was hast du?«, fragte Giulia. »Mein Frühstück ist schon wieder ausgefallen, und ich bin bestimmt zehn Kilometer durchs Dorf gerannt.«

»Das tut deiner Figur ganz gut«, bemerkte Elena süffisant, die gut und gern zwanzig Kilogramm mehr als Giulia auf die Waage brachte und dabei einen ganzen Kopf kleiner war.

Giulia hob nur die rechte Braue.

»Ich habe in meiner grenzenlosen Genialität die Facebook-Seiten zu unserem Umberto durchstöbert und ...«, hob Elena an. »Da gibt es so einige.«

»Nenn ihn bitte nicht immer beim Vornamen«, unterbrach Giulia sie. »Und schon gar nicht *unser*. Signore Farini ist Opfer eines Gewaltverbrechens, in dem wir ermitteln. Ich mag diesen privaten Anklang nicht. Der Mann ist kein alter Bekannter, auch wenn du ihn im Fernsehen gesehen hast, und er ist kein Allgemeingut.«

Elena knurrte nur mürrisch.

Giulia wusste, dass sie es nicht leiden konnte, wenn man sie verbesserte. Aber auch wenn die Hierarchiegrenzen, die es zweifelsohne zwischen ihnen beiden gab, in ihrem Alltag fließend waren und zumeist einer eher freundschaftlichen Zusammenarbeit wichen, musste das hin und wieder einmal sein. Elena schoss mit ihrem Eigensinn und ihrer flapsigen Art des Öfteren über das Ziel hinaus, und das konnte in einer italienischen Polizeibehörde ziemlich übel ankommen. Giulia wusste sehr wohl, dass sie dahingehend kein gutes Vorbild war, und gerade deswegen war ihr daran gelegen, dass Elena nicht in jeder Hinsicht in ihre Fußstapfen trat. Elena war gut ausgebildet, pfiffig und jung. Aus ihr konnte etwas werden. Und Giulia war die Letzte, die ihr dabei im Weg stehen wollte. Nur manchmal beschlich sie das Gefühl, dass gerade ihre unkonventionelle Art es war, die Elena nicht guttat. Dann siegte das schlechte Gewissen, und sie versuchte, es besser zu machen. Meistens vergeblich. Und Elena wusste das.

»Ich lerne mehr von dir als von jedem anderen hier«, entgegnete sie trotzig.

»Wenn die Zorzi gleich reinkommt und mich köpft, findest du dich an der Pforte wieder oder schlimmer noch bei …«

»… den Kommunalen«, fiel Elena ihr ins Wort.

Beide mussten lachen.

Elena beugte sich über ihren Schreibtisch. »So, wie es aussieht, wird sein Facebook-Profil offiziell geführt, also nicht direkt von ihm, aber von jemandem, den er beauftragt hat. Dann gibt es noch eine Fanseite, normalerweise findet man da auch mal unvorteilhafte Schnappschüsse, also Stars ungeschminkt beim Brötchenholen, mit Bierbauch am Strand … Das Internet vergisst nun mal nichts«, sagte Elena.

Giulia schaute sie gespannt an. »Aber bei ihm gibt es nicht mal das?«

»Nein. Immer perfekt, wie aus dem Ei gepellt.« Elena warf sich in ihrem Stuhl zurück. »Verstehst du das? Sogar Clooney steht verschwitzt im Jogginganzug neben seiner Mülltonne.« Sie spielte Entsetzen vor. »Die müssen sich da echt mal was einfallen lassen, die Gemeindediener von Laglio. Jeder kann vor der *Villa Oleandra* Georges Müll durchwühlen.«

Giulia konnte es nicht glauben. »Elena, du hast doch nicht …! Du bist bei der Polizei. Ich fasse es nicht.«

»Das ist Teil meines Engagements als Umweltaktivistin«, sagte sie unbeeindruckt. »Wir wollten eben mal nachsehen, wie unsere Promis so mit dem Müllproblem umgehen.«

Giulia hob die rechte Augenbraue. »Indem du deren Abfalltonne auseinandernimmst? Ihr übertreibt es. Du solltest dich etwas zurückhalten. Der Questore versteht in diesen Dingen keinen Spaß.«

Elena winkte ab. »Ich lasse mich schon nicht erwischen.« Sie zwinkerte. »Die Clooneys kaufen übrigens auch nur *Mulino Bianco*-Kekse, die mit der *Galetti*-Form.« Sie beugte sich nach hinten, hantierte an ihrem Einkaufskorb und knallte schließlich eine ebensolche Packung vor sich auf den Tisch. Nachtisch«, triumphierte sie. »Wir essen Hühner, wie George.«

Giulia sagte nichts mehr und nahm sich einen Keks. Der intensive Geschmack nach Butter machte sich gleich mit dem ersten Bissen in ihren Mund breit. Das Fett und die Kohlenhydrate waren Balsam für ihre Seele. Kein Wunder, dass Elena meistens so gut gelaunt war.

»Umberto, äh, Signore Farini hat am Anfang seiner Karriere ganz schön aufgedreht, wilde Partys, schöne Frauen, das ganze Programm. Die Seite ist voll davon. Aber irgendwie hast du bei diesen Fotos immer das Gefühl, sie sind nicht echt.« Elena starrte auf ihren Computerbildschirm. »Wie zum Beispiel hier.«

Giulia stand auf und ging zu ihr hinter den Schreibtisch.

»Er sieht wie ein Fremdkörper aus«, sagte Giulia nachdenklich und betrachtete die Fotos, die den Mimen mit ein paar halb nackten Frauen auf einem Boot zeigten. Alle hielten stolz ihre Champagnerkelche in die Kamera, manche posierten übertrieben albern. Alles wirkte wie die gängigen Bilder des Jetsets, die man in den bunten Zeitschriften häufig sah. Lediglich Umberto Farini hatte sich leicht vom Fotografen abgewandt und blickte versonnen über den See, als genieße er einzig die Naturschönheiten der Landschaft.

»Siehst du, hier ist noch so ein Bild. Und da wieder«, sagte Elena und klickte sich durch die Seite. »Die sind von 2017.«

»Als wollte er dazugehören und doch gleichzeitig nicht«, entgegnete Giulia. »Das würde auch zu dem Bild passen, das seine Großmutter von ihm gezeichnet hat. ›Ein großer Star, aber ein Eigenbrödler.‹«

»Oder es ist eine Masche?«, warf Elena ein. »Wenn ich nicht auf Partys stehe, dann lasse ich mich auch nicht dort blicken, oder? Dann verbiegt man sich nur selbst, und das schadet langfristig der Psyche.«

»Du erst wieder«, lächelte Giulia über Elenas Küchenpsychologie. »Er könnte versucht haben, sich interessant zu machen, indem er das Gegenteil von dem tut, was von ihm erwartet wird?«, sprach Giulia ihre Gedanken aus. »Damit fällt man vielleicht auf, aber das macht einen noch nicht zu einem Star oder verschafft einem wichtige Rollen.«

»Aber man bekommt Aufmerksamkeit«, entgegnete Elena. »Schau dir mal das an. Das ist bei der Premiere von *Loro* …«

»Dem Berlusconi-Film, seiner ersten großen Rolle«, ergänzte Giulia.

»Wow, Commissario, Bildungslücke gefüllt«, sagte Elena grinsend. »Da hat doch Jacopo nachgeholfen, oder dein Vater?«

»Professore Fontana«, murmelte sie nur und beugte sich etwas herunter, um das Foto eingehend zu betrachten. Farini stand lächelnd neben einem Mann, den Giulia nicht kannte. Auf der anderen Seite war seine Großmutter zu sehen, deren Hand er hielt. Dann waren da noch zwei junge Frauen. Eine streckte ihm einen Stift und ihren Arm entgegen. Offensichtlich sollte er darauf unterschreiben. Giulia stutzte und kniff die Augen zusammen. »Kannst du das Foto ranzoomen, bitte.«

Mit zwei Klicks war alles viel deutlicher zu erkennen. »Aber das ist doch …«

»Aha! Genau so habe ich es mir gedacht. Die Damen halten Kaffeekränzchen! Soll ich vielleicht noch einen Kuchen beisteuern?« Plötzlich schien alles gleichzeitig abzulaufen: Die Tür wurde aufgerissen, und die Zorzi trat mit harschen Worten ein. Das Öffnen der Tür, das Eintreten und die harschen Worte der Zorzi waren eins gewesen.

Giulia schreckte auf und schaute in das von Zorn verzerrte Gesicht ihrer Vorgesetzten. Hinter ihrer Schulter tauchte das schüttere Haar von Signore Mancini, ihrem Assistenten, auf. Sein Gesicht blieb jedoch im Verborgenen. Die natürliche Körpergröße in Verbindung mit den High Heels der Zorzi bot ihm allzeit ein sicheres Versteck.

»Mitkommen! Alle beide«, befahl die Zorzi und machte auf ihren Absätzen kehrt.

Giulia zwinkerte Elena zu. Dann war die Stunde der Wahrheit jetzt wohl gekommen. Giulia nahm sich noch einen Hühnerkeks, während Elena sich schulterzuckend eine Mappe unter den Arm klemmte und in jammervollem Ton Signore Mancini bedauerte.

Wenn Chiara Elisa Zorzi wütend war, verkroch sich selbst der Teufel in der Hölle. Die resolute Frau, die knappe fünfzehn Jahre jünger als Giulia war und mehr Make-up an einem herkömmlichen Bürotag trug als Giulia innerhalb ihres halben Lebens, redete in einem fort. Dabei hatte sie Giulia nicht einmal die Rolle einer Stichwortgeberin zugedacht, geschweige denn sie irgendetwas zu ihrer Verteidigung vorbringen lassen. Es hagelte die üblichen Vorwürfe wie mangelnde Teamfähigkeit, Unpünktlichkeit, falsche Prioritätensetzung, Zurückhaltung von Informationen. Giulia ertappte sich dabei, dass sie mit ihren Gedanken abschweifte. Umberto Farini, ein begnadetes Ausnahmetalent, der einzige Erbe einer traditionsreichen Unternehmerfamilie, ein Mann, der die Öffentlichkeit für seine Zwecke zu nutzen, aber sich zugleich gut zu schützen wusste. Intelligent, ehrgeizig, leidensfähig. Der Liszt-Film war seine erste große Hauptrolle, womöglich hätte er damit endgültig den Durchbruch geschafft. Aurora Damiani wird zu seiner Chance. Das war ein Risiko, das wusste er. Aber wenn er es schaffen konnte, dann mit dieser Frau. Er macht gute Miene zum bösen Spiel, erträgt diesen Wahnsinn, in den er nicht zu passen scheint, und überlebt am Ende den ersten Drehtag nicht. »Warum musstest du sterben?«, murmelte Giulia.

»Commissario?« Die Zorzi lehnte mit verschränkten Armen in ihrem dicken sandfarbenen Lederstuhl und fixierte Giulia mit bösem Blick. »Gehen Sie im Geiste Ihre Einkaufsliste für das Wochenende durch, oder planen Sie den nächsten Wohltätigkeitsball für bedürftige Bergdörfler?«

Giulia spürte Elenas Ellenbogen in ihren Rippen. Verdattert schaute sie erst auf ihre Assistentin und dann auf die Zorzi.

»Wie sind Sie denn in der Mordsache Umberto Farini vorangekommen, von der ich ja glücklicherweise wenigstens aus der Zeitung erfahren habe, wenn man die Art der Nachricht als glücklich bezeichnen kann?« Sie bedachte Giulia und Elena mit einem despektierlichen Blick.

Elena stand mit einer zackigen Bewegung auf und legte der Zorzi die aufgeschlagene Mappe auf den Tisch. »Hier die Ergebnisse der Kriminaltechnik und der Rechtsmedizin. Auch die ersten Befragungsprotokolle habe ich abgeheftet, unter ›Z‹ wie Zeugen.« Elena setzte sich wieder, fuhr sich durch den Pony ihrer modernen Kurzhaarfrisur und tat so, als wäre ihr noch etwas eingefallen. »Ach so, die Kopien der E-Mails und eine Aktennotiz über die umgehende Informationsweitergabe an Signore Mancini, alles mit Datum vom Dienstag und Uhrzeit, finden Sie unter ›V‹ wie Vorschriften, nur der Vollständigkeit halber. Wir haben ja unsere Anweisungen.«

Giulia war nun geistig wieder voll anwesend.

Die Zorzi wechselte die Gesichtsfarbe und warf ihrem Assistenten einen fragenden Blick zu. Der bekam davon nichts mit, denn er war so sehr auf seinem Stuhl zusammengesackt, dass er fast darin verschwand. Sie blätterte konzentriert durch die Seiten, hielt hin und wieder inne und begann noch einmal von vorn. Als sie am Ende angekommen war, schlug sie die Mappe mit einer forschen Handbewegung zu und reichte sie, ohne sich dabei nach ihm umzusehen, ihrem Assistenten. »Kopieren.« Signore Mancini griff sich die Papiere und verließ mit hängendem Schultern den Raum.

»Ich bin morgen beim Questore und muss ihm Bericht erstatten. Die Presse sitzt uns bei einem Toten wie Farini im Nacken. Noch dazu, da seine Leiche alle Welt schon in der Zeitung begaffen durfte. Ich gehe davon aus, dass die Indiskretionen nicht auf einen Ihrer Kollegen zurückgehen.« Ihre Stimme klang messerscharf.

»Riso hatte frei«, rutschte es aus Elena heraus. Die Zorzi quittierte diese vorlaute Äußerung mit einem verächtlichen Augenaufschlag.

»Ein Mitarbeiter des Grandhotels hat vor unserem Eintreffen seine Chance genutzt«, entgegnete Giulia ungerührt.

»Haben wir einen Verdächtigen?«, fragte die Zorzi, ohne weiteres erkennbares Interesse an diesem Sachverhalt. Überdies schien ihr auch die Sache mit der angeblich verpatzten Informationsweitergabe kein Sterbenswörtchen mehr wert zu sein.

Elena saß aufrecht und schaute die Zorzi unverwandt an.

Jetzt war Giulia dran. Sie erhob sich, lief langsam durch das Büro und blieb dann an der Fensterbank lehnend stehen. »Eine erste vage Spur, würde ich es eher nennen. Es gibt im Filmteam den ein oder anderen Kollegen, dessen Verhältnis zum Ermordeten recht problematisch zu sein schien. Nehmen wir zum Beispiel Sebastiano Sartori, der durch den Tod Farinis seine große Chance in diesem Film bekommt. Auch die Regisseurin Signora Damiani und ihr Assistent sind, was ihr Mitgefühl angeht, eher zurückhaltend. Hinzu kommt, dass die beiden etwas zu verbergen scheinen. Da wäre noch Greta Esposito, Farinis Filmpartnerin. Sie ist, nach allem, was man so hört, die weniger Begabte, aber erpicht auf den Erfolg, stand im Schatten des Mimen, auch was die Gunst der großen Damiani angeht, und zu allem Überfluss war sie womöglich auch noch unglücklich in ihn verliebt.«

Elena schaute Giulia ungläubig an und kämpfte sichtbar mit sich. In ihren Augen stand ein tiefer Vorwurf, weil Giulia nicht alle dieser Informationen vorhin mit ihr geteilt hatte.

»Oh!«, entfleuchte es der Zorzi. »Greta Esposito also. Hat die nicht mal einen dieser Modelwettbewerbe im Fernsehen gewonnen? Verliebt? Ein Liebesdrama wie beim echten Franz Liszt. Liebe, Eifersucht, Leid. Wer hätte das gedacht?« Um ihre Mundwinkel deutete sich ein zufriedenes Lächeln an. »Sehr schön. Das ging ja flott. Was muss man ansonsten über die Dame wissen?«

Signore Mancini kam hereingeschlichen und legte die Akte behutsam auf dem Schreibtisch der Zorzi ab, um sich danach wieder in eine hintere Ecke des Büros zurückzuziehen.

»Ein paar Modelaufträge, aber keine großen Namen und zwei, drei Fernsehfilme«, knurrte Elena. »Eher ein C-Promi.«

»Ah, na dann«, antwortete die Zorzi sichtbar entspannter. »Dann will ich Sie nicht weiter von der Arbeit abhalten. Das hier«, sie warf Elena die Mappe entgegen, »das hier möchte ich täglich von Ihnen ergänzt wissen. Punkt achtzehn Uhr finde ich das dann auf meinem Schreibtisch, täglich, wohlgemerkt. Und bitte nicht an der Pforte abgeben, das klappt ja schon bei diversen Postsendungen nicht.« Sie bedachte Elena mit einem strafenden Blick. Die lief knallrot an. Schließlich erhob sich die Zorzi. Zeitgleich stand auch Signore Mancini auf, dessen Ohren das Rot der Haare seiner Chefin noch übertrafen. Nur Elena brauchte etwas länger.

»Was war das denn? Bist du wahnsinnig?«, fauchte sie mit unterdrückter Stimme, kaum dass sie wieder auf dem Flur der Questura standen. »Du willst unsere Köpfe aus der Schlinge ziehen und erzählst haltlose Märchen. Hättest du mich das lieber auf meine Art machen lassen.«

»Hast du doch. Leg die Mappe bloß nicht an die Pforte«, konterte Giulia. »Und ich mache es auf meine Art. Oder meinst du im Ernst, dass eine Frau, die seit angeblich fünf Jahren mit Farini liiert ist, ihn bei einer Filmpremiere im Jahr 2018 um ein Autogramm auf ihren Unterarm bitten muss?«

»Das Foto im Internet. Du bist doch …«, murmelte Elena und boxte Giulia sanft gegen den rechten Oberarm.

»Auf einer ersten heißen Spur. Dank Facebook und natürlich dank deinem unerschütterlichen Einsatz sind wir obendrein auch noch die nächsten drei Tage die Zorzi los«, entgegnete Giulia zufrieden und nahm sich noch einen Hühnerkeks, kaum dass sie wieder in Elenas Büro zurückgekehrt waren.

6

Die *TelefonoAMICOItalia*, die italienische Telefonseelsorge, war in einem unscheinbaren Büro in einem der nördlichen Bezirke Leccos untergebracht. Hier, fernab der Altstadt, prägten Industriebrachen und verfallene Lagerhallen das Bild. Die Arbeiterstadt kämpfte unter anderem noch immer mit ihrem Erbe als ehemals wichtigster Standort der italienischen Textilindustrie, die die Zucht von Seidenraupen im 19. Jahrhundert reich gemacht und deren Niedergang sich seit dem Zweiten Weltkrieg unaufhaltsam vollzogen hatte. Trotz aller sichtbaren Erfolge tat sie sich jedoch an manchen Ecken schwer damit.

Giulia war schon einige Male in dieser Gegend gewesen, denn sich im Abstieg befindliche Stadtteile boten nun einmal den zwielichtigen Typen der Gesellschaft einen komfortablen Rückzugsraum. Dennoch war sie froh, dass ihr Zuständigkeitsbereich Lecco normalerweise nicht mit umfasste. Es lag ihr nicht viel an dieser Stadt, weil sie sich im Allgemeinen nicht viel aus Städten machte. Der große Dichter Alessandro Manzoni hatte das allerdings anders gesehen: Er hatte das unscheinbare Lecco zum Schauplatz seines berühmtesten Werkes gemacht – *I Promessi Sposi*, »Die Brautleute« –, das 1827 erstmals erschienen und heute noch Pflichtlektüre an allen italienischen Gymnasien war.

Giulia war von einem schmächtigen, nervös wirkenden Mann in Empfang genommen und um einige Minuten Geduld gebeten worden. Renza, so hatte er ihr erklärt, die Frau, mit der sie verabredet war, musste erst ein Telefonat beenden. Da man jedoch nie wissen konnte, wie lange die Menschen benötigten, um ihre Seelenpein loszuwerden, hatte er Giulia etwas ungelenk ein paar Informationsbroschüren zur

Seelsorge-Arbeit in die Hand gedrückt und sie in dem schmalen Flur, in dem es nicht einmal eine Sitzmöglichkeit gab, allein gelassen. Auch ansonsten wirkte hier alles sehr beengt und einfach, aber was konnte man schon von einer öffentlich geförderten und von Spendengeldern abhängigen Einrichtung erwarten. Die Mitarbeiter jedenfalls, so viel wusste Giulia, arbeiteten hier ehrenamtlich und bekamen nicht mehr als eine geringe Aufwandsentschädigung. Sie waren keine Profis, auch wenn die *TelefonoAMICOItalia* darauf achtete, dass sie alle im Vorfeld eine entsprechende psychologische Schulung durchliefen. Giulia konnte sich nach wie vor nicht vorstellen, dass ein Mann wie Umberto Farini, der sich die besten Psychologen leisten konnte, hier regelmäßig angeklingelt haben sollte, aber nach allem, was Elena herausbekommen hatte, musste es wohl so gewesen sein. Dabei hatte er immer mit dieser Renza gesprochen, und Giulia war gespannt, was diese ihr erzählen würde. Derweil schickte Brutus unentwegt Fotos. Der Ausnahmezustand, dass Brutus sich im Urlaub befand und den auch noch zum Großteil im *Torre del Barbarossa* verbrachte, fing langsam an, ihr ein wenig über den Kopf zu wachsen. Nicht weil sie ihren engsten Freund nicht gern um sich hatte, ganz im Gegenteil, aber Brutus war, seit er bei diesem Filmdreh mitmachte, nicht er selbst. Für ihn schien es nichts Wichtigeres mehr als diese Scheinwelt zu geben. Nicht einmal seine täglichen Anrufe auf der Poststelle fanden noch statt, die er sonst in seiner Abwesenheit immer vornahm, um sich zu vergewissern, dass auch ohne ihn alles ordnungsgemäß ablief. Stattdessen redete er die ganze Zeit nur über Franz Liszt, las alles über diesen Musiker, was er finden konnte, und spielte sogar schon mit dem Gedanken, sich ein Klavier zu kaufen. Und jetzt entdeckte er auch noch sein Smartphone für sich, dass sonst den halben Tag abgestellt war, da ein italienischer Postbote seiner Meinung nach keine Ablenkung gebrauchen konnte. Heute Mittag hatte er bereits Bilder von seinem Besuch bei Piergiuseppe gesendet, der unverändert leidend dreinblickte. Allerdings konnte Giulia nicht sagen, ob ihr Vater sich weiterhin krank fühlte oder ob es an seinem neuen Bettnachbarn, dem

Prete Filipo lag. Piergiuseppe und der Priester waren nicht gerade gute Freunde. Giulia hatte jedoch keine Ahnung, was hinter dieser gegenseitigen Ablehnung steckte. Seit wenigen Minuten bombardierte Brutus Giulias Handy mit Aufnahmen vom Filmset, an dem er es doch tatsächlich auf ein Selfie mit Greta Esposito gebracht hatte. »Oje, Brutus«, seufzte Giulia, die in den Augen ihres Freundes ein Blitzen sah, das immer dann auftauchte, wenn er einer Schwärmerei verfiel. Das und auch die Tatsache, dass ihr Freund weiterhin zwischen diesen Leuten umhermarschierte und den Kellner gab, konnte sie überhaupt nicht gutheißen. Immerhin konnte einer von ihnen, und Giulia war nach allem, was sie bisher mitbekommen hatte, immer überzeugter davon, der Mörder von Umberto Farini sein. Aber wenigstens war Piergiuseppe nicht der persönliche Sekretär von Franz Liszt, sondern lag im sicheren Krankenhausbett und stritt, da war sich Giulia gewiss, mit dem Prete über die Zubereitungsvarianten eines klassischen italienischen Tiramisus. Nicht dass Piergiuseppe nur den Hauch einer Ahnung vom Kochen hatte, wobei er sich in perfekter Gesellschaft des Prete befand, aber mit seinen laienhaften Kenntnissen aufzutrumpfen, darin verstand er sich sehr wohl. Piergiuseppe, der ansonsten nicht viel von sich gab, durchlebte beim Zusammensein mit Leuten, die er nicht mochte, eine erstaunliche Metamorphose, die sich dahingehend äußerte, dass er alles daransetzte, ihm unangenehme Zeitgenossen nicht zu Wort kommen zu lassen. Was den kranken Prete anging, nun ja, der konnte sich ruhig einmal etwas näher mit seinen Schäfchen befassen, die er ansonsten liebend gern mied, und ein Beinbruch erforderte glücklicherweise keine Ruhe, zumindest nicht für den Kopf.

»Signora.« Eine kleine Frau mit runden Hüften und auffallend munteren Augen, die zu den Menschen gehörte, die man erst auf den zweiten Blick als hübsch bezeichnen würde, stand direkt vor ihr und streckte ihr die Hand zum Gruß entgegen. »Ich bin Renza. Was kann ich für Sie tun?«

Giulia bat darum, die Unterhaltung unter vier Augen führen zu können, worauf Renza sie in eine kleine Teeküche brachte, die keine

Außenfenster hatte und in der unablässig eine von der Decke hängende Neonlampe flackerte. Renza entschuldigte sich mehrfach überschwänglich dafür und bedeutete Giulia, auf einer schmalen Bank Platz zu nehmen. Sie lachte dabei auf eine einnehmende Art und machte auf Giulia einen sehr warmherzigen ersten Eindruck. Entsprechend betroffen zeigte sie sich, nachdem Giulia den Grund ihres Besuchs dargelegt hatte. Renza war, das hatte sich relativ schnell herausgestellt, keineswegs die Freundin oder eine nähere Bekannte von Umberto Farini gewesen. Er hatte sie einzig und allein als Mitarbeiterin der Seelsorge kontaktiert, und sie hatte nicht einmal einen Schimmer gehabt, wer hinter dem Mann, der sich als Enrico Crissini vorgestellt hatte, tatsächlich steckte. Seit ungefähr einem halben Jahr sprachen sie regelmäßig miteinander. In den letzten Wochen hatte es dafür sogar feste Zeiten gegeben. Immer montags und mittwochs um halb elf am Abend war sie mit Farini verabredet gewesen. Aber diese Woche hatte er sich nicht gemeldet, und Renza hatte sich ernsthaft gesorgt. Für Giulia war die Verlässlichkeit Farinis ein wichtiger Anhaltspunkt, denn sie konnte damit seinen Todeszeitpunkt besser eingrenzen. Da er nachweislich erst gegen kurz nach neun zu Abend gegessen hatte, konnte sein Mörder ihn eigentlich nur innerhalb einer Stunde, also zwischen halb zehn, plus/minus zehn Minuten, und halb elf besucht haben.

»Warum hat er Sie angerufen, Signora Renza?«, fragte Giulia.

Renza atmete tief ein und schaute mit traurigem Blick auf ihre Hände, die sie auf ihrem Schoss abgelegt hatte. »Tja, da muss ich am Anfang beginnen, sonst versteht man es nur schwerlich. Also, er hatte keine Probleme im eigentlichen Sinne. Wissen Sie, bei uns melden sich zumeist Menschen, die überschuldet sind, denen der Partner oder ein anderer nahestehender Mensch gestorben ist oder die unheilbar krank sind. Wir hören von schlimmen Schicksalsschlägen, Dingen, die man niemandem erzählen kann oder will. Manchmal sind natürlich auch Leute dabei, denen wir professionelle Hilfe vermitteln. Ich habe erst letzte Woche eine junge Frau mit ihren zwei Kindern dazu überredet, ins Frauenhaus zu gehen, damit sie vor ihrem gewalttätigen

Mann sicher ist. Aber Enrico, also Signore Farini …« Sie zuckte mit den Schultern und schwieg betroffen.

»Sie sagten, er hatte keine Probleme«, antwortete Giulia.

»Na ja, nicht solche zumindest«, entgegnete sie. »Am Anfang hatte ich das Gefühl, dass er nur jemandem zum Reden gesucht hat. Wir sprachen über Belangloses wie meinen Garten und was ich dort so anbaue.« Die Erinnerung erfreute sie. »Er gab mir Tipps. Wissen Sie, ich habe kein Händchen für Tomaten, und Enrico meinte, das liegt an der Erde.« Sie verschränkte die Hände auf ihrem Schoß und bewegte den Oberkörper hin und her wie ein kleines Mädchen, das etwas Aufregendes zu berichten hatte.

Giulia hörte gespannt zu, aber nach wie vor ergaben die einzelnen Puzzleteile, die sie über Farini bereits gesammelt hatte, kein schlüssiges Bild.

»Ich wusste ja nicht, was er genau arbeitete, nur dass er sehr erfolgreich war, hat er gesagt. Ich dachte, er sei so ein Managertyp, der den ganzen Tag nur über Zahlen nachdenkt und ein wenig Zerstreuung braucht.« Renza seufzte.

»Aber dann ruft man nicht bei der Telefonseelsorge an«, warf Giulia ein.

»Nein, natürlich nicht, und normalerweise hätte ich diese Gespräche auch nicht weitergeführt, dafür gibt es einfach zu viele Menschen, die unsere Hilfe brauchen, und wir haben sowieso immer zu wenig Zeit. Aber dann habe ich mitbekommen, dass er nur austesten wollte, ob er mir vertrauen kann.« Sie starrte auf ihre Schuhspitzen. »Und ich habe ihn reden lassen.«

»Er konnte ihnen vertrauen, ganz sicher«, schlussfolgerte Giulia.

Renza nickte schnell. »Ja, ja, das ist wichtig. Dafür sind wir da. Das habe ich ihm auch immer wieder gesagt. Vertrauen ist das A und O. Es gehört schließlich so einiges dazu, unsere Nummer zu wählen. Wir sind Fremde und erst der letzte Ausweg, wenn man niemanden zum Reden hat.« Sie putzte sich die Nase. »Irgendwann hat er mir dann erzählt, dass er berühmt ist und gerade in einem Projekt steckt, dass für ihn der sichere Durchbruch wird, also was den Ruhm angeht, Geld schien ihm nicht so wichtig zu sein.« Sie schaute Giulia an, und ihre Augen verrieten der Commissario, das sie die Wahrheit sagte. »Er ist vage geblieben, und ich habe nicht gefragt, was er genau macht. Es ist besser, wenn wir nur zuhören, anstatt den Hilfesuchenden mit Fragen zu überhäufen, wissen Sie. Wenn das Gespräch einen inquisitorischen Charakter bekommt, ziehen sich viele Leute zurück. Das ist nicht gut. Da muss ich aufpassen. Es ist auch nicht entscheidend, dass Enrico, also Signore Farini, Schauspieler ist. Ich wäre ohnehin nicht auf die Idee gekommen, ihn im Internet zu suchen. Das mache ich bei keinem meiner Anrufenden, denn ich möchte nur das wissen, was sie mir freiwillig preisgeben wollen.« Sie sprang unvermittelt auf und schaute Giulia mit großen Augen an. »Ich Schussel. Wir sitzen in der Teeküche, und ich biete Ihnen nicht mal einen Kaffee an. Möchten Sie?« Sie deutete auf einen Kaffeeautomaten.

Giulia lächelte. »Nein, nein, machen Sie sich bitte keine Umstände. Reden Sie einfach weiter. Das ist sehr spannend.«

Renza hockte sich wieder neben sie und wirkte etwas unschlüssig.

»Wenn Sie allerdings einen Kaffee mögen«, hob Giulia an, »ich will Sie nicht davon abhalten.«

Die Signora schüttelte schnell den Kopf. »Ich halte Sie von Ihrer Arbeit ab. Dabei suchen Sie einen Mörder.« Sie schien sich jetzt erst der Tragweite von Giulias Besuch bewusst zu werden. »Ein Mord«, wisperte sie und schweifte offensichtlich mit ihren Gedanken ab.

»Aber was war das Problem mit seinem Durchbruch?« Giulia versuchte, den Gesprächsfaden wieder aufzunehmen.

»Er wollte ihn nicht, aber trotzdem irgendwie doch, und das mit aller Gewalt«, platzte es aus Renza heraus. »Also, er war sich nicht schlüssig. Einerseits liebte er das, was er machte. Seine Stimme wurde dann immer ganz euphorisch und überschlug sich auch manchmal, obwohl er den Trubel, der mit seinem Job verbunden war, ablehnte. Andererseits zog es ihn zu etwas anderem, irgendeine andere Sache, die er immer nur, warten Sie …«, sie schnipste mit den Fingern, als ob sie dadurch schneller auf das Wort käme, »die Vorbestimmung nannte, genau, er sprach immer von einer unabwendbaren Vorbestimmung. Ich hatte das Gefühl, dass ihn das Sich-entscheiden-Müssen innerlich zerriss. Die Kämpfe jedenfalls, die er mit sich ausfocht, müssen enorm gewesen sein. Manchmal hatte ich sogar den Eindruck, dass er leise am Telefon weinte, um im nächsten Moment einen Wutanfall zu bekommen. Dann irgendwann lachte er lauthals über sich selbst. Die Schwankungen seiner Gefühle erstaunten mich jedes Mal aufs Neue. Es war alles so extrem.«

»Die Familie«, murmelte Giulia.

Renza schaute sie von der Seite an. »Ja genau. Er sagte, egal wie er sich entscheiden würde, er würde immer die zwei einzigen Menschen, die ihm etwas bedeuteten, enttäuschen.«

»Seine Großmutter und seinen Vater, sicherlich«, bemerkte Giulia wissend.

»Nein. Nein. Seine Mutter. Von seinem Vater hat er nie gesprochen«, insistierte Renza. »Seine Mutter und seine Großmutter.«

»Aber seine Mutter ist lange tot«, entgegnete Giulia.

Renza schaute sie nur ungläubig von der Seite an. »Ich bin mir sicher, Signora«, sagte sie kleinlaut.

Giulia wiegelte ab. »Ich zweifle nicht an dem Gesagten, aber …« Sie hielt inne. Sie wollte nicht mit dieser Signora ihre Ermittlungsergebnisse diskutieren. »Hat er noch etwas gesagt, irgendetwas Genaueres?«

Renza verneinte. »Es ging hauptsächlich um diese beiden Frauen. Dass die beiden sich nicht sonderlich mochten, das hat er noch irgendwann einmal durchblicken lassen, aber mehr nicht. Es muss wohl eine Art Konkurrenzkampf zwischen Mutter und Großmutter gegeben haben, aber das ist nur meine Interpretation. Ich habe mir auf all das keinen Reim machen können und ihm geraten, mit beiden zu reden. Schließlich wollen ja sicherlich beide, dass er glücklich ist. Dennoch habe ich mich natürlich gefragt, was es sein muss, das einen erwachsenen Mann so umtreibt, dass er es von Mutter und Großmutter abhängig macht. Diese Art der Rücksichtnahme, Verantwortung, oder was auch immer es war, ist nicht gesund.« Sie hielt inne. »Überhaupt war mir das manchmal alles zu übertrieben, was er sagte, ein einziges Drama, ohne dass ich den tieferen Sinn begriffen habe. Aber ich wusste ja auch nicht, dass seine Mutter …«

»Natürlich nicht«, erwiderte Giulia nachdenklich. »Wie ich ihn einschätze, hat er die wesentlichen Dinge für sich behalten.«

Renza nickte langsam. »Er versprach mir bei unserem letzten Telefonat, die Sache mit den beiden Frauen zu klären, und wollte mir am Montag davon berichten. Dazu ist es ja leider nicht gekommen, aber es wäre nach all dem, was Sie sagen, ohnehin nicht möglich gewesen.« Sie schaute betroffen. »Ich verstehe nicht, warum er mich angelogen hat. Das hätte ich nie bei ihm vermutet, niemals. Er wirkte so liebenswert und aufrichtig, wie ein Gentleman eben, wenn es so etwas überhaupt noch gibt. Er hat mich sogar mehrfach ›meine einzige Freundin‹ genannt und betont, wie wichtig ihm unsere Unterhaltungen sind.« In ihrer Stimme lag tiefe Bestürzung. »Ich weiß überhaupt nicht, was ich jetzt denken soll.«

Giulia griff nach ihrer Hand und drückte sie. »Wir wissen nicht, was Umberto Farini wirklich zu all dem getrieben hat«, tröstete sie. »Sie jedenfalls haben Ihre Arbeit sehr gut gemacht, wenn ich das sagen darf. Und Sie waren mir eine große Hilfe.«

Über Renzas Gesicht huschte ein Anflug von Erleichterung. »Seine Anrufe werden mir fehlen«, sagte sie während der Verabschiedung.

Giulia schaute die Signora lange an und konnte ehrliches Bedauern in ihren Augen sehen. Giulia empfand eine Mischung aus Mitleid und Erleichterung für die Signora. So, wie Renza über Farini sprach, musste es von ihrer Seite aus Gefühle gegeben haben, die in einem derartigen Verhältnis nicht angebracht waren und nur Probleme verursachten. Giulia glaubte nicht, dass Farini ein ebensolches Interesse an Renza empfunden haben könnte. Auch wenn man einen Menschen nicht nach Äußerlichkeiten beurteilen soll, hatte Farini in einer anderen Liga gespielt, und dessen war er sich nach allem, was Giulia gesehen hatte, durchaus bewusst gewesen.

***

Giulia stand im Türrahmen zum Krankenzimmer ihres Vaters und wartete darauf, dass die Schwester, die gerade an Piergiuseppes Bett saß und ihm ein Blutdruckmessgerät umgelegt hatte, ihre Arbeit beendete. Derweil las der direkt danebenliegende Prete Filipo so konzentriert in einer Bibel, dass er sie nicht bemerkte oder bemerken wollte, wobei sein rechtes Bein dick eingegipst war und er es wie einen Fremdkörper von sich weggestreckt hatte. Zu seiner Linken standen ein Nachtschrank und ein Tisch, auf denen dicht an dicht zwei gute Dutzend Blumenvasen mit üppigen Sträußen, einer Torte, einer Schale mit *Cantuccini*, mehreren Flaschen Rotwein und zahlreichen Genesungskarten angeordnet waren. Bei diesem Anblick bekam Giulia fast schon ein schlechtes Gewissen, dass sie ihrem Vater nicht einmal eine Kleinigkeit mit ins Krankenhaus gebracht hatte. Von irgendwoher stieg ihr auch der Duft eines *Bitto*-Käses in die Nase, aber in einem Krankenzimmer, dessen männliche Belegschaft zusammen nahezu an die hundertfünfzig Lebensjahre zählte, konnte das auch eine andere Ursache haben.

»Signore Cesare, Sie haben den Blutdruck eines jungen Helden«, scherzte die Schwester mit weicher Stimme und tätschelte Giulias Vater.

Piergiuseppe streckte die Hand nach ihr aus, ohne sie zu berühren, hob das unrasierte Kinn und spitzte die Lippen. »*Sie spricht! Oh, sprich noch einmal, holder Engel!*«

Sie befreite seinen Arm von der Manschette und schaute ihn dabei mit offensichtlich gemischten Gefühlen an.

»*Denn über meinem Haupt erscheinest du, der Nacht so glorreich, wie ein Flügelbote des Himmels dem erstaunten, über sich gekehrten Aug der Menschensöhne, die sich rücklings werfen, um ihm nachzuschaun, wenn er dahinfährt auf den trägen Wolken und auf der Luft gewölbtem Busen schwebt.*« Piergiuseppes Stimme bebte förmlich von der tiefen Liebe, die er in seine Worte hineingelegt hatte. Giulia hielt die Luft an, so sehr erstaunte und vor allem beeindruckte sie das soeben gehörte. Ihr Vater war in seinem Element, wobei Giulia die Leidenschaft, mit der er schauspielerte, noch niemals so bewusst gewesen war. Das konnte auch daran liegen, dass sie ihn noch nie in einer richtigen Rolle gesehen hatte, nur manchmal gehört, beim Üben irgendeines Textes, aber das tat er für gewöhnlich vor dem großen Spiegel im Schlafzimmer ihrer Eltern, und dann war ihr oder Jacopo der Zutritt strengstens verwehrt.

»*O Romeo! Warum denn Romeo? Verleugne deinen Vater, deinen Namen! Willst du das nicht, schwör dich zu meinem Liebsten, und ich bin nicht länger keine Capulet!*« Die Reaktion der Schwester kam nicht weniger überzeugend, auch wenn sie nicht ganz so geübt darin zu sein schien.

Piergiuseppes Augen funkelten. »*Hör ich noch länger, oder soll ich …*«, hob er an, aber seine Worte fanden ein jähes Ende.

»›Das Weib in Ruhe lassen, damit es mir die Ente bringen kann‹«, fauchte Filipo aus dem Nachbarbett und zerstörte damit plump die von Shakespeare mit so viel Pathos ausgestattete Balkonszene.

Giulia klatschte. Die Schwester schaute erschrocken auf, lief knallrot an und verließ kichernd den Raum. Der Prete brummte mürrisch. Piergiuseppe jedoch hatte noch immer den Blick des schmachtenden Romeos aufgesetzt, und es dauerte einen Moment, bis er realisierte, dass es nicht die heiß geliebte Julia war, die nun neben seinem Bett stand, sondern seine Tochter.

»Äh, Giuli, bist du schon lange hier?«, fragte er sichtlich geniert.

»Ich muss wohl den Beginn der Szene verpasst haben«, antwortete Giulia mit einem breiten Lächeln. »Du warst toll.«

»Findest du?« Ihr Vater nestelte etwas unbeholfen an seiner Bettdecke. »Deine Mutter hat verboten, dass ich die Leute mit meiner Spielerei nerve, aber das muss nun mal raus. So ist das mit dem Talent, es braucht ein Ventil und natürlich eine regelmäßige Anwendung, damit es sich weiter formt.« Über sein Gesicht huschte Begeisterung. »Und die Kleine ist echt gut.« Er stockte und kicherte schelmisch.

»Heute früh hat sie mir schon das Gretchen gegeben. Aber sag deiner Mutter bloß nichts davon, hörst du!«

»Keine Sorge. Ich freue mich, dass es dir besser geht.« Giulia hockte sich auf die Bettkante und hatte die Worte noch nicht zu Ende gesprochen, da wurde aus dem soeben noch putzmunteren Romeo wieder ein alter klappriger Mann, der in seinem Kissen versank und mit einer unbeschreiblichen Leidensmiene an die Decke stierte. Giulia, die diesen Anblick nur schwer ertragen konnte, nicht weil sie sich ernsthaft sorgte, sondern weil sie die hypochondrischen Anwandlungen ihres Vaters nicht ausstehen konnte, sah ihn streng an. Dabei überlegte sie, ob sie diesem Drama ein Ende bereiten und Piergiuseppe von seinem Rollenangebot berichten sollte. Sie entschied sich schließlich dagegen, denn eine solche Kinderei brauchte keine Belohnung, so wie die Damiani als eine mögliche Verdächtige in einem Mordfall nicht mit der ermittelnden Commissario in private Verquickungen treten sollte. Stattdessen versuchte sie, ihren Vater anderweitig abzulenken. »Sag mal, ich bräuchte deine Hilfe bei meiner Ermittlungsarbeit«, hob sie an, »natürlich nur, wenn du nicht zu schwach dafür bist.«

Piergiuseppes Blick klebte schlagartig nicht mehr an der Zimmerdecke, sondern an ihr. »Beim Franz-Liszt-Mord?«, fragte er und richtete sich langsam auf.

Giulia nickte verhalten. »Umberto Farini, genau.«

»Was willst du wissen?«, schoss es aus Piergiuseppe im Tenor eines Kämpfers heraus, wobei er immer wieder mit einer leichten Bewegung seines Kopfes auf den neben ihm liegenden Prete deutete und dabei unschön die Augen verdrehte.

Giulia verstand, beugte sich zu ihrem Vater hinüber und flüsterte. »Du kennst dich doch aus in der Schauspielszene.«

Er bestätigte das mit einer eiligen Kopfbewegung.

»Ich glaube, Umberto Farini hat allen Menschen um sich herum etwas vorgegaukelt. Er war nicht er selbst, also er hat eine Rolle ausgefüllt, womöglich sein Talent geschult, wie du es vorhin so ähnlich formuliert hast. Ich frage mich die ganze Zeit, ob es Teil seines Berufes ist, verstehst du?«

»Den Menschen etwas vorzumachen?« Piergiuseppe hob skeptisch die rechte Augenbraue. »Das ist eine Frage des Charakters und nicht des Berufes.« Er fasste nach Giulias Hand. »Ich habe vorhin den Romeo gegeben, und Schwester Gina hat keinen Moment daran geglaubt, dass ich ihr eine echte Liebeserklärung machen könnte.« Er räusperte sich. »Also nicht, dass dies in meinem Fall abwegig wäre und ich keine Chance bei einer jüngeren Frau hätte, aber dennoch. Du verstehst mich.« Er schloss kurz die Augen wie zur Bekräftigung seiner Worte.

»Die Schauspielerei ist ein ernsthafter Beruf. Meine Kollegen und ich laufen nicht durch die Gegend und testen arglose Menschen aus. Das ist unanständig. Entweder hatte unser junger Liszt-Mime ein paar charakterliche Defizite, oder er war ein so unsicherer Mensch, dass er gemeint hat, die Achtung der anderen und womöglich auch deren Zuneigung durch diese Form der Anbiederung zu bekommen. Beides wäre sehr traurig, denn Farini war ein ganz Großer unserer Zunft, also zumindest war er auf dem besten Weg dahin.«

Giulia drückte die Hand ihres Vaters. »Mhm. Wenn man ein echter Schauspieler ist, also mit Leib und Seele, was müsste passieren, dass man den Beruf an den Nagel hängt?«

Piergiuseppe schaute sie verständnislos an. »Man müsste sterben.«

***

»Sie hatte einen Zusammenbruch«, sagte Brutus in einem Tonfall, als verkündete er das Ende der Welt. Er hatte sich mit durchgedrücktem Rücken und in gebührendem Abstand, den er normalerweise bei Giulia niemals beachtete, vor ihr aufgestellt und versuchte krampfhaft, den Anschein zu vermitteln, dass er mit einer Fremden sprach, zumindest machte sein gesamtes Gehabe auf Giulia eben diesen Eindruck. Sie nahm dies nicht ohne ein leichtes Gefühl der Kränkung zur Kenntnis, denn in all den Jahren, die sie einander kannten, war so etwas noch nie vorgekommen. Diese vermaledeiten Dreharbeiten forderten jedoch erschreckenderweise so einige Seiten an ihrem Brutus zutage, die Giulia bislang noch nicht kannte. Brutus war Giulia in den Gärten der *Villa Melzi* quasi in die Arme gelaufen, während sie nach dem neuen Liszt-Darsteller, Signore Sebastiano Sartori, Ausschau gehalten hatte. Ihr Freund trug einen schwarzen Anzug mit einer etwas längeren Jacke, ein weißes Hemd sowie eine dunkle Fliege, und sie hätte ihn darin beinahe nicht erkannt. Giulia war sogar schon so gut wie an ihm vorbeigelaufen gewesen, als sie aus den Augenwinkeln sein Zusammenzucken, das zweifelsohne auf ihre Anwesenheit zurückzuführen war, bemerkt, genauer hingesehen und ihn schließlich angesprochen hatte. Die Dreharbeiten waren in vollem Gange, und so tummelte sich das gesamte Team rund um die *Villa Melzi*. Giulia hatte nach der gestrigen überaus deutlichen Ansage von Aurora Damiani nichts anderes erwartet, und war daher direkt aus Lecco nach Bellagio gefahren, um noch einmal die Leute zu befragen, in deren Kreis sie den Mörder vermutete. Im Auto hatte Elena sie mit ihren neuesten Erkenntnissen versorgt. Die Daten auf Farinis Mobiltelefon, dem Giulias gewiefte Assistentin seine Geheimnisse entlockt hatte, waren bislang leider nicht allzu aufschlussreich gewesen. Immerhin war eines sehr auffällig: Auf dem Gerät gab es nicht ein einziges Foto, keinen Termin und auch keinen Telefonkontakt, der auf Greta Esposito als Partnerin hindeutete. Für Giulia, die sogar die Nummer von Piergiuseppes orthopädischem Schuhmacher auf ihrem Telefon gespeichert hatte, obwohl sie mit diesem Menschen noch niemals persönlich zusammengekommen war, gab es keine Zweifel mehr über die von Greta Esposito frei erfundene Liebesbeziehung zu Farini. Die junge Frau, so mutmaßte sie, versuchte, sich mittels dieser Lüge unverdächtig zu machen, aber hatte damit nur das komplette Gegenteil bewirkt. Die meisten Kontakte hatte Elena schon geprüft, und so wussten sie nun, dass Umberto Farini noch gegen einundzwanzig Uhr mit Alfonso Petroni telefoniert hatte. Auch Sebastiano Sartori hatte versucht, Farini am Mordabend zu erreichen. Seine Kurznachricht mit der Rückrufbitte war die letzte gewesen, die Farini gelesen hatte und der er, nach allem zu urteilen, was das Telefon preisgab, nicht gefolgt war. Interessanterweise gab es da aber auch noch einen Anruf aus einem Mobilfunknetz, den sie noch nicht zuordnen konnte. Er war gegen dreiundzwanzig Uhr eingegangen, also zu einem Zeitpunkt, an dem Farini schon lange tot gewesen sein musste. Darüber hinaus gab es unter den Kontakten noch ein paar Freunde, die Elena bereits gecheckt hatte und die alle nicht am See weilten, den ein oder anderen Dienstleister und die erwartbaren Nachrichten an das Mobiltelefon seiner Großmutter, die jedoch zum größten Teil aus Belanglosigkeiten wie Fotos von Blumen bestanden. Den weiteren Schnappschüssen sowie deren Ort und Zeit nach zu urteilen stammten sie alle aus den Gärten der *Villa Melzi*, was ihnen Aufschluss darüber gab, wie sich Umberto Farini während der Drehpausen die Zeit vertrieben hatte. Elena war noch immer damit beschäftigt, das Telefon zu durchforsten, aber sie hatte Giulia nicht viel Hoffnung gemacht, etwas wirklich Hilfreiches zu finden. Dass es jedoch am Abend des Mordes einen ihr bislang unbekannten Kontakt zu Signore Alfonso, aber vor allem zu Farinis Nachbesetzung Sartori gegeben haben musste, hatte Giulia sehr erstaunt. Die Tat musste etwas mit Umberto Farinis Job zu tun haben. Seine Prominenz spielte dabei ebenso in ihre Überlegungen hinein wie die bislang undurchschaubaren Interessen einiger Mitglieder des Filmteams, mit denen er an dem Liszt-Film gearbeitet hatte. Welchen Sinn die Unterhose von Patucelli, die er bei seinem Tod trug, machte, war für Giulia noch offen. Dennoch war sie aus ihrer Sicht ein weiteres Indiz dafür, dass sein Mörder ihn gut gekannt haben musste und ihm damit einen letzten Stich in seine offenen Wunden verpassen wollte, ein Nachtreten, das zweifelsohne nach Farinis Tötung nicht notwendig gewesen wäre, dem Täter jedoch noch eine weitere Genugtuung verschafft haben musste. Die machte jedoch für Giulia nur im bilateralen Verhältnis zwischen Opfer und Täter Sinn, denn bis jetzt war der Seitenhieb darauf, dass ein Farini in der Kleidung von Patucelli aufgefunden wurde, nirgendwo öffentlich aufgetaucht. Die Medien jedenfalls, die das Bild des Toten im Schrank des *Serbelloni* über alle Kanäle rauf und runter laufen ließen, hatten dieses Detail womöglich nicht einmal bemerkt. Giulia war froh darum, denn so zählte dies zum Täterwissen und konnte ihr eventuell bei der Aufklärung des Falles noch behilflich sein.

»Sie hatte einen Zusammenbruch«, sagte Brutus noch einmal. »Wir haben einen Break, wenn du weißt, was das ist.«

Giulia hatte eine ungefähre Vorstellung davon, was das Wort bedeutete. »Wer?«, fragte Giulia, der der spitze Unterton in seiner Stimme nicht entgangen war.

»Signora Aurora«, entgegnete er.

»Aha.«

»Deine Leute waren da und haben Genproben von uns allen genommen.« Brutus stand der Vorwurf ins Gesicht geschrieben.

»Gut«, erwiderte Giulia, die ihren Freund am liebsten an seinem steifen Kragen gepackt, ihn zum See geschleift und untergetaucht hätte. Das hatte sie früher öfters mit den Marcello-Brüdern gemacht, wenn sie einen allein erwischt hatte. Das kalte Wasser konnte Wunder bewirken, wenn es um die Fähigkeit des klaren Denkens ging.

»Sie haben mit einem Wattestäbchen in ihrem Mund herumgefuhrwerkt. Sie hätte sich übergeben können. Sogar Greta musste sich dieser unwürdigen Prozedur unterziehen. Und dann auch noch die Fingerabdrücke, wie Verbrecher haben deine Leute uns behandelt.« Er schnaufte empört, während er sich suchend umschaute und schließlich glückselig lächelte, als er Greta Esposito, die an einem der Löwen des Hauptportales lehnte und sie zu beobachten schien, entdeckte. Als diese Giulias und Brutus' Blicke bemerkte, winkte sie zaghaft herüber, wobei sie nicht die ganze Hand, sondern nur einzelne Finger bewegte. Schließlich verzog sie ein wenig den Mund und bedeutete ihnen, dass sie auf etwas zu warten schien.

»Wo finde ich Signore Sartori?«, fragte Giulia, die keine Lust hatte, mit Brutus die Arbeit ihrer Leute zu diskutieren. Abgesehen davon war sie kurz davor, auf die Palme zu gehen, weil Brutus neuerdings immer «uns« sagte, wenn er vom Filmteam sprach. Es hörte sich an, als wären die alle hier eine einzige große Familie, die einander in uneigennütziger Zuneigung zugetan war. Dabei schwebten über dem Set so viel Egoismus, Neid und Abgehobenheit, dass man diese förmlich mit den Händen greifen konnte. Jedenfalls brauchte der Kussmund, den sie in Farinis Garderobe gefunden hatten, einen Absender, und nach dem zu urteilen, was Brutus gerade erzählt hatte, würde sie den bald bekommen. Das mit den Fingerabdrücken hatte offenkundig auch geklappt, gut, dass Elena noch einmal bei den Kollegen der Kriminaltechnik nachgefragt hatte. Giulia war damit zufrieden, für den Moment zumindest.

Brutus trat nervös von einem Bein auf das andere. »Ich muss dann, Giulia. Ich will Greta noch schnell einen Ingwertee holen, bevor sie die nächste Szene aufnimmt. Sie braucht den für ihre Stimme«, sagte er hastig und stürzte davon. Im Hinwegeilen drehte er sich noch einmal zu ihr um und rief: »Garderobe von Farini.«

»Ach je«, seufzte Giulia. Wenn Brutus da mal nicht in etwas hineinstolperte, das er nicht überblickte. Greta Esposito war keine Frau, die sich um Männer wie Brutus scherte, zumindest nicht in der Form, wie er es sich erhoffte. Hinter ihren rehbraunen Augen verbarg sich etwas, vor dem man sich in Acht nehmen sollte. Das lag für Giulia glasklar auf der Hand. Sie konnte den Freund nicht davor bewahren, enttäuscht zu werden. Sie konnte jedoch aufpassen, dass er nicht für die Zwecke einer offenkundigen Lügnerin missbraucht wurde, deren Verhältnis zum Mordopfer höchst zweifelhaft gewesen war, ganz abgesehen davon, dass sie für Giulia zum jetzigen Zeitpunkt zu den Hauptverdächtigen gehörte.

***

Signore Sebastiano Sartori arbeitete nicht in der ehemaligen Garderobe von Farini, sondern er residierte dort. Der Schminktisch, bei dem man vor lauter Schönheitsmitteln kaum die Farbe des Holzes erkennen konnte, war in die Mitte des Raumes geschoben worden, und überall standen lange Kleiderständer, die unter der Last der Gehröcke, Westen, Seidenhemden und Halstücher bald zusammenzubrechen drohten. Dazwischen stand ein breiter barocker Schreibtisch, auf dem sich Bücher über Franz Liszt türmten. Es gab auch zwei Notebooks im Standby-Modus, deren Bildschirmschoner Impressionen aus Bellagio durchlaufen ließen. Auf einem Sideboard reihten sich fünf Perückenköpfe aneinander, die die perfekt zurechtgemachte Frisur des echten Franz Liszt trugen und dabei von links nach rechts gesehen sämtliche Farbnuancen, die die Natur während des Alterungsprozesses eines Menschen durchlief, zeigten. Nur die erste Frisur in der Reihe fehlte. Ein breiter Divan mit zahlreichen Kissen und einer dicken Wolldecke sowie ein darum drapiertes Meer aus Blumensträußen, zwischen denen das in einzelne Seiten zerpflückte Drehbuch lag, vervollständigten den Eindruck, dass sich Sartori nicht nur sehr gut auf seine Rolle vorbereitet hatte, sondern darin auch komplett aufzugehen schien. Die obligatorischen Klänge der Klavierkonzerte des Meisters fehlten natürlich auch nicht und kamen aus einem antiken Grammofon von der Größe einer Standuhr. Im Gegensatz zum Vortag erklang die Musik jedoch in einer annehmbaren Lautstärke, und sie hörten heute, soweit Giulia es benennen konnte, kein Requiem, sondern romantische Liebesweisen. Signore Sartori bewegte sich in vollständiger Kostümierung geradezu leichtfüßig im Takt der Musik an der breiten Fensterfront auf und ab und studierte dabei in höchster Konzentration seinen Text von einzelnen Zetteln, die er, sobald er einen durchgearbeitet hatte, nach und nach hinter sich warf. Bei aller Exzentrik schien der Mann auch über eine gewisse Professionalität zu verfügen, aber das war nur Giulias erster Eindruck, alles Weitere würde sie sehen.

»Signore«, hob Giulia an, »dürfte ich Sie einen Moment sprechen.« Sie hatte selbstverständlich geklopft, aber da niemand darauf reagiert hatte, war sie eingetreten.

Sartori setzte seine Tänzelei fort.

Giulia wurde lauter. »Signore!«

Der Mann hielt inne und schien kurz zu überlegen, ob er tatsächlich gemeint war. Dann schaute er sich irritiert im Zimmer um und entdeckte Giulia, die sich der Höflichkeit halber nicht von der Eingangstür wegbewegt hatte.

»Oh, Besuch«, flötete er und kam auf sie zu. »Wie kann ich Ihnen helfen? Den Zuschauern und Fans ist der Zutritt zu den Garderoben der Crew eigentlich untersagt, aber wenn Sie schon einmal hier sind, überreiche ich Ihnen gerne eine Autogrammkarte. Was darf ich darauf notieren?« Er bog zu dem Schreibtisch ab, nahm eine Karte von einem Stapel, griff sich einen Stift und schaute Giulia erwartungsvoll an.

»Commissario Giulia Cesare, Questura Lecco, ich hätte da ein paar Fragen zum Tod von Umberto Farini«, sagte Giulia betont gelassen.

Während ihrer ersten Worte hatte Sartori zu schreiben begonnen, jedoch umgehend wieder damit aufgehört. Jetzt starrte er Giulia mit auffallend blassem Gesicht an und schien zu warten, was nun folgte.

»Sie kannten den Toten?«, fragte Giulia, ohne sich von seiner Überraschung beeindrucken zu lassen.

Er tat, als müsste er überlegen, wozu er den ausgestreckten Zeigefinger seiner rechten Hand auf seine Schläfe presste und die Augen halb schloss. »Umberto, Umberto … nur flüchtig, von ein paar Galas oder so.« Pause. »Eine gemeinsame Arbeit gab es nicht, nein, daran würde ich mich erinnern.«

»Aber dann waren Sie doch so intensiv bekannt, um seine Handynummer zu besitzen und ihm am Montagabend eine SMS zu schreiben«, redete Giulia weiter. Sie war es langsam leid, dass jeder vom Filmteam meinte, ihr einen Bären aufbinden zu können und das Ganze dann zu allem Überfluss auch noch in einem mehr als affigem Gehabe zu verpacken. »Warum sollte Sie Farini zurückrufen? Was gab es so Dringendes zu besprechen?«

»Ach so … ja … natürlich … Ich wollte ihm Hals- und Beinbruch wünschen, immerhin hatten die Dreharbeiten gerade begonnen«, erwiderte er eilig.

»Das war sehr nett von Ihnen«, antwortete Giulia und glaubte ihm kein Sterbenswörtchen. »Also dafür, dass Sie ihn kaum kannten, sehr kollegial.«

Sartoris Mimik entspannte sich ein wenig. Erstaunlicherweise schien er davon auszugehen, dass sie seine Antwort zufriedengestellt hatte.

»Wie haben Sie vom Tod Farinis erfahren?« Giulia ließ ihm keine Verschnaufpause. So unsicher, wie der Signore wirkte, würde ein verstärkter Druck ihn zu Fehlern verleiten.

»Alfonso hat mich am Dienstagmorgen angerufen und mir davon berichtet.« Er legte sich die flache Hand kurz vor die Augen und schüttelte voller Bestürzung den Kopf. »Das war ein Schock, das können Sie mir glauben.«

»Wann genau?«, fragte Giulia nach, ohne ihre Verwunderung an der Antwort erkennen zu lassen. Dabei war sie sich absolut sicher, dass die Damiani und Signore Alfonso von Dienstagnachmittag gesprochen hatten.

Sartori machte nun den Eindruck, dass er unter keinen Umständen mehr etwas falsch machen wollte, und so beugte er sich über den Schreibtisch, nahm sein Handy auf und tippte darauf herum. »Sieben Uhr dreizehn«, sagte er schließlich und hielt Giulia zum Beweis das leuchtende Display entgegen. »Signore Alfonso sagte nur, dass Umberto sich das Leben genommen hat und ob ich den Liszt übernehmen kann.« Gegen Ende des Satzes wurde seine Stimme immer leiser. »Ich habe mich über den Zeitpunkt der Anfrage gewundert, natürlich. Aber jeder in unserem Geschäft weiß um die, sagen wir mal, charakterlichen Eigenheiten von Signora Damiani. Dass der Erfolgsdruck erheblich sein muss, das habe ich erst beim Anruf von Alfonso registriert. Er hat nichts gesagt, um Gottes willen. Dafür hat er zu viel Anstand. Aber das musste er auch nicht, es lag alles zwischen den Zeilen.«

Giulia nickte zur Bestätigung. Halb sechs hatte das Hausmädchen Rosalia den Toten gefunden, kurz darauf war der Anruf bei der Leitstelle eingegangen, und wenige Minuten später waren die Kollegen ausgerückt. Kurz nach sechs hatte Giulia in ihrem Auto gesessen. Sie war eine gute halbe Stunde vor der Benachrichtigung Sartoris im *Serbelloni* eingetroffen, aber selbst wenn die Damiani und Signore Alfonso sie gesehen haben sollten, dann hätten sie sich keinen Reim auf ihre Person machen können, auch auf die uniformierten Kollegen nicht, die am Tatort auf sie gewartet hatten. Die Damiani und Signore Alfonso waren, daran gab es keine Zweifel, durch das Hotelpersonal benachrichtigt worden, und das in einer erstaunlichen zeitlichen Nähe zur Entdeckung der Leiche. Giulia hatte nicht daran gezweifelt, dass sich das Ableben Farinis als *die* Hotelneuigkeit am Dienstagmorgen rasend schnell verbreitet hatte, dafür gab es, wie sie hatte lernen müssen, mindestens zwei gesprächige Hotelangestellte zu viel. Mitnichten wäre sie jedoch auf die Idee gekommen, dass die Informationskette an die Regisseurin und die Polizei quasi parallel gelaufen war. Das sagte entweder etwas über das Ansehen der Damiani oder über ihre Autorität aus. »Wo waren Sie, als Sie der Anruf ereilt hat?«, fragte sie weiter.

»In meinem Haus in Pisa«, entgegnete Sartori und konnte nicht verhindern, dass seine Stimme vor Aufregung zitterte.

Giulia überschlug die Zeit, die man von Pisa bis an den See brauchte. Mit dem Auto wäre Sartori knappe vier Stunden für eine Tour unterwegs gewesen. Das genügte, um nach Bellagio zu kommen, Farini umzubringen, wieder zurückzufahren und um kurz nach sieben als scheinbar verschlafener und überraschter Nachfolgekandidat das Telefon abzunehmen. »Zeugen?«

»Ich lebe allein.«

Giulia schob die Frage nach seinem Aufenthaltsort zur Tatzeit umgehend nach.

»In meinem Haus in Pisa«, wiederholte er mit Nachdruck. »Ich ziehe mich sehr zeitig am späten Nachmittag zurück, um in Ruhe lesen zu können«, entgegnete er. »Manchmal vergesse ich darüber sogar die Zeit und bemerke nicht, wie es Tag wird. Aber diesen Montag habe ich zeitig geschlafen ...«

»Was macht Sie da so sicher?«, hakte Giulia nach.

»Äh … ich weiß es einfach«, stotterte er.

»Was haben Sie am Montag gelesen?« Giulia stellte die scheinbar nebensächliche Frage, um auszutesten, wie souverän Sartoris Antwort darauf ausfallen würde. Auch wenn danach nicht sicher zu beurteilen war, ob er die Wahrheit sagte, konnte seine Reaktion ein gutes Indiz sein.

»Eine Biografie über Franz …«, schoss es förmlich aus ihm heraus. Mitten im Satz bemerkte er, was er gesagt hatte, stockte und schnappte nach Luft. »Das war Zufall, wirklich. Ich beschäftige mich gerade mit den großen Musikern des 19. Jahrhunderts. Wirklich, bitte. Ich konnte nicht wissen, dass ich die Rolle bekomme. Das ging ja auch gar nicht. Umberto war gesetzt. Aurora wollte unbedingt ihn dafür haben. Sie hat monatelang um ihn gebuhlt, und er hat sie zappeln lassen. Aber jeder in der Branche ahnte, dass er diese Rolle genauso will, wie Aurora diesen Film will. Das war ein offenes Geheimnis.« Seine Worte überschlugen sich förmlich. »Umberto war der perfekte Liszt. Das muss ich neidlos anerkennen. Und es ist für mich ein Ansporn. Ich beherrsche meine Kunst, so wie die Kritiker sagen, ausgezeichnet, und ich werde dem Publikum die Illusion dieses großen Musikers geben können. Davon bin ich absolut überzeugt. Daran setze ich alles, wirklich alles.« Er deutete auf die Fülle an Kostümen und dergleichen. »Sie staffieren mich aus, sogar Schuhe mit extrahohen Absätzen muss ich tragen, die Perücke, einfach alles. Obendrein hat Signora Aurora mir eine Diät verordnet, Glaubersalz täglich dreimal im Wechsel mit Gemüsebrühe.« Sartori holte nicht einmal Luft. »Wenn ich bis nächste Woche nicht fünf Kilogramm abgespeckt habe, bin ich raus. Das steht sogar in meinem Vertrag. Und ich habe zugestimmt. Die Damiani zieht einen mit nach oben. Dann macht man so etwas. Ich brauche diese Rolle, dringend. Mein Stern sinkt.« Er biss sich auf die Lippen. »Ich brauche eine Rolle, irgendeine, meine ich. Ich hatte seit einem halben Jahr keine Anfrage mehr. In unserem Geschäft ist man schnell nicht mehr gefragt. Es ist ein ständiger Kampf, wie beim Ertrinken. Man muss immer den Kopf oben halten, sonst geht man unter.« Er griff nach einer Schachtel Zigaretten, die auf dem Schreibtisch lag, fingerte eine heraus und steckte sie sich zwischen seine Lippen. Dann schaute er auf Giulia, unschlüssig, was er jetzt tun sollte. Der peinliche Moment dauerte ein wenig zu lange. Sartori schien vollkommen aus dem Konzept gebracht. Irgendwann durchzuckte es ihn, und er ließ seine Augen über den Tisch huschen, erspähte schließlich das Feuerzeug und zündete den Tabak an. Zwischen der dicken Qualmwolke, die er mit nach vorn geschobener Unterlippe ausblies, konnte Giulia sehen, wie sich sein Gesicht ein wenig entspannte.

»Ich habe nichts gesagt, oder?« Giulia hatte ihn reden lassen und damit mehr erfahren, als sie sich erhofft hatte. Ihr Schweigen und die darauffolgende knappe Reaktion jedoch hatten ihn noch unsicherer gemacht. Sie ging geradewegs auf die Kleiderständer zu und schob einen Bügel nach dem anderen zur Seite, um dazwischen jedes einzelne Kostüm ausgiebig zu betrachten. »Man hat die Kostüme so schnell für Sie umgearbeitet?«, fragte sie betont arglos, wohl wissend, dass die Sachen im Feuer gelandet sein sollten. »Das nenne ich mal Service. Bei meiner Schneiderin muss ich mindestens eine Woche warten.« Das war gelogen. Giulia hatte gar keine Schneiderin, denn sie besaß nichts, was sie ihr zum Ändern hätte geben müssen. Die Jeans, die sie trug, passten irgendwie immer, und wenn sie doch mal etwas zu lang ausfielen, wurden sie einfach umgekrempelt.

Sartori schaute sie an, als hätte er einen Geist gesehen. »Die Kostüme? Umbertos Kostüme?«, fragte er beklommen. »Die würde ich niemals tragen.« Pause. »Die Sachen eines Toten, ich bitte Sie. Wieso sollte ich das Unglück denn so herausfordern?« Schweißperlen sammelten sich auf seiner Stirn, und er schaute nervös auf seine Armbanduhr. »Außerdem passten sie mir nicht«, fügte er leise an.

Giulia hielt den Arm eines dunkelgrünen Samtgehrockes umfasst und blickte ihm dabei unverwandt ins Gesicht.

»Wir beim Film sind alle abergläubisch. Noch bevor ich hier ankam, hatte Aurora die Sachen schon verbrennen lassen«, redete er weiter und klang dabei, als müsste er sich herausreden.

»Aber die Garderobe der Toten zu benutzen, das ist nicht problematisch?«, wollte Giulia provozierend wissen.

»Alfonso hat das Zimmer vorher ausgeräuchert. Es ging nicht anders. Die Eigentümer der Villa stellen uns nur wenige Räume zur Verfügung, und das ist nun einmal der schönste und größte«, er stoppte, »für den Hauptdarsteller.« Sartori sprach leise. »Signora Cesare«, er neigte den Kopf, schaute bedrückt und formulierte seine Worte nun betont andächtig, »ich bin kein Mann, der einen anderen Menschen für seine Interessen opfert. Umbertos schrecklicher Tod ist meine Rettung, das muss ich unumwunden eingestehen, aber bei aller Tragik, ich bin erst am Dienstag auf den Ruf der Damiani hin aus Pisa gekommen. Das schwöre ich bei der heiligen Mutter Gottes.« Er bekreuzigte sich, schloss für einen kurzen Moment die Augen und nahm erneut einen tiefen Zug von der Zigarette.

»Gibt es irgendjemanden, der das bestätigen kann?« Giulia wartete, aber er reagierte nicht. »Füllen Sie mir das Zeitfenster von Farinis Tod, und ich glaube Ihnen, aber sonst ...« Giulia ließ Sartori nicht aus den Augen. »Ihr Motiv drängt sich einem förmlich auf. So leid es mir tut.«

»Aber ... bitte begreifen Sie diese unmenschliche Zwickmühle, in der ich stecke«, flehte er. »Ein Mord, wer denkt denn schon an einen Mord.« Tiefe Bestürzung legte sich über sein Gesicht.

»Und Sie haben nicht vorher irgendwann, also während die Damiani die Besetzung für den Film auswählte, den zweiten Platz bekommen? Ich kann mir nicht vorstellen, dass sie einen so wichtigen Film ohne eine Zweitbesetzung angeht. Es gibt ja auch krankheitsbedingte Ausfälle oder so etwas«, hakte Giulia noch einmal nach.

Er verneinte entschieden. »Die Damiani hat *einen* Plan. Und den zieht sie durch. Sie wollte Umberto und niemanden anderes. Sie geht keine Kompromisse ein. Niemals.« Sartori machte ein gequältes Gesicht.

»Jetzt ja nun doch«, entgegnete Giulia, die wirklich immer, wenn sie Sartori ansah, unwillkürlich an Farini denken musste. Wie schlecht

Sartori bei der Gegenüberstellung abschnitt, versuchte sie sich allerdings, nicht anmerken zu lassen.

»Ich beherrsche mein Handwerk grandios, mehr kann ich dazu nicht sagen«, antwortete Sartori, und sie konnte ihm den Groll deutlich anmerken.

Giulia nickte nur kurz und verließ die Garderobe. Sie konnte den Mann nicht einschätzen. Aus dem Bauch heraus war sie geneigt, ihm zu glauben, obwohl man bei den Ereignissen eigentlich kaum noch einen Zufall vermuten konnte. Oder doch? Giulia war sich selbst nicht mehr klar darüber, wie sehr sie auf ihre Instinkte und ihre Menschenkenntnis vertrauen konnte. In der Welt der Schauspieler war, wie sie in den letzten Tagen erkennen musste, so einiges anders. Natürlich konnte ihr Sartori ein wunderbares Drama vorspielen. Das hässliche, erfolglose Entlein des Filmes, das durch ein unvorhergesehenes Unglück seine große Chance bekam und mit schweren Gewissensbissen zugriff. Nüchtern betrachtet konnte man ihm diese Form des Egoismus nicht einmal vorwerfen. Ein Kollege nimmt sich angeblich das Leben, und er soll für ihn einspringen. Insbesondere in seiner Situation war daran nichts Verwerfliches. Dann kam er aber am Dienstag in Bellagio an und fand sich überraschenderweise in einem Mordfall wieder, in den er, schon allein aus seiner Rolle heraus, unschön involviert wird. Aber was tut ein Mensch, der in seine Situation kommt? Um allem zu entgehen, hätte er die Rolle ablehnen und sich damit entziehen können. Hier trotzdem anzutreten und die Nummer durchzuziehen sagte viel über seine Not aus oder auch über den Drang, der laut Piergiuseppe in jedem leidenschaftlichen Schauspieler steckte. Sollte er der Mörder sein, machte ein Rückzug keinen Sinn. Die Frage war dann aber, inwieweit er sicher sein konnte, dass ihn das Verbrechen an sein Ziel brachte? Womöglich hatte es doch im Vorfeld Absprachen zwischen ihm und der Damiani gegeben, auch wenn beide es abstritten. Und warum hatte er sich nicht ein gutes Alibi zurechtgelegt, sondern war offenkundig blauäugig an die Sache rangegangen? Giulia hatte seinen Gesichtsausdruck vom Mittwoch noch vor Augen.

Sie glaubte darin Genugtuung gesehen zu haben. Für Giulia jedenfalls hatte es nicht nach einer grausamen Zwickmühle ausgesehen. Sie steuerte auf das Foyer der Villa zu, als hinter ihr jemand nach ihr rief.

»Commissario!«

Sie wandte sich um. Auf dem oberen Treppenabsatz stand Sartori und wedelte mit einem kleinen Zettel. »Ich habe getankt, in Como, am Dienstagmittag. Genügt das als Beweis?«

Giulia ging zurück und prüfte die Quittung. »Mich interessiert nur der Montagabend«, sagte sie und verabschiedete sich kurz. Im Augenwinkel sah sie noch, wie Sartori das Gesicht vor Wut verzog. Was auch immer er sich bei diesem unsinnigen Versuch von gerade eben gedacht hatte, es war dilettantisch gewesen und hatte ganz sicher nicht zu seiner Glaubhaftigkeit beigetragen. So weltfremd, ihre klare Ansage bezüglich des Todeszeitraumes von Farini nicht zu verstehen, war nicht einmal ein Schauspieler. Sie war gerade auf der Höhe der dicken Säulen am Hauptportal angekommen, als jemand leise pfiff. Giulia blieb stehen und schaute sich um. Hinter einer der Säulen tauchte zögerlich der vom Sonnenbrand gezeichnete Kopf ihres Freundes Brutus auf.

»Was ist denn in dich gefahren?«, fuhr Giulia ihn etwas unsanft an. »Seit wann pfeifst du nach mir?« Brutus übertrieb es mit seinem unmöglichen Benehmen heute kolossal.

»Ich weiß auch nicht, ach, sieh doch selbst.« Er winkte sie zu sich heran und bedeutete ihr, dass sie aus dem Fenster sehen sollte. Direkt unterhalb der Treppe lief ein Mann, der neben sich an einer Leine einen großen zotteligen Hund führte.

»Verstehe«, bemerkte Giulia trocken. Brutus Grazioli war der einzige Mensch, den sie kannte, der nicht nur die Straßenseite wechselte, wenn er einem Hund begegnete, sondern eiligst auf einen Baum oder Laternenmast kletterte, nur um so weit wie möglich weg von dem Tier zu sein. Seine Hundephobie war bereits von Kindesbeinen an übertrieben gewesen, aber im Alter steigerte sie sich, nach allem, was Giulia so mitbekam, immer mehr ins Krankhafte. Für einen Postboten, der tagtäglich die kleinen Bergdörfer auf der Ostseite des Sees ansteuerte, die vor allem während des Tages mitunter mehr Wachhunde als Menschen zu bieten hatten, war das immer wieder ein echter Gang an die eigenen Grenzen. Wenn Brutus seine Arbeit bei der Post nicht mehr als alles andere auf der Welt lieben würde, wären die Hunde ein Grund gewesen, etwas anderes zu machen. Aber der gewissenhafte Brutus kämpfte mit sich und rannte fast jeden dritten Tag auch vor einem Pekinesen um sein Leben. »Du wartest in Sicherheit, solange das Herrchen da seinen besten Freund Gassi führt«, sagte Giulia und fügte nach kurzem Überlegen hinzu: »Wieso darf der Mann eigentlich während der Dreharbeiten in die Gärten? Hier ist doch alles hermetisch abgeriegelt.«

»Der Hund arbeitet hier«, nuschelte Brutus. »Er ist einer vom Team.«

Giulia schaute ihren Freund fragend an. »Er gehört jemandem vom Team, meinst du?«

»Nein!« Brutus wurde unleidlich. »Ich bin nicht blöd. Der Hund ist ein Mitglied«, er dehnte das nächste Wort, »der Crew.«

Nun verstand Giulia überhaupt nichts mehr.

Brutus rollte mit seinen Augen. »Franz Liszt hatte einen Hund.« Er wartete, ob Giulia reagierte, und redete, nachdem sie ihn noch immer irritiert ansah, weiter. »Giuli, also echt. Das weiß jeder«, maulte er, um dann fast schon widerwillig fortzufahren. »Liszt war ein Frauenschwarm. Das muss schlimm gewesen sein, so ungefähr wie bei Robbie Williams, als er noch bei Take That war. Ein echter Popstar eben.«

Giulia wusste, dass ihr Freund niemals auf diese Boygroup oder deren Mitglieder gestanden hatte. Sie hatte jedoch keine Zweifel, wer ihn auf diesen Vergleich gebracht hatte.

»Jede der Verehrerinnen wollte etwas von ihrem Idol, meistens eine Locke. Na ja, damals hat es sich einfach nicht gehört, nach einem verschwitzten T-Shirt zu fragen. Da packte man noch die Haare des Angebetenen in ein nobles Kästchen oder so.« Er machte ein kluges Gesicht. »Liszt war ein cleverer Mann – und ein sehr charmanter. Er wollte natürlich keinen seiner Groupies enttäuschen, hat sich einen Hund gekauft und mit dessen Locken die Damenwelt beglückt.« Brutus nickte, um das Gesagte zu untermauern.

»Du nimmst mich auf den Arm«, entgegnete Giulia belustigt, der bei dieser Geschichte wieder einfiel, dass sie eigentlich einen Blick in die Biografie des Musikers hatte werfen wollen. Aber nachdem Piergiuseppe ins Krankenhaus gekommen war und Jacopo in wenigen Tagen in den Süden aufbrechen musste, war sie einfach noch nicht dazu gekommen. Das konnte, was ihren Fall anging, ein Fehler sein, zumindest jedoch war es eine Bildungslücke, wie Elena sagen würde. Aber davon hatte Giulia sicherlich so einige, und wenn diese sich nur auf dem Gebiet der klassischen Musik tummelten, war ja nichts verloren.

Brutus schüttelte energisch den Kopf. »So war es, ganz sicher.« Flüsternd fügte er an: »Na ja, den Hund gab es hier in Bellagio noch nicht. Hier waren der Meister und Marie allein. Das Tier kam erst ein paar Jahre später. Aber das Sendungsbewusstsein von Signora Damiani ist, was Liszt angeht, so gewaltig, dass sie alles in den Film packen will.«

Er hat gerade *Sendungsbewusstsein* gesagt, ging es Giulia durch den Kopf. Ihr Amüsement über die mit diesem Job verbundene verbale Horizonterweiterung ihres Freundes hielt sich jedoch in Grenzen.

»Mein Auftritt kommt erst in der nächsten Szene, und ich möchte nicht … na ja, du weißt schon«, stammelte er, »Greta muss ja nicht gleich mitbekommen, dass ich gegenüber Hunden ein wenig zurückhaltend bin.«

Giulia hob die linke Braue.

Brutus wackelte mit dem Oberkörper hin und her. »Ich glaube, sie steht auf harte Kerle …«

»Nicht auf Postboten mit Hundephobie«, ergänzte Giulia.

Brutus nickte eilig. »Also wenn sie sogar Farini die kalte Schulter gezeigt hat«, er seufzte, »und den fand ich wirklich stattlich, aber was weiß ich schon. Die Frauen sind ja, was ihren Geschmack bei Männern angeht, so unergründlich wie in allen anderen Lebenslagen auch.«

»Das hat sie dir erzählt?«, wollte Giulia wissen. Dabei fielen ihr ein paar der Frauen wieder ein, in die Brutus sich vor vielen Jahren einmal verguckt hatte. Eine von ihnen hatte eine Bankfiliale in Lecco geleitet und war so beeindruckend, dass sogar ihrem Jacopo die Spucke weggeblieben war. Die Dame hatte die tumben Annäherungsversuche von Brutus nur höflich belächelt, aber sie hatte ihn nie spüren lassen, dass er mit seiner Postuniform, den selbst gepflückten Wiesenblumen und Matteos *Bitto* nicht ihre Kragenweite war. Brutus hatte schlichtweg, was die Frauen anging, eine falsche Zielgruppenorientierung, zumindest würde das Jacopo so formulieren. Allein deswegen klappte es nie mit Brutus und den Damen, aber ihm das begreiflich zu machen war ungefähr so, wie Ananas auf eine Pizza zu packen, ein Ding der Unmöglichkeit.

»Ja, Greta und ich haben ganz offen darüber geredet. Er hat sie wohl schon lange vor den Dreharbeiten umworben, aber sie mag eher reifere, bodenständigere Männer.« Er schluckte.

»So wie dich?« Giulia konnte nicht fassen, wie leicht dieser Frau die Lügen über die Lippen gingen und wie manipulativ sie sich derer bediente, um ihre Interessen durchzusetzen. Sie musste nur noch herausbekommen, was Greta Esposito sich genau von ihrem Freund Brutus erhoffte. Eine Freundschaft oder sogar eine Beziehung hielt sie für abwegig, nicht so, wie Greta gestrickt war. Brutus konnte ihr ein Leben in einem italienischen Bergdorf bieten, auf kaum sechzig Quadratmetern, zur Untermiete. Den Zauber von *D&G* und der High Society konnte sie dann nur noch in den einschlägigen Hochglanzmagazinen bestaunen. Womöglich war Greta so gewieft, dass es ihr um einen heißen Draht zu Giulia als Commissario beziehungsweise Insiderinformationen aus ihrer Ermittlungsarbeit ging, aber dafür müsste Greta erst einmal von ihrer Freundschaft zu Brutus wissen. Eventuell war es auch simple Neugier. Schließlich erlebt man nicht tagtäglich eine Mordermittlung in seinem Umfeld.

Brutus schaute sehnsüchtig.

»Wer am Set weiß eigentlich, dass wir befreundet sind?«, fragte

Giulia und beobachtete dabei, wie unter dem Fenster der Hundebesitzer von Signore Alfonso eingewiesen wurde. Daneben kniete Greta und kraulte dem Tier hingebungsvoll die Ohren, zumindest so lange, bis die junge Regieassistentin der Damiani aufgeregt angelaufen kam, mit ihr redete und sie dann gemeinsam verschwanden, nachdem Greta vorher noch einmal störrisch mit dem Fuß aufgestampft hatte.

Brutus überlegte, und je länger das andauerte, umso mehr wuchs in Giulia ein mulmiges Gefühl.

»Du warst am Montag hier und hast uns abgeholt, Giuli«, hob Brutus vorsichtig an. Sein Kopf lag auf seiner Brust, und er schaute Giulia von unten an. »Dann hast du meine Kollegen alle befragt. Der ein oder andere wird dich wiedererkannt haben …«

»Unsinn«, herrschte Giulia ihn etwas zu heftig an. Bei den Menschenmassen am Montag war sie niemandem aufgefallen. »Ich würde eher sagen, du hast ein wenig mit Greta geplaudert, und dabei ist es dir herausgerutscht.«

»So könnte es auch gewesen sein, Giuli«, sagte Brutus kleinlaut. Er biss sich auf die Unterlippe, bis sie weiß anlief. »Aber nur gegenüber Greta, ganz sicher, nur Greta.«

»Sie findet dich aber sehr nett«, bemerkte er entschuldigend. »Wir sind Freunde geworden. Das ist nicht selbstverständlich an einem Filmset. Greta erklärt mir alles und hilft mir dabei, meine Rolle gut zu spielen.«

Giulia dachte an das Tablett mit dem Soda, das Brutus an den Tisch von Liszt und dessen Geliebter bringen musste, ein einmaliger Auftritt, keine zwei Minuten lang. Dass die Hauptdarstellerin Greta Esposito, die offenkundig um jeden Preis hoch hinauswollte, einem unwichtigen Statisten dafür Tipps gab, grenzte schon an Lächerlichkeit. Angesichts dieser Tatsache war sie heilfroh, dass sie ihrem Freund grundsätzlich so wenig wie möglich von ihrer Arbeit erzählte. Bei diesen Leuten hätte das gefährlich werden können. »Brutus«, sagte sie mahnend, »möglicherweise läuft hier ein Mörder herum. Du musst vorsichtig sein.«

Er nickte. »Das hat Greta auch gesagt. Sie ist fest davon überzeugt, dass es Signora Damiani war«, flüsterte er, wobei er Giulia so nah gekommen war, dass sie seine Lippen und seinen warmen Atem an ihrem Ohr spürte. »Sie wollte Umberto loswerden, weil er nicht gut genug für den Film war.« Brutus bewegte hektisch den Kopf. »Grazia aus der Requisite sagt das auch. Enzo, er kocht für uns, weißt du, denkt, dass es Signore Alfonso war, aus Eifersucht, weil er Signora Aurora liebt. Die Bügelfrau will sogar gesehen haben, wie er die Signora geküsst hat. Allerdings will Luigi, der erste Kameramann, mit Signore Sartori am Montagabend in der Bar des Hotel *Metropole* getrunken haben. Er hält ihn für den Mörder und lässt sich davon auch nicht abbringen. Nicola, der Cutter, hat ihn für diese Behauptung fast verprügelt. Er kennt Sartori aus einem anderen Dreh und mag ihn gern. Ich frage mich allerdings, wieso er am Montag schon in Bellagio gewesen sein sollte, wenn er noch gar nichts von seinem Eintritt ins Team gewusst hat.« Er winkte ab. »Aber egal. Signora Luisa, die uns Statisten betreut, schwört darauf, dass es nur Greta gewesen sein kann.« Er fasste sich an seine Stirn. »Stell dir das mal vor. Die liebreizende kleine Greta. Was für ein ausgemachter Schwachsinn! Und Luisa fand ich eigentlich nett. Mit der rede ich nun aber kein Wort mehr.«

»Warum soll es Greta gewesen sein?«, sagte Giulia und unterbrach Brutus harsch.

Er stutzte angesichts ihrer ungewöhnlichen Schroffheit. »Angeblich aus Eifersucht auf seinen Ruhm. Dabei hat das Greta nicht nötig, eine Frau wie sie, ich bitte dich, Giuli. Sie war sogar Model in Mailand und Paris. So jemand bringt doch niemanden um. Das denkst du doch auch, nicht wahr?«

Giulia dachte etwas, ja natürlich, aber das würde ihrem Freund Brutus nicht in den Kram passen, und deswegen behielt sie es lieber für sich. Abgesehen davon war es nichts, was für Gretas Ohren bestimmt war. Überdies fand sie die Tratscherei am Set überaus aufschlussreich. Jeder hatte seine eigene Theorie zu Farinis Tod, und die nahm erstaunlicherweise immer einen anderen aus der Crew ins Visier. Das mochte zuweilen sogar menschlich sein, zumindest dass sich alle über die Ermordung des Hauptdarstellers Gedanken machten, aber wie sie es taten und welche Schlüsse sie zogen, davor gruselte es Giulia. Mit diesen Leuten zu arbeiten wäre für sie ein Grauen gewesen. Brutus hingehen nahm das alles mit der ihm eigenen gutmütigen Naivität, die durch die Begeisterung für diese andere Welt und das angebliche Interesse Gretas noch angefacht wurde.

»Kommst du mit?«, fragte sie mit zärtlicher Stimme und strich dabei sanft über seinen Arm.

Brutus warf einen Blick aus dem Fenster und schüttelte dann eilig den Kopf. Der Hund wurde noch immer herumgeführt. »Ich brauche noch ein wenig Ruhe.«

Giulia küsste ihren Freund auf beide Wangen und verschwand. Als sie sich noch einmal nach ihm umdrehte, sah sie, wie er angespannt die Geschehnisse vor dem Fenster verfolgte. Dabei erinnerte er sie an den kleinen Jungen, den sie früher so oft vor einem Schlamassel bewahrt hatte. Hoffentlich kam es hier nicht erst so weit.

***

»Giuli, du glaubst nicht, wie gut unserer Beziehung die zwei freien Tage getan haben«, schwärmte Carmelo Riso, der Chef der Kriminaltechniker, verzückt. »Wir machen das jetzt einmal im Monat, das haben wir uns versprochen. Es ist einfach besser für ein Paar. Ihr solltet das auch einmal ausprobieren, du und dein Jacopo. Vielleicht können wir auch mal zu viert. Das wäre doch toll.« Er jauchzte.

»Bei der nächsten Leiche«, gab Giulia kurz zurück. Sie saß im verwaisten Cateringzelt am Set, trank einen Espresso und beobachtete die Dreharbeiten.

Riso lachte schallend. Offenkundig hatte er den Hinweis nicht verstanden. »Na ja, aber nun hat mich der Alltag wieder.« Er seufzte.

Giulia machte sich nicht einmal die Mühe, die Stunden auszurechnen, die Riso an seinem Arbeitsplatz verbringen würde. Es war Donnerstag, das Wochenende stand also kurz bevor, und der Kollege würde dies spätestens ab morgen Mittag einläuten. Sie kannte Riso schon lange, aber sie konnte sich nicht an seine Arbeitseinstellung gewöhnen. Im Gegenteil, sie war ihr zutiefst fremd. »Was hast du für mich?«

»Ach, Giuli, du verbreitest immer eine Hektik«, lamentierte er. »Na gut, also was steht hier zum Mordfall Farini?« Pause.

Er ruft mich an und ist unvorbereitet, dachte Giulia ärgerlich. Nebenbei sah sie, wie Sebastiano Sartori in einer perfekten Liszt-Aufmachung dem Hund ein paar Locken abschnitt und sie seinem Diener reichte. Er wiederholte diese Prozedur genau zwei Mal, dann klatschte die Damiani begeistert in die Hände und verkündete die nächste Einstellung. Darauf zogen Hund und Herrchen von dannen.

»Ach, da haben wir es ja«, vermeldete Riso mit kindlicher Freude. »Im Zimmer von Umberto Farini – also dass dies tatsächlich der großartige Schauspieler Farini ist, darüber komme ich überhaupt nicht hinweg. Auch Tilda konnte es nicht fassen, als ich sie am Dienstagmorgen angerufen habe. Schade, dass ich nicht so viel Zeit hatte, einen Schnappschuss mit dem Handy zu machen, aber die Fotos meiner Leute sind auch nicht übel, sagt zumindest Tilda. Die Tatortnummerierungen kann man sich ja wegdenken. Jedenfalls sind die hier alle ganz aus dem Häuschen wegen dem Star. Wirklich tragisch das alles.«

Giulia trommelte mit ihren Fingern auf den Tisch und stellte sich dabei vor, wie Tilda Riso durch die Unterlagen der Kriminaltechniker blätterte, noch bevor die ermittelnde Commissario auf dem aktuellen Stand war. Allein, dass Riso einer Externen überhaupt die Unterlagen vorlegte, war schon ein Skandal. Irgendwann würde ihm diese Schluderei das Genick brechen, aber das sagte sich Giulia nach jedem neu auftretenden Dienstvergehen, und am Ende passierte doch nichts.

»In seinem Zimmer haben wir Fingerabdrücke von einem Signore Alfonso Petroni gefunden, ah ja, na sieh an.« Riso brummte undefinierbar.

»Was?« Giulia konnte Trödelei noch weniger leiden als Faulheit und Geheimnisverrat.

»Im Badezimmer, auf der Armlehne eines Stuhles und am Garderobenhaken. Hat dieser Alfonso auch in der Suite gewohnt?«, fragte Riso.

Lies die Akte, dann weißt du, dass Farini nur halbfertig geduscht im Kleiderschrank hing, und dann müsste dir aufgehen, dass dies die Spuren des Mörders sein können. Giulia war kurz vorm Platzen. Dieser Riso machte sie wahnsinnig. »Nein«, blaffte sie unwirsch.

»Dann müssen die im Grandhotel mal ihren Service überdenken. Die Spuren dürfte es nicht geben, wenn die die Zimmer gründlich reinigen würden«, warf Riso mit ehrlichem Entsetzen ein. »Bei so einem Haus.«

Wenn Alfonso erst am Montag nach dem Reinigungstrupp Farini in seiner Suite besucht hatte, dann schon, ging es Giulia durch den Kopf. Dann stellt sich jedoch die Frage, was er dort gemacht hatte. Insbesondere im Badezimmer? Giulia dachte daran, dass Farini von seinem Mörder beim Duschen unterbrochen worden war. Sie biss sich vor Anspannung auf die Lippe. Signore Alfonso? Warum? »Noch andere Fingerabdrücke?«, fragte sie nach.

»Die des Zimmermädchens. Ansonsten ein heilloses Durcheinander und nicht mehr zuzuordnen. Nichts anderes kann ich dir über seine Garderobe in der *Villa Melzi* sagen, aber das nur am Rande.« Er jauchzte auf. »Ach du liebe Güte, der große Star hat seinen eigenen Perückenkopf geküsst.« Riso kicherte. »Da denkt man doch, so jemand kann sich vor weiblichen Fans nicht retten, und dann muss er sich selbst um einen Kussmund kümmern. Verrückte Welt.« Er atmete tief ein. »Weißt du, Giuli, Tilda macht das heute noch für mich, wenn Sie auf Dienstreise geht, an unserem Spiegel im Bad und an dem in der Diele. Ist das nicht süß?«

»Du willst mir sagen, dass der Kussmund von Farini stammt?«, fragte Giulia, ohne auf die Anekdoten aus Risos glücklichem Eheleben einzugehen. Die bekam sie dank Risos überbordendem Mitteilungsbedürfnis bei jeder erdenklichen Gelegenheit zu hören und tat gut daran, hier auf Durchzug zu schalten.

»Du hast es erfasst. Der Lippenstift, den meine Jungs gefunden haben, seine Genetik und das alles auf seinem Plastikkopf, genauso ist es.« Begeistert fügte er an: »Eine tolle Geste, findest du nicht? Das ist viel wert, wenn Menschen sich selbst wertschätzen. Tilda sagt immer, das ist der Anfang vom Weg zum eigenen Ich.«

»Indem man einen Perückenkopf küsst?« Giulia konnte ihre Verwunderung nicht verbergen. Aber Riso und seine Frau befanden sich immer mal wieder auf der Suche nach gemeinsamen Hobbys, und wenn sie jetzt bei der Esoterik angekommen waren, sollte es Giulia auch recht sein. Hauptsache, er quatschte sie damit nicht voll.

»Habe ich dir eigentlich erzählt, dass Tilda und ich gerade einen Kurs …«, hob Riso an.

»Entschuldige, Riso, ich habe keine Zeit«, fiel sie ihm ins Wort. »Hast du noch etwas für mich herausgefunden?«

»Keine Zeit, genau das ist das Grundübel unserer Gesellschaft«, entgegnete er belehrend. Da Riso niemals mitbekam, dass er die Leute nervte, war er auch nicht beleidigt, wenn man ihn abwürgte. Das war das Gute an ihm. »Du musst an deiner Work-Live-Balance arbeiten.«

»Wenn ich mit meinem Tagwerk fertig bin, mache ich das«, antwortete Giulia. »Gibt es noch was?«

»Tilda lernt tibetanisch kochen.«

Giulia legte auf.

***

Giulia schlürfte den mittlerweile erkalteten Espresso und überlegte. Die eifersüchtige, verlogene Greta Esposito war noch immer ihre Favoritin in der Riege der Mordverdächtigen, und sie hatte mit ihrem abstrusen Verhalten so einiges zu dieser Annahme beigetragen. Allerdings hatte Giulia gehofft, dass zumindest ein paar Spuren von Greta in Farinis Suite zu finden gewesen wären, aber das hatte sich jetzt zerschlagen. Sie würde Greta in die Mangel nehmen müssen. Sie könnte sie mit der Tatsache, dass sie und Farini kein Paar waren, konfrontieren und darauf hoffen, dass sie dann mit der Wahrheit herausrückte. Und wenn nicht? Aber auch Signore Alfonso, dem Giulia eine derartige Tat zwar kaum zutraute, kam theoretisch als Mörder infrage. Nach den neuesten Erkenntnissen kam Giulia nicht umhin, ihn mit Greta auf eine Stufe zu setzen. Er musste am Montag in Farinis Suite gewesen sein, und er hatte ihn kurz vor seinem Tod angerufen, womöglich einzig und allein mit der Absicht herauszufinden, ob Farini allein auf seinem Zimmer war. Mit Alfonsos möglichem Motiv tat sich Giulia jedoch schwerer. Zwischen Aurora Damiani und Umberto Farini gab es, auch wenn die Signora so etwas andeuten wollte, keine intime Beziehung, davon war Giulia überzeugt. Die Reaktion von Signore Alfonso auf ihre Andeutungen war nicht die eines eifersüchtigen Mannes, sondern hatte eher etwas von jemandem, dem die Wichtigtuerei des anderen auf den Nerv fiel. Womöglich konnte er seine alte Freundin und Chefin einfach nicht mehr ertragen. Aber dann hätte er sich auch lange ausklinken können. Nur was war es dann, was den feinen Signore zu einem Mord getrieben haben könnte, vor allem zu einem, für den ihm Signora Damiani ein astreines Alibi gab? Dann war da noch Sebastiano Sartori, Umbertos Nachfolger, dessen Motiv glasklar vor ihr lag und der ebenfalls am Mordabend versucht hatte, Farini zu erreichen. Dass dies, so wie er steif und fest behauptet hatte, aus reiner Freundlichkeit unter Kollegen geschehen sein sollte, schied für Giulia komplett aus. Ebenso fehlte dem Mann ein glaubhaftes Alibi. Sie zückte ihr Mobiltelefon und wählte Elenas Nummer. Nach nur einem Klingeln nahm ihre Assistentin ab.

»Kannst du Gedankenlesen?«, fragte sie forsch, ohne ein Wort des Grußes. »Ich bin auf etwas gestoßen, das dich interessieren wird. Es wirft ein seltsameres Licht auf unsere Leiche …« Elenas Freude über ihre Entdeckung war unüberhörbar.

»Elena, bitte. Ich habe seit dem Frühstück nichts gegessen, mein bester Freund schämt sich für mich, und ich bewege mich zwischen lauter Leuten, die sich einerseits ununterbrochen herzen und mit Schmeicheleien zudecken und andererseits hinterrücks die Messer gegeneinander wetzen, dass einem übel werden kann«, sagte Giulia schlecht gelaunt.

»Na ja, alles wie bei uns in der Questura, nur dass du bei mir nicht hungern musst«, scherzte Elena. »Also los, hör zu! Ich habe mir Umbertos, also Farinis Handy noch mal zur Brust genommen. Einer der unbekannten Kontakte, und zwar der letzte Anruf am Montag, gehört dieser Signora Renza.« Giulia wusste sofort, wer gemeint war.

»Die Nette von der Telefonseelsorge. Wieso hat Farini deren private Nummer? Ist das erlaubt? Was wollte sie an diesem Abend von ihm? Haben die sich etwa getroffen? Warum hat sie mir davon nichts erzählt?« Giulia musste Luft holen.

»Die Fragen passen, nur die Reihenfolge habe ich etwas variiert«, entgegnete Elena selbstzufrieden.

»Du hast schon mit ihr gesprochen?«, fragte Giulia erstaunt nach. Wenn alle Mitarbeiter in der Questura derart auf Zack wären, läge die Aufklärungsquote der Verbrechen am Comer See bei hundert Prozent.

»Selbstverständlich, Commissario«, sagte Elena. »Es ist nicht erlaubt, und deswegen hat sie es dir verschwiegen. Farini hat sie quasi dazu gedrängt, und da sie ein wenig in ihn verknallt war, was dir ebenfalls nicht entgangen sein dürfte, hat sie sich ohne große Gegenwehr breitschlagen lassen. Das hat sie so zwar nicht zugegeben, aber es war nicht zu überhören. Farini hat sie aber nur zweimal angerufen, und bis zum besagten Montag hat sie sich nicht getraut, sich bei ihm zu melden. Persönlich hat sie ihn nie gesehen, dann hätte sie ja sofort erkannt, wer er wirklich war. Ich sage dir, Commissario, der Typ muss dermaßen anstrengend gewesen sein, puh. Nur gut, dass uns die Filme nicht alles offenbaren.«

»Hat sie das so gesagt?«, wollte Giulia wissen.

»Nicht direkt, dass er anstrengend war«, entgegnete Elena. »Das ist nur mein Schluss.«

»Und am Montag hat sie sich gesorgt, weil er ihren gemeinsamen Termin verpasst hat?«, schlussfolgerte Giulia.

»So muss es wohl gewesen sein«, antwortete Elena. »Kurz vor dreiundzwanzig Uhr, genau.«

»Der introvertierte Farini, der aus seinem ganzen Leben ein Geheimnis macht, gibt einer fast fremden Frau seine Handynummer«, sprach Giulia ihre Gedanken laut aus. »Er hatte nur ein Handy.« Pause. »Welche Ansage ist über die Mailbox gelaufen?«

»Seine Name nicht, nur die Nummer«, antwortete Elena. »Sie wusste wirklich nicht, welchen Promi sie da stalkt.« Elena grunzte.

»Keine Spur? Eine weitere unglückliche Buhlerin eventuell? Eng genug schien der Kontakt ja zu sein, also einseitig zumindest«, fuhr Giulia fort. Es war nicht so, dass sie Renza einen Mord zutraute, aber Farinis Kontakt in eine Welt, die so ganz und gar nicht zu ihm passte, hatte sie stutzig werden lassen.

»Eine was?«, johlte Elena. »Meine Güte, Commissario, du hast immer ein paar Worte drauf, wie zu Zeiten der italienischen Unabhängigkeitskriege. Buhlerin«, sie dehnte das Wort übertrieben, »aber immerhin ein schönes Wort. Ich bin stolz, dass du den altertümlichen italienischen Wortschatz pflegst.«

»Wenn du dich wieder eingekriegt hast, kannst du mir sagen, ob Renza zu einer Verdächtigen taugt. Danke.« Giulia hatte heute wenig Sinn für Elenas Scherze.

»Zu neunzig Prozent nein. Eher eine weitere unerfüllte Schwärmerei für Farini, der diese, na ja, ich würde sagen, für sich zu nutzen wusste. Er brauchte einfach einen normalen Menschen zum Reden, nichts weiter. Und da für Leute wie Farini immer eine Extrawurst gebraten wird, hat er das sogar bei der Telefonseelsorge so gehandhabt.«

»Mhm. Und warum freust du dich dann so?«, fragte Giulia ein wenig enttäuscht.

»Weil ich noch einen richtigen Kracher für dich habe«, frohlockte Elena. »Ich baue das nur langsam auf.«

»Na sicher«, entgegnete Giulia. »Aber bevor du den loswirst, habe ich eine Bitte. Angeblich war Sebastiano Sartori am Montagabend im Hotel *Metropole*, es gibt dafür wohl Zeugen. Kannst du bitte …«

»Jaaa«, nörgelte Elena. »Jetzt bin ich dran.« Sie wartete nicht auf eine Antwort. »Bei meiner Recherche habe ich mich auch ein wenig durch das World Wide Web gewühlt und bin auf einem Verkaufsportal auf etwas Erstaunliches gestoßen«, jubilierte sie. »Sag mal, kann es vielleicht sein, dass Farini am Montag eine beschmutzte Hose trug?«

Giulia schaltete sofort. »Das rechte Knie«, murmelte sie. »Er ist in ein Beet gestürzt.«

»Genau«, bestätigte Elena. »Rechts.«

»Farinis Kostüme wurden nicht verbrannt, sondern stehen im Internet zum Verkauf, und der Anbieter hat sich nicht einmal die Mühe gemacht, sie vorher reinigen zu lassen«, schlussfolgerte Giulia.

»Eduardo Pagano preist die Sachen sogar noch als das an, was unser Liszt-Mime an seinem letzten Drehtag getragen hat. Perücken, Schuhe und Accessoires sind übrigens auch zu haben. Das letzte Gebot für die besagte Hose liegt bei zweitausend Euro, aber so, wie das hier abgeht, kommt da schnell noch eine Null hintendran.« Giulia konnte hören, wie Elena auf der Maus ihres Computers herumklickte.

»Dieser Signore Pagano verkauft das unter seinem richtigen Namen?«, fragte Giulia. Die Unverfrorenheit, mit der einige aus dem Unglück anderer Menschen ein Geschäft machten, erstaunte sie immer wieder.

»Ach, er bietet das Zeug unter dem Kürzel Edupa an«, antwortete Elena unbeeindruckt, »Aber wenn er auf zwei anderen Plattformen mit seinem richtigen Namen auftaucht und den gleichen Hintergrund für sein Zeugs benutzt, kann jeder eins und eins zusammenzählen.«

Giulia hatte noch nicht den Mund geöffnet, da redete Elena weiter.

»Vergonese, Via Cologna 14, aber du kannst eigentlich gleich auf dem Gelände der *Villa Melzi* bleiben. Der Kerl ist dort der Gärtner.«

»Woher …?« Giulia erinnerte sich natürlich, dass Signora Damiani den Gärtner in ihrem gestrigen Gespräch erwähnt hatte. Sie hatte ihn aufsuchen wollen, war aber bislang aufgrund dringlicherer Befragungen schlichtweg noch nicht dazu gekommen. Jetzt ärgerte sie sich darüber. Der Gärtner hatte den Auftrag bekommen, die Kleidung von Farini zu verbrennen, aber dass der Mann bei seiner Anstellung so dreist sein konnte, das Zeug eines Mordopfers im Internet feilzubieten, das hatte sie so nicht vermutet.

»Aufschlussreiches Insta-Profil«, schob Elena zügig ein. »Man sollte sich eben überlegen, was man alles so im Internet preisgibt.« Wieder machte sich Elena an ihrem Computer zu schaffen. »Die Hose ist jetzt bei dreitausend angekommen. Du solltest dich beeilen, Commissario, ansonsten ist sie weg.«

»Sogar der Gärtner will von Farinis Tod profitieren …«, murmelte Giulia und beendete das Telefonat. Dabei tat der Mann nicht einmal etwas Illegales. Er verkaufte Ware, die er geschenkt bekommen hatte. Dennoch, das hatte einen unschönen Beigeschmack, zumal die Polizei sich die Sachen gern einmal vorher angesehen hätte. Aber davon hatte der Mann sicherlich keine Ahnung.

***

Giulia hatte das Gespräch mit Elena kaum beendet, da nahm Greta Espositos Mutter am gegenüberliegenden Tisch Platz. Sie war, wie bereits bei ihrer ersten Begegnung, auffallend adrett gekleidet und zurechtgemacht. Ein buntes Sommerkleid schmeichelte ihren weiblichen Rundungen, und dessen dominierender Farbton, ein warmes Rot, fand sich auf ihren Lippen und der opulenten Halskette wieder. Um ihre Schultern trug sie, obwohl das bei den Temperaturen eigentlich nicht notwendig gewesen wäre, eine breite Stola, die sie mehrfach um ihre Arme geschlungen hatte. Sie hatte ihrer Tochter unverkennbar die weichen Gesichtszüge und die Augenpartie vererbt, war aber, was ihren kräftigen Körperbau und die Größe anging, ein ganz anderer Typ. Es schien so, dass die Frau sich ganz bewusst in Giulias Nähe begeben hatte, denn sie suchte unentwegt Blickkontakt, und als Giulia ihn endlich erwiderte, grüßte sie freundlich und verwickelte Giulia sofort in eine Unterhaltung.

»Warten Sie auf Ihren Freund, Signore Grazioli?«, fragte sie wie eine Mutter, die auf dem Spielplatz nach einem Spielkameraden für ihr Kind sucht. »Er und meine Greta sind ja ein Herz und eine Seele. Das freut mich außerordentlich. Meine Greta ist noch sehr jung, manchmal denke ich, zu jung für dieses knallharte Geschäft. So etwas kann noch formbare Menschen ja auch verderben, der Ruhm und die Aufmerksamkeit, auch das schnelle Geld natürlich. Greta ist außerordentlich erfolgreich. Das macht einen als Mutter stolz, natürlich, aber besorgt ist man doch irgendwie immer, auch wenn die Kinder erwachsen sind, nicht wahr?«

Giulia, die ansonsten belanglosen Gesprächen nichts abgewinnen konnte und sich deswegen grundsätzlich nicht daran beteiligte, spitzte die Ohren und wartete gespannt, welches Ziel die Signora mit dieser Unterhaltung verfolgte. Dass sie sich gerade erst in der Einlaufkurve befand, lag für Giulia auf der Hand, vor allen Dingen, wenn sie an das zweifelhaftes Angebot der Dame vom Mittwoch dachte. Giulia lächelte freundlich.

Die Signora quittierte das mit einem nicht weniger wohlmeinenden Gesichtsausdruck. »Signore Brutus erdet meine Greta, das rechne ich ihm hoch an.« Sie winkte mit ihrem linken Arm ab, nahm dann die Tasse auf und trank mit gespitztem Mund, wobei sie die drei letzten Finger abspreizte. Nachdem sie die Tasse wieder abgestellt hatte, fuhr sie mit der Zunge über ihre dunkelrot übermalten Lippen und lächelte. »An diesen Drehtagen trinke ich immer viel zu viel Kaffee, eine schreckliche Angewohnheit.« Sie beugte den Oberkörper und den Kopf leicht zurück. »Ach, entschuldigen Sie, ich habe mich noch nicht vorgestellt. Gaia Arianna Esposito, die Mutter von Marie d'Agoult.« Ein stolzes Kichern folgte. »Ich meine natürlich Greta Esposito.« Sie prüfte kurz den Sitz ihrer beiden Ohrstecker, wieder mit der linken Hand, während die rechte unablässig auf ihrem Schoss ruhte.

Giulia stellte sich der Höflichkeit halber nun ebenfalls vor, worauf Signora Esposito wissend nickte. »Wieso begleiten Sie Ihre Tochter eigentlich?«, fragte Giulia in einem etwas zu barschen Ton, über den sie sich umgehend ärgerte, da er nichts mit der Signora, sondern mit der Geschwätzigkeit von Brutus zu tun hatte.

Signora Esposito schien das jedoch nicht übel zu nehmen. Sie plapperte munter weiter. »Mein Mann, also Gretas Vater, hat uns vor vielen Jahren verlassen. Das war nicht immer einfach für uns. Vor allem seit meinem Unfall.« Sie deutete auf ihren rechten Arm. »Ein Lkw. Der Fahrer hatte es eilig, und dabei störte ihn wohl meine Vorfahrt.« Sie lächelte verkrampft. »Na ja, als Linkshänderin kommt man auch gut durchs Leben.«

»Das tut mir leid«, antwortete Giulia und schaute ihr dabei unentwegt ins Gesicht.

Die Signora bedankte sich mit einem leichten Nicken. »Ich kann ohnehin nicht mehr arbeiten. Was soll ich also tun? Meine Tochter kommt in der Welt herum, und so habe ich mich ihr angeschlossen. In der rauen und zuweilen befremdlichen Gesellschaft der Künstler kann ja hin und wieder etwas mütterlicher Beistand nicht schaden. Und man lernt so einiges, vor allem über die Menschen.« Sie schaute ernst und beugte sich weit nach vorn, als sollte das, was sie zu sagen hatte, niemand weiter hören. »Ich mache mir ernsthafte Sorgen. Greta ist in vielen Dingen noch so unbedarft. Sie ist diesen Leuten hier nicht gewachsen. Umberto Farini hingegen, der war von einem ganz anderen Schlag. Und er ist tot. Verstehen Sie?«

Giulia verstand die Beunruhigung der Mutter, aber was deren Tochter anging, da hatte sie einen anderen Eindruck. »Wie eng waren Umberto Farini und Greta befreundet?«, fragte Giulia.

»Wir haben uns alle erst hier am Set kennengelernt, aber ich denke, die beiden mochten sich auf Anhieb.« Sie hielt inne. »Vor zwei Jahren hat Greta ihn auf einer Gala getroffen, zwei, drei belanglose Worte haben sie damals gewechselt, aber seit dieser Zeit hat sie wohl ein wenig für ihn geschwärmt. Und Umberto Farini war wie alle Männer, wenn sie eine schöne Frau sehen.« Sie schaute wie eine Frau, der man nichts mehr vormachen konnte. »Sie hätten die Kussszene am ersten Drehtag sehen sollen, diese Leidenschaft.« Ihre Augen leuchteten auf. »Das kann man nur so spielen, wenn man sich mag. Also nicht, dass ich etwas von der Schauspielerei verstehe, aber ich bin eine reife Frau und habe meine Erfahrungen.«

»Farini war schon ein Star, aber Greta steht noch am Anfang ihrer Karriere …«, hob Gulia an.

Signora Esposito nickte eilig. »Mit der Damiani und Farini kommt dein Durchbruch, das habe ich immer gesagt. Auch wenn das alles ein hartes Brot ist. Als ich Greta am Montag neben den beiden gesehen habe, da ist mir das Herz aufgegangen.« Sie legte die linke Hand auf ihren üppigen Busen und verzog den Mund. »Signora Damiani ist eine Ikone, wer in ihrem Licht steht, fängt selbst an zu leuchten. Natürlich stellt sich der Erfolg nicht ohne Blut, Schweiß und Tränen ein. Das ist aber doch in jedem Beruf so. Das weiß Greta, und damit kann sie umgehen. Sehen Sie nur, wie gut sie und der neue Liszt harmonieren.« Sie deutete auf die beiden, die Händchen haltend am Ufer flanierten.« Nach einem derartigen Schock ist das nicht selbstverständlich. Da zeigt sich der Profi.«

Oder der kaltblütige Mörder, dachte Giulia und verfolgte die beiden eine Weile mit ihren Blicken. Sie schienen sich gut zu verstehen, zumindest plauderten sie angeregt und scherzten dabei ununterbrochen, obwohl die Kamera nicht zu laufen schien. Wenn Giulia nicht alles täuschte, wirkte Greta sogar um einiges zwangloser als neben Farini, aber das konnte auch an der Abwesenheit der Regisseurin liegen.

»Ich sitze immer dabei und beobachte, wissen Sie«, redete die Signora weiter.

»Ist Ihnen dabei am Montag etwas Ungewöhnliches aufgefallen, ein Streit, fremde Leute …?«, stieg Giulia darauf ein.

Signora Esposita neigte den Kopf leicht zur Seite und legte die Stirn in Falten. »Nein, wenn Sie so fragen, nein, nichts Außergewöhnliches.« Sie hielt Giulias Blick stand.

»Sie wohnen auch im *Serbelloni*?«, fragte Giulia weiter.

Die Signora bestätigte das. »Im Zimmer neben Greta.«

Giulia dachte an das Märchen vom Verhältnis zwischen Farini und Greta, das die junge Frau ihr hatte auftischen wollen, und an die Version, die Brutus erzählt bekommen hatte. In beides schien Gretas Mutter nicht eingeweiht zu sein. »Was haben Sie und Greta am Montag nach Drehschluss gemacht?«

Die Nasenflügel der Signora fingen ein wenig an zu beben, ansonsten schien sie diese Frage nicht weiter zu beunruhigen. »Lassen Sie mich überlegen. Die Damiani hatte kurz vor sieben ihren Blackout. Mit Umziehen, Abschminken«, sie wackelte mit der linken Hand, »müssen wir so gegen kurz vor acht im Hotel gewesen sein. Greta ist sofort in die Sauna gegangen, während ich mich ein wenig auf meinem Zimmer hingelegt habe, höchstens eine halbe Stunde. Bis weit nach Einbruch der Dunkelheit habe ich dann auf meinem Balkon gesessen. Telefongespräche, E-Mails, ein wenig soziale Medien, was man eben so macht. Greta hat mir Gesellschaft geleistet. Sie hat es ja höchstens eine Stunde im Spa ausgehalten, bei den Außentemperaturen, kein Wunder.« Sie verdrehte die Augen. »Die Jugend.«

»Gibt es eine Verbindungstür zwischen Ihren beiden Zimmern?«, wollte Giulia wissen.

Sie verneinte und wirkte dabei ein wenig verdattert über die Frage.

Das laute Rascheln von Stoff kündigte jemanden an. Giulia sah aus den Augenwinkeln, wie die kostümierte Greta Esposito zum Tisch ihrer Mutter ging und sie beschwingt begrüßte. Sie nickte Giulia kurz zu, setzte sich dann, winkte den Mann vom Catering heran und bestellte sich Gerichte, die, zumindest dachte Giulia das bislang, bei dieser Figur unmöglich essbar waren. »Ich habe einen Bärenhunger«, hörte sie Greta sagen. »Sebastiano kennt einige wichtige Regisseure, weißt du. Sehr interessante Kontakte. Er ist ein echter Gewinn …«

Giulia stand auf, deutete ein Nicken an und ging. Umberto, Sebastiano … was spielt das schon für eine Rolle, wenn die Filmpartner hilfreich sein können. Greta jedenfalls war bei Weitem nicht so arglos, wie ihre Mutter glaubte oder ihr weismachen wollte. Greta spielte ihr eigenes Spiel, von dem die brave Mama nur einen Bruchteil mitbekam. Und auch wenn sie ihr peinliches Zusammentreffen vom Mittwoch mit keinem Wort mehr erwähnt hatte, schien die Signora, mit Ausnahme ihrer Tochter, einen unverstellten Blick auf die Absonderlichkeiten hier zu haben. Warum Greta jedoch den Montagabend etwas anders geschildert hatte, verstand Giulia nicht. Ein wackeliges Alibi von einer nahen Verwandten war doch immer noch besser als keines, oder? Man würde sehen.

I

»Ich hatte diesen wunderbaren Duft schon auf der Höhe von Lucrezia in der Nase«, sagte Giulia, während sie ihre Küche im *Torre del Barbarossa* betrat. »Herrlich! Was wird das?« Sie trat dicht an Jacopo heran und küsste ihn auf die Wange.

»*Strangolapreti*«, antwortete er erfreut. Dann widmete er sich mit seinem großen Gemüsemesser wieder dem blanchierten Spinat.

Giulia fasste an ihm vorbei in eine große Schüssel, in der in Milch eingeweichtes Brot schwamm, und genehmigte sich eine Kostprobe. Etwas Milch lief ihr über das Kinn und zwischen den Fingern entlang.

Jacopo hielt ihr mit ermahnendem Blick einen Löffel entgegen. »Denk dran, Brutus macht dir alles nach«, witzelte er.

Sie wischte sich über das Kinn, hielt ihre Hände unter das laufende Wasser des Spülbeckens und langte erneut, dieses Mal aber mit dem Löffel, zu. »Er sieht es ja nicht«, erwiderte Giulia schmatzend und mit strahlenden Augen. »Wo ist er überhaupt?«

»Seit einer Stunde im Bad«, erwiderte Jacopo, vermischte das eingeweichte Brot, den Spinat und zwei Eigelb miteinander. Anschließend passierte er die Masse und knetete unter Zugabe von Mehl und einer Prise Salz alles zu einem weichen Teig. Giulia verfolgte sein Tun und registrierte erfreut, dass er ihr zuliebe wie immer auf die ihr so sehr verhasste Muskatnuss verzichtete.

»*Strangolapreti*«, wiederholte sie, und das Wasser lief ihr im Mund zusammen. Die Priesterwürger stammten aus dem Trentino und sollen angeblich während des Konzils von Trient das Lieblingsgericht der Geistlichen gewesen sein. Giulia liebte sie ebenfalls, vor allem wegen der feinen Buttersoße, die Jacopo glücklicherweise immer in rauen Mengen zauberte.

»Peppo hat sich mit dem Einkauf des Spinates verschätzt, irgendwie hat er eine Null zu viel an die Kilogrammangabe auf seinem Zettel gemacht. Ich dachte, ich helfe ihm etwas dabei, den Überschuss abzubauen. Außerdem muss ich ja ein bisschen für dich vorkochen.« Jacopo trat an den großen Kühlschrank und zog die Tür auf. Zwei prall gefüllte Beutel mit dem Gemüse nahmen ein ganzes Fach ein. Die Tür flog wieder zu. »Aber so, wie ich deine Leute hier oben kenne, versorgen die dich bei meiner Abwesenheit ohnehin gut. Wein?«

»Alles, was du hast«, antwortete Giulia.

»So schlimm?«, fragte er, reichte ihr ein gut gefülltes Glas und formte, ohne sie aus den Augen zu lassen, kleine Nocken aus dem grünen Teig.

»Die meisten an diesem Set scheinen auf einem anderen Planeten zu leben, jeder für sich ist ein Paradiesvogel, nicht einmal ein uninteressanter, aber ein undurchschaubarer.« Sie seufzte. »Jetzt beschuldigen die sich auch noch alle gegenseitig, und auf mindestens drei Leute bin ich gestoßen, die ein echtes Problem mit Farini hatten, und da sind wir außerhalb der Crew noch nicht einmal großartig weitergekommen.« Giulia nahm einen großen Schluck und wischte sich anschließend mit dem Handrücken über die vom Wein benetzten Lippen. »Stell dir vor, die wollten die komplette filmische Garderobe von Farini verbrennen, aus reinem Aberglauben.« Sie setzte das Glas wieder an und spürte sogleich die wohltuende Wirkung des Alkohols. Gerade als sie ihren Mund auf die gleiche Art säubern wollte, traf sie Jacopos vorwurfsvoller Blick.

»Eine *Nebbiolo-Traube* verdient ...«

Giulia küsste ihn, bevor er weiterreden konnte. »Entschuldige. Wieso gibt es mitten in der Woche so einen guten Tropfen?«, fragte sie erstaunt.

Jacopo fuhr sich mit der Zunge über die Lippen und grinste. »Wir feiern, dass wir sturmfrei haben«, entgegnete er, um dann gleich auf ihre Arbeit einzugehen »Wirklich nur aus Aberglauben?«

Giulia schweifte mit den Gedanken ab. Sie war nach dem Gespräch mit Gretas Mutter zu dem Wirtschaftstrakt der Villa gegangen, wo Signore Pagano, der Gärtner, damit beschäftigt gewesen war, das Scherblatt seines Rasentraktors auszubauen. Der Mann hatte auf Giulias Anliegen überaus unhöflich und abweisend reagiert, aber sie hatte von jemandem, den man gerade eines unanständigen Verhaltens überführt hatte, auch nichts anderes erwartet. Tatsächlich hatte er von irgendeiner Praktikantin am Dienstagvormittag die Kostüme in Empfang genommen, die er umgehend im Ofen des Gewächshauses verbrennen sollte. Bei der Gelegenheit wollte er allerdings noch nichts vom Tod Farinis erfahren haben. Die Frau hatte angeblich ihren recht ungewöhnlichen Auftrag, zumal es sich offenkundig um weitestgehend ungetragene Kleidung gehandelt hatte, nicht begründet. Den Gärtner wiederum hatte dieses Verhalten nicht gewundert, denn er hielt die Leute vom Film ohnehin alle für plemplem und machte auch keinen Hehl aus seiner Abneigung. Seit die Crew die *Villa Melzi* und den angrenzenden Park in Besitz genommen hatte, fühlte er sich in seinen normalen Arbeitsabläufen gestört und, was für ihn noch schlimmer wog, in seinem Heiligsten missachtet. Leute, die ihre Zigarettenkippen in den Büschen und auf dem Rasen entsorgten, achtlos Blüten und Zweige abbrachen und sich auch ansonsten gegenüber der Natur wenig respektvoll erwiesen, waren für ihn verachtenswert. Daher hatte er auch die Geschehnisse am Set nicht verfolgt und schien ebenso keine Meinung über den Mord am Hauptdarsteller zu haben, auch die normale menschliche Betroffenheit schien ihm gänzlich abzugehen. Das Verbrechen war ihm schlichtweg egal, wobei er allerdings eingeräumt hatte, dass er sich dadurch das jähe Ende dieses Zaubers, wie er es ausgedrückt hatte, erhofft hatte. Farini wollte er nur von seinen Spaziergängen durch den Park gekannt haben, die er misstrauisch beobachtet hatte, da man bei diesen Leuten ja nie wissen konnte, was ihnen in den Kopf kommt. Der Einzelgänger Pagano hatte für nichts und niemanden irgendeine Form von Empathie gezeigt, außer für seine Pflanzen. Giulia, der dieses sachliche Desinteresse fast schon lieber war als die hysterischen Ausbrüche Unbeteiligter, die sie mitunter bei anderen Gewaltverbrechen erlebt hatte, hatte von diesem kantigen Mann all ihre Fragen beantwortet bekommen. Obwohl der Gärtner kein großartiger Sympathieträger war, hatte sie keinen Grund, an seinen Worten zu zweifeln. Auch dass ihn der Fortgang der Dreharbeiten am Mittwochmorgen wütend gemacht hatte und er sich wohl oder übel seinem Schicksal fügen musste, hatte er unumwunden zugegeben. Allerdings war Pagano, der keinen besonders klugen, aber doch einen bauernschlauen Eindruck gemacht hatte, schnell dahintergekommen, um wessen Kleidung es sich hier gehandelt hatte. Entsprechend hatte er auf das Geschäft seines Lebens spekuliert, denn der Tod steigerte das Interesse und ließ die Preise wachsen. Die Gebote waren in diesen zwei Tagen in der Tat, vor allem nach dem Bekanntwerden des Mordes, in schwindelerregende Höhen gestiegen, aber Pagano hatte die Rechnung ohne Giulia gemacht. Den Groll darüber, die ersten Stücke nicht schon lange verkauft zu haben, hatte er kaum unterdrücken können. Die online gestellte Verkaufsliste war nun mittlerweile gelöscht, und die Sachen befanden sich auf dem Weg zu den Kriminaltechnikern. Giulia jedenfalls erwartete sich davon nicht allzu viel, denn bis auf das Kostüm, mit dem Farini am Montagabend ins Hotel gegangen war, stammte nichts davon vom Tatort, also aus dem *Serbelloni*. Und dieses Kleidungsstück konnte Farini während des Mordes nicht getragen haben, vorausgesetzt natürlich, er war von seinem Mörder wirklich unter der Dusche hervorgeholt worden. Aber daran zweifelte Giulia angesichts der Faktenlage nicht im Mindesten. Dabei stellte sich allerdings immer noch die Frage, wer den Anzug nebst Perücke vor oder auch nach Farinis Tod aus seiner Suite geholt hatte. Dass der Mörder ihn zur Vertuschung seiner Tat mitgenommen hatte, hielt sie für abwegig, nicht zuletzt, weil er ihn dann eigenhändig entsorgt und nicht durch dessen Weitergabe etwaige Zeugen produziert hätte. Hier war etwas anderes vor sich gegangen, das sie nicht nachvollziehen konnte. Denn angeblich, und das war eine der Regeln, die die Damiani aufgestellt hatte, durften die Kostüme unter keinen Umständen das Set verlassen. Farini hatte jedoch mit den Anweisungen der Damiani nicht viel im Sinn gehabt, wovon sich Giulia am Montagabend mit eigenen Augen überzeugt hatte, als er als Liszt ausstaffiert an ihr vorbei quer durch Bellagio marschiert war.

»Pipistrelli?« Jacopo knuffte Giulia behutsam in die Seite. »Hast du mir zugehört?«

»Signore Alfonso ist bei Farini gewesen, um das Kostüm zu holen. Er wollte dem Ärger mit der Damiani aus dem Weg gehen. So muss es gewesen sein«, murmelte Giulia abwesend. »Sie verlangt bedingungslosen Gehorsam, anderenfalls neigt sie zu impulsiven und zuweilen sicherlich auch unüberlegten Handlungen.« Sie nickte langsam. »Alfonso«, hauchte sie. »Das erklärt auch den Anruf kurz vor neun, kaum zwanzig Sekunden lang. Er hat sich damit bei Farini angemeldet, wollte möglicherweise sichergehen, dass er nicht störte. Alfonso, der Gentleman. Und das erklärt auch seine Fingerabdrücke in der Suite, vor allem im Bad.« Sie biss sich auf die Zunge. »Die Perücke, das Abschminken, das macht man im Badezimmer. Alfonso könnte sich die Sachen zusammengesucht haben.« Giulia sprach immer schneller und aufgeregter. »Aber warum kümmert er sich um etwas so Profanes wie die Kostüme?« Giulia legte ihre Hand auf Jacopos Brust und schaute durch ihn hindurch. In ihrem Kopf überschlugen sich die Gedanken. »Damit Farini keinen Ärger mit der Hexe bekommt?« Sie hielt inne. »Wieso sollte er sich für einen fremden Menschen, der dazu noch extrem gut für seinen Job bezahlt wird, so einsetzen? Das glaube ich nicht.« Sie ließ die Luft aus den Wangen entweichen. »Die Damiani. Er wollte die Damiani vor ihren eigenen Entgleisungen bewahren. Die Beleidigungen der Hauptdarsteller im Zuge der Kussszene waren bereits grenzwertig gewesen. Umberto Farini hatte nicht darauf reagiert. Das war der Grund.« Sie schlug ihre flache Hand immer wieder zärtlich auf Jacopos Rippen. »Für ihn war klar, dass er sich nicht alles gefallen lassen würde. Er hatte seine ganz persönliche Grenze gesetzt und diese womöglich auch kundgetan. Deswegen hatte er allen so souverän den Rücken zugewandt. Die Botschaft war eindeutig: Wenn ihr es übertreibt, verschwinde ich, denn ich habe das nicht nötig. Wenn diese Zerrissenheit, von der Signora Renza berichtet hatte, stimmte, dann hatte Umberto eine Alternative, und diese verschaffte ihm gegenüber der Damiani eine komfortable Lage. Die Vorbestimmung. Damit kann nur das Familienunternehmen gemeint sein. Das war mir sofort klar. Aber ob er diesen Schritt am Ende wirklich gehen wollte, kann ich nicht beurteilen.« Giulia schaute Jacopo in die Augen. Der hatte schon lange mit der Zubereitung der *Strangolapreti* aufgehört und wartete gespannt, welche Schlüsse Giulia ziehen würde. »Alfonso wollte unter allen Umständen vermeiden, dass Farini hinwirft. Er brauchte ihn für den Erfolg des Filmes, die Damiani brauchte ihn. Farinis Großmutter hat gesagt, dass sie Umberto ein gutes Angebot gemacht hatte. Sie hatte um ihn geworben, nicht andersherum, wie sie es mir weismachen wollte.«

»Also tritt der brave Mann jedes aufkeimende Feuer aus, um das Projekt nicht zu gefährden«, bemerkte Jacopo.

Giulia nickte. »Er war bei Farini, um die Klamotten zu holen. Nur so kann es gewesen sein.«

»Dann scheint ihm entweder der Film oder die Frau ausgesprochen wichtig zu sein«, warf Jacopo ein. »Und wenn Farini trotzdem hinwerfen wollte und Alfonso deswegen die Nerven verloren hat?«

»Aber ist es dann klug, das Kostüm beiseitezuschaffen?«, fragte Giulia unzufrieden. »Abgesehen von den Fingerabdrücken. Nein, nein, das passt alles nicht zu Alfonso.«

»Klug nicht, aber konsequent. Du hast doch selbst gesagt, er wollte Ärger vermeiden, und möglicherweise war das wichtiger, als einen Mord zu vertuschen. Wow, Pipistrelli, das ist aber echt eine verfahrene Kiste. Und du stehst, was diesen Alfonso angeht, nicht auf einem neutralen Standpunkt.« Jacopo machte ein übertrieben böses Gesicht. »Wie alt ist er denn?«

Giulia streichelte ihrem Mann über das unrasierte Kinn und lächelte. »Alfonso ist kein Mörder, davon bin ich überzeugt, nur kann ich dir nicht sagen warum. Ansonsten sprengt dieser Wahnsinn jegliche Logik.« Sie atmete tief ein. »Das siehst du schon an Brutus …«

»Ta, ta, ta, ta!« Brutus war unbemerkt in die Küche gekommen und drehte sich auf den eigenen Absätzen. Er trug ein geblümtes Hemd mit schmalem Stehkragen, eine dunkelgrüne Leinenhose und dazu braune Slipper. Daraus blitzten während seiner Bewegungen weiße Tennissocken hervor. »Ich dachte, das ist mal was anderes als meine Postuniform. Das Hemd hat mir Maria geliehen, Piergiuseppe trägt es kaum. Habt ihr über mich gesprochen?«

»Du siehst gut aus«, kommentierte Giulia, der das Sonntagshemd ihres Vaters sofort ins Auge gestochen war. »Was hast du denn vor?«

»Frag nicht«, raunte Jacopo ihr zu.

»Verabredung«, flötete Brutus, »wartet nicht auf mich.« Dann verschwand er, ohne sich noch einmal nach den beiden umzudrehen.

Giulia schaute ihm ein wenig überrumpelt nach. »Aber er hat doch nie …?« Sie bemerkte, wie sich ihre Worte anhören mussten, und winkte ab. »Vergiss es. Ich rede schon wie Maria und Piergiuseppe.« Sie lachte. »Was ist das überhaupt für ein Betäubungsmittel?« Giulia unterdrückte ihre Atmung.

»Das Aphrodisiakum deines besten Freundes«, scherzte Jacopo.

Giulia öffnete den zweiten Flügel der Eingangstür, die direkt hinaus in den kleinen Innenhof führte, um frische Luft in ihre kleine Küche zu lassen. »Das nimmt einem ja die Luft. Hoffentlich werde ich nicht ohnmächtig.«

»Ich glaube nicht, dass du die Zielperson bist«, erwiderte Jacopo grinsend. »Fabrizio hat vorhin angerufen, um zu fragen, wieso Brutus einen Tisch für zwei bestellt hat«, erklärte Jacopo. »Er schien beleidigt zu sein, weil wir doch Freunde sind und damit eine Reservierung absolut unnötig ist. Abgesehen davon wollte er wissen, ob ich mit seinem Essen nicht mehr zufrieden bin, wenn Brutus mit dir allein kommt.« Er zwinkerte Giulia zu. »Erstaunlich, dass man euch eher auf dem Schirm hat als uns beide. Aber wir sind doch noch verheiratet, oder? Vielleicht sollte ich noch ein Zimmer für Brutus an unseren *Torre* anbauen«, murmelte er vor sich hin, und man konnte ihm anmerken, dass er Giulia ein wenig aufheitern wollte.

Sie ging jedoch nicht darauf ein. »In unserer Osteria?«, fragte sie erstaunt nach. Ihre Gesichtszüge wurden streng. »Er geht mit dieser Greta zu *unserem* Fabrizio?«

Jacopo nickte und verkniff sich dabei das Lachen. »Will der Koch unserer Stammkneipe vielleicht auch noch bei uns einziehen, *unser* Fabrizio?«

»Sie steht unter Mordverdacht«, entgegnete Giulia, wobei sie wild mit den Händen gestikulierte, was ein wenig von ihrem Wein auf dem Fußboden landen ließ.

»Offiziell?«, fragte Jacopo, holte einen Wischlappen aus dem Spülschrank hervor und beseitigte das Malheur. »Dann hättest du sie lange festgesetzt. Erzähl mir nichts. Du hast bislang nur einen vagen Verdacht, und der wird noch dadurch genährt, dass du sie nicht magst.«

Giulia hielt inne. »Natürlich nicht, also die Zorzi weiß davon aber …« Sie schnaufte. »Und wieso unterstellst du mir, dass ich voreingenommen bin?« Sie fühlte sich ein wenig in ihrer Ehre angekratzt, obwohl sie wusste, dass Jacopo recht hatte. Vor ihm konnte sie nun einmal nichts verbergen. *Merda!*«

»Na also, freu dich über unseren gemeinsamen Abend, so viele werden bis zu meiner Abreise nicht mehr kommen, und lass ihn gewähren. Er ist ein erwachsener Mann.« Jacopo versenkte eine Teignocke nach der anderen in einem großen Topf mit kochendem Wasser, stellte die Flamme niedrig ein und baute sich vor dem Herd auf, als müsste er sein Essen vor dem Zugriff anderer beschützen.

»Du siehst das zu locker. Sie kann eine Mörderin sein«, widersprach Giulia besorgt und stellte ihr Weinglas geräuschvoll auf dem Tisch ab. »Wir gehen mit!«

Jacopo drehte sich schwungvoll um. »Das werden wir nicht tun. Das Essen ist in fünf Minuten fertig. Außerdem ist das albern. Du bist nicht sein Vormund.« Er sah Giulia mit scharfem Blick an, und sie wusste, dass es da nichts zu widersprechen gab. Dennoch hatte sie ein mulmiges Gefühl, was diese Greta anging. »Aber ausgerechnet zu uns auf den Berg«, murmelte sie.

Jacopo fischte mit einem großen Schöpflöffel die Priesterwürger aus dem Topf und begann damit, ein halbes Stück Butter in einer Pfanne zu zerlassen, um kurz darauf die Salbeiblätter darin zu schwenken. »Wo soll er auch hin? Er kennt doch nichts anderes«, scherzte Jacopo.

Giulia verzog den Mund.

»Außerdem könntest du froh sein. Was meinst du wohl, was passiert, wenn eine Frau wie Greta Esposito die Osteria betritt. Ein gutes Dutzend Augenpaare wird sie den ganzen Abend observieren, und die alten Knaben werden alles daransetzen, Brutus auszustechen.« Jacopo goss die Buttersoße über die Nocken und hobelte ein dickes Stück Parmesan darüber. Der Duft verbreitete sich im Nu in der Küche und vertrieb den Rest des penetranten Rasierwassers, das von der Abendtoilette ihres Freundes übrig geblieben war.

Giulia setzte sich erwartungsvoll an den Küchentisch. »Vor allem, wenn sie ihr *D&G*-Teil ausführt.« Sie prustete los. »Bei dem kleben die Initialen auf den Brustwarzen, und es raschelt bei jeder Bewegung.«

Jacopo schaute sie mit weit offenen Augen an. »Wieso hast du so etwas nicht? Damit könnte ich dich bereits kommen hören, wenn du den Weg von St. Rocco heraufgelaufen kommst. Dann wäre auch das Essen schon fertig.«

Sie kniff Jacopo, der sich nun neben sie gesetzt hatte, in seinen Oberarm und lachte schallend. Mit dem ersten Gläserklirren war das Date von Brutus vergessen, zumindest ein wenig.

***

Die Glocken von St. Antonio und kurz darauf die von St. Rocco, den beiden Kirchen der Gemeinde, hatten kaum zehnmal geschlagen. Der laue Frühlingsabend wich so langsam der Nacht, und aus den Häusern, deren Türen und Fenster sperrangelweit auf standen, drangen Geräusche, wie man sie wohl nur in einem kleinen italienischen Dorf vernehmen konnte. Lucrezia, Giulias greise Nachbarin, vertrieb sich die

Zeit mit den Quizshows, die das italienische Fernsehprogramm zu bieten hatte, und bezog dabei mühelos die gesamte Nachbarschaft mit ein, vor allem seitdem ihr die Enkelsöhne eine extra Lautsprecherbox aufgestellt hatten. Für den alleinstehenden Andrea, der direkt gegenüber wohnte, hatte sich diese Investition durchaus gelohnt, denn von nun an konnte er mit Lucrezia um die Wette raten, ohne einen Cent für ein eigenes TV-Gerät auszugeben. Auch ein Fußballspiel musste im Programm sein, denn aus einiger Entfernung ertönten immer wieder Jubelrufe, die zum Ende des Spieles in laute Gesänge übergingen. Irgendwo in der entgegengesetzten Richtung stritt sich ein Pärchen, um sich wenig später ebenso geräuschvoll wieder zu versöhnen. Dazwischen klapperte Geschirr, rauschte das Wasser von Gartensprengern oder erklang das Knattern einer Vespa. Hin und wieder meldeten sich auch Matteos Ziegen, worauf die Dorfhunde anschlugen, und ein paar aufgeregte Hühner des Prete, die der Campanaro in dessen Abwesenheit sicherlich vergessen hatte, in ihren Stall zu sperren, gackerten. Sogar eine Kuh hatte sich daruntergemischt, wobei Giulia nicht einmal sagen konnte, wo die hingehörte. Sie saß an Jacopo gelehnt auf der Bank im Innenhof und freute sich über die heimatlichen Laute, den Geruch ihres Dorfes, den sie seit ihrer Kindheit in ihrer Nase hatte und hoffentlich niemals verlieren würde, und über ihren Mann, der nicht nur wunderbar gekocht, sondern gerade auch eine zweite Flasche Wein geöffnet hatte. Giulia war glücklich, auch weil sie in den letzten zwei Stunden kein Wort über ihre Arbeit verloren hatten und Brutus noch immer nicht wiederaufgetaucht war, was nur bedeuten konnte, dass er einen netten Abend verbrachte.

Der Flügelschlag von Friedrich, ihrem Papagei, beendete diesen friedlichen Moment.

»Da ist jemand«, flüsterte Jacopo mit angestrengtem Blick in Richtung der schmalen Hoftür. »Ein Schatten.«

»Ach, das wird Andrea sein, der zu Lucrezia rübergegangen ist, um sie zu bitten, den Fernseher etwas anders zu stellen, damit er den Bildschirm von seinem Schlafzimmer aus sehen kann«, antwortete Giulia entspannt. »Oder Brutus. Hast du ihm eigentlich einen Schlüssel gegeben?« Darüber, dass Brutus keinen eigenen Schlüssel zum *Torre* bekommen sollte, herrschte zwischen Giulia und Jacopo absolutes Einvernehmen, aber Giulia zog ihren Mann nur allzu gern mit dem Thema auf.

»Ganz sicher nicht. Jemand steht vor unserer Tür. Friedrich ist besser als jeder Deutsche Schäferhund«, murmelte Jacopo. Während er sich aufrichtete, um nachzusehen, ertönte eine Männerstimme.

»Es tut mir furchtbar leid. Ich wollte Sie nicht stören und schon gar nicht erschrecken. Entschuldigen Sie vielmals. Aber es gibt keine Klingel, und eigentlich ist es auch schon zu spät dafür …«

Giulia erkannte die Stimme sofort. Es war Signore Alfonso, der da hinter den Gitterstäben stand und herumdruckste.

»Signore Alfonso, aber … was …?« Giulia hatte sich ebenfalls aufgesetzt und war mit seinem Erscheinen wieder unsanft in ihr Tagwerk zurückkatapultiert worden.

»Entschuldigung, ich hätte nicht herkommen dürfen. Das war dumm von mir. Ich werde gehen.« Schritte waren zu hören.

Jacopo war aufgestanden und zur Tür gelaufen. Mit dem Schlüssel in der Hand schaute er erst auf Giulia und dann nach draußen. Giulia nickte. »Warten Sie bitte und kommen Sie herein. Wir wollten ohnehin noch nicht ins Bett gehen. An so einem lauen Sommerabend wäre das Frevel, nicht wahr«, sagte er mit fester Stimme, aber betont höflich.

Alfonso machte sofort kehrt, nickte Jacopo sichtlich dankbar zu und trat in den Innenhof.

Giulia fragte nicht, woher Signore Alfonso ihre Adresse hatte. Jeder am See wusste, wo die Commissario lebte. Was den Mann allerdings so spät auf ihren Berg trieb, das interessierte sie schon. Es musste etwas Wichtiges sein, das mehr wog als die Peinlichkeit, die sie in seinem Gesicht lesen konnte, nachdem er in den Schein der Hofbeleuchtung getreten war.

Jacopo, der es überhaupt nicht mochte, wenn irgendjemand, der mit Giulias Arbeit zu tun hatte, im *Torre del Barbarossa* auftauchte, bemühte sich dennoch, seinen Unmut zu verbergen, indem er Alfonso umgehend einen Platz anbot. Dazu holte er einen der Küchenstühle herbei und nahm erst seinen Platz neben Giulia wieder ein, als sich der Signore darauf niedergelassen hatte. Offenkundig war ihm die Situation nicht ganz geheuer. Jedenfalls machte er keinerlei Anstalten, die beiden allein zu lassen, auch wenn das, was der Signore zu sagen hatte, nicht für seine Ohren bestimmt war. Giulia, die ihrem Jacopo hundertprozentig vertraute, ließ das nicht nur so geschehen, sondern drückte auch noch ihr Knie sanft gegen seines, um ihn in seinem Tun zu bestätigen.

»Ich bitte Sie vielmals um Entschuldigung«, hob Alfonso erneut an. »Es ist nicht meine Art, in die Privatsphäre anderer Menschen einzudringen. Aber Aurora, also Signora Damiani, hat eine Migräne und musste sich zeitig zu Bett begeben, da dachte ich … na ja, ich muss mit Ihnen reden. Die Sache ist mir sehr wichtig. Und auf einer Questura zu erscheinen, das war mir, na ja, zu auffällig, wenn Sie verstehen.« Alfonso saß kerzengerade, ohne von der Lehne des Stuhles Gebrauch zu machen. Seine langen Beine hatte er parallel zueinander aufgestellt und seine Hände auf den Schenkeln abgelegt. Er wirkte mit dieser Haltung wie ein Pennäler, der für eine Standpauke seiner Lehrerin angetreten war. In jedem Fall drückte seine gesamte Körpersprache die Ernsthaftigkeit aus, mit der er hier erschienen war.

Giulia musterte ihn, soweit das im Halbdunkel möglich war. Jacopo saß still neben ihr, aber sie konnte seine Anspannung spüren. Signore Alfonso hatte also warten müssen, bis die Damiani sein Verschwinden nicht mitbekommen würde. Auch das gab Aufschluss über die Beziehung der beiden.

»Signora Damiani ist keine Mörderin.« Alfonso sprach den Satz leise und ohne den Nachdruck, den man bei einer derartigen Botschaft hätte erwarten können. Er war fast tonlos über seine Lippen gekommen, und trotzdem war die Bedeutung, die er ihm beimaß, förmlich greifbar.

»Sie war zur Tatzeit mit Ihnen zusammen. Wie sollte sie dann einen Mord begangen haben?«, fragte Giulia leise. Nebenan jubelten Lucrezia und Andrea für einen Kandidaten, der gerade hunderttausend Euro gewonnen hatte.

Alfonso rührte sich nicht. »Ich war gegen neun in seiner Suite.«

Schweigen. Giulia spürte, wie Jacopo neben ihr die Luft anhielt, was sie ein wenig amüsierte. Solange sie sich kannten, bemühte er sich, ihre Arbeit als etwas Normales anzunehmen, aber es gelang ihm nur schwerlich. Grausame Verbrechen standen im absoluten Widerspruch zu der feinen künstlerischen Seele ihres Jacopo, und auch wenn er keineswegs naiv durchs Leben ging, hätte er diese zwischenmenschlichen Absonderlichkeiten liebend gern komplett ausgeblendet. Mit einer Commissario an seiner Seite war das jedoch kaum möglich. Deswegen achtete Giulia darauf, ihn nur in kleinen Dosen einzubinden, obwohl seine Ratschläge oder einfach nur sein Zuhören oftmals äußerst hilfreich waren.

»Ich war am Montag gegen neun in der Suite von Umberto«, wiederholte der Signore seine Worte, als müsste er sichergehen, dass sie gehört werden.

Giulia hatte das auch beim ersten Mal mitbekommen und ärgerlich registriert, dass Signore Alfonso ebenfalls zu denjenigen gehörte, die sie mit Unwahrheiten gefüttert hatten. Sie ließ das unkommentiert stehen und schaute ihn nur mit durchdringendem Blick an.

»Aurora speist nie vor zehn, und so habe ich die Sachen zeitiger bringen lassen, um die Küche nicht unnötig bis in die Nacht hinein mit ihren Extrawünschen zu beschäftigen«, fuhr Alfonso fort und schien dabei jegliche Anstrengung zu unternehmen, um seine Unruhe zu verbergen. »Ich habe Umberto angerufen und mein Erscheinen angekündigt.« Er stoppte und schien abzuwarten, was Giulia darauf erwiderte. Natürlich war er intelligent genug, um zu wissen, dass die Polizei das Handy des Toten überprüft und damit von seinem Anruf Kenntnis hatte. Sie ließ ihn dahingehend jedoch im Ungewissen. »Es ging um sein Kostüm. Signora Damiani ist da sehr eigen …«

»Er hat Sie ohne Murren empfangen?«, fragte Giulia. »Ich meine, es war spät, der Drehtag war alles andere als nett, und er machte nicht den Eindruck, dass er sich von den organisatorischen Instruktionen der Regisseurin irgendwie angesprochen fühlte.«

»Sie waren am Montag am Set?«, wollte Alfonso wissen. In seinem Tonfall lag eine Mischung aus Überraschung und Sorge, die er dann aber schnell überging. »Es spielt ja auch keine Rolle. Umberto war hochanständig. Er hatte sich gerade zum Duschen fertig gemacht und hat mir trotzdem alles ausgehändigt.«

»Warum waren Sie in seinem Badezimmer?« Mit dem Duschen lagen sie richtig, dachte Giulia. Wenn Umberto beim Eintreffen von Signore Alfonso bereits entkleidet war, was sie aus dem Gesagten schloss, dann minimierte sich das Zeitfenster für den Mord gerade erheblich. Der durchschnittliche Italiener benötigte für einen Duschvorgang ungefähr zehn Minuten. Wenn man Farini einen besonderen Hygienetick unterstellen wollte, dann waren es vielleicht zwanzig Minuten. In jedem Fall war er dabei unterbrochen worden. Wenn Alfonso nicht der Mörder war, was Giulia noch immer nicht glauben konnte, dann musste derjenige allerdings nur wenige Minuten nach ihm Farinis Suite betreten haben. Möglicherweise hatte der Signore den Mörder sogar gesehen.

Durch Alfonsos Körper fuhr ein Zucken, kaum sichtbar, aber trotzdem intensiv genug, um von Giulia bemerkt zu werden. »Das Zimmermädchen hatte sein Abendessen vor die Tür gestellt. Er meinte, er müsste es sofort reinholen, weil sie ansonsten klopfte und fragte, ob alles in Ordnung war. Das wollte er wohl unbedingt vermeiden. Ich wollte ihn auch nicht länger als notwendig aufhalten und habe alles eingesammelt. Dazu musste ich auch ins Badezimmer. Er hatte nichts dagegen. Unter Kollegen, Sie verstehen.« Alfonsos Stimme schien kurz vor dem Versagen. Offenkundig wurde ihm gewahr, in welch unangenehmer Situation er sich durch Giulias Entdeckungen befand.

»Umberto Farini hätte die Kleidung ganz einfach auch am nächsten Morgen zum Dreh mitbringen können«, hob Giulia an. »Das hätte

Ihnen den Aufwand erspart …« Sie redete nicht weiter, aber dass damit auch der gegen ihn bestehende Verdacht nicht aufgekommen wäre, war zwischen den Zeilen deutlich zu verstehen.

Alfonso bestätigte das mit einem stillen Nicken. »Aurora ist jeden Tag ab sieben am Set unterwegs. Pedantisch«, er stockte, als wäre dieses Wort schon zu viel Kritik an seiner Freundin, »überprüft sie … na ja, sie will eben perfekte Startbedingungen und überlässt nichts dem Zufall.«

»Wie lange waren Sie bei Farini?«

»Keine zehn Minuten. Das Zimmermädchen, diese Rosalia, sollte mich nicht sehen. Sie ist … sagen wir mal …«

»Geschwätzig«, ergänzte Giulia.

Sein tiefes Ausatmen bestätigte das.

»Sie haben die Sachen sofort in Farinis Garderobe zur *Villa Melzi* gebracht, nehme ich an?«, fragte Giulia nach, obwohl die Antwort glasklar auf der Hand lag.

Er bejahte das. »Nur die Hose nicht, die war beschmutzt und musste erst vom Fitting wieder gerichtet werden. Ich habe sie dort hingelegt und mit einem Zettel versehen, mit dem ich auf die Eiligkeit der Reinigung hingewiesen habe. Das alles hat etwas gedauert, sodass ich erst Viertel vor zehn mit Aurora auf unserer«, das Wort hauchte er fast, »Suite zu Abend gegessen habe. Danach sind wir auch nirgendwo mehr gewesen.«

»Sie können nicht wissen, was Signora Aurora gemacht hat, während Sie weg waren. Immerhin reden wir hier von einer Dreiviertelstunde, und die überschneidet sich mit dem Zeitraum der Tat.« Giulia dachte an das Gespräch, in dem die Damiani ausgesagt hatte, dass sie beide ab einundzwanzig Uhr ihre Räume nicht mehr verlassen hatten. Dabei konnte sie das für Alfonso offenkundig nicht hundertprozentig behaupten. Mit ihrer Lüge gab sie jedoch nicht nur ihm, sondern praktischerweise ganz automatisch auch sich selbst ein Alibi. »Signore Alfonso, für mich gibt es da noch ein paar andere Ungereimtheiten in Ihren Aussagen. Es ist Zeit für die gesamte Wahrheit, denke ich.«

»Aurora ist keine Mörderin. Das schwöre ich bei meinem Leben«, sagte er mit bebender Stimme.

»Das reicht mir nicht, Signore!«, gab Giulia ungehalten und mit schmalen Augen zurück.

Er rang mit sich. »Ich habe unser Dinner eher bestellt ...«, er holte wieder tief Luft, bevor er weitersprach, »damit das Personal *sie* nicht sieht.«

»Wen nicht sieht?« Nicht einmal jetzt hält er die Wahrheit durch, dachte Giulia. Sie war gleich skeptisch gewesen, denn die Küche im Grandhotel schloss erst gegen Mitternacht, und so gab es keinen Grund, die Bestellungen unbedingt so zeitig aufzugeben. Das *Serbelloni* war ja schließlich nicht die Osteria *Sali e Tabacci*, in der man bis zwanzig Uhr gegessen haben musste, wenn man keinen Rüffel vom Koch bekommen wollte.

»Ciara.« Schweigen.

»Signore Alfonso!«

»Aurora bekommt hin und wieder eine Art Schönheitskur, na ja, ein paar Spritzen. Sie glaubt, sie braucht das.« Er schaute zu Boden. »Wenn das die Presse herausbekäme, wäre das ein gefundenes Fressen. Ciara war bei ihr, auch noch als ich zurückkam. Nach dieser Behandlung muss man ruhen. Sie hätte das Zimmer so oder so nicht verlassen können.« Pause. »Ciara bestätigt Ihnen das, aber, bitte, behandeln Sie das alles diskret. Es wäre ...«

»Und Sie? Sie waren in seiner Suite. Es wimmelt da nur so von ihren Fingerabdrücken. Sie haben mich angelogen.« Giulia beugte sich leicht zu ihm nach vorn und wurde ungehalten. »Wer sagt mir denn, dass Sie mit Farini nicht in Streit geraten sind? Was ist, wenn er nach diesem grässlichen Start hinwerfen wollte? Das hätten Sie niemals zulassen können, oder?« Giulias Ungemach wuchs, und sie wollte ihn provozieren.

»Es war alles so, wie ich es gesagt habe«, beteuerte er. »Ich habe ihn nicht umgebracht. Zu so etwas bin ich nicht fähig. Das wäre Verrat gegenüber Aurora gewesen.«

Giulia brauchte kurz, um den letzten Satz sacken zu lassen. »Der Film, die große Chance von Signora Damiani, durfte nicht gefährdet werden. Ich verstehe.« Der Grad der Ergebenheit dieses Mannes war erschreckend.

»Um keinen Preis«, bestätigte Alfonso. »Farini wird nicht vertragsbrüchig. Das weiß jeder in diesem Geschäft. Er war auch viel zu professionell, um sich über Aurora zu beschweren. Warum denn auch? Für beide war es eine Win-win-Situation.«

»Sie wollte ihn unbedingt als Liszt haben?«, fragte Giulia nach und war sich sicher, was sie gleich hören würde.

»Ja!«

»Und Sebastiano Sartori?«

»Eine Notlösung, um die Dreharbeiten so schnell wie möglich wieder aufnehmen zu können«, entgegnete er. »Das Geld fließt nur, wenn am Ende ein fertiges Produkt steht, und unsere Vorleistungen waren immens. Für Aurora können sie sogar den finanziellen Ruin bedeuten.«

»Wer hat ein so großes Interesse an einem Film über Franz Liszt und seine Zeit am Comer See?«, wollte Giulia energisch wissen, um etwaige Ausflüchte bereits von vornherein abzubügeln. »Das Thema ist doch, wenn Sie mir den Einwurf erlauben, sehr speziell.«

Er schwieg.

»Alfonso, ich muss Ihnen nicht die Position erklären, in der Sie und Signora Damiani sich befinden«, schob Giulia noch eine unterschwellige Drohung nach.

»Jemand, dem der Lario und die Musik des Meisters viel bedeuten. Jemand wie Enzo Patucelli«, sagte er tonlos.

Giulia hörte Jacopo ausatmen. Der Textilfabrikant Patucelli, der größte Konkurrent der Farinis, zahlt den Film, in dem der einzige Erbe seines Erzfeindes die Hauptrolle spielt und damit nach allen Mutmaßungen seinen fulminanten Durchbruch bekommen wird. »Wer wusste davon?«

»Mit Ihnen jetzt drei Leute«, erwiderte Alfonso. Ein scheeler Seitenblick zu Jacopo machte deutlich, dass er hier nicht einbezogen war. »Die strenge Geheimhaltung ist eine Klausel im Vertrag.«

»Umberto Farini in der männlichen Hauptrolle war die Bedingung für das Sponsoring?« Giulia ging so langsam das ganze Ausmaß dieser Hinterhältigkeit auf. »Sein Tod bringt für Patucelli das gleiche Ergebnis. Dennoch hält er Ihnen gegenüber Wort. Deswegen spielt es auch keine Rolle, ob jemand wie Sartori den Liszt übernimmt. Patucelli braucht den Erfolg des Films nicht mehr. Aber Sie benötigten sein Geld, und immerhin haben Sie damit eine reelle Chance, Aurora Damiani auf ihren einstigen Zenit zurückzuhieven. Das wird nicht so einfach gelingen wie mit Farini, aber Sie beide sind Profis genug, um das Beste herauszuholen.«

Die ausbleibende Replik genügte Giulia, um zu verstehen.

»Wie viel …?«

»Zwei Millionen Euro.«

Giulia dachte an Umberto Farinis Vater, der morgen aus Paris zurück sein würde. Und Enzo Patucelli? Jemand, der eine Unsumme aufbrachte, um dem alten Konkurrenten den Boden unter den Füßen wegzuziehen, würde auch einen Mord in Kauf nehmen, oder? Allerdings musste Giulia sich eingestehen, dass Patucellis Art der Marktbereinigung deutlich eleganter und vornehmer daherkam als ein engagierter Auftragsmord, auch wenn er den sicherlich kostengünstiger hätte haben können. Was sie allerdings noch mehr schockte als die Intrigen eines gewieften Unternehmers, war die Skrupellosigkeit, mit der sich die Damiani und Signore Alfonso auf dieses Geschäft eingelassen hatten. Auch wenn Umberto Farini mit diesem Film möglicherweise der Weg in Italiens Filmhimmel geebnet worden wäre, hatten sie ihn für ihre Zwecke eiskalt benutzt. »Sie hätten Farini sagen müssen, woher das Geld stammte«, bemerkte Giulia betroffen.

»Dann hätte er diesen Film niemals gemacht«, entgegnete Signore Alfonso leise. »Wenn ich geahnt hätte …« Er senkte den Kopf. »Unter keinen Umständen hätte ich das zugelassen. Ich werde das bis ans Ende meines Lebens bereuen.«

»Als Umberto Farini tot aufgefunden wurde, trug er eine Seidenunterhose von Patucelli. Nach allem, was wir wissen, hat er sich die unter keinen Umständen selbst angezogen«, erwiderte Giulia und goss damit bewusst Öl ins Feuer. »Hat Patucelli neben der Finanzierung der Dreharbeiten auch noch die Kleidung gestellt?«

Signore Alfonso verneinte das konsterniert.

»Möglicherweise war das auch eine Klausel im Vertrag. Liszt trägt Patucelli, ein hervorragender Werbegag, finden Sie nicht?«, fragte sie in spitzem Ton.

»Nein«, antwortete Alfonso mit belegter Stimme. »Patucelli wollte auf gar keinen Fall öffentlich auftauchen. Das hätte das gesamte Projekt gefährdet. Eine Unterhose, sagen Sie ... aber wieso sollte er das tun ... das ist doch alles absolut abwegig.« Seine Verwirrung war ebenso offensichtlich wie sein schlechtes Gewissen. »Vielleicht ein Geschenk? Oder ein Irrtum?« Er schaute Giulia verzweifelt an.

»Tragen Sie Patucelli, Signore Alfonso?« Giulia musterte den Mann, der ungefähr die Statur Umberto Farinis hatte.

»Ich?« Er schaute an sich herunter, als müsste er das überprüfen. »Das kann sein, ich weiß nicht, womöglich. Ich achte nicht darauf. Es bedeutet mir nichts.« Sein Unbehagen hätte kaum größer sein können. Langsam erhob er sich. »Ich denke, es ist Zeit«, sagte er, wobei die Scham in jedem seiner Worte mitschwang.

»Eine Frage noch, Signore«, sagte Giulia. »Während Sie mit Farinis Kleidung unterwegs waren, ist Ihnen da irgendetwas oder irgendjemand im Hotel aufgefallen? Ich weiß, dass ich Ihnen diese Frage schon einmal gestellt habe, aber angesichts der nunmehr begradigten Vorkommnisse ...«

Er hielt inne. »Ich habe Greta Esposito im Treppenhaus getroffen. Angeblich hatte sie sich in der Etage geirrt.«

Jacopos Seufzen schaffte es sogar, Lucrezias Fernsehgerät zu übertönen.

***

»Lasciatemi cantare, con la chitarra in mano, lasciatemi cantare, una canzone piano piano.« Der Gesang war so laut wie falsch und wollte kein Ende finden.

»Du gehst, immerhin hast du ihn irgendwann einmal adoptiert. Wieso, will ich gar nicht wissen, knurrte Jacopo verschlafen, drehte sich von Giulia weg und zog seine Bettdecke bis über beide Ohren. »Toto Cutugno, ich kriege Ausschlag«, nuschelte er noch.

Giulia, die durch den vielen Wein und den Tiefschlaf noch etwas neben sich stand, hatte Mühe, aus dem Bett zu krabbeln. Sie tastete nach ihrem Handy und überprüfte die Uhrzeit. Es war kurz nach zwei Uhr. Vorsichtig stieg sie die Treppe in den Innenhof hinunter. Der Mond war noch nicht ganz voll, aber immerhin sandte er so viel Licht, dass sie die traurige Gestalt, die vor ihr auf der ersten Stufe hockte, gut erkennen konnte. Es war Brutus, der das Geländer umarmte und, wenn er nicht gerade wieder den Welthit »Cutugnos« anstimmte, den Eisenstäben sein Leid klagte. Dabei ging es natürlich, wie hätte es auch anders sein sollen, um diese Frau, die nach dem heutigen Abend noch ein Stück mehr in Giulias Fokus gerückt war.

»Ich bringe dich ins Bett. Es ist spät«, flüsterte Giulia, wobei sie hinter ihm stehen geblieben war, um ihn nicht zu erschrecken.

»Du hättest es mir gleich sagen können«, erwiderte Brutus vorwurfsvoll. »Greta ist eine egoistische, dumme Ziege.«

Giulia machte einen weiteren Schritt abwärts, setzte sich neben ihn und legte ihren Arm um seine Schulter. »Es ist also nicht gut gelaufen?«

Er schüttelte den Kopf, wobei sein gesamter Körper mitschwang. »Am Anfang war es sogar richtig nett. Sie hat mir erzählt, was es früher bei ihr zu Hause immer zu essen gab. So Arme-Leute-Zeugs. Und dass ihre Mutter nicht mal das anständig zubereiten kann. Das war echt witzig. Sie kommt aus einfachen Verhältnissen Giuli, wie ich. Das hätte doch passen können«, sagte er weinerlich und mit schwerer Zunge.

»Ihre Mutter ist seit einem Verkehrsunfall behindert. Sie kann den rechten Arm nicht bewegen. Ich weiß«, antwortete Giulia, weil sie irgendetwas darauf erwidern wollte und ihr nichts Besseres einfiel. »Sie hatten es sicherlich nicht leicht.«

Brutus wurde ungehalten. »Unsinn. Davon hätte sie mir erzählt. Die beiden waren einfach arm. Und jetzt ist Greta ein großer Star und lässt es überall heraushängen. Den ganzen Abend hat sie von diesem doofen Sartori geschwärmt, was er für einflussreiche Freunde hat und wie er sie da überall bekannt macht. Obwohl sie sich erst seit Mittwoch näher kennen, bezeichnet sie ihn schon als Selenverwandten«, Brutus zog das letzte Wort in die Länge, »und wahren Freund. Ich weiß genau, was da läuft. Ich sehe doch, wie der Kerl sie angafft. Dabei ist er mindestens zehn Jahre älter als sie.« Er unterdrückte ein Aufstoßen.

Giulia verkniff es sich, Brutus mit seinem Alter zu konfrontieren. Er könnte Gretas Vater sein.

»Dabei habe ich sie mit zu meinen Freunden genommen. Das ist doch viel mehr wert als eine Karriere.« Brutus verstand die Welt nicht mehr.

Giulia kamen unwillkürlich der zahnlose und mit Ziegenhaaren übersäte Matteo, der wildernde Francesco und der einfältige Fabrizio in den Sinn. Was eine junge Frau, die im Filmgeschäft groß herauskommen wollte und überdies für nichts anderes einen Sinn hatte, mit diesen Kerlen anfangen sollte, war ihr schleierhaft. »Es gibt nun mal auch oberflächliche Menschen«, sagte sie tröstend. »Vergiss sie einfach.«

»Wie die alle um sie herumgeschwänzelt sind. Sogar der Campanaro hat sich zu uns an den Tisch gesetzt, noch vor dem Dessert. Ich verstehe sie ja. Greta ist nun einmal ein echter Hingucker, aber *ich* war mit ihr verabredet, wegen *mir* ist sie auf unseren Berg gekommen. Die sollen sich eine eigene Schönheit suchen«, sagte er empört.

»Wer saß denn noch bei euch?«, fragte Giulia und musste sich das Grinsen verkneifen, auch wenn ihr Freund das in seinem Zustand möglicherweise ohnehin nicht mehr mitbekommen hätte.

»Alle, die da waren, einschließlich ein paar Touristen. Greta hat voll aufgedreht, vom Filmdreh in New York geschwafelt, von der Berlinale und von lauter Kram, den ich nicht kenne. Autogramme hat sie auch noch verteilt. Ihre Handtasche quoll über von diesen blöden Karten. Außerdem hat sie Signora Damiani schlechtgemacht. So was mag ich gar nicht, wo die Signora deinem Vater sogar eine Nachricht ins Krankenhaus hat schicken lassen. Das ist doch so nett.«

Giulia ahnte Schlimmes.

»Für mich jedenfalls hat sich Greta nicht die Bohne interessiert. Nicht mal nach unserem neuen italienischen Frankiersystem hat sie gefragt.« Brutus legte seinen Kopf auf ihre Schulter.

Giulia drückte ihn fest an sich.

»Die Statistenrolle ist für mich Geschichte«, maulte er. »Ab morgen lege ich mich nur noch auf eurer Sofa und bin faul. Auch ein italienischer Postbote hat einmal das Recht auf Freizeit. Und ich habe noch etwas mehr als eine Woche davon. Greta jedenfalls kann mir gestohlen bleiben.«

***

Giulia hatte eine der ersten Fähren nach Lenno genommen. Obwohl Jacopos Nachtruhe nicht viel länger als ihre gewesen war, hatte er nichts dagegen gehabt, zeitiger als sonst aufzustehen. Sie hatten nicht sehr üppig, aber in trauter Zweisamkeit gefrühstückt, und Jacopo hatte sie sogar noch zu ihrem Auto gebracht, um dann, zumindest war das sein Plan gewesen, die Büroarbeit zu erledigen. Seine Baustellen in der Umgebung waren beendet, und er wollte, bevor er am Montag seinen neuen Auftrag in Potenza antrat, wenigstens mit dem Papierkram auf dem aktuellsten Stand sein. Das zumindest hatte er Giulia erzählt. Dabei wusste sie genau, wie gewissenhaft Jacopo war und dass er seine Buchhaltung lange erledigt hatte, sodass dies nur eine Ausrede gewesen war. Ihr Mann würde in spätestens zwei Stunden über den Wochenmarkt von Menaggio bummeln, hier und da mit den Händlern plaudern, von deren Köstlichkeiten probieren, ein oder zwei Gläser Wein trinken und am Ende einen riesigen Korb voller regionaler

Spezialitäten nach Hause tragen. Die restliche Zeit des Tages würde er dann damit beschäftigt sein, alles zuzubereiten und portionsweise für sie einzufrieren. Giulia, die auch mit einer Pizza auf die Hand und einem Espresso gut über die Runden kam, wusste, wie wichtig ihm das war, und freute sich über diesen besonderen Liebesbeweis. Dass auch ihre Assistentin Elena irgendwie darin einbezogen war, denn die würde es sich nicht nehmen lassen, Giulia die ein oder andere Portion zu stibitzen, darüber konnte sie großzügig hinwegsehen.

Jetzt stand Giulia auf der Terrasse der *Farini-Villa* und schaute über den See, auf dem so langsam die Geschäftigkeit des Tages anbrach. Sie hatte schon so einige der Villen am Lario besucht, aber diese hier war außergewöhnlich. Das im neogotischen Stil des 19. Jahrhunderts erbaute Haus verfügte über vier Etagen, und Giulia schätzte, dass sich darin mindestens fünfhundert Quadratmeter Wohnfläche befinden mussten. Bis weit über das zweite Obergeschoss hinaus war das Gebäude mit dichtem grünem Weinlaub bewachsen, das lediglich an den Fenstern in seiner Üppigkeit ein wenig gezügelt worden war. Nach allem, was Giulia auf ihrem Weg zum Haus gesehen hatte, gehörten zum Anwesen auch ein Pförtnerhaus, das für sich genommen schon deutlich größer als ihr *Torre* war, ein Schwimmbad, ein Gewächshaus und eine riesige Garage, in der sie mindestens fünf Autos vermutete. Gleich neben der Terrasse, auf der sie wartete, gab es einen ummauerten und durch ein Gittertor vom See abgegrenzten kleinen privaten Hafen, der in ein Bootshaus mündete. Das Bootshaus hatte einen eigenen Zugang zur Villa, war aber auch über den Absatz einer imposanten Steintreppe, die in das Nichts des Sees führte und ursprünglich sicherlich als Badestelle genutzt worden war, erreichbar. Sogar bis auf die ersten Stufen hinab hatten sich die Weinranken ihren Weg gesucht und wurden je nach Wellengang mal mehr oder mal weniger stark vom Wasser erfasst. Diese grünen in den See hinein schwebenden Arme verkörperten die Romantik eines längst verlassenen Ortes. Wenn man hingegen wusste, warum die Farinis ihre Badestelle gänzlich der Natur überlassen hatten, bekam dieser Platz etwas Tragisches und bei

Weitem nicht mehr so Anmutiges. Giulia dachte an die schreckliche Geschichte, die ihr Tiziana erzählt hatte, und war gespannt, was für ein Mensch sie mit Santo Farini, dem Vater Umbertos, erwarten würde. Sie beobachtete das Spiel der Wellen, als unerwartet das Dienstmädchen mit einem Espresso hinter ihr stand. »So zeitig am Morgen bringt der Schwung in den Tag«, sagte die ältere Dame herzlich und lächelte sanft, während sie Giulia das Gedeck reichte. Dabei schien ihr deren ernster Blick in Richtung Treppe aufzufallen. Zumindest deutete Giulia ihre Worte dahingehend.

»Das Leid macht auch vor der schwersten Tür nicht halt«, sagte sie beklommen, senkte den Kopf, bekreuzigte sich hastig und verschwand.

Wenig später betrat Santo Farini den Freisitz. Er kündigte sich, vermutlich um Giulia, die mit dem Rücken zum Haus stand, nicht zu erschrecken, durch ein Hüsteln an. Sie wandte sich um und bemerkte erstaunt, dass sie sich einen der erfolgreichsten italienischen Textilfabrikanten ganz anders vorgestellt hatte. Signore Santo Farini hatte bis auf die Größe und den Körperbau rein optisch nichts mit seinem Sohn gemein. Giulia, die auf einen älteren Liszt spekuliert hatte, was ihr nun mehr als töricht vorkam, stand einem Mann gegenüber, der bei Weitem nicht als attraktiv bezeichnet werden konnte und dessen asketische Erscheinung zugleich auf einen ebensolchen Charakter hindeuten ließ. Mit einer zackigen Bewegung streckte der Signore ihr die Hand zum Gruß entgegen, entschuldigte sich für sein Zuspätkommen, das Giulia nicht einmal bemerkt hatte, und bat sie, an der schmiedeeisernen weißen Tischgruppe Platz zu nehmen. Kurz darauf erschien die Dame erneut und servierte ihm stillschweigend eine Tasse schwarzen Tees. Ohne sich lange mit Belanglosigkeiten aufzuhalten, hob er an.

»Wie weit sind Sie mit Ihren Ermittlungen zum Tode meines Sohnes?«, fragte er und musterte Giulia dabei mit seinen wachen braunen Augen.

»Leider noch nicht am Ziel«, entgegnete Giulia ausweichend. »Deswegen wollte ich Sie noch einmal sprechen, persönlich.« Sie hielt seinem Blick mühelos stand. »Ihr Sohn Umberto …«

»Ich habe nur diesen einen«, fiel er ihr belehrend ins Wort. »*Ihr Sohn* oder *Umberto* genügt also in der Formulierung.«

Giulia sah die strengen Linien seines Gesichtes, die Beherrschtheit und die Härte gegenüber sich und anderen, die jedoch, auch wenn er sich noch so sehr bemühte, seine Traurigkeit nicht verstecken konnte. »Umberto plante mit diesem Film seinen absoluten Durchbruch, um sich dann daraus zurückzuziehen und dem Familienunternehmen zu widmen.«

»Das ist korrekt«, entgegnete Santo Farini, ohne den Blick von ihr abzuwenden. Er schien in keiner Weise erstaunt über Giulias Wissen und machte keinerlei Anstalten, nach dessen Ursprung zu fragen. Stattdessen lag in seinen Augen für einen kurzen Moment sogar etwas Anerkennendes. »Umberto …«

»Nein!« Ein gellender Schrei zerschnitt seine Worte. Enza Dafne Farini stand in der Terrassentür und schaute beide mit weit aufgerissenen Augen an. »Das ist eine Lüge! Du lügst!« Sie zitterte am ganzen Körper.

Santo Farini ließ Giulia keinen Moment aus den Augen. Nicht einmal das plötzliche Auftauchen seiner Mutter und ihre fast schon hysterische Reaktion schienen ihn aus der Ruhe zu bringen. Im Gegenteil, er ignorierte sie mit einer erstaunlichen Vehemenz. »Vor etwa sechs Monaten haben Umberto und ich ein klärendes Gespräch geführt. Er hatte mich darum gebeten. Ich selbst wäre diesen Schritt nicht gegangen«, fuhr er fort, als wäre nichts passiert. »Damals stand er vor der Frage, ob er den Vertrag für die Liszt-Verfilmung unterschreibt.«

»Das ist nicht wahr!«, kreischte Enza Dafne Farini erneut. »Umberto hätte niemals nur ein Wort mit dir gewechselt, nach allem, was du ihm angetan hast.« Die Signora wankte, fasste verzweifelt nach dem Türrahmen und bekam schließlich wieder Halt. »Du manipulierst deinen Sohn noch im Tode. Umberto war einer der größten Schauspieler Italiens und kein Textilfabrikant! Wann willst du das endlich begreifen?« Sie rang nach Luft. »Wenn das die Wahrheit wäre, hätte mir Umberto davon erzählt.«

»Umberto wollte den Film unbedingt machen, aber zugleich schien er sich mehr und mehr für unser Familienunternehmen zu interessieren.« Er redete auch jetzt weiter, als wäre nichts gewesen. Dann stoppte er kurz. »Ich nehme an, Sie haben sich über die Farinis eingehend belesen.« Es folgte ein prüfender Blick.

Giulia bestätigte das.

»Ich habe immer gehofft, dass er mit den Jahren seine eigentliche Vorbestimmung für sich entdeckt. Im letzten halben Jahr zeichnete sich das zu meiner Freude auch ab.« Während Signore Farini das sagte, zeigte sich in seinem Gesicht nicht der Hauch einer emotionalen Regung.

Da war sie wieder, die Vorbestimmung, dachte Giulia. Dieses Wort hatte Umberto Farini gegenüber Enza, der netten Dame von der Telefonseelsorge, mehrfach gebraucht. Aus den Augenwinkeln konnte Giulia sehen, dass Signora Farini verschwunden war. Er schien es ebenfalls zu bemerken, aber es schien keinen Einfluss auf das, was er sagen wollte, zu haben.

»Wir haben eine Abmachung getroffen. Er wollte mit der Damiani zum größten italienischen Schauspieler seiner Zeit aufsteigen und sich dann, mit Ausnahme von wichtigen, erlesenen Rollen, im Filmgeschäft rarmachen. Für diesen Prozess hatten wir eine Zeitspanne von etwa zehn Jahren vorgesehen. Währenddessen wollte ich ihn mehr und mehr in das Geschäft einarbeiten. Das eine schließt das andere nicht aus, das war unser Deal. Und es sollte einen Geschäftsführer geben, der das normale Tagesgeschäft verrichtet. Das hat es in der Farini-Dynastie noch niemals vorher gegeben, aber ich habe mich darauf eingelassen, dem Unternehmen und meinem Sohn zuliebe.« Er klang, als würde er das Kleingedruckte eines Vertrages vorlesen.

»Wann haben Sie diese Abmachung getroffen?«, fragte Giulia dazwischen und registrierte die Reihenfolge seiner Prioritätensetzung genau.

»Letzten Freitag, in mündlicher Form. Ich habe meinem Sohn vertraut, trotz …« Er schwieg.

»Warum zehn Jahre?«, fragte Giulia nach.

»Dann bin ich siebzig, und Umberto wäre fünfunddreißig gewesen. Das perfekte Alter, um auszusteigen, für uns beide«, entgegnete er. »Wir beide waren zwanzig, als wir unsere Aufgaben übernommen haben, eine erstaunliche Parallele, finden Sie nicht?«

Das war keine Frage, sondern eine Feststellung, und Giulia bemühte sich nicht einmal um eine auf Höflichkeit basierende Antwort. »So weit, so gut, Signore Farini«, hob sie an. »Das würde ja bedeuten, dass Ihre Tradition kein jähes Ende gefunden hätte. Alles wäre zum Vorteil aller gelöst worden.«

»Wäre, jawohl. Aber dieser lange Weg bis dahin hat sich nicht gelohnt. Das ist wohl das Leben. Umbertos Idee mit einem Geschäftsführer trage ich trotzdem noch in meinem Hinterkopf herum. Aber ich verplaudere mich, das hat nichts mit Ihrem Anliegen zu tun und ist Privatsache.« Er kniff die Lippen fest zusammen und schaute streng.

»Na ja, ganz so ist es möglicherweise nicht. Ich frage mich nämlich, ob es sein kann, dass Umbertos Tod etwas mit Ihrem Unternehmen zu tun hat, mit Ihrer Konkurrenz vielleicht?« Giulia versuchte, sich vorsichtig heranzutasten. Dieser Mann war ausnehmend intelligent und schnell im Denken.

»Textilunternehmer sind keine blutrünstigen Bestien«, antwortete Farini trocken. »Wir messen uns über die Qualität unserer Stoffe, über kreative Ideen und natürlich über unsere Geschäftsergebnisse, aber wir trachten uns nicht nach dem Leben, zumindest nicht in dem Sinne, wie Sie es hier unterstellen wollen.«

Giulia zögerte kurz. »Umberto trug bei seinem Tod eine Unterhose von Patucelli. Ihre Mutter beschwor mich quasi, dass dies eine absolute Unmöglichkeit darstellt. Deswegen sehen wir darin eine Botschaft des Mörders. Meine Frage ist also nicht ganz unbegründet.«

Das erste Mal während dieses Gespräches wirkte Signore Farini etwas angeschlagen. Er schwieg eine Weile und schien zu überlegen. »Das Bild in der Zeitung. Selbst wenn dieses Foto gezielt geschossen und damit keine Torheit eines bemitleidenswerten Menschen war, konnte nicht einmal ein Profi wie ich darauf den Patucelli erkennen.

Sagen Sie mir, was ist das für eine Botschaft, die die Öffentlichkeit nicht erreicht?«, fragte er.

»Eine, die womöglich nur direkt an Sie gerichtet ist«, erwiderte Giulia.

***

Ein dumpfer Aufprall war zu hören. Kurz darauf zerbarst mit heftiger Wucht Porzellan oder Glas, Giulia konnte es nicht genau deuten. Ein erschütternder Schrei drang aus dem Haus. Signore Farini sprang auf und eilte auf die geöffnete Terrassentür zu. Giulia folgte ihm.

Signora Enza Dafne Farini lag leblos auf den Marmorfliesen des Vestibüls. Um sie herum verstreut befanden sich Dutzende Scherben einer Vase, die offensichtlich vormals auf einer dicht daneben aufgestellten und nun verwaisten Blumensäule gestanden hatte. Das Hausmädchen kniete derweil in einer Lache aus Blumenwasser, Scherben und weißen Fliederzweigen und versuchte unter Tränen, die Signora durch das Tätscheln ihrer Wange wieder aufzuwecken. Dabei murmelte sie unentwegt Hilfebitten in Richtung des Heiligen Geistes, die mit jedem Ausruf wehklagender klangen. Giulia trat von der anderen Seite an die Signora heran und prüfte deren Vitalzeichen. Der Puls war deutlich verlangsamt. Während sie noch das Handgelenk der Signora umfasst hielt, zog sie mit der anderen Hand ihr Handy aus der Gesäßtasche ihrer Jeans und wählte die Nummer der *Ambulanza*. Nachdem das erledigt war, griff sie sich von irgendeinem der herumstehenden Chaiselongues ein Kissen und schob es unter die Beine der Signora.

Signore Farini stand nur teilnahmslos dabei und beobachtete sie mit auffallend kühler Distanz. Erst mit dem Eintreffen der Sanitäter reagierte er und managte den Abtransport seiner Mutter, die zu diesem Zeitpunkt wieder bei Bewusstsein war.

Giulia beobachtete ihn dabei aus den Augenwinkeln. Santo Farini zeigte das Maß an Verantwortung, was man einem hilflosen Menschen aus Anstand und moralischer Verpflichtung zuteilwerden ließ. Er verhielt sich dabei jedoch nicht wie ein liebender und fürsorglicher Sohn. Er mochte dafür seine Gründe haben, wie auch immer die geartet waren, und Giulia stand es nicht zu, darüber zu urteilen, aber in dieser Familie lag offensichtlich so manches im Argen, und das hatte nicht unbedingt nur etwas mit dem Tod Umbertos zu tun.

»Kann ich Ihnen auf den Schreck einen Cognac oder etwas anderes anbieten?«, fragte Santo Farini unter den davonfahrenden Tönen des Martinshornes und bat sie, ihn wieder auf die Terrasse zu begleiten. Dabei schaute er prüfend auf seine Uhr und lächelte geschäftsmäßig, als er Giulias irritierten Blick bemerkte.

»Ich denke, es wird Zeit für mich«, sagte sie.

Er wies mit seinem Arm in Richtung der Tür. Im Herausgehen sagte er: »Ich habe mir sicherlich im Laufe der Jahre so einige Feinde gemacht. Das bringt die Geschäftswelt mit sich. Umberto allerdings war wie ein schöner Schmetterling, man erfreut sich an ihm, aber man fürchtet ihn nicht.«

Giulia blieb stehen. »Ein Schmetterling, den seine Großmutter vor der kalten, rauen Welt beschützen wollte.«

Signore Farini bemühte sich um ein Lächeln, aber das blieb so starr und kalt wie sein ganzes Wesen. »Meine Mutter hat meinen Vater durch ihre vom Alkohol vernebelte Welt sterben sehen. An dem Tag, an dem er sie wirklich gebraucht hätte, war sie nicht fähig, ihm zu helfen. Das eigentlich Tragische an ihrer Person ist jedoch, dass sie daraus für sich selbst keine Schlüsse gezogen hat, sondern sich ihre ganze Wut und Trauer in eine grenzenlose Liebe zu unserem Sohn kanalisiert hat. Umberto war als Kind angesichts dieser geballten Vereinnahmung wie gelähmt. Deswegen wollten meine Frau und ich ihn auch auf ein Internat in die Schweiz geben. Meine Mutter hat das mit ihrer manipulativen Art zu verhindern gewusst. Aber da war es längst zu spät gewesen. Sandra, meine Frau, ist an diesem Kampf zerbrochen.« Er schluckte kurz, redete dann aber mit unverändert klarer Stimme weiter. »Nach ihrem Tod brachen unter uns verbliebenen drei Farinis alle Dämme.

Für mich gab es nur die Rolle des Außenseiters. Dass sich Umberto nach so langer Zeit mir wieder zugewandt hat, bedeutet mir sehr viel.«

Giulia drückte ihm fest die Hand. Neben ihr schlug eine Welle gegen die Mauer der alten Badestelle.

8

»Kussszene. Die fünfte. Ab.« Die Anweisungen der Damiani kamen knapp und harsch.

Franz Liszt hatte seine Marie mit beiden Händen um die schmalen Oberarme gefasst und sie an sich gezogen. Marie schmachtete ihn an, wobei in ihrem Blick nicht halb so viel Leidenschaft lag, wie sie gegenüber dem ersten Liszt aufgebracht hatte. Dagegen schien sein Nachfolger über den Körperkontakt augenscheinlich erfreut zu sein. Er presste sie an sich, als könnte sie versuchen, ihm zu entkommen, und küsste sie in einer nicht nur äußerst unappetitlichen, sondern auch noch anmaßenden Art, die heute dem ein oder anderen in der Öffentlichkeit vermutlich aufstoßen könnte, aber im 19. Jahrhundert garantiert ein absoluter Affront gewesen sein musste. Das Ganze wirkte so unpassend wie dilettantisch, aber zu Giulias Erstaunen bot die Damiani ihren Schützlingen weder Einhalt, noch maßregelte sie sie. Die Regisseurin ließ es einfach nur geschehen und schien sich daran auch noch zu ergötzen. Ganz offenkundig gefiel es ihr, mit Greta Esposito zu spielen und sie auf unangenehme Art zu kompromittieren. Marie d'Agoult alias Greta Esposito bewies dabei allerdings einen erstaunlichen Langmut. Irgendwann indessen wurde selbst ihr die Szene zu viel, und sie versuchte angestrengt, sich aus der Umklammerung ihres Filmpartners zu lösen. Sartori hielt jedoch dagegen, was sie schließlich dazu veranlasste, ihm einen derben Tritt zu verpassen. Daraufhin stieß er sie unsanft von sich, bedachte sie mit einer herabwürdigenden Geste und wandte sich ab. Giulia glaubte, das Wort *Metze* aus seinem Mund vernommen zu haben, was die Damiani, ihrer schadenfrohen Miene nach zu urteilen, ebenfalls mitbekommen haben musste. Eine derartige Reaktion hätte Giulia dem vornehm zurückhaltenden Sartori generell nicht zugetraut, aber offenbar lagen die Nerven bei der Filmcrew zunehmend blank.

Giulia konnte Alfonso, der nur still dabeigestanden hatte, ansehen, wie sehr ihm das alles hier missfiel. Auch Gretas Mutter, die sich ausnahmsweise heute zu den Aufnahmen gesellt hatte, schaute unglücklich in die Runde, wobei sie Sartori ab diesem Zeitpunkt nicht mehr im Mindesten zu würdigen schien. Was immer zwischen Greta und dem Liszt-Mimen seit gestern vorgefallen war, es störte gerade massiv die Dreharbeiten und konnte für den Erfolg des Filmes, wenn sich beide nicht wieder besonnen, nichts Gutes bedeuten.

»Ich denke, wir machen erst einmal eine Pause«, bemerkte die Damiani mit einer erstaunlichen Gleichgültigkeit in der Stimme. »Die Schwingungen sind zu negativ. Abgesehen davon ist Commissario Cesare sicherlich nicht gekommen, um den Fortgang unserer Arbeit zu verfolgen.« Sie nickte Giulia bemüht freundlich zu. »Die Ermittlungen zum Tode *unseres* Umbertos gehen absolut vor.«

Giulia erwiderte den Gruß nur zaghaft. Menschen, die Kreide gefressen hatten, erregten ihr Misstrauen. Sie schaute zu Alfonso, dessen flehentlicher Blick sie jedoch nur vorsichtig streifte. Dafür winkte ihr aus einigen Metern Entfernung ein über das ganze Gesicht strahlender Piergiuseppe zu. Er trug einen vornehmen Dreiteiler, und seine Wangen glühten vor Aufregung, während er von einem der Assistenten eine Anweisung bekam. Er schien in der nächsten Szene seinen Auftritt zu haben. Giulia war ärgerlich darüber, dass die Damiani ihren Vater unverkennbar für ihre Zwecke instrumentalisierte und der brave Piergiuseppe dies auch noch mit sich machen ließ. Aber was wusste ihr alter Vater schon? Seine Blitzgenesung ging nur auf diese Filmrolle zurück, und eigentlich sollte sich Giulia darüber freuen. Und was sich auch immer die Damiani von diesem Entgegenkommen erwartete, Giulia würde es nicht erfüllen. Die Damiani war auf ihrem Regiestuhl sitzen geblieben, während um sie herum alle in Hektik verfielen. Giulia konnte aus den Augenwinkeln sehen, dass sie von ihr beobachtet wurde. Die Unwägbarkeit der Situation lag förmlich in der Luft. Wenn Giulia einen der wichtigsten Darsteller in Untersuchungshaft stecken müsste, war ohnehin das Ende der Dreharbeiten so gut wie besiegelt. Wie sie dann jemals wieder mit Piergiuseppe ins Reine kommen sollte, stand auf einem anderen Blatt. Zunächst jedoch brauchte es dringend ein klärendes Gespräch mit Greta Esposito. Giulia war gespannt, wie diese ihr das zweifelhafte Alibi und ihre Anwesenheit in der Nähe von Umberto Farinis Suite kurz vor seinem Tod erklären wollte. Sie bog zum Hauptportal der *Villa Melzi* ab, als sich ihr Handy in ihrer Hosentasche meldete.

»*Pronto!*«

»Bist du allein?«, fragte Elena zurückhaltend.

Giulia schaute sich verstohlen um, ließ die Villa linkerhand liegen und ging mit schnellen Schritten in den hinteren, nicht einsehbaren Teil des Parks. Wenn Elena schon so fragte, musste sie auf etwas Wichtiges gestoßen sein. »Jetzt ja, was hast du?«.

»Die Schönheitschirurgin der Damiani, diese Ciara, hat mir ein wunderbares Alibi präsentiert. Die Regisseurin ist raus aus dem Rennen. Sie hat aber auf absolute Vertraulichkeit gedrängt. Was spritzen die, Frischzellen von neugeborenen Ferkeln? Das alles stinkt doch zum Himmel. Und so, wie die Damiani aussieht, puh, das Geld hätte sie besser anlegen können«, sagte Elena mit gedämpfter Stimme.

»Ich will es nicht wissen.« Je mehr sie darin eintauchte, umso weniger konnte Giulia mit dieser Filmwelt anfangen. Jeder machte jedem etwas vor, und der falsche Schein war in einem Maße salonfähig, dass man sich selbst zu einem Außenseiter degradierte, wenn man nicht genügend darauf gab.

»Was die Patucelli-Unterhose angeht, na ja, also da kann ich gleich die Nadel im Heuhaufen suchen …«, fuhr Elena fort.

»Aber?«

»Nichts aber«, maulte Elena. »In ganz Bellagio gibt es ein Geschäft, das diesen Nobelfummel anbietet. Die Verkäuferin schwört aber, dass sie seit mindestens vier Wochen kein einziges Stück davon verkauft hat. Die hat fast geheult, die arme Frau. Aber die durchschnittlichen

Tagestouristen tragen nun einmal keine italienischen Markenklamotten. Vielleicht sollte sie auf billige Seidenschals und Selfie-Stangen umsatteln.«

»Gestohlen? Das wäre auch passender, also wegen der Spuren«, hoffte Giulia.

»Unsinn. Der komplette Laden ist videoüberwacht, und die Stücke haben eine Warensicherung.« Das Rascheln von Papier war zu hören. »Derjenige kann die Unterhose sonst wo gekauft oder sie als misslungenes Weihnachtsgeschenk bekommen haben. Das ist müßig, Commissario«, jammerte Elena.

»Gib noch nicht auf«, bat Giulia. »Patucelli ist kein Massenprodukt, daran erinnert sich jeder Verkäufer.«

Elena seufzte, dann redete sie weiter. »Im Hotel *Metropole* gibt es eine kleine Bar, direkt im Foyer, nichts Aufregendes …«.

»Weiß ich, kenne ich«, unterbrach Giulia. »Und?«

»Soll ich dir die Info stenografieren, oder kannst du mich ausreden lassen?«, sagte Elena ungeduldig. »Barkeeper, Zeuge, Montag, Sartori«, fuhr sie, ohne Luft zu holen, im Stakkato fort.

»Die Tratscherei am Set hat also doch etwas Gutes«, entgegnete Giulia erfreut.

»Genau. Sebastiano Sartori war definitiv am Montagabend bereits in Bellagio und hat sich im *Metropole* zwischen zwanzig und einundzwanzig Uhr einen Drink genehmigt. Da ist sich unser Zeuge hundertprozentig sicher. Ich würde mal sagen, der Kerl hat sich Mut angetrunken, um danach mit einer nigelnagelneuen Luxusunterhose in der Tasche ins Grandhotel zu marschieren. Die hat er garantiert aus Pisa mitgebracht. Das würde dann die Zwecklosigkeit meines Tuns hier unterstreichen.«

»Wie lange ist er im *Metropole* gewesen?«, fragte Giulia, ohne Elenas Spitze zu parieren.

»Das konnte der Barmann leider nicht sagen. Angeblich war er kurz im Keller, um Wein zu holen, und als er zurückkam, lag das Geld auf dem Tresen, und Sartori war verschwunden. Du könntest mich aber mal fragen, mit wem sich Sartori im *Metropole* getroffen hat?« Elena gluckste aufgeregt, dann platzte es aus ihr heraus: »Greta Esposito.«

Greta, die um diese Zeit angeblich schon im Bett gewesen sein wollte beziehungsweise mit ihrer Mutter auf dem Balkon des *Serbelloni* E-Mails beantwortet hatte, war im *Metropole*. Damit gab es nunmehr drei unterschiedliche Versionen von der Montagabendbeschäftigung dieser Signora. Und wenn man bedachte, dass sie, nachdem was Brutus erzählt hatte, mit Sebastiano Sartori erstmals zur Pressekonferenz am Mittwoch zusammengetroffen war, dann setzte das diesen Märchen noch die Krone auf. »Aber wieso treffen die beiden sich im *Metropole*, wenn die halbe Crew dort logiert? Das sind ziemlich viele potenzielle Zeugen für ein geplantes Verbrechen, würde ich meinen.«

Elena gab ein verächtliches Schnaufen von sich. »Die beiden saßen allein an der Bar. Mehr weiß ich nicht.«

Giulia dachte nach. Möglicherweise war die Crew nicht das Problem, aber die Gäste des *Serbelloni*, also die Damiani & Co. Das würde zumindest erklären, warum sie nicht in Gretas Hotel waren. »Aber ausgerechnet das *Metropole*? Es gibt mehrere Dutzend Hotels, Restaurants, Cafés in Bellagio. Wieso gerade dort?«

»Weil Franz Liszt hier im Jahr 1883 mit seiner großen Liebe gewohnt hat«, antwortete Elena aus tiefster Überzeugung. »Ist dir die riesige Inschrift an der Fassade noch nie aufgefallen? Na ja, bisher habe ich die auch irgendwie immer übersehen. Aber jetzt, da ich mich zunehmend zu einem Fan des großen Meisters zählen darf, also allein schon wegen seines Aussehens ...« Elenas Grinsen war durch das Telefon hörbar. »In seiner Lebensgeschichte habe ich das übrigens auch gelesen. Angeblich war das *Metropole*, also das *Albergo Genazzini*, wie es zu dieser Zeit hieß, das erste und einzige Hotel in dem kleinen Fischerdorf Bellagio.«

»Ja, ja ...«, entgegnete Giulia gelangweilt. Elenas Begeisterung war unüberhörbar.

»Wusstest du eigentlich, dass es für den Hype, den der Mann ausgelöst hat, einen eigenen Begriff gab? Lisztomanie«, Elena sprach das

Wort betont langsam. »Heinrich Heine hat diese Beschreibung erfunden. Liszt gilt als der erste Popstar der Geschichte inklusive der totalen Inszenierung. Aber schräg war er schon irgendwie, brennt mit einer leibhaftigen Comtesse nach Italien durch und predigt kommunistische Ideale.« Elena machte ein Geräusch, das ihr Unverständnis ausdrückte. »Ich hätte nicht gedacht, dass mich klassische Musik mal so vom Hocker reißt. Wusstest du, dass er ein Ungar war …?«

»Schluss!«, beschied Giulia genervt. Dass Elena jetzt auch noch in diesen Wahnsinn abzugleiten drohte, konnte sie überhaupt nicht gebrauchen.

»Ich meine ja nur«, gab Elena kleinlaut zurück. »Es gibt keinen anderen ersichtlichen Grund, sich im *Metropole* zu treffen«, murmelte sie ein wenig enttäuscht.

»Zumindest würde das zu diesen Leuten passen. Die Schwingungen des Meisters … uhh«, antwortete Giulia, die spürte, dass sie etwas zu hart reagiert hatte.

»Du kannst ja richtig witzig sein«, spottete Elena.

»Die nackte Verzweiflung«, entgegnete Giulia, um dann ernster fortzufahren. »Greta Esposito und Sebastiano Sartori, zwei mittelmäßig erfolgreiche Schauspieler, verbünden sich gegen den Superstar Umberto Farini. Greta, weil sie im Schatten von Farinis deutlich ausgeprägterem Talent steht und glaubt, neben ihm niemals die ihr zustehende Beachtung zu bekommen, was gegenüber dem eher blassen Sartori fast ein Kinderspiel zu sein scheint. Und Sartori, weil er auf Biegen und Brechen eine Rolle braucht. Das zumindest hat er unumwunden zugegeben. Beide verbindet der gemeinsame Feind.«

»Und ein gemeinsames Ziel«, ergänzte Elena. »Dann haben sie den Mord zusammen begangen?«

»Sartori hat Farini eine SMS geschrieben. Möglicherweise wollte er ihn am Montagabend treffen. Farini hat nach allem, was wir wissen, nicht reagiert. Ab diesem Moment kam Greta ins Spiel. Sie könnte beide zusammengebracht haben. Sie geht zu Farini. Einer jungen, schönen Kollegin gewährt er den Zutritt zu seiner Suite. Er konnte ein Gentleman sein, hatte Manieren. Greta nutzt das aus und hat Sartori im Schlepptau. Es kommt zum Streit. Sartori schnappt sich Farinis Krawatte und erwürgt ihn. Gemeinsam ziehen sie dem Toten die Unterhose an und hängen ihn in den Schrank … Na ja, so oder so ähnlich.«

»Aber was haben Greta Esposito und Sebastiano Sartori mit dem Textilunternehmen Patucelli zu tun?«, fragte Elena nachdenklich.

»Genau das werde ich die beiden jetzt fragen.«

***

»Pipistrelli!« Jacopos Tonfall klang nach Ärger. Auch dass er Giulia während ihrer Arbeitszeit anrief, war ungewöhnlich und deutete auf ein Problem hin. Solange sie mit Elena im Gespräch war, hatte er es dreimal bei ihr versucht, eine Hartnäckigkeit, die Giulia in dieser Form nicht von ihm kannte. Entweder war Friedrich ausgebüxt, der *Torre* brannte, oder es ging um ihren Freund Brutus.

»Ja«, meldete sie sich zögerlich.

»Er hat noch immer diesen schrecklichen Schlafanzug an, liegt auf unserem Sofa, auf dem er übrigens auch das Frühstück zu sich genommen hat, dass ich ihm zubereitet habe, und beschimpft in einer Tour alle Trickfilmfiguren, die über unseren Fernseher flimmern …« Jacopo zügelte sich. »Pipistrelli, ein bisschen Liebeskummer ist ja auszuhalten, aber nicht, wenn ich schon mehr als genug mit meinen Reisevorbereitungen zu tun habe …«

»Ich kläre das«, fiel Giulia ihm ins Wort. Brutus war, wenn er schlechte Laune hatte, eine Zumutung für sein Umfeld, das wusste Giulia nur zu gut. Er suhlte sich dann in seiner Gereiztheit, wurde rücksichtslos und ungerecht. Und ihr armer Jacopo bekam gerade die volle Ladung davon zu spüren. Dabei war er schon geduldig genug, Brutus bei ihnen wohnen zu lassen. In der ersten Nacht nach dem Mord an Umberto Farini mochte Giulia das noch verstanden haben, aber mittlerweile hatte sich Brutus bei ihnen häuslich eingerichtet und machte keine Anstalten, irgendwann in seine nur zwei Straßen entfernte Wohnung zurückzukehren. »Es tut mir leid, *mio carissimo.*« Giulia, die eigentlich nicht so kühl war, wie sie zuweilen herüberkam, nannte Jacopo nur äußerst selten bei einem Kosenamen. Für sie gab es bedeutsamere Arten der Liebesbekundung, auch wenn sie wusste, dass Jacopo so etwas gern mochte.

Er knurrte milde. »Na gut. Wenn du ihn von der *Polizia Municipale* in Ketten legen und hier wegbringen lässt, bin ich bereit, dir zu verzeihen, aber natürlich nur, wenn das in den nächsten zehn Minuten vollzogen ist. Dann beginnt nämlich die nächste Folge von *Signor Rossi*«, scherzte Jacopo. »Danke, Pipistrelli.« Er hatte aufgelegt. Giulia überlegte kurz. Dann tippte sie eine Kurznachricht an Brutus. Sie brauchte seine Hilfe am Filmset. Wegen Piergiuseppe. Dringend. Darauf würde er reagieren, ganz gewiss.

***

»Wieso kannst du auch deinen Mund nicht halten?«, fragte Gaia Esposito ihre Tochter Greta vorwurfsvoll. »Du müsstest doch mittlerweile wissen, wie die Männer sind.« Beide Frauen saßen auf einer antiken Steinbank am Rand des Parks, und Giulia, die gerade aus dem opulenten Grün eines Rhododendron heraustrat, konnte allein schon an ihren Körperhaltungen die Spannung erkennen, die in ihrer Unterhaltung lag. Glücklicherweise hatten die beiden sie bislang noch nicht bemerkt, und so konnte sie in aller Ruhe abwarten, welche Worte die Seebrise zu ihr herübertrug. Spannend vermochte das in jedem Fall zu werden, zumindest deutete sich das bereits in dem an, was sie bisher gehört hatte.

»Empfindlich, vor allem empfindlich«, antwortete Greta. »Was bildet sich dieser eklige alte Kerl eigentlich ein?«

Giulia spürte einen Stich im Herzen. Sie konnte es nicht ertragen, wenn jemand so über Brutus sprach.

»Das ist alles so kindisch und kleinkariert. Wer bin ich denn? Von wegen, toller Schauspieler, dann hätte die Damiani ihn gleich als Liszt besetzt. Stattdessen muss erst dieser arrogante Farini sterben … Wenn ich an den denke.« Sie schnalzte geringschätzig mit der Zunge. »Was der sich am Montag mir gegenüber herausgenommen hat, da ist es schon besser, dass er tot ist.«

Gaia Esposito erwiderte interessanterweise nichts auf diese unmögliche Aussage.

»Egal.« Greta machte mit der rechten Hand, in der sie ein paar Zettel hielt, eine wegwischende Bewegung. »Meistens ist das, was danach kommt, nie besser. Das sehen wir ja jetzt mit diesem hausbackenen, biederen Sartori. Wieso meint so einer eigentlich, er könnte mir das Wasser reichen? Schau mich an!« Greta drehte sich in Richtung ihrer Mutter und posierte, soweit das im Sitzen möglich war, vor ihr.

Giulia atmete entspannt aus.

»Dennoch solltest du manches nicht aussprechen«, mahnte ihre Mutter. »Das mögen Männer nicht, erst recht, wenn sie eitel sind.«

Greta wurde ungehalten wie ein trotziges kleines Mädchen. »Er wollte durch mich an Farini rankommen, weil die Damiani ihn hat abblitzen lassen. Dass auch Farini kein Interesse an dem Langweiler hatte, dafür kann ich ja nichts. Nur weil wir uns einmal auf einer Party getroffen und zusammen ein paar Cocktails getrunken haben, bin ich Sartori doch nichts schuldig. Ich kenne ihn kaum. Wenn ich damals gewusst hätte, was dieser Mann für ein Verlierer ist, hätte ich ihm nicht einmal von zwanzig Metern Entfernung aus zugeprostet«, echauffierte sie sich. »Meine Güte, was denken die Leute, die mich mit ihm gesehen haben?« Sie stampfte empört mit dem Fuß auf. »Habe ich seinen Vertrag verhandelt oder er?«

»Ich weiß. Greta. Ich weiß«, entgegnete Gaia und legte ihren Arm um Gretas Schulter. Zu Giulias Erstaunen handelte es sich dabei um den rechten. Durch die Bewegung rutschte der leichte Stoff der Sommerbluse, die sie trug, nach oben und gab den Blick auf ihre Haut frei. Kaum dass sie es bemerkt hatte, richtete die Signora ihn wieder. Aber Giulia waren die dicken, wulstigen Narben, die den gesamten

Arm überzogen, nicht entgangen. »Dennoch solltest du dir für die Zukunft merken, dass man über Gagen nicht spricht, erst recht nicht mit Kollegen.«

Greta zuckte mit den Schultern. »Ich bin einfach mehr wert. Wieso soll das niemand wissen?«

Ihre Mutter stieß einen tiefen Seufzer aus.

»Aber jetzt muss ich mit dem arbeiten, die ganzen nächsten Wochen. Ich weiß überhaupt noch nicht, wie ich das überstehen soll.« Greta fächerte sich mit den Papieren Luft zu. »Das wird echtes Schmerzensgeld. Ich hätte noch mehr verlangen sollen.« Ihr Lachen klang affektiert. »Und das auch noch bei dieser Hitze«, jammerte sie. »Meine Güte, meinst du, als diese Marie mit ihrem Typen hier ihren Liebesurlaub gemacht hat, war es auch schon so warm?«

Schade, dass die Damiani das nicht hören kann, dachte Giulia bei sich.

»Das schaffst du. Du bist so stark wie ich«, redete ihre Mutter ihr zu und drückte ihr einen Kuss auf die geflochtenen Zöpfe. »Gemeinsam haben wir bis jetzt alles geschafft.«

Der Tonfall, in dem Gaia Esposito den Satz sagte, verursachte Giulia eine Gänsehaut.

Greta streckte den Rücken durch und plapperte unbeeindruckt weiter. »Immerhin bin *ich* allein jetzt der Star bei diesem Dreh. Die Welt wird noch von mir hören. Das kannst du mir glauben.«

»Wie, wird sich noch zeigen«, sagte Giulia harsch, wobei sich beide Frauen erschrocken zu ihr umwandten und Gaia Esposito fast schon reflexartig ihren Arm sinken ließ und unwillkürlich an ihrem Ärmel nestelte.

»Commissario Cesare«, flötete Gaia Esposito, die sich zuerst wieder gefangen hatte. »Entschuldigen Sie, wir haben Sie nicht bemerkt, wie unhöflich von uns.« Sie bedeutete Giulia, dass der Platz neben ihr noch frei war. »Wo ist denn Signore Brutus? Ich habe ihn heute leider noch gar nicht gesehen.« Sie lächelte. »Er fehlt ganz entsetzlich in diesem tristen Einerlei.«

Giulia rührte sich nicht. »Signora Greta, Sie müssen ganz vergessen haben, mir zu erzählen, dass Sie am Montagabend mit Sebastiano Sartori im *Hotel Metropole* waren. War das, bevor sie zu Bett gegangen sind oder danach? Aber dazwischen saßen Sie ja noch mit Ihrer Mutter auf dem Balkon.« Giulia schüttelte den Kopf, als würde das ihrer Erinnerung auf die Sprünge helfen. »Ich muss da irgendetwas durcheinanderbringen. Nicht wahr? Denn bei Umberto Farini waren Sie sicherlich auch noch, möglicherweise so kurz nach neun?« Giulia ließ Greta Esposito keine Sekunde aus den Augen. »Wollten Sie ihm dann die Meinung sagen, weil er sie am ersten Drehtag so schlecht behandelt hatte, oder haben Sie ihn gleich umgebracht?« Giulia musste sich eingestehen, dass es den letzten Teil des Satzes nicht gebraucht hätte, zumal der mehr als plump daherkam. Dennoch fühlte sie eine gewisse Genugtuung, nachdem sie ihn ausgesprochen hatte, schon allein aufgrund von Gretas Reaktion.

Die junge Frau war nunmehr kreidebleich, und ihr Blick glitt immer wieder zwischen ihrer Mutter und Giulia hin und her. Das Papier, mit dem sie sich eben noch frische Luft zugewedelt hatte, war zu Boden gesegelt, aber sie hatte es nicht einmal bemerkt. Die ansonsten so abgeklärt wirkende Greta hatte sichtlich Mühe, einen Ton herauszubringen. »Im Hotel *Metropole*, ich? Am Montag?«, fragte sie stimmlos.

»Greta«, hauchte ihre Mutter bestürzt. »Kind! Was hast du …?«

Giulia konnte warten.

Greta schnaufte unsicher. »Aber das war doch nur wegen der Rolle für Sebastiano Sartori. Ich wollte helfen, weiter nichts.« Ihre rot geschminkten Lippen bebten. »Er hat mich darum gebeten. Und ich kann in meiner grenzenlosen Gutmütigkeit niemandem einen Wunsch abschlagen, zumal es für ihn existenziell war.« Ihre Augen füllten sich mit Tränen.

»Er wollte *Ihre* Unterstützung, um eine Rolle im Liszt-Film zu bekommen?«, fragte Giulia betont ungläubig nach. Die Abfälligkeit, die in diesem Satz lag, war nicht zu überhören.

Greta nickte und konnte dabei die soeben erfahrene Kränkung nicht verbergen, die wiederum ließ sie allerdings die gerade noch aufgekommene Heulerei vergessen. »Ihm war egal was. Er hätte sogar den Privatsekretär von diesem Musiker gespielt. Hauptsache, er bekam den Fuß in die Tür.« Sie kniff die Augen boshaft zusammen. »Aber die Rolle hat ja jetzt Ihr Vater, nicht wahr, Commissario?«

»Das hat nicht geklappt, nehme ich an?« Giulia ignorierte den Seitenhieb souverän. Dafür festigte sich ihr Verdacht gegenüber Greta Esposito gerade zunehmend.

Greta verneinte das. »Bei der Damiani ohnehin nicht. Die ist nicht einmal ans Telefon gegangen, als ich sie angerufen habe …«

»Und da dachten Sie an Umberto Farini, ihren angeblich langjährigen Lebensgefährten. Wieso konnte der eigentlich ihrem alten Freund Sartori nicht helfen, zumindest hat er nicht auf dessen Rückrufbitte reagiert, nicht wahr?«

Gaia Espositos Augen wurden immer größer.

Greta senkte den Kopf. »Ich glaube, ich muss aus der Sonne gehen. Mir wird ganz schwummrig.«

»Signora Greta Esposito, Sie sind hiermit vorläufig festgenommen«, entgegnete Giulia ungerührt. »Sie stehen unter Verdacht, Umberto Farini aus Eifersucht und Geltungsdrang ermordet zu haben.«

Der Entsetzensschrei ihrer Mutter hallte über die Außenanlagen der *Villa Melzi*. Einige Mitglieder der Crew schauten verwundert in ihre Richtung. »Das ist ein Missverständnis, bitte«, jammerte Gaia Esposito und klammerte sich mit beiden Händen an ihre Tochter. »Greta kann es nicht getan haben, mein Mädchen. Das ist ausgeschlossen.« Sie schaute immer wieder ungläubig zwischen Giulia und Greta hin und her.

Die schien immer noch nicht vergegenwärtigt zu haben, was Giulia da gerade gesagt hatte.

»Das wird sich noch herausstellen. Derzeit habe ich allen Grund anzunehmen, dass Ihre Tochter eine Mörderin ist«, erwiderte Giulia geschäftsmäßig. »Wieso sie das bedauernswerte Opfer nach seinem

Tod noch mit einer schicken Unterhose ausstaffiert hat, werden Sie, Signora Greta, mir ganz sicher noch erzählen.« Giulia fiel der Einkaufsbummel, den Greta am Mittwoch in Mailand gemacht hatte, wieder ein. In Mailand bekam man haufenweise Patucelli-Klamotten, und Greta wusste mit Sicherheit genau wo.

»Umgekleidet? Umberto?« Greta Esposito verstand sichtlich nichts von alledem. Giulia jedoch ließ sich davon nicht verunsichern, denn so eine schlechte Schauspielerin wie die Damiani behauptete, konnte Greta nach allem, was sie in den letzten Tagen von ihr gesehen hatte, nicht sein.

»Wann sind Sie eigentlich für die Dreharbeiten angereist?«, fragte Giulia unvermittelt.

Mutter und Tochter warfen sich einen schnellen Blick zu. »Am Freitag«, hauchte Greta.

»Über Mailand?«, hakte Giulia nach.

Greta nickte. »Ich brauchte etwas Neues zum Anziehen.«

Giulia ließ das so stehen.

Während Greta und ihre Mutter Gaia sich in den Armen lagen und heulten, telefonierte sie mit Salvatore, dem Leiter der hiesigen Polizeistation der *Polizia Municipale*. Die Kollegen waren seit Tagen für sie auf Zeugensuche, wenn auch bislang ergebnislos, aber Salvatore würde sich freuen, eine potenzielle Mörderin in seinem Polizeiauto auf die Questura nach Lecco bringen zu können. Schließlich würde das niemandem in dem kleinen Bellagio verborgen bleiben.

Wenig später bekam Salvatore seinen unverschuldeten Triumph und Brutus den Schock seines Lebens. Denn der hatte bei seiner Rückkehr ans Filmset niemals ahnen können, dass seine beste Freundin gerade die Frau, für die er bis gestern noch geschwärmt hatte, verhaftete. Diese Entdeckung jedenfalls war sehr lehrreich gewesen und hatte Giulia alle weiteren Erklärungen erspart.

***

Mit der Abfahrt des Polizeiautos waren am Set alle Arbeiten zum Erliegen gekommen. Die Leute standen wie vom Donner gerührt herum und schienen abzuwarten, welches Ungemach als Nächstes über sie kommen würde. Hin und wieder hörte man ein Tuscheln, einige rauchten oder tippten auf ihren Mobiltelefonen. Aber was immer sie auch taten, Giulia spürte ihre Blicke auf sich. Sogar Signore Alfonso, der die Meute ansonsten zusammenzuhalten wusste, war zu keiner Reaktion fähig, sondern starrte nur mit leeren Augen ins Nichts. Denn das jetzt im Raum stehende vorzeitige Ausscheiden der Hauptdarstellerin konnte das gesamte Projekt gefährden, wenn Signore Alfonso und die Damiani nicht erneut, wie auch schon im Falle Farinis, ein Ass im Ärmel hatten. Angesichts ihres drohenden Scheiterns blieb die Regisseurin jedoch erstaunlich gelassen. Giulia meinte sogar, ein hämisches Grinsen auf ihrem Gesicht gesehen zu haben. Jemand wie Greta war möglicherweise einfach doch noch zu jung und zu schön, um mit der Damiani arbeiten zu können. Jetzt jedenfalls war die lästige Konkurrenz der Damiani einstweilen aus dem Weg geräumt, und die Freude darüber schien stärker zu sein als die Angst vor dem Aus der Dreharbeiten. Giulia verspürte keinen Drang, die Psyche der *La Strega* näher zu erkunden, und wandte den Blick von ihr ab. Sie konnte den Mord an Farini nicht begangen haben, und damit war sie uninteressant. Mit Sebastiano Sartori war das anders. Er stand die ganze Zeit dicht neben Signore Alfonso, und obwohl Giulia einkalkuliert hatte, dass er angesichts der Verhaftung seiner Kollegin das Weite suchen könnte, war überraschenderweise nichts dergleichen passiert. Entweder war ihm der Ernst der Lage nicht bewusst, er war zu feige, oder er hatte tatsächlich nichts mit dem Mord zu tun.

»Signore Sartori, wenn ich Sie um eine Unterhaltung bitten dürfte«, sprach Giulia ihn an.

In dem Moment, in dem sie sich Sartori zuwandte, ging ein Raunen durch die Umstehenden.

»Den auch noch«, hörte Giulia jemanden sagen. »Dann können wir einpacken.« Das verursachte noch mehr Unruhe im Team.

Die Damiani schien die gleichen Gedanken zu haben. Sie schaute sich verstohlen zu ihren Leuten um. Dann winkte sie Signore Alfonso zu sich heran und flüsterte ihm etwas zu.

Alfonso wiegte den Kopf hin und her, tat aber, wie ihm geheißen. »Commissario, auf ein Wort!«, hallte seine Stimme über den Platz.

Giulia, die sich gerade mit Sartori von der Gruppe abgewandt hatte, drehte sich nicht einmal um, sondern signalisierte ihm nur durch eine Handbewegung, dass sie keine Zeit für ihn hatte.

»Bitte lassen Sie uns in meine Garderobe gehen«, murmelte Sartori erbost. »Das ist alles herabwürdigend genug, da brauche ich nicht auch noch den gaffenden Pöbel. Zumal sich der ein oder andere nicht zu schade sein wird, die Vorkommnisse hier über die sozialen Medien in die Welt zu blasen. Dann kann ich gleich einpacken. Noch dazu kommen Sie ausgerechnet jetzt, noch nicht einmal der Vorschuss ist auf meinem Konto eingegangen.«

Giulia konnte spüren, wie es in Sartori brodelte. Sie folgte seiner Bitte aus Höflichkeit, aber war sich darüber im Klaren, dass dies auch ein Trick sein konnte, ihr zu entkommen. Eilig überdachte sie ihre Möglichkeiten. Ihre Dienstwaffe lag im Büro und hatte sicherlich schon Spinnweben angesetzt. Sie mochte es nicht, mit dickem Halfter um die Hüften herumzumarschieren, und verabscheute Waffen, was zugegebenermaßen für eine Commissario merkwürdig anmutete, und löste ihre Fälle lieber durch kluge Überlegungen und menschliches Feingefühl. Aber manchmal, das musste sie sich jetzt erneut eingestehen, konnte so eine Bewaffnung einem durchaus ein größeres Sicherheitsgefühl geben. Ihr Blick fiel auf Elia. Der Sicherheitsmann aus ihrem Nachbardorf stand neben der Treppe, trank einen Kaffee und rauchte eine Zigarette. Sie nickte ihm auffordernd zu. Elia verstand, warf die Kippe in eines der Beete und folgte ihnen bis zur Tür von Sartoris Garderobe. Dort postierte er sich mit breiten Schultern, während Giulia gemeinsam mit dem ziemlich bedröppelt wirkenden Sartori darin verschwand.

»Signore, können Sie mir erklären, was Sie am Montagabend im Hotel *Metropole* gemacht haben«, hob Giulia ohne Umschweife an.

»An dem Montag, an dem Sie recht zeitig mit einer Liszt-Biografie zu Hause in ihrem Bett verschwunden sein wollten.«

Sartori, den sie damit ziemlich überrumpelt hatte, lief knallrot an. »Ich … das war …«, stammelte er. »Ein Treffen mit Greta. Die Verzweiflung. Mein Agent sagte mir, dass die Damiani noch ein paar Nebenrollen zu besetzen hatte, ich dachte, ich könnte … persönlich.«

»Sie sind also zum Drehbeginn nach Bellagio gefahren, um die Damiani um einen Job anzubetteln?«, formulierte es Giulia überspitzt.

Er schaute zu Boden, was Giulia als Bestätigung auffasste.

»Und ausgerechnet Greta Esposito sollte Ihnen dabei helfen?«, fragte Giulia argwöhnisch nach und dachte an die Liszt-Memoiren, die Sartori vorsorglich schon durchgeackert haben musste.

Er schaffte es nicht, sie anzusehen. »Sie war die Einzige, die ich aus der Crew etwas näher kannte, also von den wichtigen Leuten. Das war naiv von mir. Das weiß ich jetzt. Mir war nicht klar, dass sie weniger ist, als sie vorgibt zu sein.« Er zog seinen Samtgehrock aus und legte ihn behutsam über einen der Stühle. Dann knöpfte er seine Weste auf und entledigte sich des Halstuches.

»Haben Sie Umberto Farini am Montagabend getroffen?«, fragte Giulia eindringlich.

»Nein«, hauchte er ängstlich. »Weder ihn noch die Damiani, nicht einmal Alfonso war greifbar. Dabei hatte Greta mir zu verstehen gegeben, dass sie alles vorbesprochen hatte.«

»Sie hätten mir von Ihrem Aufenthalt in Bellagio erzählen müssen«, fuhr Giulia fort.

»Dann hätten Sie mich für verdächtig gehalten«, gab er schuldbewusst zurück.

»Das tue ich jetzt erst recht«, konterte Giulia energisch.

Schweigen.

Sartori lehnte sich an eines der Fenster und starrte auf das Parkett.

»Wenn Sie keinen der maßgeblichen Personen am Montag getroffen haben wollen, wieso ist man dann nach dem Tod von Farini sofort auf Sie als Liszt-Nachfolger gekommen? Es gibt in Italien oder wo auch immer sicherlich einige Kollegen, die sich um die Rolle gerissen hätten. Verstehen Sie mich nicht falsch, aber den Zufall oder, wie Sie es nannten, Glücksfall, kann ich Ihnen nicht abnehmen.« Giulia war unschlüssig, was sie von dem Mann halten sollte. Dass er so gutgläubig gewesen war, um auf Gretas Aufschneiderei hereinzufallen, mochte sie kaum glauben. Sartoris Motiv drängte sich einem förmlich auf, und eine Gemeinschaftstat mit Greta klang nach einer perfekten Lösung des Falls.

»Bis gestern Abend habe ich gedacht, dass Greta nach dem Ableben von Umberto ein gutes Wort für mich eingelegt hat.« Er tat sich schwer damit, die Wörter herauszubringen.

»Hat sie aber nicht«, kommentierte Giulia lapidar. »Und wie sind Sie zu der Erkenntnis gelangt?«

»Signora Aurora …«, murmelte er verärgert.

»Deswegen haben Sie sich mit Greta gestritten«, schlussfolgerte Giulia.

Er bestätigte das, wobei er Giulia mit hasserfüllten Augen ansah. »Wussten Sie, dass ich nicht mal ein Drittel der Gage von Umberto Farini bekomme? Sogar Greta bekommt mehr.«

»Dann hat sich der Mord gar nicht gelohnt, meinen Sie«, entgegnete Giulia.

»Ich war am Montag nicht einmal in der Nähe vom *Serbelloni*«, kreischte er verzweifelt.

»Aber Sie waren im *Metropole*«, konterte sie. »Das liegt keine fünf Minuten Fußweg entfernt vom Grandhotel, in dem Farini in seiner Suite saß.«

»Nein, nein, nein.« Sartori schien zwischen grenzenloser Wut und Hilflosigkeit zu schwanken. »Ich meine, ja, das mit dem *Metropole* gebe ich zu. Aber dann bin ich nach Hause.«

»Warum musste es eigentlich das *Metropole* sein?«, warf Giulia ein. »Sie hätten Greta ja auch im *Serbelloni* treffen können. Da wäre die Chance, Farini oder der Damiani so rein zufällig über den Weg zu laufen, sicherlich größer gewesen.«

»Liszt und die Comtesse haben zu ihrer Zeit dort gewohnt. Ich wollte einmal auf seinen Fußspuren wandeln«, entgegnete Sartori.

»Sicher«, raunte Giulia und orderte schnell einen weiteren Streifenwagen.

In dem Moment öffnete sich leise die Tür hinter ihr. Elia erkundigte sich mit einem schnellen Blick, ob alles in Ordnung sei. Sie wandte sich ihm zu und nickte. Das sollte sich als Fehler erweisen. Denn als sie sich wieder umgedreht hatte, stand sie in einem leeren Zimmer.

Sebastiano Sartori war verschwunden.

Giulia schaute sich hektisch um. Niemand zu sehen. Nur das Fenster, vor dem er gerade noch gestanden hatte, war sperrangelweit geöffnet. Ein sanfter Wind fuhr in die zarten Tüllvorhänge. Sie stutzte kurz, realisierte, dass sie sich im ersten Obergeschoss befanden, was einen von Selbstmordabsichten getragenen Sprung unsinnig machte, und rannte nach Elia rufend zum Fenster. Der kam umgehend hereingestürzt und befand sich mit einem Satz neben ihr. Das Bild, das sich ihnen bot, war mehr als bemitleidenswert. Sebastiano Sartori lag von Schmerzen gekrümmt und wimmernd auf der Rasenfläche vor dem Haus und rieb sich unaufhörlich den linken Knöchel. Um ihn herum sammelten sich die mehr oder weniger aufgeregten Mitglieder der Crew.

Elia schaute Giulia ratlos an. »Aus dem ersten Stock, echt jetzt?«

»Was für ein Drama«, kommentierte Giulia über der Fensterbank lehnend. »Glücklicherweise hat das jetzt ein Ende.«

***

»Ich verlange die unverzügliche Freilassung meiner Mandantin«, forderte Doctore Scarati, der Mann, der sich soeben als Greta Espositos Anwalt vorgestellt hatte. Dabei schien er so überzeugt von seinem schnellen Erfolg zu sein, dass er sich nicht einmal die Zeit genommen hatte, Giulias Bitte nachzukommen und sich zu setzen. Signore Scarati, der rein äußerlich so aussah, als dürfte er kaum sein Examen in der Tasche haben, gehörte zu einer der renommiertesten Anwaltskanzleien Mailands und hatte es sich nicht nehmen lassen, gleich bei seinem Eintreten in Giulias Büro auf seine Erfolge als Strafverteidiger hinzuweisen.

Derartiges Aufplustern erzeugte bei Giulia geradezu automatisch das Gegenteil der von ihr erwarteten Reaktion. Sie lehnte sich mit einem schwachen Lächeln zurück und schaute demonstrativ auf die Uhr. Greta Espositos Verhaftung lag etwa drei Stunden zurück. »Ich habe noch fünfundvierzig Stunden Zeit, um dem Staatsanwalt die Fakten zur Ermordung von Umberto Farini darzulegen.«

»Es handelt sich um einen Irrtum. Deswegen habe ich die absolut verständigen Kollegen von der Staatsanwaltschaft aufgefordert, die sofortige Entlassung der Signora Esposito zu veranlassen«, gab er reserviert zurück. Dabei mutete sein ganzes Gehabe so an, als ob er dreimal in der Woche mit »den absolut verständigen Kollegen«, wie er sie betitelte, zum Golfen gehen würde.

Möglich war alles, immerhin waren sie in Italien, aber dass diese Beziehungen, sollten sie überhaupt bestehen, Giulia beeindrucken würden, konnte sie beim besten Willen nicht sagen. »Es gibt widersprüchliche Aussagen Ihrer Mandantin, und wir haben einen Zeugen, der sie zur Tatzeit vor der Suite des Opfers gesehen hat«, antwortete Giulia, wohl wissend, dass sie sich damit auf dünnem Eis bewegte.

Scarati lachte gekünstelt auf, und Giulia konnte ihm ansehen, dass er vom Auftauchen eines Zeugen noch nichts gewusst hatte. Akteneinsicht konnte er schon allein aus zeitlichen Gründen noch nicht genommen haben, und Greta hatte diesen Hinweis unterschlagen, da war sie ganz sicher. »Das ist ein Hotel, da laufen Leute über die Gänge, auch ohne einen Mord zu begehen, Commissario. Kein Staatsanwalt dieser Welt stellt Ihnen für diese läppischen Indizien einen Haftbefehl aus. Sie hören von mir. Und das, was ich zu sagen habe, wird Ihrer Karriere nicht nützlich sein. Irgendwann vergaloppiert sich auch eine Giulia Cesare einmal.« Er stand auf, nickte kurz und ließ hinter sich lautstark die Tür ins Schloss fallen.

Giulia nahm zwei tiefe Atemzüge. Sie hatte diesen aalglatten Typen noch nie zuvor gesehen. Aber so wie der ihren Namen gesagt hatte, konnte man meinen, *Avvocato* Scarati würde gegen eine alte Bekannte antreten. Womöglich war sie ihm irgendwann einmal auf die Füße getreten und hatte es, wie so oft, nicht bemerkt, oder der Kerl war ein Freund der Zorzi. Dann hatte er sicherlich schon so einige Schauergeschichten über *die* Commissario zu hören bekommen. Giulia interessierte sich dafür wenig. Sie hatte einen Fall zu lösen, und leider hatte der *Avvocato* recht. So wie es jetzt stand, konnte sie Greta Esposito nichts beweisen. Und Greta, die sie nach ihrem Eintreffen in der Questura noch einmal intensiv befragt hatte, beharrte weiterhin darauf, mit dem Mord an Farini nichts zu tun zu haben. Zur Untermauerung ihrer Aussage hatte sie sogar behauptet, noch nicht einmal in ihrem Berufsleben die Rolle einer Mörderin angeboten bekommen zu haben. Auch wollte sie seit ewigen Zeiten nichts bei Patucelli erstanden haben. Die Kollektionen, so hatte sie sich ausgedrückt, waren schlichtweg nicht ihr Stil. Erstaunlicherweise hatte Greta die Sache mit der Unterhose in keiner Weise irritiert, ganz im Gegenteil, sie hatte diese Information frei von jeglicher Reaktion zur Kenntnis genommen. Nicht einmal der in Umberto Farinis Herkunft liegende Widerspruch war ihr aufgefallen. Aber das hatte Giulia, vor allem nachdem Greta zugegeben hatte, ihr Verhältnis zu Farini fehlinterpretiert zu haben, auch nicht mehr gewundert. Nur eines war sehr deutlich geworden: Greta war bereits am ersten Drehtag von Umberto Farini in ihre Schranken verwiesen worden. Er hatte ihr wohl unmissverständlich zu verstehen gegeben, dass ihre Leistungen mäßig waren, so zumindest hatte Giulia Gretas Gestammel interpretiert. Ob es sich dabei um eine konstruktive Kritik unter Kollegen oder tatsächlich um einen bösen Angriff gehandelt hatte, war für Giulia nicht zu ermitteln gewesen. Greta jedenfalls war ab diesem Moment ziemlich schlecht auf Farini zu sprechen gewesen, und das hatte zusätzliches Wasser auf Giulias Mühlen gegeben.

Dennoch bestand Greta darauf, niemals in Farinis Suite gewesen zu sein, und dass sie vor seiner Tür gesehen worden war, hatte sie, wie auch zuvor gegenüber Signore Alfonso, mit einer kleinen Verwirrtheit ihrerseits auf der Suche nach ihrer Bleibe abgetan. Bedauerlicherweise hatte Giulia nichts vorzuweisen, was diese Aussage widerlegte. Dennoch war sie lange genug im Geschäft, um sich davon nicht beeindrucken zu lassen. Routinemäßig hatte sie die Kriminaltechniker beauftragt, sich Greta Espositos Suite näher anzusehen. Mit etwas Glück fanden Risos Leute irgendeinen Beweis für Gretas Täterschaft. Giulia hoffte dabei insgeheim auf eine Quittung aus dem Hause Patucelli, den Sechser im Lotto, aber das war wohl zu vermessen. Nichtsdestotrotz konnte so ein Papierschnipsel irgendwo im Zimmer herumliegen, zumal Gretas Ordnungssinn, wie sie mit eigenen Augen gesehen hatte, nicht so stark ausgeprägt war. Da es sich um die schöne Greta Esposito handelte, hatte sich Riso sogar selbst auf den Weg gemacht, aber das baute bei Giulia eher weniger Optimismus auf. Wenn die Kollegen allerdings ohne verwertbare Ergebnisse zurückkamen, würde ihr nichts anderes übrig bleiben, als die junge Frau freizulassen. Giulia musste so laut geseufzt haben, dass Elena im nächsten Moment mit einem Espresso und ein paar Hühnerkeksen vor ihrem Schreibtisch stand.

»Das Püppchen ist zu blöd für einen Mord. Außerdem hat sie nicht genug Kraft, einen gestandenen Mann wie Umberto … Farini zu erwürgen«, sagte sie, wobei sie ausgiebig auf einem Kaugummi kaute, den Giulia zugleich zu Gesicht bekam. Elena wedelte mit dem frisch getippten Protokoll vor Giulias Nase herum. »Unterschreib, und ich trage das zur Zorzi, gut Wetter machen.« Sie zwinkerte ihr verschwörerisch zu.

Giulia nahm ihr den Zettel ab, überflog die Zeilen und zeichnete das Ganze gegen. »Ich gehe auch eher davon aus, dass sich Sartori die Hände schmutzig gemacht hat.«

»Ein Mordkomplott setzt Vertrauen voraus. Da genügt der gemeinsame Hass auf das Opfer nicht«, entgegnete Elena und nahm sich einen von den Keksen, die sie Giulia gerade serviert hatte.

Wie Elena gleichzeitig essen und Kaugummi kauen konnte, würde

Giulia wohl für immer ein Rätsel bleiben, aber da sie dies unentwegt praktizierte, schien es zu funktionieren. »Nein. Vertrauen braucht es bei so etwas nicht«, antwortete Giulia. »Der Zusammenhalt ergibt sich aus dem gemeinsamen Wissen über die Tat. Wenn einer redet, fliegt der andere mit hoch, ein Abhängigkeitsverhältnis. Dafür muss man sich nicht gut kennen. Das würde auch nichts nützen, denn man kann nie hundertprozentig sagen, wie ein Mensch in einer Ausnahmesituation reagiert. Vertrauen ist keine Garantie.« Giulia hielt noch immer das Protokoll in den Händen. »Sie haben beide ein eindeutiges Motiv. Ich traue der Kleinen sogar zu, dass sie Sartori aufgewiegelt hat. Und der Dummkopf ist getrieben von seiner Angst um die eigene Existenz und seinem Neid darauf hereingefallen.«

»Mhm. Vielleicht war er auch noch scharf auf sie. Rein optisch würde ich sagen, das war verschenkte Energie. Das würde seinen Frust jedoch noch verstärken«, ergänzte Elena.

»Da könntest du richtigliegen«, erwiderte Giulia nachdenklich. Die beiden hatten etwas mit dem Mord zu tun. Die Motive waren wie aus dem Bilderbuch, und die Hinweise darauf ließen sich förmlich greifen. Giulia musste es nur noch beweisen können. Möglicherweise bekam sie aus Sebastiano Sartori noch etwas heraus, aber dessen Knöchel wurde gerade im Krankenhaus behandelt, und es würde noch etwas dauern, bis er vernommen werden konnte.

9

»Giuli, du musst Greta freilassen.« Brutus hörte sich an, als hätte er allen Mut für diesen Anruf zusammennehmen müssen. »Das ist eine Sache der Gerechtigkeit. *Dein Vater* sieht das auch so.« Diese Bezeichnung, in der deutlich mehr Autorität als im Namen Piergiuseppe lag und die Brutus ansonsten niemals benutzte, sollte offenkundig bei Giulia Eindruck machen.

Giulia hielt den Telefonhörer umklammert, schob die Büroklammern, mit denen sie die ganze Zeit, während sie alle Unterlagen zum Fall Farini noch einmal durchgegangen war, gespielt hatte, beiseite, lehnte sich auf ihrem Stuhl zurück und atmete ihre aufkommende Gereiztheit weg. »Was hat der Diener von Franz Liszt damit zu tun?«, fragte sie scharfzüngig.

Es raschelte. »Ich bin dein Vater, und als solcher habe ich das Recht, dich vor einem Fehler zu bewahren«, mischte sich Piergiuseppe ein. »Polizeiarbeit braucht Gewissenhaftigkeit und keine Schnellschüsse. Brutus trifft sich nicht mehr mit dem Mädchen, also hast du auch keinen Grund, sie wegzusperren.«

Wieder dieses Rascheln.

»Du *musst* sie freilassen.« Brutus war erneut am Apparat.

»Könntet ihr euch bitte um eure Angelegenheiten kümmern«, gab Giulia zurück und spielte dabei mit dem Gedanken, einfach aufzulegen. »Allein wegen der Schauspielkarriere meines Vaters werde ich bei einem Mord kein Auge zudrücken. Ansonsten auch nicht. Nur damit wir uns verstehen.«

Das Telefon wurde erneut weitergegeben. »Dein bester Freund ist auch zurück. Es geht nun mal nicht ohne einen Kellner. Ein paar Aufrichtige müssen ja noch hierbleiben, wenn der Film in den Kasten soll«, meldete sich Piergiuseppe wiederholt und noch entschiedener.

»Ah ja«, antwortete Giulia. Ihretwegen sollten die beiden ruhig noch ein bisschen an diesem vermaledeiten Filmset herumlaufen. Solange die Hauptfiguren nicht im Spiel waren, würden ohnehin die Dreharbeiten stillstehen, und wer wusste schon, ob sie jemals wieder anliefen. Die vermeintlichen Mörder jedenfalls hatte Giulia aus dem Spiel genommen, sodass keine Gefahr für ihren Vater und ihren besten Freund bestehen sollte.

»Giuli, bitte.«

»Brutus. Nein.«

»Roberto muss dir was sagen«, platzte es aus dem nervösen Brutus heraus.

»Wer …?« Giulia kam nicht dazu, den Satz zu vollenden.

»Hi«, meldete sich eine rauchige Männerstimme. »Mein Kumpel hier …«

»Brutus«, hörte Giulia ihren Freund flüstern.

»Brutus, genau«, redete der Fremde weiter. »Brutus sagt, dass ich eine Aussage machen soll, wegen Greta und so.« Der Mann sprach in einem so derben römischen Dialekt, dass Giulia sich anstrengen musste, um ihn verstehen zu können. »Ich bin ein Zeuge, also quasi.«

»Sind Sie einer, oder sind Sie keiner?«, fragte Giulia nach. Was auch immer Brutus und Piergiuseppe sich hier wieder ausgedacht hatten, sie verspürte keinerlei Lust auf derartige Späßchen.

»Ich verstehe nicht«, antwortete der Mann hörbar unsicher.

»Was können Sie zu Greta Esposito aussagen?«, fragte Giulia zügig nach.

»Meine Güte, hat die Feuer«, raunte er vom Telefon abgewandt, aber Giulia konnte ihn dennoch ausgezeichnet verstehen.

»Ja, ja«, erwiderten Brutus und Piergiuseppe gleichzeitig und seufzten.

Er räusperte sich. »Die Schnecke war am Montag bei mir«, entgegnete er mit bemerkenswerter Genugtuung.

»Und wer sind Sie?«, fragte Giulia ungeduldig.

»Der erste Kameramann«, antwortete er, als müsste man ihn kennen.

Giulia nahm eine gerade Haltung ein. »Wann war die Signora bei Ihnen?«

»Mhm. Ich habe nicht auf die Uhr gesehen.« Er schnalzte mit der Zunge. »Kurz vor einundzwanzig Uhr bis zum Frühstück. Ich lasse mir gern Zeit.«

Giulia stieß die Luft zwischen ihren Wangen hervor und überging die schlüpfrige Bemerkung. »Wo ist *bei Ihnen*?«

»Im Hotel *Metropole*. Alle unwichtigen Leute der Filmcrew wohnen dort«, erwiderte er.

»Das erklärt einiges«, hauchte Giulia. Greta kommt vom Dreh, macht sich im Grandhotel frisch, trifft sich mit Sartori im *Metropole* und bleibt dann gleich dort. Das spart ihr den Aufwand. Es hätte sie auch gewundert, wenn Greta dort Franz Liszt hätte gedenken wollen.

»Ich habe Sie nicht verstanden«, entgegnete der Mann.

»Wieso haben Sie das nicht eher ausgesagt? Sie sind doch alle von der Polizei befragt worden?«, hakte Giulia nach, ohne auf seinen Einwand zu reagieren. Wenn der Mann ein glaubhafter Zeuge war und diese Geschichte stimmte, dann hatte Greta Esposito ein wasserdichtes Alibi. Wieso sie ihr das in ihrer Lage allerdings nicht selbst gesagt hatte, erschloss sich Giulia nicht.

»Na ja, das ist halt …«, druckste er herum. »Wenn man eine Braut wie Greta in die Kiste bekommt, ist man gut beraten, darüber die Klappe zu halten. Das erhöht die Chancen, dass es noch einmal passiert. Immerhin sind wir alle ja auf Wochen, wenn nicht sogar Monate miteinander vereint.« Er lachte schmierig. »Aber als Sie mit der Lady vorhin abgerauscht sind, dann dachte ich, es wäre besser, sie da rauszuboxen, auch wenn es dann mit unserem süßen Geheimnis vorbei sein sollte. Aber abwägen musste ich das schon.«

»Abwägen. Ach so«, antwortete Giulia. »Na ja, da Greta Esposito des Mordes verdächtigt wird, war Ihre Überlegung nicht ganz so falsch.«

»Sehen Sie«, entgegnete er erfreut. »Brutus ist nun mal eben ein feiner Kerl. Ich wusste, dass Sie seine Freundin sind und habe ihm alles erzählt. Er hat mir den richtigen Rat gegeben.«

Die Männer redeten alle durcheinander, auch ein Klatschen war zu hören.

Giulia bat ihn umgehend, auf die Questura zu kommen und seine Aussagen zu Protokoll zu geben. Die Aufforderung musste sie mehrmals wiederholen, da die Männer offenkundig so zufrieden mit sich waren, dass sie sich erst einmal gegenseitig lobhudelten. Irgendwann hatte Roberto, der Kameramann, wieder ein Ohr für sie und versprach, sich schnellstmöglich auf den Weg zu machen.

»Siehst du, Giuli«, frohlockte Brutus. »Gut, dass ich so viele Freunde am See habe.«

»Ich hoffe für dich, dass du den Kerl nicht zum Lügen animiert hast, um *deine* Greta herauszuhauen.« Giulia war sich noch immer nicht sicher, ob sie das alles glauben konnte. Aber spätestens wenn sie diesen Roberto nachher über die Gesetzeslage aufklären würde, sollte die Wahrheit herauskommen. So cool würde er dann doch nicht sein, um eine Falschaussage abzulegen.

»Giulia!«, fauchte ihr Vater in seiner gewohnt liebenswürdigen Art. »Brutus macht hier deine Arbeit, und zwar ausgezeichnet.«

»Keine Lüge, Giuli, leider«, jammerte Brutus. »Eine ganze Nacht im *Metropole*. Und mit mir konnte sie nicht einmal ihren Nachtisch zu Ende essen. Das Leben ist so ungerecht.«

»Ach, Brutus«, antwortete Giulia. »Das ist wohl so. Dennoch war es äußerst wichtig, dass du es mir gesagt hast.«

***

»Risotto al Pesce Persico?« Giulia stieg ein Duft in die Nase, den sie nur allzu gut kannte und den sie liebte. »Extra für mich?« Sie stand auf Zehenspitzen hinter Jacopo und hatte ihr Kinn auf seine linke Schulter gelegt. Begeistert beäugte sie jeden seiner Handgriffe. Die

Zwiebeln dünsteten vor ihnen in der schweren gusseisernen Kasserolle, die Jacopo extra für ihr absolutes Leibgericht angeschafft hatte. Langsam gab er den Reis dazu, um alles schließlich mit Weißwein abzulöschen.

»Schau dir das an«, frohlockte Jacopo, griff nach dem Brett, auf dem ein gutes Dutzend Fischfilets fein säuberlich angeordnet waren, und hielt es Giulia entgegen. »Der beste Flussbarsch, den du jemals gegessen hast. Dieses Fleisch …« Jacopos Augen leuchteten, während er mit dem rechten Zeigefinger behutsam die Festigkeit des Fisches demonstrierte.

Giulia küsste ihn, nahm sich von dem Weißwein, mit dem Jacopo gerade kochte, und goss sich ein Glas ein. Er beobachtete sie dabei kritisch, sagte aber kein Wort.

»Wieso hast du nur für zwei gedeckt?«, fragte sie.

»Brutus und dein Vater feiern im *Metropole*«, gab Jacopo kurz zurück. »Er hat sich vorhin abgemeldet. Ich weiß zwar nicht, warum er das immer tut, ich bin schließlich nicht sein Vormund, aber so haben wir den Abend für uns.«

»Was feiern die denn?«, fragte Giulia ungläubig und mit dem Glas am Mund. »Doch nicht etwa die Freilassung dieser Greta?« Sie verdrehte die Augen. »Jetzt steht nur noch Sartori unter Arrest, aber der kann ohnehin nicht weglaufen.« Kurz nachdem der Kameramann Roberto bei Giulia gewesen und seine Aussage schriftlich bestätigt hatte, war sie damit zu Greta gegangen. Bemerkenswerterweise hatte ihre unerwartete Freilassung bei Greta nicht die erwartbare Freude ausgelöst, ganz im Gegenteil. Die junge Frau war angesichts dieser Indiskretion ihres Liebhabers auffallend ungehalten gewesen, hatte schließlich aber alles bestätigt. Eine Nacht mit einem Kameramann war anscheinend schlichtweg unter ihrer Würde. Der Hochmut hatte hier über den gesunden Menschenverstand gesiegt, an dem Giulia, was die Signora anging, nunmehr noch entschiedener zweifelte, und hatte ihr quasi als Strafe eine beachtliche Anwaltsrechnung beschert, von diversen anderen Unannehmlichkeiten einmal ganz abgesehen.

Jacopo zuckte mit den Schultern und grinste. »Vielleicht spielt Piergiuseppe nun Liszt, keine Ahnung. Brutus hat irgendetwas von einem Roberto oder so gefaselt und dass die halbe Crew einen draufmacht. Womöglich hat deine Regisseurin auch die Segel gestrichen, und die Feier wird eher ein Abgesang. Ich habe nicht nachgefragt. Ich koche. Und zwar für dich.« Er drehte sich um, machte einen Schritt auf Giulia zu und umarmte sie liebevoll. Sie streichelte ihm zärtlich über seine Wange. »Du wirst mir feh…«

Giulias Handyklingeln schluckte das letzte Wort.

Jacopo neigte den Kopf und ließ seine Hände sinken. »Länger hätte ich ohnehin nicht mit dir verliebte Nasenlöcher machen können, wenn wir das Risotto noch essen wollen.« Er schaute enttäuscht.

Sie war schon nicht mehr ganz bei der Sache, denn auf dem Display ihres Mobiltelefons war Elenas Foto zu sehen. Wenn Elena sie an einem Freitagabend zu erreichen versuchte, dann nicht, um ihr ein schönes Wochenende zu wünschen.

»Commissario, hör zu«, Elenas Stimme überschlug sich. »In Mailand gibt es drei Geschäfte, die Patucelli-Unterwäsche führen. Ich habe unseres gefunden.« Schnelles Atmen. »Die Inhaberin hat eine schwarze Unterhose, identisch mit der, die unser Umberto getragen hat, verkauft. Entschuldige, ich meinte natürlich Farini, Umberto Farini.«

»Letzten Freitag?«, fragte Giulia angespannt nach.

»Am Montag dieser Woche«, entgegnete Elena. »Sie konnte sich genau erinnern. Der Käufer hat bar bezahlt und wollte partout keinen Kassenzettel haben. Der ist aber wichtig für die Garantie. Es gibt sogar so etwas wie ein Echtheitszertifikat, für einen Schlüpfer, das musst du erst mal im Kopf glatt kriegen.« Elena kicherte. »Auch eine Tüte hat derjenige verweigert. Stattdessen hat er das teure Teil zusammengeknüllt und in seine Jackentasche gesteckt. Die Verkäuferin war darüber jetzt noch sprachlos. Einen Patucelli stopft man nicht einfach achtlos irgendwohin, meinte sie.«

»Kann Sie Sebastiano Sartori beschreiben? Können wir eine Gegenüberstellung machen?« Giulia spürte, wie ihr das Herz bis zum Hals schlug. Endlich. Jetzt hatte sie ihren Beweis.

»Du musst jetzt ganz stark sein, Commissario«, gab Elena zurück. »Von Sartori kann keine Rede sein. Die Beschreibung passt eher auf die Mutter der Hauptdarstellerin, um nicht zu sagen, sie passt genau.«

»Gaia Esposito?«

»Du hast es erfasst.«

***

»Ich werde es nicht leugnen.« Gaia Esposito saß, die Beine locker übereinandergeschlagen, in einem ausladenden Sessel im Salon des *Serbelloni* und schaute Giulia mit einer Mischung aus Erleichterung und Stolz an. Nebenan spielte jemand Klavier. Die Melodie des Musikstückes war eingängig und kam so leicht daher, dass sie die plaudernden Gäste nicht zu stören schien. Hin und wieder beugte sich Signora Gaia ein wenig nach vorn, um das vor ihr stehende Cocktailglas zu erreichen und daraus mit spitzem Mund ein paar kleine Schlucke zu nehmen.

Giulia beobachtete den auf der zartgrünen Flüssigkeit schwimmenden Rosmarinzweig, der sich zunehmend dem Glasboden näherte.

»Spätestens am Sonntag hätte ich mit Ihnen geredet«, sagte Signora Esposito und fuhr sich dabei sanft mit der Zunge über ihre Lippen.

»Dann hätte sich gezeigt, ob Ihr Anwalt Signore Scarati die Freilassung Ihrer Tochter erwirkt hatte«, entgegnete Giulia abgeklärt. »Wenn nicht, wäre Ihr Geständnis der Freibrief für Greta gewesen.«

Signora Esposito nickte leicht. »Es wäre ja möglich gewesen bei den Unsummen, die dieser Mann kostet.« Ihre Empörung konnte sie nur schwerlich verbergen. »Und Greta hätten zwei Tage in einer Ihrer Zellen nicht geschadet. Vielleicht hätte sie sogar etwas Demut gezeigt. Wieso lügt sie auch, dass sich die Balken biegen? Das hätte sie klüger anstellen müssen …«

»… nachdem Sie ihr und vor allem sich ein Alibi gebastelt hatten«, ergänzte Giulia. »Nur stand Ihnen Gretas Stolz da etwas im Wege.«

»Ich sage ja, sie ist nicht erwachsen und zuweilen durchaus etwas zu egoistisch unterwegs. Für sie ist das alles ein Spiel, meine Güte«, die Signora hob die Hände, »eine Nacht mit einem Kameramann, es gibt doch wohl Peinlicheres. Kindergarten.«

Giulia registrierte, dass die Signora nunmehr ein erschreckend klares Bild von ihrer Tochter zu haben schien, von dem beim direkten Zusammentreffen der beiden und bei ihrem ersten Gespräch nichts zu spüren gewesen war. Eine Mutter war imstande, einen erstaunlichen Spagat zu vollziehen. »Ich gehe davon aus, dass Greta nicht in Ihr Tun eingeweiht war«, bemerkte Giulia.

Signora Gaia Esposito rümpfte die Nase. »Ich bitte Sie! Natürlich nicht. Sie sind hinter mein Geheimnis gekommen. Dazu muss ich Sie beglückwünschen«, antwortete die Signora. »Und dazu hat wohl auch das Benehmen meiner Tochter beigetragen ...«, fügte sie bedauernd hinzu.

Giulia ärgerte sich über diese Formulierung, aber noch mehr darüber, dass sie Gretas Mutter in keiner Weise auf dem Schirm gehabt hatte. »Warum musste Umberto Farini sterben?«

Gaia Esposito atmete schwer, und ihr Blick verlor sich irgendwo zwischen den opulenten Leuchtern, den wulstigen Sitzmöbeln und blinden Spiegeln. »Ich war eine junge Frau, kaum zwanzig Jahre alt. Die Schule hatte ich hinter mich gebracht, die Ausbildung auch, nicht mit den besten Noten, aber solide, wie mein Vater voller Stolz einmal gesagt hat. Nur einmal, aber er hat es gesagt.« Sie schluckte. »Ich habe Schneiderin gelernt, wissen Sie, und habe von einem eigenen kleinen Geschäft geträumt.« Ein bitteres Lachen folgte. »Da, wo ich herkomme, war das so aussichtslos, wie den Schah von Persien zu heiraten, ein Hirngespinst eines unreifen Mädchens. Na ja, irgendwann wurde ich schwanger. Mit Greta. Und als ihr Vater kurz nach ihrer Geburt das Weite gesucht hatte, ging es nur darum, irgendwie über die Runden zu kommen. Die damalige Wirtschaftskrise war dabei nicht sehr hilfreich. Man musste nehmen, was kommt, vor allem als junge ledige Mutter.« Lange Pause. »Mein Vater war Vorarbeiter bei Farini.«

Für Giulia begannen sich die losen Fäden, so langsam miteinander zu verknüpfen. Sie lauschte gespannt.

»Er hat mir eine Arbeit besorgt, in der Qualitätskontrolle.« Sie schaute Giulia prüfend an. »Wissen Sie, was das ist?«

Giulia musste verneinen.

»Sie stehen vor einer riesigen Stoffbahn, die von hinten mit einem Scheinwerfer angestrahlt wird und die sich Meter für Meter auf der Höhe Ihres Kopfes aufwickelt. Dabei ist es Ihre Aufgabe, die Fehlerstellen im Stoff zu finden und zu markieren. Mit bloßem Auge, stehend, acht Stunden lang.« Sie ließ den Satz kurz wirken und redete weiter. »Das habe ich zwölf Jahre lang gemacht, jeden gottverdammten Tag. Und ich war gut, nie krank, gewissenhaft …« Ihr Gesicht hatte nun nichts mehr von seinem Glanz. Sie wirkte angeschlagen und verbittert. »Eines Tages fiel eine Kollegin aus. Anna. Sie arbeitete in der chemischen Behandlung, säubern, bleichen, na ja, was man halt mit Stoffen alles so anstellt. Das war eine gefährliche Arbeit, wenn man sich nicht auskannte. Ich war gewissenhaft, ganz sicher.« Sie schaute auf ihren rechten Arm, schob den Stoff ihres Kleides ein wenig nach oben, sodass die tiefen Narben, die Giulia schon in der *Villa Melzi* bemerkt hatte, zum Vorschein kamen.

»Es gab einen Unfall«, schlussfolgerte Giulia, da das Reden der Signora ins Stocken gekommen war.

Sie nickte. »Irgendetwas hat mit dem Säurebad nicht gestimmt, und da ich gerade an der Stoffbahn hantiert habe …« Sie schlug die Augen nieder.

»Sie haben sich den Arm verätzt«, bemerkte Giulia und dachte an die Geschichte mit dem Verkehrsunfall, die ihr Gaia Esposito anfangs aufgetischt hatte. Sie sollte den Eindruck haben, dass die Signora ihren Arm nicht mehr benutzen konnte. Jemand mit diesem Handicap war nicht in der Lage, einen derartigen Mord zu begehen, das sollte die Botschaft sein. Sie wollte vorsorgen, falls sie ins Visier geriet, immerhin hätte Giulia ja herausbekommen können, dass es sich bei der Signora um eine ehemalige Angestellte der Farinis handelte. Das alles war so verständlich wie seltsam, denn wenn Giulia ihr dahingehend auf die Schliche gekommen wäre, hätte sich das mit der Art der Verletzung irgendwann auch offenbart.

»Die Säure hat sich bis auf das nackte Fleisch gefressen, ja. Ich habe monatelang im Krankenhaus gelegen, Dutzende Hauttransplantationen gehabt.« Sie stoppte kurz. »Santo Farini hat behauptet, ich hätte den Unfall absichtlich herbeigeführt, um Schmerzensgeld zu bekommen. Angeblich hat die Technik einwandfrei funktioniert. Ich hatte keine Chance gegen seine Anwälte. Drei Tage nach dem Unfall habe ich die fristlose Kündigung bekommen.« Sie hielt inne. »Ich stand am Abgrund. Diese Armut.« Sie senkte die Lider. »Gretas Talent war schließlich unsere Rettung.« Sie schüttelte den Kopf mehrfach, so als könnte sie ihre eigene Lebensgeschichte nicht glauben. Dann schaute sie Giulia mit stolzem Blick an und hob ihre Stimme. »Niemals werde ich diese Ungerechtigkeit verzeihen können. Das habe ich mir damals geschworen, für mich und für meine Tochter.«

»Und dann haben Sie sich am Sohn für den Vater gerächt?«, fragte Giulia nach.

»Das hätte nicht so sein müssen«, beschwichtigte sie. »Umberto war nicht so wie sein Vater, nicht ganz so schlimm.«

»Was war der Anlass?«

In Signora Espositos Augen stand der Hass. »Ich wusste sehr genau, mit wem Greta da vor der Kamera stehen sollte. Der große Farini, der aufstrebende italienische Superstar.« Sie hob ihre Arme, als müsste sie dessen Größe verdeutlichen. »Es war aber o.k. für mich, denn ich wusste, Greta konnte von dieser Zusammenarbeit nur profitieren. Außerdem hatte ich Umberto niemals vorher persönlich getroffen. Greta schwärmte für ihn, aber gut, in diesem Alter.« Sie bemühte sich um ein Lächeln, das aber verkrampft aussah. »Der erste Drehtag. Umberto wollte sich warmlaufen, ein paar Szenen mit Greta probieren, ohne das Beisein der Damiani. Greta und er sollten ja ein Liebespaar spielen, dann musste man sich vorher schon mal austesten.« Die Worte kamen immer langsamer aus ihrem Mund. »Das lief aber nicht. Er hätte ihr doch helfen müssen, oder? Schließlich ist sie die Jüngere und Unerfahrenere. Er hatte aber keine Geduld, wurde immer unzufriedener und pampiger. Sie hätte kein Talent, würde kein authentisches Gefühl für die Rolle entwickeln, da sie nicht einmal wüsste, um wen es sich bei Marie d'Agoult handelte.« Sie winkte ab. »Hochnäsig und herablassend, ein Farini eben … Er hat *meinem* Kind gesagt, sie solle den Job wechseln und lieber Stoffe bürsten gehen. Stoffe bürsten, das ist ein Arbeitsgang bei der Textilherstellung, damit raut man auf.« Sie schluckte. »Stoffe bürsten«, wiederholte sie fassungslos.

Das war der Trigger, dachte Giulia. Die Erinnerung an die widerfahrene Ungerechtigkeit und die Angst, erneut die Existenz zu verlieren, wieder durch einen Farini. Dabei sollte der Liszt-Film Gretas Durchbruch werden. Umberto Farini, der Sohn des verhassten Vaters, war als Steigbügelhalter eingeplant und entpuppte sich schlussendlich als potenzielle Gefahrenquelle einer so akribisch geplanten Karriere. Giulia erinnerte sich daran, was Brutus von Greta erzählt hatte, Talentwettbewerb, Model, erste kleine Rollen und dann das. Die Mutter hatte ihre gesamte Hoffnung, ja ihre Existenz auf die Tochter abgestellt und bis jetzt damit auch richtiggelegen. Umberto Farini hätte das gefährden können, sein Urteil gegenüber der Damiani, aber auch anderen einflussreichen Größen des Filmgeschäftes hätte Greta auf ihrem Weg behindern, wenn nicht sogar ihn zunichtemachen können.

»Und dann kam die erste Szene, dieser Ausbruch der Damiani …«, fuhr Gaia fort. »Ich dachte, jetzt geht es los. Der Liebling Farini hat schon begonnen, an Gretas Abstieg zu basteln.«

Giulia war sich sicher, dass Umberto Farini andere Probleme gehabt hatte, doch sie schwieg.

»Mit einem Male war mir vollkommen klar, was ich tun musste. Ich bin nach Mailand gefahren und habe bei Patucelli eingekauft. Ich dachte, wenn ein Farini sterben muss, dann will ich ihm noch die größte Schmach zufügen, die es geben kann. Dass das Interesse an seinem Tod groß sein würde, war mir klar, aber eigentlich spielte das auch keine Rolle. Wichtig war, dass Santo Farini von der Unterhose erfährt. Noch schöner wäre gewesen, er hätte sie mit eigenen Augen an seinem Sohn gesehen. Hat er?« In ihren Augen blitzte Hoffnung auf.

Giulia musste das glücklicherweise verneinen, worauf Signora Esposito ihre Enttäuschung nicht verbergen konnte. »Und Umberto hat sie bereitwillig in sein Zimmer gelassen?«, fragte Giulia nach.

»Er stand unter der Dusche. Ich hatte das Gefühl, er hätte jemand anderen erwartet. Vielleicht wollte er mit irgendjemand aus der Crew noch was bezüglich seiner Rolle besprechen? Wieso sonst sollte er so schnell an die Tür eilen, zumal seine Haare ja noch voller Schaum waren?« Sie schaute Giulia fragend an. »Er war etwas verwundert, aber ausgesprochen zuvorkommend. Ich habe gewartet, bis er mir den Rücken zudrehte, und …«

Giulia kniff die Augen zusammen.

»Ich hätte nicht gedacht, dass es so leicht ist, einen Menschen umzubringen. Man braucht nur etwas Kraft.« Sie zuckte mit den Schultern. »Meine allumfassende Schönheit mag ich verloren haben, aber ich bin nach wie vor in der Lage, zwei Zentner Stoff umherzuwuchten, wenn es sein muss, auch Farini-Stoff.« Ihre Mundwinkel hoben sich leicht, und über ihr Gesicht huschte eine tiefe Zufriedenheit.

***

DREI MONATE SPÄTER …

»Jetzt haltet doch mal alle den Mund!«, rief die Wirtin der Osteria *Sali e Tabacci*. Sie stand vor dem großen Fernsehgerät, das ihr Mann Fabrizio nebst Lautsprecheranlage von Lucrezia ausgeborgt und auf der Theke aufgebaut hatte, und drückte sich fast die Nase am Bildschirm platt. »Wir wollen anfangen«, wiederholte sie im Minutentakt, und ihre Aufregung steigerte sich von Mal zu Mal.

»In zehn Minuten«, knurrte Fabrizio angesäuert, da er allein dafür sorgen musste, dass ihre Gäste, und heute platzte die Osteria fast aus allen Nähten, ihr Essen serviert bekamen. »Das ist eine Vorab-DVD. Wir können selbst entscheiden, wann wir sie anmachen.« Sie hatten aufgrund des Ansturms, denn wann spielten schon mal zwei Dorfbewohner in einem Kinofilm mit, improvisieren müssen. Die Tische hatte der junge De Lucca bereits am späten Nachmittag herausgeschafft und durch eng gestellte Stuhlreihen ersetzt. Fabrizio hatte das, in Erinnerung an seinen verschwundenen Fisch, mit einiger Skepsis betrachtet und zur Sicherheit vorab mit Kreide fette Nummern auf die Tischplatten gemalt. Die eins bis sechs hatte er vergeben und sich das mehr zur eigenen Beruhigung als zum Beweis auch noch in das Reservierungsbuch der Osteria eingetragen. Der junge De Lucca hatte seine Hilfe angeboten, was an sich schon verdächtig war, aber Fabrizio hatte keine andere Wahl gehabt, wollte er die Ziege, die Matteo zur Feier des Tages gesponsert hatte, noch rechtzeitig genug vorbereitet haben. Immerhin gab es wieder Ziege in Abbadia Lariana. Denn nach dem Unfall des Prete, der von Matteos Ziegenherde über den Haufen gerannt worden war, und der darauffolgenden Entgleisung des Campanaro, der Matteo einen dummen Ziegenhirten genannt hatte, hatte im Dorf einige Zeit dicke Luft geherrscht. Dies war sogar so weit gegangen, dass der Campanaro bei der eigens von ihm ins Leben gerufenen Feier zum Tag der Befreiung mit vegetarischem Grillgut auskommen musste. Matteos Ziegen waren tabu gewesen, und die stolzen Patrioten hatten Auberginen und Zucchini gekaut.

Das alles war jetzt jedoch vergessen, und die Harmonie war wieder in Abbadia Lariana eingezogen, soweit das in einem italienischen Dorf möglich war. Francesco Tommaso stand vor der Osteria, drehte geduldig den Spieß, auf dem das Fleisch brutzelte, und warf immer mal wieder einen neugierigen Blick durch die großen Fensterscheiben in den Gastraum. Währenddessen hatte sich seine Frau Eleonora, die die Enkelsöhne Luigi und Achille an den Händen hielt und lauthals Anweisungen zur gleichmäßigen Bräunung gab, im Türrahmen postiert, um sowohl das TV-Gerät als auch ihren Mann im Auge zu haben. Das wiederum machte es Fabrizio noch schwerer, die gefüllten

Teller herbeizuschaffen. Der Campanaro hatte sich zähneknirschend hinter die Theke begeben müssen, da der Prete auf einen Rotwein vor dem Essen bestanden hatte und durch die anderweitige Beschäftigung der Wirtin niemand anderes da war, um die Getränke auszuschenken. Dieses durchaus geordnete Chaos lief natürlich nicht ohne eine entsprechende Geräuschkulisse ab. Alle redeten durcheinander, lachten und scherzten. Nur Piergiuseppe, dem man einen Ehrenplatz in der ersten Reihe eingeräumt hatte, wirkte ein wenig geistesabwesend. Er klammerte sich mit beiden Händen an die Sitzfläche seines Stuhles und starrte auf seine Schuhspitzen. Daneben saß ein hibbeliger Brutus, der seinen und den Teller von Piergiuseppe auf den Knien abgestellt hatte und mit dem Wein und dem Besteck in den Händen nun nicht recht wusste, wie er das Essen bewerkstelligen sollte. Giulia half ihm schließlich aus der Misere, da sie, die kein Ziegenfleisch mochte, sich nur um ihren eigenen Wein kümmern musste.

»Wo ist Maria?«, raunte Jacopo ihr zu. »Wenn ich noch länger ihren Platz frei halten muss, werde ich geteert und gefedert. Du weißt, wie deine Leute sind.«

»Ich will es lieber nicht wissen«, flüsterte Giulia. »Sie wird Giovannis Kirschen ernten oder Giulianas Salat ziehen. Alle sind hier, damit ist die Luft rein.« Giulia machte sich über die kriminelle Energie ihrer Mutter schon lange keine Illusionen mehr. Immerhin musste sie ihr zugutehalten, dass diese sich weitestgehend nur auf Mundraub beschränkte, glücklicherweise.

»Aber dein Vater …«, hob Jacopo erneut an, wurde jedoch vom Schrei der Wirtin unterbrochen.

»Ich schalte jetzt an. Los gehts!«

In der Osteria herrschte schlagartig Totenstille.

Der Vorspann wurde von klassischer Musik begleitet. Natürlich Liszt. Giulia erkannte das Stück sofort und würde es ihren Lebtag nicht mehr vergessen.

»Lauter!«, keifte der Campanaro und fuchtelte mit der Fernbedienung. Die Wirtin eilte herbei, um Schlimmeres zu verhindern, und der Fernseher erreichte eine Lautstärke, wie sie ansonsten nur die schwerhörige Lucrezia vertragen konnte.

Dann herrschte wieder Ruhe unter den Zuschauern.

Bellagio und die *Villa Melzi* waren im Bild. Franz Liszt und Marie d'Agoult schlenderten verliebt am Seeufer entlang. Sie küssten sich leidenschaftlich.

Brutus seufzte. »Greta.«

Die erste Szene. Giulia erinnerte sich. Der Kuss. Sebastiano Sartori machte seine Sache als Liszt gut, das musste sie sich unumwunden eingestehen. Dass er leicht humpelte, fiel kaum auf, und auch der Kontrast zu Umberto Farini schien ihr jetzt nicht mehr so eklatant. Das konnte aber auch daran liegen, dass der Mann etliche Kilogramm weniger auf den Rippen hatte als bei ihrer ersten Begegnung. Auch Greta hatte dazugelernt. Sie spielte irgendwie befreiter. Erstaunlich, wenn man bedachte, dass der Mordprozess gegen ihre Mutter parallel zu den Aufnahmen gelaufen sein musste. So, wie es aussah, konnte Greta jedoch den ersehnten Karrieresprung schaffen. Erstaunlich, welche Wege die Gerechtigkeit manchmal ging. Nur der Familie Farini hatte das Leben mal wieder eine Kerbe verpasst, von der sie sich, da war sich Giulia sicher, kaum mehr erholen würde. Enza Dafne Farini, die Großmutter von Umberto, hatte den Lario verlassen und war nach allem, was man so hörte, nach Mailand gezogen. Der Textilunternehmer Santo Farini, den Giulia erst kürzlich in der Zeitung gesehen hatte, bereitete seine Herbstkollektion vor, die, wenn man der Journalie Glauben schenken konnte, die beste in der Unternehmensgeschichte werden sollte.

Laute Jubelschreie und trampelnde Füße rissen sie aus ihren Gedanken. Natürlich, Piergiuseppe hatte seinen ersten Auftritt. Eilig kam er in einem hervorragend sitzenden schwarzen Anzug über den Kiesweg gelaufen, deutete auf der Höhe von Liszt eine Verneigung an und reichte dem Meister einen Briefumschlag. Ebenso schnell, wie er gekommen war, verschwand er auch wieder.

Um Giulia herum gab es kein Halten mehr. Alle wollten Piergiuseppe die Hände schütteln, ihn beglückwünschen und herzen. Giulias Vater konnte sein Glück kaum fassen. Gelöst lehnte er auf seinem Stuhl und ließ das Defilee an sich vorbeiziehen.

»Du bist der größte Bürger dieser Gemeinde!«, rief jemand.

»Du machst uns alle berühmt!«

»Wir sind so stolz auf dich!«

Die Kette der Lobesworte nahm kein Ende.

Erst die aufgebrachte Wirtin brachte wieder Ordnung in den Laden. Sie wollte den Film nicht dauernd anhalten müssen, damit niemand etwas verpasste. Piergiuseppe hatte insgesamt drei kurze Auftritte gehabt, die jedes Mal frenetisch gefeiert wurden. Auch die Minisequenz mit dem Kellner des Hotel *Metropole*, alias Brutus Grazioli, fand gebührende Beachtung. Mit dem Abspann und dem Auftauchen ihrer Namen begann die Party.

Giulia, der das zu viel Trubel war, quetschte sich zwischen den fröhlichen Menschen hindurch zur Tür. Dort stand ihre Mutter Maria mit einem kleinen Rosenstrauß in der Hand. Dicke Tränen kullerten über ihr Gesicht. »Jetzt ist dein Vater ein Star und wird sich vor Verehrerinnen nicht retten können«, presste sie entsetzt hervor.

Giulia dachte an Bellagio, Franz Liszt und die Locken des Pudels und war froh, dass diese Klappe lange gefallen war.